악역의 엔딩은 죽음뿐

IV

IV

권겨을 장편소설

악역의 엔딩은 죽음뿐

D&C BOOKS

Chapter 16

Chapter 16

푸른빛이 찌르듯이 눈앞에 넘실거렸다. 나는 인상을 쓰며 눈을 떴다. 가물가물한 시야로 눈에 익은 공간이 보였다.

'여긴…….'

레일라 신도들의 근거지였던 솔레일 섬의 광활한 지하 공간이었다.

화들짝 놀라 주변을 돌아보던 나는 눈을 찌르던 광원을 찾아내었다. 제단 위에 서 있는 흰색 로브, 아니 이본이 들고 있는 고대 유물에서 뿜어져 나오는 빛이었다.

그 빛은 정확히 아래를 가리키고 있었다. 아무것도 없는 허공, 그리고 그 아래 바닥에서 약간 떠 있는 기이한 모습으로 웅크린 어린아이.

나는 곧바로 깨달았다. 눈에 보이진 않지만, 푸른빛이 닿는 아래에 내가 있다는 것을. 빈터가 걸어 준 마법으로 투명화가 된 채 라온을 구하는 중이었다.

넓따란 공간 구석에 쓰러져 있는 뷘터와 거대한 도마뱀들을 피해 바닥을 뒹굴고 있는 칼리스토.

내가 지난날 겪었던 그 순간이 정지한 화면을 들여다보듯 펼쳐져 있었다. 그리고 나는 그것을 제삼자처럼 한 발짝 떨어진 채 관전했다.

그때였다. 문득 흰색 로브, 아니 이본이 들고 있는 고대 유물에서 뿜어지던 푸른빛이 일렁였다. 그와 동시에 아무것도 존재하지 않던 거울 위로 무언가 떠오르기 시작했다.

보면 안 된다는 뷘터의 말을 착실히 되새기며 필사적으로 눈을 감았던 그때의 나는 보지 못한 광경이었다.

'……그러고 보니, 투명화 마법이 걸려 있었는데도 이본은 나를 정확히 봤어.'

이렇게 떨어져서 객관적인 시선으로 보니, 그때의 장면이 새롭게 와 닿았다. 나는 눈을 가느스름하게 뜬 채 이본이 들고 있는 고대 유물을 유심히 바라보았다.

푸른빛이 강해졌다. 이윽고 수면에 파동이 일듯 뿌옇게 요동치던 거울 안에 무언가 비쳤다.

'흐읍.'

거짓말처럼 선명해진 거울 속을 들여다보고 있던 나는, 눈을 부릅뜨며 날카로운 숨을 들이마셨다.

그건 나였다.

라온을 구하고 있는 내 모습이 아니라, 페넬로페의 아름다운 외양이 아니라, 진짜 나.

나는 조악한 반지하 방구석에서 화면이 켜진 휴대폰을 꽉 쥔 채 죽은 듯이 잠들어 있었다. 게임에 빙의되기 직전의 내 모습.

'내가, 내가 왜 저기…….'

나는 주춤주춤 이본이 서 있는 제단 쪽으로 다가갔다. 한 발짝, 한 발짝 느리게 움직이던 발걸음이 점차 빨라졌다. 나는 한달음에 거울 앞에 도달했다. 그리고 그것을 쥐기 위해 손을 내뻗는 순간.

쿠르르릉—. 유물이 뿜어내는 푸른빛에 손가락 끝이 채 닿기도 전에 커다란 굉음과 함께 주변 광경이 무너져 내렸다.

'무, 무슨……!'

순식간에 제단과 동굴 벽이 사라지고 그 자리를 시커먼 어둠이 채웠다. 당황하여 정신없이 주변을 둘러보고 있을 때쯤, 허연빛이 머리맡에 쏟아졌다.

나는 고개를 들었다. 이본이 들고 있던, 고작 노트북만 했던 유물은 어느새 고풍스럽고 거대한 크기의 전신 거울이 되어 어둠 한 면을 차지하고 있었다.

그 위로, 방금 전 엿보았던 자고 있는 현실의 나, 내 방이 그대로 비쳤다. 휴대폰을 쥐고 있는 손가락 틈새로 'GAME OVER'가 떠 있는 게임 화면이 엿보였다.

'지금, 지금이면 돌아갈 수 있어!'

본능적으로 그런 생각이 들었다. 저 거울에 닿으면 다시 현실로 돌아갈 수 있을 것이라는.

나는 희망과 환희로 부푼 가슴을 안고 거대한 거울을 향해 있는 힘껏 뛰었다. 왠지 모르게 이대로 돌진하다 보면 거울 너머 내 방으로 뛰어들 수 있을 것만 같았다.

그리고 마침내 거대한 거울 앞에 도달했을 무렵, 나는 바닥을 박차고 올라 있는 힘껏 거울을 향해 뛰어들었다. 그 찰나에도 나는 그대로 거울을 통과할 수 있다는 근거 없는 믿음으로 가득 차 있었다.

그러나, 콰앙—!

"아악!"

나는 차갑고 딱딱한 거울 면에 세게 부딪쳐 형편없이 나동그라졌다.

"아야야, 나 죽네……."

부딪친 어깨가 아릿하게 아파 왔다. 아니, 이상하게도 고작 부딪친 것뿐인데 구타라도 당한 듯 온몸이 쑤시기 시작했다.

"뭐야. 왜……."

나는 울상을 짓고 눈앞에 있는 거울을 올려다보았다. 그 순간, 불현듯 거울 위로 흰 글씨들이 떠올랐다.

〈SYSTEM〉 Error. 히든 루트에 진입했으므로 엔딩까지 [GAME OVER] 불능.

나는 그것을 멍하니 바라보다가 헛웃음을 지으며 내뱉었다.

"……지랄 마."

이 게임에서 게임 오버는 캐릭터의 죽음을 말했다. 그러니까, 내가 빙의한 페넬로페의 죽음 말이다.

그런데 이 미친 게임이 죽음을 택한 내게, 게임 오버가 안 된다고 지껄이고 있다.

"내가 죽어서라도 여기서 나가겠다는데 무슨 개소리야!"

나는 비칠비칠 자리에서 일어났다. 그리고 여전히 내 모습을 비추고 있는 거울 앞으로 달려가, 두 주먹을 불끈 쳐들었다.

"이 미친 게임 새끼야! 네가 멋대로 진입시켜 놓고 왜 나보고 지랄인데!"

쾅, 쾅—! 나는 거울을 마구 두드리며 외쳤다.

돌아가고 싶다. 밤새 게임하다 기절하듯 잠든 내 한심한 모습을 보니, 더욱더 간절해졌다.

"보내 줘! 나 보내 달라고!"

〈SYSTEM〉 Error. 히든 루트에 진입했으므로 엔딩까지 [GAME OVER] 불능.

쾅, 쾅, 쾅—!

그러나 아무리 두드리고 소리쳐도 거울에 비친 내 모습 위로 흰 글씨만 다시 한번 떠오를 뿐, 아무런 변화도 없었다.

그때, 마치 시간이 다 되었다는 듯 거울 속이 일렁거렸다. 그 안에 있던 내 진짜 모습도 점차 흐릿해지기 시작했다.

"안 돼! 안 돼, 안 돼!"

사라지는 내 모습에 나는 고개를 마구 내저으며 미친 듯이 거울을 두드렸다.

"나 그냥 죽을 테니까 그냥 현실로 보내 달라고—!"

거울 속 내 모습이 흐트러지며 사라질수록, 시스템 창 안의 글씨는 더더욱 선명해졌다.

〈SYSTEM〉 Error. 히든 루트에 진입했으므로 엔딩까지 [GAME OVER] 불능.

악몽보다 더 지독하게 느껴지는 시스템 창의 모습에, 나는 진저리를 치며 그만 눈을 감았다.

"헉!"

그리고 곧바로 번쩍 눈이 뜨였다. 방금 전까지 있었던 검은 공간과 거대한 거울 대신, 낯익은 천장이 보였다.

"허억, 허억……."

오래달리기라도 한 것처럼 거친 숨이 입술을 타고 터져 나왔다. 상황 파악을 위해 몸을 좀 일으키고 싶은데, 이상하게 몸이 꿈쩍도 하지 않았다. 하는 수 없이 도르륵 눈을 굴려 주변을 확인했다.

익숙한 이 공간은 내 방이었다. 아니, 정확히는 공작저 내의 페넬로페의 방.

'그럼 조금 전은 꿈……?'

거울을 통해 현실의 내 모습을 엿본 것이 이토록이나 생생한데, 거울이고 시스템 창이고 온데간데없이 사라졌다.

나는 한참 동안 천장을 노려보며 가파른 호흡을 골랐다. 씁쓸한 약 향기가 코 속을 파고들었다.

꽤 오랜 시간이 지나고, 마침내 내가 잠에서 깨어났음을 인정하려던 찰나. 불현듯 눈앞에 새하얀 네모 창이 떠올랐다.

〈SYSTEM〉 [5억 골드]를 지불하여 히든 루트에 진입했습니다!

"……X발."

나도 모르게 나지막한 욕설이 튀어나왔다. 악몽의 연장선인가. 정신을 차리자마자 기다렸다는 듯이 뜨는 시스템 창에 저절로 치가 떨렸다.

하지만 그게 끝이 아니었다.

〈SYSTEM〉 지금부터 게이지 색상 외 호감도 수치를 확인할 수 없으며, 퀘스트를 따르면 히든 엔딩과 보상이 주어집니다!

〈SYSTEM〉 돌발 퀘스트 발생! [고대 마법 거울의 조각]을 안전한 곳에 보관하십시오!

"하, 하하……."

나는 기가 막혀 웃음을 터뜨렸다. 이제 돈을 주고도 아예 호감도를 보는 것은커녕, 퀘스트를 수락할지 말지 여부조차 주어지지 않았다.

하지만 아이러니하게도 그렇게 절망스럽게 느껴지지는 않았다. 정신이 붕괴될 단계는 이미 지났기에.

"……그 짓거릴 했는데, 진짜 안 죽었네."

나는 안간힘을 써 움직이지 않는 팔을 들어, 양손을 코앞에 펼쳤다. 독의 여파인지, 뼈밖에 남지 않은 메마른 손이 바들바들 떨렸다.

방금 전에 보았던 꿈인지 시스템의 농간인지처럼, 나는 끝내 현실로 돌아가는 데 실패했다. 원인이 무엇인지 알 수 없었다.

아무와도 엔딩을 보지 못해 하드 모드에 실패해서 그런 건지, 자동 지불 때문인지, 아니면 정말로 이 미친 게임 속에서 벗어날 방법이 있긴 한 건지…….

'어쩌면 더 일찍 죽어 볼 생각을 하지 않은 게 문제였던 건가?'

어쨌든 하나 남은 방법마저 무용지물이 되었으니, 이제 남은 것은 이 빌어먹을 곳에서 또다시 휘둘리는 것뿐이다.

나는 허공에서 바들바들 떨리는 두 손을 내려 건조한 눈 위를 덮었다. 분명 좀 전까진 괜찮다고 생각했는데, 한 치 앞도 보이지 않자 뜨거운 것이 단숨에 목 끝까지 차올랐다.

"X발, 이 개새끼야—!"

나는 모호한 상대를 향해 욕설을 내뱉으며 비명을 질렀다. 마비라도 된 듯 잘 움직여지지 않는 몸을 마구 뒤척였다.

그렇게 하지 않으면 죽을 것 같았다. 머리끝까지 차오른 이 분노와 절망을 어떻게 내리눌러야 하는지 좀처럼 알 수가 없었다.

"아아아악—!"

내 거친 몸부림에 보드라운 이불도, 베개도 마구 침대 아래로 떨어졌다. 그 순간이었다.

타악, 떨그렁—! 문득 시끄러운 쇳소리가 방 안에 울려 퍼졌다. 나는 비명을 내지르던 것을 멈추고 눈을 가리던 두 손을 내렸다.

흐릿했던 눈에 초점이 잡히자, 내 전담 하녀가 허옇게 질린 얼굴로 나를 바라보고 있는 것이 보였다. 그녀의 아래로 엎질러진 물과 함께 양철 대야가 나동그라져 있었다.

"아, 아가씨가……."

허옇게 질린 얼굴로 경악에 가득 차 있던 에밀리가 이윽고 입을 크게 벌렸다.

"세, 세상에, 고, 공작님! 집사님! 아가씨가, 페넬로페 아가씨가 깨어나셨어요!"

에밀리의 외침에 방 안으로 사람들이 들이닥치는 것은 순식간이었다.

"페넬로페—!"

공작과 집사, 그 뒤로 데릭과 레널드가 헐레벌떡 뛰어 들어왔다. 그들은 눈을 뜬 채 아무렇게나 누워 있는 나를 보고 하나같이 사색이 되었다.

"의원을, 의원을 불러오게! 어서!"

"네, 네!"

벌컥 외치는 공작의 호령에 집사가 허둥지둥 주치의를 부르러 나갔다. 침대 주변이 순식간에 사람들로 꽉 찼다. 공작은 손을 내게로 뻗었다.

"페넬로페, 애야. 괜찮은 것이냐? 아비를 알아보겠어?"

독을 먹고 죽었다 살아난 것이 꽤나 충격을 주긴 했는지, 그의 손가락 끝이 조금 떨렸다. 공작은 끝내 나를 건들지 못하고 손을 거둔 채 거칠게 제 얼굴을 문질렀다.

"야, 너…… 괜찮아?"

공작의 뒤편에서 레널드가 말을 걸었다.

"씨발, 그건 대체 왜 마셔 가지고……!"

"레널드."

붉어진 눈으로 큰 소리를 내는 그를 공작이 날카롭게 저지했다.

문득 왼뺨이 따가웠다. 스르륵 눈동자를 굴리니, 데릭이 시퍼렇게 안광을 빛내며 무표정한 얼굴로 나를 내려다보고 있었다. 그 뒤, 열린 방문 너머에 가면을 벗은 뷘터가 서성거리는 게 보였다.

죽다 살아난 것은 난데, 모두들 토끼처럼 시뻘건 눈을 하고 낯이 거무룩 죽어 있었다.

눈을 굴리며 이본이 있는지 확인하던 나는, 이내 그녀의 모습이 보이지 않자 안심하고 다시 스르륵 눈을 감았다.

“페, 페넬로페!”

누군가 절박하게 나를 부르는 소리가 들렸지만, 다시 뜨지 않았다. 피곤했다.

원치 않아도 부산스러움에 저절로 눈이 뜨였을 땐, 의원이 한창 진찰 중이었다.

“독 기운이…… 모두 사라졌습니다.”

맥박을 잡고 있던 늙은 주치의가 눈을 휘둥그레 뜨고 말했다.

“어제까지만 해도 맥박이 희미했는데, 오늘은 완전히 정상으로 돌아왔습니다. 이거 참…… 기적 같은 일이로군요.”

“그럼 이제 완치 단계에 이른 것인가?”

“상한 몸만 회복하시면 될 듯합니다.”

“신이시여.”

경과를 묻던 공작이 다리의 힘이 풀린 사람처럼 털썩 의자 위로 주저앉았다. 믿지도 않는 신을 찾는 그 얼굴이 몇십 년은 늙어 보였다.

나는 무미건조한 눈으로 그것을 바라보다가 남몰래 한숨을 내쉬었다. 오래간 누워만 있던 탓에 몸을 움직이는 것이 힘든 것만 빼면, 놀랍게도 아무렇지 않았다. 피를 그렇게 많이 쏟은 것을 생각하면 정말로 기적 같은 일이었다.

이토록 빠르게 회복된 원인이 깨어나기 직전 꿨던 빌어먹을 시스템 꿈과 연관되어 있다는 위화감을 떨칠 수 없었다.

‘짜증 나.’

복잡한 상념을 떨치기 위해 다시 눈을 감으려던 찰나였다.

"……뭐가 마음에 들지 않아서 그런 거지?"

듣기 싫은 소리가 불쑥 나를 붙잡았다. 나는 감으려던 눈을 도로 떴다. 새파란 눈이 나를 똑바로 응시하고 있었다.

'내가 이 꼴이 되면 좋아할 줄 알았는데, 왜 저래?'

아까도 느꼈지만, 데릭의 눈동자에는 기이한 초조함이 감돌고 있었다. 눈이 마주치자 놈이 곧바로 입을 열었다.

"깨어났으니 말해 봐라. 뭐가 필요해서 이런 짓까지 벌인……."

"데릭, 입 다물어라."

"하지만—."

"형은 씨발, 이제 겨우 눈 뜬 애한테 그딴 말밖에 못 해?"

그때, 아무 말 없이 서 있던 레널드가 갑자기 소리를 질렀다.

"일주일 만에 깨어났어! 그런데 괜찮냐고 묻지는 못할망정……!"

"레널드! 너도 그만해라."

"말리지 마요, 아버지! 형 요즘 이상해진 거 알아? 얘 쓰러진 후로 못 잡아먹어서 안달 난 것처럼 굴잖아!"

"일어났으니 한시 빨리 상황을 해결하고 퍼져 나가는 헛소문들을 진압해야 할 것 아니냐."

데릭의 대꾸에 레널드가 당장이라도 달려들 것처럼 굴었다. 방 안이 시끄러워지는 것은 순식간이었다.

"이 새끼들이 정말!"

끼익—! 보다 못한 공작이 의자를 끌며 벌떡 일어났다. 그가 둘을 향해 무어라 거칠게 소리치려던 순간.

"다들."

나는 마지못해 입을 열었다.

“제가 회복이 필요한 환자라는 말을 못 들으셨나 봐요.”

세 사람의 입이 동시에 합, 다물렸다. 저들끼리 싸우든 말든 사실 내 알 바는 아니었지만, 시끄러운 건 참을 수가 없었다.

“저 쉬고 싶은데, 부디…….”

항상 하던 대로 무심결에 부탁 조로 말하던 나는 문득 놈들의 머리 위에 떠 있는 색상을 보고 입을 다물었다.

[호감도 확인하기]라는 글씨가 없었다. 이제 호감도는 사라진 것이다. 그러니 더는 놈들의 눈치를 살피며 비위를 맞출 필요가 없었다.

나는 잠시 멈췄던 말을 바꿔 내뱉었다.

“……제 방에서 나가 주시겠어요? 피곤하거든요.”

내 말에 세 인간들의 낯빛이 달라졌다. 공작은 숙연해졌고, 레널드의 표정은 왈칵 일그러졌으며, 데릭은 턱이 불뚝 불거졌다.

나는 그것을 관조하는 심경으로 빤히 바라보며 무언의 축객령을 내렸다.

“……미안하구나. 생각이 짧았다.”

마침내 공작이 천천히 몸을 물렸다.

“우린 그만 갈 테니 아무 생각 말고 푹 쉬려무나, 페넬로페.”

다정하게 속삭인 그는, 이내 두 아들을 끌고 방을 나섰다. 나는 습관적으로 내뱉던 감사하다는 인사도 없이 그들에게서 등을 돌렸다.

탁—. 등 뒤로 방문이 닫히는 소리가 들렸다.

“아가씨, 아— 하셔요.”

에밀리가 묽은 미음을 뜬 수저를 내 입 앞에 들이밀었다. 고분고분 몇 숟갈 받아먹던 나는, 인상을 찌푸리며 툭 내뱉었다.

“맛없어.”

“그래도 드셔야 해요. 오랫동안 드시지 않으셔서, 당장 음식을 먹는 것은 힘들다고 의원님이 그러셨잖아요.”

그래도 아무런 간도 안 된 미음은 너무 하지 않은가. 내가 끝내 먹지 않자 에밀리는 별수 없이 그릇을 치웠다.

깨어난 이후, 묘하게 사용인들의 태도가 변했다. 에밀리는 물론이고 공작과 두 아들, 집사, 평소 나를 괄시하던 각종 엑스트라들까지. 꼭 쉽게 깨지는 유리 인형처럼 극진히 나를 모셨다. 그게 좀 웃겨서, 종종 입술 끝을 비틀어 올렸다.

‘이제 와서.’

나는 그릇을 정리하고 있는 에밀리에게 불쑥 물었다.

“에밀리, 내가 얼마 동안 쓰러져 있었다고 했지?”

“일주일이요.”

“일주일.”

그 기간이면 여주가 온 집안사람들을 양껏 홀리고 다니기 충분한 시간이었다.

“그 애는 그간 어떻게 지냈니?”

“그 애요? 아…….”

내가 묻는 것이 누군지 알아차린 에밀리가 내게 바짝 다가와 속삭였다.

"아가씨가 쓰러진 이후에 방에 연금당했어요."

"연금?"

"네, 사건이 모두 해결될 때까진 한 발짝도 못 나가도록 공작님께서 명하셨대요. 쌤통이죠?"

그 말을 하며 에밀리가 음흉하게 웃었다.

나는 의외의 소식에 좀 얼떨떨해졌다. 나라는 방해꾼도 없으니 온 집 안을 활개 치고 다닐 거라 예상했다. 애매하게 진행된 그때 상황도 그렇고, 유물 때문이라도 그녀가 범인으로 몰리긴 어려울 거라 생각했기 때문이다.

"그동안 무슨 일이 있었는지 말해 봐."

내 명령에 에밀리는 소상히 그간의 일을 고해바쳤다. 다행히 세뇌의 영향이 그녀에게까지 미치지는 않은 것 같았다.

나는 내가 쓰러지고 난 후 상황을 냉정하게 습득해 나갔다. 하지만 베키라는 하녀가 하루아침에 자살한 대목에선 섬뜩함에 흠칫 몸을 떨었다.

"……그간 다들 얼마나 걱정이 많았는지 몰라요, 아가씨. 저도 얼마나 걱정했는지 아세요?"

보고를 끝마친 에밀리가 눈물을 글썽이며 푸념했다. 나는 심드렁하게 대꾸했다.

"그러니? 네가 고생 많았구나."

"고생은요! 저보단 사실 황태자 전하께서 고생이 더 많으셨죠……."

나는 생소한 단어를 들은 것처럼 멈칫, 에밀리를 돌아보았다.

"황태자…… 전하?"

"네! 아가씨께서 쓰러진 후 한시도 곁에서 떨어지지 않으셨어요. 어찌나 무시무시한 얼굴로 역정을 내시는지, 다들 숨도 제대로 못 쉬었다니까요."

"……."

"그래도 전 알아요. 밤마다 전하께서 아가씨의 손을 붙들고 얼마나 간절하게 비셨는지요."

"……빌어? 뭘?"

"자세힌 못 들었는데…… 원하는 걸 다 들어줄 테니 제발 죽지만 말라고 하셨던 것 같아요."

그 순간 꿈결인지 환청인지, 무의식중에 들었던 누군가의 목소리가 귓가에 맴돌았다.

— 여기서 벗어나고 싶으면 벗어나게 해 줄게.

— 사랑이든 뭐든 제기랄, 원하는 대로 다 해 줄 테니까…….

나는 천천히 얼굴이 흐려지는 것을 막을 수 없었다.

내가 이곳에 와서 처음으로 밝혔던 목적. 그렇게나 듣고 싶었던, 그리고 한편으론 듣기 싫었던 그 말이었다.

하지만 이제 와 그게 다 무슨 소용이란 말인가. 하드 모드는 끝이 났고, 이곳에서 빠져나가는 것마저 실패했다.

"……게다가 전하께서 곧 아가씨께 청혼서를 넣을 거란 소리가 있어서, 다들 모일 때마다 사냥 대회 때 소문이 사실이었나 보다고…… 에구머니나!"

일그러진 내 표정을 미처 보지 못한 채 마구 재잘거리던 에밀리가 퍼뜩 제 입을 틀어막았다.

"제, 제가 실언을 했어요, 아가씨. 죄송해요."

그녀가 내 눈치를 보며 잘못을 빌었다. 나는 조용히 물었다.

"지금은…… 어디 계시니?"

"부, 북방에 무슨 반란이 일어났나 봐요. 그 때문에 황명을 받고 급히 가셨어요."

"……그렇구나."

나는 짧게 대꾸하고 입을 다물었다. 내가 더 묻는 것이 없자, 방 안은 금세 고요해졌다.

"……아가씨."

에밀리는 할 말이 퍽 많은 얼굴로 안절부절못하다가, 이내 결심한 듯 비장한 얼굴로 나를 불렀다.

"정말로…… 아가씨께서 제게 시키셨던 그것을 스스로 드신 것, 아니죠? 그쵸?"

"그게 무슨 소리야."

"지금 저택에서, 아가씨가 자작극을 일으킨 게 아니냐는 소문이 파다해요."

"……자작극?"

"네, 네. 아가씨께서 그 여자에게 쏠린 관심을 돌리려고 자작극을 벌인 게 아니냐고요."

'상황이 그렇게 돌아갔던가.'

나는 묵묵히 고개를 끄덕이며 툭 내뱉었다.

"그것참 다행이구나."

"다행은요!"

에밀리가 대경실색했다. 하지만 나는 진심이었다.

'자작극 정도야 귀엽지, 뭐.'

그 짓거리까지 했는데, 세뇌로 인해 내가 여주를 독살하려던 것으로 몰리기라도 했다면 얼마나 억울하단 말인가.

이런 내 생각을 알 리 없는 에밀리가 훌쩍이며 그간의 고충을 털어놓았다.

"저는 아가씨께서…… 그걸, 그걸 그 여자한테 먹이려는 줄 알았어요."

"쉿, 에밀리. 그런 악당 같은 발언은 함부로 내뱉으면 안 돼."

"아, 악당은 그 여자지요!"

주의를 주는 내 모습에 에밀리가 퍽 억울한 얼굴로 와락 외쳤다.

"저 다 알아요. 아가씨께서 먹은 독이, 저를 시켜 받은 독이랑 다르다는 거……!"

"너."

나는 험악하게 인상을 찌푸리며 그녀의 팔을 와락 붙들었다. 아픈지 에밀리가 미약하게 신음했다.

"아, 아가씨."

"그 얘기 남들에게도 했어?"

"예, 예?"

"내가 상단으로 보내 시킨 것을, 누구한테 말했느냐 이 말이야."

"아, 아니요, 아니요."

에밀리는 조금 겁에 질린 얼굴로 고개를 저었다.

"아가씨가 아무에게도 들키면 안 된다고 신신당부하셨잖아요.

그래서 눈 꾹 감고 모른다고만 했어요."

"확실해?"

"네, 네!"

나는 여러 번 확답을 들은 후에야 꽉 붙들고 있던 그녀의 팔목을 놓아 주었다.

"앞으로도 그렇게만 해, 에밀리. 아무한테도 말하지 마."

"하, 하지만, 그럼 아가씨는……."

"내 생각 말고 네 안위만 생각하렴."

나는 단호하게 선을 그었다.

"친딸을 독살하려 한 범인으로 누명 쓰긴 싫잖니. 그렇지?"

그 말에 에밀리는 울먹이며 나를 옹호했다.

"그렇지만 자작극이라니요. 그거야말로 모함이잖아요. 우리 아가씨가 왜……."

"그건 중요한 게 아니야."

나는 딱히 그렇게 몰린 것이 억울하지 않았다. 예상하기도 했거니와, 내 의지로 독을 마신 것은 사실이었으니까.

"죽기 싫으면 넌 계속 모른 척해. 알았어?"

내 닦달에 에밀리는 울상을 짓고 고개를 끄덕였다.

"네, 네. 계속 모른 척할게요, 아가씨. 시키는 대로만 할게요."

그러나 이렇게 여러 번 다짐을 받아 봤자 솔직히 믿을 수 없었다. 아마도 하녀가 자살한 것은 여주의 세뇌 때문일 것이다. 그러니 에밀리도 세뇌당하면 어떻게 될지 장담할 수 없었다.

"……그런데, 제가 입을 다물고 있어도 아가씨가 자작극을 벌인 게 아니라는 걸 밝힐 수 있을까요?"

"걱정하지 말렴. 내가 알아서 해결할 테니까."

불안해하는 하녀에게 그렇게 되뇌면서도 나는 문득 그런 생각이 들었다.

굳이 해결할 필요가 있나?

며칠 후.

에밀리의 지극 정성 어린 간호로 혼자 거동을 할 수 있을 무렵, 공작에게서 호출이 왔다.

집사를 따라 공작의 집무실로 들어서자, 이미 나를 제외한 모두가 모여 있었다. 공작의 두 아들과 뷘터는 물론, 여주까지 소파에 나란히 앉아 있었다.

'……그런데 성인식 이후 이런 장면이 노멀 모드에 있었나?'

그쪽으로 향하던 중 문득 그런 생각이 머릿속을 스쳤다. 원래 게임에선 뷘터가 이본을 데리고 왔으니, 이런 장면 하나쯤은 있었을 수도 있다.

나는 불쑥 든 위화감을 금방 떨쳐냈다. 아무렴 뭐 어떤가. 이미 내가 독을 먹은 시점에서 모든 게 다 어그러진 상태였다.

얌전히 자리에 앉자, 얼마 후 하녀가 모락모락 김이 나는 차를 내왔다. 아무도 찻잔에 손을 댈 생각을 하지 않고 정적만 흐르던 와중.

"……페넬로페."

상석에 앉아 있던 공작이 무겁게 입을 열었다.

"깨어난 지 얼마 안 된 상태에서 이런 자리를 만들어 무척 미안하구나."

"……."

"하지만 더 지체되기 전에 성인식에서 쓰러진 것에 대한 자세한 정황을 들었으면 한다. 두 번 다시 이런 일이 일어나선 안 되니까."

공작은 퍽 조심스러운 음성으로 이어 물었다.

"하여 너와 이본에게 그때 일에 관하여 몇 가지 하문을 하고 싶다. 허락해 주겠느냐."

"네, 물어보세요."

나는 선선히 고개를 끄덕였다. 어차피 한 번쯤은 겪어야 하는 일이었기에.

"먼저…… 성인식 날, 세리주를 마신 것을 기억하느냐."

"네, 먹고 피를 토하면서 쓰러졌었죠."

산뜻하게 대꾸하자 집무실 안이 잠시 숙연해졌다.

"……네가 마신 잔을 수거하여 조사를 해 보니, 윗부분에 독이 발려져 있더구나."

"그렇군요."

"그 잔이 네 것이 아닌, 이본의 것이라는 사실도 알고 있었느냐."

"글쎄요."

나는 고개를 모로 기울이며 중얼거렸다.

"알 것 같기도 하고, 모를 것 같기도 하고……."

"페넬로페."

그런 내 모습이 퍽 가벼워 보였는지, 공작의 눈썹 사이가 깊이 파였다.

"이건 매우 중요한 사안이야. 널 그렇게…… 그렇게 만든 원인이 무엇인지 알아내야 하니, 신중히 떠올려 보거라."

"잔이 비슷해서 헷갈린 것 같기도 하고요."

심드렁하게 대꾸한 나는 불현듯 고개를 앞쪽으로 돌렸다.

"이본, 넌 어때?"

"어, 어?"

멍하니 제 앞의 찻잔을 내려다보고 있던 여주가 화들짝 놀랐다.

"넌 그때 기억이 어떠냐고."

"너, 너무 놀라서 그때 일이 잘 기억나지 않아요. 수, 술을 마시고 갑자기 페넬로페가 쓰러진 것밖엔……."

말끝을 흐리던 이본의 푸른 눈에 갑자기 눈물이 그렁그렁 차올랐다. 그녀는 측은하게 나를 바라보다 이내 떨리는 목소리로 말했다.

"왜, 왜 그런 무서운 짓을 한 거야, 페넬로페……. 흑, 부디 네 몸을 소중히 여겨 줘."

"허."

나는 그녀의 행태에 짧게 헛웃음을 터뜨렸다. 물론 내가 내 손으로 독을 먹은 것은 맞지만, 그녀의 말은 꼭 내가 자작극을 저지른 것을 확신하는 듯 들렸기 때문이다.

내가 삐딱하게 조소하자 그녀의 옆에 앉아 있던 데릭 놈의 눈빛이 사나워졌다. 훌쩍이는 이본으로 인해 잠시 멈춘 대화를, 뷘터가 이었다.

"……황태자 전하의 말씀처럼 이본 영애가 자작극을 벌이려다 페넬로페 영애에게 저지되었단 가능성도 배제할 수 없습니다."

나는 놀란 눈으로 그를 돌아보았다.

'아직 세뇌가 안 된 건가?'

여주를 미리 만난 그가 멀쩡한 이성으로 중립을 지키다니 꽤 놀라웠다.

"제, 제, 제가요?"

이본은 뷘터의 지적에 그야말로 숨넘어갈 듯 헐떡였다.

"저는, 저는 그러지 않았어요. 정말이에요!"

물이 넘치는 잔처럼 그렁그렁하던 여주의 커다란 두 눈에서 기어코 눈물이 줄줄 쏟아졌다.

"저는 그 자리에 갈 수 있을 거라 생각도 못 했는걸요. 첫째 오라버니, 아니, 소공작님도 아실 거예요. 제가…… 제가 가지 않는다고 말씀드린 걸."

"그건 사실입니다."

그녀의 지목에 데릭이 짧게 대꾸했다.

'사실이겠지. 너는 네가 세뇌당한지도 모르는 멍청한 놈이니까.'

나는 속으로 빈정거리며 또 한 번 비죽 웃었다. 그런 나를 발견한 데릭 놈이 또다시 눈을 부라렸다.

제게 몰린 시선이 억울했는지, 여주는 속사포처럼 말을 쏟아냈다.

"게다가 저는 베키보다 하녀장님과 함께 있는 시간이 더 많았는걸요. 그리고……."

"……."

"베키는 시시때때로 에밀리와 만남을 가졌어요. 페넬로페의 전담 하녀요……."

"……."

"저는 그래서…… 그래서 베키가 페넬로페의 사람이란 것을 알고 있었어요. 저를 감시하는 것을 알고 있었지만…….”

이본은 그 말을 끝으로 더는 말을 못 잇겠다는 듯 두 손으로 얼굴을 가리고 울었다. 나는 아무도 모르게 혀를 찼다.

‘쯧, 무서운 계집애.’

이런 것을 우려해서 에밀리에게 묻는 것을 최대한 자제했었다. 기껏해야 한두 번 근황을 물었던 것을 귀신같이 알고 엮는 것을 보니, 소름이 끼쳤다.

‘천사 같다는 설정이라며! 개뺑이잖아.’

짜증스럽게 게임을 향해 저주를 퍼부을 무렵, 다행스럽게도 나 대신 공작이 먼저 나서 주었다.

“네 임시 하녀는 집사가 지정한 게다, 이본.”

“그렇지만 페넬로페는 집사님과 무척 친하잖아요. 그게 아니더라도…….”

“…….”

“제가 정말 후작님의 말씀처럼 자작극을 펼친 범인이라면, 페넬로페는 그걸 마시지 않았을 거예요.”

“…….”

“흑, 그냥 술을 쏟아 버리고 그 자리에서 저를 지목하지 않았을까요?”

의문을 제기한 빈터의 입이 서서히 닫혔다. 이로써 사건은 다시 원점이 되었다. 나는 고요한 침묵 속에서 묵묵히 시선을 내려 테이블 어딘가를 바라보았다.

그 순간의 내 선택으로 인해, 상황이 이렇게 돌아갈 것쯤은 예상했다. 처음에는 어떻게 타파할지 머리를 굴렸는데, 이내 다 귀찮아졌다.

'게임처럼 내가 독을 먹인 게 아닌 것만으로도 다행 아닌가?'

아직도 생생하게 떠올랐다. 이본을 독살하려 했던 페넬로페가 어떻게 죽어 갔는지.

그런 생각을 하던 나는 여주의 앞에 놓여 있는 찻잔으로 무심결에 시선을 옮겼다. 김이 가신 투명한 찻물의 색이 꼭 내가 마신 세리주처럼 벌겠다.

'진하게 우려진 건가? 그럼 쓸 텐…….'

태평하게 떠오르던 생각이 문득 멈췄다. 나는 미약하게 흔들리는 시선을 들어 이본을 올려다보았다. 그녀는 뭐가 그리도 억울한지, 소리 없이 눈물을 뚝뚝 흘리고 있었다.

나는 다시 시선을 내려 그녀의 찻잔을 바라보았다. 이어서 다른 이들의 앞에 놓인 찻잔 또한.

'……없어.'

그 순간, 등골을 타고 섬뜩한 기운이 스쳐 지나갔다.

이본의 찻잔에는 아무것도 없었다. 그녀의 잔상이, 물 위에 비치지 않았다.

"……독이란 걸 알면서도 왜 마신 거냐."

그때, 누군가 말을 건넸다. 나는 퍼드득 어깨를 떨며 고개를 들었다. 나를 주시하고 있었던 듯 데릭 놈과 정면으로 눈이 마주쳤다.

"……왜 그러는 거지?"

놈은 소스라치게 놀란 나를 보며 이상하다는 듯 방금 전 내가 바라보고 있던 테이블을 훑었다.

"아뇨, 아무것도……."

나는 서둘러 고개를 저었다.

"그보다…… 뭐라고 하셨죠?"

되묻는 내 물음에 수려한 얼굴이 불쾌하게 일그러졌다.

"네가 걸고 있던 마법 목걸이."

놈은 내게 같은 소리를 반복하는 대신 다른 말을 했다.

"주변에 독성 물질이 있다면 색이 변한다던데. 베르단디 후작님은 네가 그것을 못 봤을 리 없다고 증언했다."

"아."

나는 곁눈질로 슬쩍 뷘터를 바라보았다. 그 또한 데릭 못지않게 아까 전부터 나를 뚫어져라 응시하고 있었다. 눈이 마주치자 군청색 동공이 한차례 흔들렸다.

'그런 것까지 말할 줄은 몰랐는데.'

성인식에서 마지막에 보았을 때, 꼭 상종도 안 할 것처럼 굴더니 의외였다. 눈치 빠른 황태자에게 들키지 않고 목걸이의 성능을 밝히느라 진땀 좀 뺐을 것이다. 그러나 별로 고맙게 느껴지지는 않았다.

"베키라는 하녀가 죽기 전에 범인으로 널 지목했다는 것쯤은 들어서 알고 있겠지."

내가 뷘터를 바라보며 새삼스러운 감상에 잠겨 있을 즈음, 데릭 놈은 홀로 취조를 진행했다.

"그 하녀의 방에서 네가 먹은 독의 해독제가 나왔다."

"데릭, 그만해라. 여긴 심문을 하는 장소가 아니야."

공작이 엄한 목소리로 그를 막았다.

"그리고 그건 더 들추지 말라 하였지 않느냐!"

"왜 독인 것을 알면서도 먹은 거지?"

그러나 평소 아버지의 명을 칼같이 들어 먹던 놈답지 않게, 데릭은 공작의 말까지 무시하고 집요하게 물었다.

"대답해. 왜 그런 짓을 한 건지, 뭘 원해서 그런……."

"이미 답을 정해 놓고 묻는 질문이 아닌가요?"

"……뭐?"

"제가 자작극을 벌인 게 아닌가, 그걸 묻고 싶은 거라면."

나는 선선히 고개를 끄덕였다.

"네, 맞아요."

그렇게 이 대답을 원해서 안달인데, 못 할 것도 없었다.

"제가 베키에게 시켰어요."

"페넬로페!"

"야!"

레널드가 놀랐는지 벌떡 일어났다. 집무실 분위기가 한순간에 뒤바뀌었다.

나는 데릭에게 고정했던 고개를 돌려, 이본을 응시했다. 이런 상황까진 미처 예측하지 못한 걸까. 커다란 푸른 눈이 당황으로 물들어 있었다. 나는 그 눈을 똑똑히 응시하며 입을 열었다.

"독을 구해 오란 말 외엔 아무 말도 안 했는데, 그 멍청한 하녀가 제가 이본에게 먹일 거라 멋대로 착각했나 보네요."

"그, 그게…… 그게 대체 무슨 소리야!"

탕―! 공작이 경악이 서린 얼굴로 팔걸이를 세게 내리쳤다.

"네가, 정말 네가 스스로 그런 게냐? 네가 정말 자작극을……."

"하, 하지만 영애께서 전담 하녀를 놔두고 그럴 이유가 없지 않습니까."

내가 뱉은 폭탄 발언으로 난장판이 된 상황에서 유일하게 이성을 유지하고 있었는지, 빈터가 침착하게 지적했다. 나는 아무렇게나 변명했다.

"에밀리를 그다지 믿지 못했고, 베키의 약점을 잡았어요. 약점이 있는 한 함부로 입 놀리고 다니지 않을 테니까."

"약점……?"

"그 애가 제대로 된 보증서가 아닌 것으로 저택에 들어온 사실을 우연히 들었거든요. 그것으로 협박했어요."

"너……!"

공작은 청산유수처럼 흘러나오는 내 말에 핏발 선 눈을 부릅떴다. 레널드가 금방이라도 내게 달려들 것처럼 외쳤다.

"……왜? 너, 너 진짜 왜 그래!"

"이본에게 쏠린 관심을 내게 좀 돌려 보려고."

나는 모두를 돌아보며 내 일이 아니라는 양 고저 없이 읊조렸다.

"공녀 자리를 빼앗기기 싫어서요."

"페넬로페! 너……!"

"그게…… 이유의 끝인가?"

공작이 나를 호명함과 동시에 데릭이 되물었다.

"고작, 확실하게 판명 나지도 않은 평민에게 쏠린 관심 좀 집중시키겠다고."

"……."

"……죽을지도 모르는, 그 짓을 했다고?"

내가 눈을 떴을 때부터 자작극으로 본 것은 분명 놈이었다. 그런데 바라던 대로 고스란히 답해 주는 내 말에, 놈은 꼭 예상치 못한 말을 들은 사람처럼 행동했다.

데릭이 초점 나간 눈으로 나를 멍하니 응시했다. 일순간에 핏기가 빠진 그의 안색이 이상했다. 하지만 내 알 바는 아니었다.

"차라리 죽으면 더 다행이란 생각을 하긴 했네요."

"뭐……?"

심드렁하게 대꾸하자 놈이 더듬더듬 되물었다.

"왜…… 왜지?"

"뭐가요?"

"왜 하필 독이야. 관심을 받기 위해선 다른 방법도……."

"독을 마시는 데 거창한 이유까지 필요할까요?"

나는 고개를 모로 기울이며 단 하나뿐인 진실을 입에 담았다.

"그냥 마셨어요. 죽나 안 죽나 확인해 보려고."

"……상황이 맞지 않습니다."

그때, 또 다른 목소리가 곧바로 내 말을 받아쳤다. 시선을 돌리자, 뷘터가 일그러진 표정을 하고 필사적으로 나를 변호했다.

"영애의 말이 사실이라면, 죽은 하녀는 왜 독을 이본 영애의 잔에 바른 겁니까."

"음…… 글쎄요."

나는 과장된 행동으로 곰곰이 생각하는 척하다가, 이내 떠올랐다는 듯 '짝!' 하고 손뼉을 치며 말했다.

"제 잔에 바르는 것을 깜빡 잊었다가, 뒤늦게 정신을 차리고 혹시나 제가 등신처럼 잔을 헷갈릴까 싶었나 보죠, 뭐."

"그게, 그게 말이 되는 소리야!"

공작이 또 한 번 '쾅!' 팔걸이를 내리치며 격노했다. 누가 들어도 말이 안 되는 소리였다.

하지만 말이 되고 안 되고가 뭐가 중요하단 말인가. 가장 중요한 건, 아직도 이 빌어먹을 게임 속에 있는 내가 살아남은 것뿐.

"어쨌든 물의를 일으켜서 죄송해요. 저는 너무 큰 죄를 지었고, 이 일에 깊은 책임을 느끼고 있어요. 아버지, 그리고 소공작님."

혼돈으로 물든 좌중을 돌아보며 나는 택했다.

"이미 일어난 일을 되돌릴 수는 없으니, 해결할 방법은 딱 하나뿐이라고 생각됩니다."

"그게…… 무엇이냐."

"저를 파양해 주세요."

여기서 나가자.

'파양' 소리에 집무실 안이 삽시간에 조용해졌다. 조금 전까지 격노하던 공작의 안색이 창백해졌다. 그는 믿기지 않는다는 듯, 말을 더듬었다.

"지…… 지금 파양이라고 했느냐, 페넬로페?"

"네."

나는 가볍게 수긍했다.

"제 죄를 물으려고 이 자리를 만든 것이 아닌가요?"

"그런 게 아니야! 그런 뜻으로 너를 부른 게 아니다!"

공작이 눈을 부릅떴다.

"말했잖느냐, 재발을 방지하기 위해서라고! 혹여나 에카르트를 노린 누군가 있을 것을 염려하여……."

"외부와 관련 없어요."

나는 서둘러 그런 공작의 말을 막았다. 이건 예상과는 좀 다른 전개였다. 친딸도 돌아왔겠다, 이렇게 말하면 파양이 금방 진행될 줄 알았는데. 공작에게는 아직 깊은 세뇌를 시도하지 않았는지, 쉽지 않았다.

"모두 다 제가 시킨 거라니까요? 더 조사할 필요도 없어요. 다 제 잘못이니까, 제가 책임질게요."

"대체……."

"파양은 안 돼."

말을 잇지 못하는 공작 대신 누군가 단호하게 내 제안을 거절했다. 고개를 돌리자, 데발놈이 나를 죽일 듯이 노려보고 있었다. 어느새 그의 눈에 핏발이 잔뜩 서 있었다.

"왜요?"

내가 이러면, 다들 내심 쌍수 들고 환영할 줄 알았건만. 나는 그런 그가 도무지 이해가 가지 않아 곧장 되물었다.

"언제나 그랬듯이 제 잘못으로 매듭지으면 깔끔하고 좋잖아요. 그러니 제가 집을 나가는 게……."

"네가, 가긴 어딜 가!"

그 순간, 놈이 공작 빰치게 버럭 큰 소리를 냈다.

'……왜 소리를 지르고 그래?'

나는 당황해서 어버버하며 놈을 쳐다봤다.

"자작극이라면, 더욱이 소문을 잠재우고 덮어야지. 이 시점에서 파양을 했다간 에카르트의 위신은 어쩌고, 넌!"

"……."

"네 평판은……!"

데릭은 누군가에게 쫓기는 사람처럼 식은땀까지 흘리며 빠르게 내뱉다가, 갑자기 말을 멈췄다. 자신이 지나치게 흥분했다는 사실을 알아차린 건지, 그는 앞머리를 거칠게 쓸어 올리며 한결 누그러진 목소리로 말했다.

"……가문을 벗어나면 널 보호하는 데도 한계가 있다."

"언제부터 그렇게 제 평판을 신경 쓰셨다고요."

"너 정말……!"

내 대꾸가 뭐가 그리 마음에 들지 않는 건지, 놈의 얼굴이 흉흉해졌다. 점점 이 상황이 짜증 나는 건 나 또한 마찬가지였다.

"데릭의 말이 맞다, 페넬로페."

그때, 살벌해진 분위기를 뚫고 공작이 서둘러 개입했다.

"아가, 일단 진정하려무나. 설령 네가 자작극을 했다 한들, 네 탓을 하려는 게 아니야. 응?"

그는 토라진 어린아이를 달래는 듯한 어투로 진땀을 뺐다. 돌아가는 상황에 아까부터 이본은 흐느끼던 것을 멈추고 묘한 얼굴로 데릭을 올려다보고 있었다. 나는 그게 소름 끼치게만 느껴졌다.

이건 모두 한 편의 쇼나 마찬가지였다. 나는 아직도 이본이 정확히 뭘 노리고 이렇게 빨리 공작저에 입성한 건지 알 수 없었다.

하지만 이유가 뭐가 됐든, 여주의 거죽을 뒤집어쓴 저 레일라 년을 이겨 먹을 자신이 없었다. 탈출에 실패한 이상, 남은 것은 내 목숨 부지하기뿐이었다.

그런데 속도 모르고, 망할 공작저 인간들이 끝까지 나를 방해하려 드는 것이다.

"하……."

나는 깊은 한숨을 쉬며 피로에 가득 찬 목소리로 말했다.

"……파양도 안 된다, 죄를 묻는 것도 아니다. 그럼 저더러 뭘 어쩌라는 건데요."

"야, 너……."

그러나 공작 대신 다른 쪽에서 소리가 들려왔다. 그때까지 입을 다물고 있던 레널드였다.

"방금은 공녀 자리 빼앗기기 싫었다고 했잖아."

"……."

"그런데 왜…… 왜 그렇게 집 나간다는 소리를 쉽게 해."

시선이 마주치자, 놈의 얼굴이 괴상하게 일그러졌다. 꼭, 예전에 다락방에서 살벌하게 싸웠을 때처럼.

내가 무슨 말을 하든 제멋대로 받아들이고 난리를 치던 레널드는, 의외로 지금은 조금도 내 말을 받아들이지 못한 눈치였다. 당연했다. 그저 파양당하기 위해 아무렇게나 지껄인 말이었으니까.

"죽을 뻔했더니 다 지긋지긋해졌어."

나는 언젠가 그에게 되뇌던 말을 또다시 입에 담았다. 딱히 달리 댈 변명도 없었다.

그러자 득달같이 물음이 돌아왔다. 레널드가 아닌, 데릭 놈에게서.

"무엇이."

"모든 게 다요."

나는 연이어 국어책을 읊듯 딱딱하게 준비한 답변을 읊었다.

"허울뿐인 공녀 노릇 하는 것도, 천둥벌거숭이 취급받는 것도, 아니 그냥 이 집에 있는 것 자체가 다 지긋지긋해요."

"페넬로페."

"이제 이본도 돌아왔잖아요. 제가 더 남아 있을 필요가 있나요?

파양해 주세요.”

“파양이라니 당치도 않는 소리야!”

공작은 내 애원에도 완강하게 외쳤다. 그러다 곧바로 목소리를 누그러뜨리며 나를 설득하려 들었다.

“페넬로페, 아가. 누가 뭐래도 넌 내 딸이야. 성인식 전부터 대체 왜 이러는 게냐, 응?”

생각대로 풀리지 않는 상황에 머리가 아파 왔다. 나는 짧게 한숨을 쉬며 자리에서 벌떡 일어났다.

“그럼 더 이야기를 나눌 필요 없겠네요.”

“아직 얘기 안 끝났어. 앉아.”

“저 아픈데요, 아버지.”

강압적으로 명령하는 데릭 놈을 무시하고, 공작에게 고개를 돌리며 말했다.

지금까지 내가 해 왔던 것과 다르게 퍽 예의 없는 행동이란 것을 알았다. 하지만 독을 먹고 얼마 전에 깨어났는데 예의 좀 밥 말아 먹었으면 또 어떤가.

게다가 아프다는 말은 빈말이 아니었다. 점점 지끈거리는 머리를 붙잡고 신음하자, 공작이 마지못해 허락했다.

“……그래, 그만하자꾸나. 올라가거라.”

“하지만—.”

“그만, 애가 아프다잖느냐!”

반박하는 첫째 놈에게 공작이 짓씹듯 윽박질렀다. 양딸이 그대로 죽어 버렸다면 그도 무척이나 입장이 난감했을 것이다. 그런 의미에서 아프다는 말을 꽤 유용하게 써먹을 수 있었다.

나는 지체 없이 그 숨 막히는 자리를 벗어났다. 집무실을 나가기 직전, 앉아 있는 등장인물들과 스치듯이 눈이 마주쳤다.

여전히 형형하게 나를 노려보고 있는 데릭, 피로해 보이는 레널드, 빈터. 마지막으로 묘한 표정의 이본.

'이 정도면 됐지? 나는 공녀 자리에 쥐뿔도 미련 없으니까, 난 제발 가만둬라. 응?'

나는 그녀에게 내 이 간절한 마음이 닿기를 기도하며, 서둘러 집무실을 빠져나갔다.

타악— 문이 닫히는 소리와 동시에, 공작이 입을 열었다.

"레널드, 이 일은 잠시 덮거라."

"아버지!"

레널드가 휘둥그레진 눈으로 공작을 돌아보았다. 가족 간의 대화에 입을 다물고 있던 빈터 또한 마찬가지였다. 데릭이 사납게 찡그려진 얼굴로 제 아비에게 항의했다.

"자작극을 했다는 자백을 듣고도 그냥 넘어가겠단 말씀입니까?"

"근신을 한다 하지 않느냐. 당분간은 조사고 뭐고, 다 멈춰. 페넬로페의 건강이 완전히 회복될 때까지."

"아직 조사할 것이 남았습니다."

공작의 명에 불복하며 데릭이 이를 악물고 되뇌었다.

"후작님의 말씀처럼, 아직 이본의 방은 수색하지 않았지요."

"오, 오라버니……!"

눈을 굴리며 돌아가는 상황을 살피던 이본이, 갑작스럽게 저를 지목하는 데릭을 보며 눈을 부릅떴다.

"어, 어떻게, 어떻게……!"

그녀는 믿을 수 없다는 얼굴로 그를 보며 연신 입을 벙긋댔다. 다른 이들의 눈에는 그저 충격에 빠진 것처럼 보였다.

그런 그녀를 외면한 채 데릭이 빠르게 읊조렸다.

"외부 세력이 하녀를 사주했을 가능성도 완전히 배제할 수 없습니다. 시간을 두고 충분히 재조사를 하는 것이……."

"나는 뭐 조사도 제대로 못 하는 병신인 줄 알아?"

그때, 레널드가 신경질적으로 소리쳤다.

"후작님과 함께 죽은 하녀의 행적을 샅샅이 조사했어. 그런데 아무것도 안 나왔다고! 깨끗해!"

"……."

"어차피 형은 조사할 권한도 없잖아. 아버지 말씀이 맞으니까, 그만 좀 해. 괜히 입 놀려서 걔 성질이나 긁지 말고."

"뭘 그만두란 소리냐. 아직 해결된 게 아무것도 없는……."

"페넬로페가 원하지 않잖아!"

답답한 소리를 늘어놓는 제 형제에게 레널드가 벌컥 화를 냈다.

"형이 입 열 때마다 제대로 진행되는 게 없어! 괜히 들쑤셔서 걔 또 독이라도 처마시면! 그땐 어쩔 건데!"

"……."

"아버지 말씀처럼 지금은 그냥 내버려 둬. 당장 집 나간다고 난리 치는 것보다 낫잖아."

말을 마친 레널드가 거칠게 씨근덕거렸다.

그는 방금 전 페넬로페의 얼굴을 떠올렸다. 모든 게 다 지긋지긋하다고 말하는 그 얼굴이, 일전에 그에게 말했을 때와 똑같았다. 전담 하녀의 농간질로 썩은 음식을 퍼먹는 것을 제게 들켰을 때.

— 내 방에 공녀의 목걸이를 가져다 놨을 때부터 예상했던 일 아니야?

그 일의 전말을 그녀가 모두 알고 있을 줄은 꿈에도 몰랐다. 당황하는 그에게 그녀는 화를 내지 않았다. 아버지에게 달려가 고해바치지도 않았다. 그저 '네가 그럼 그렇지.'라고 말하는 듯 염증이 난 표정으로.

— 그런데 이제 모든 게 다 지겨워졌어.

다락방에서 또한 마찬가지였다. 시비를 걸던 그에게 그녀는 욕을 하는 대신 초연한 얼굴로 말했다.

— 넌 항상 날, 노예보다 못한 버러지처럼 비참하게 만들어.

어쩐지 그 말이 자신에게만 국한된 게 아니라는 위화감을 떨칠 수 없었다. 레널드는 그때 느꼈던 섬뜩함이 되살아나는 듯해, 얕게 몸을 떨며 중얼거렸다.

"……걔 저런 말 한두 번 한 줄 알아? 저러다가 어느 날 진짜 짐 싸들고 몰래 나가 버리면."

"……."

"그래서 진짜 누가 암살이라도 하면, 찾을 방법도 없다고……."

더 자극했다간, 그녀는 충분히 짐 싸고 나가고도 남을 성격이었다.

"페넬로페가 회복할 때까지 입들 조심하고, 자극하지 마라."

레널드의 말에 혹여 그녀가 또다시 잘못된 선택을 할까 봐 전전긍긍하며 공작이 쐐기를 박았다. 집무실 내 분위기가 한순간에 숙연해졌다.

"원하신다면……."

그때 바들바들 떨리는 목소리가 정적을 찢었다.

"제, 제 방을 수색하셔도…… 저는 괜찮아요."

물기 어린 푸른 눈을 가진 소녀가 좌중을 둘러보며 애처롭게 말했다. 그 모습에 데릭의 낯이 어두워졌다.

"넌 입 다물고 있어."

눈치도 없냐며 레널드가 짜증스럽게 쏘아붙이자, 그녀가 '헉' 하고 겁먹은 소리를 내었다. 어찌 된 일인지 이번에는 데릭도 편을 들어주지 않았다.

레널드의 말을 끝으로 장내에 무거운 침묵이 가라앉았다. 저마다 생각에 잠겨 있느라, 치맛자락을 꽉 붙든 채 부들부들 떨리는 여린 손을 아무도 보지 못했다.

그때였다.

"……말씀 중에 죄송하지만, 저는 그만 일어나 보겠습니다."

빈터가 난감한 얼굴을 하고 주섬주섬 자리를 털고 일어났다.

"그래, 후작. 가 보게."

그제야 다른 가문 사람에게 못 볼 꼴을 보였다는 자각을 한 공작이 서둘러 그를 내보냈다.

빈터는 황급히 공작의 집무실을 나섰다. 그리고 뛰다시피 복도를 가로질렀다. 다행히 얼마 안 가 중앙 계단참에 서 있는 작은 인영을 따라잡을 수 있었다. 몸이 회복되지 않아, 걸음이 느려진 탓이었다.

그는 재빨리 입을 열어 그녀를 불렀다.

"페넬로페 영애."

"페넬로페 영애."

나를 부르는 나지막한 음성에 계단을 오르려던 발걸음을 멈췄다. 천천히 몸을 돌리자, 매번 이때쯤 나를 부르는 남주가 서 있었다.

"무슨 일이시죠?"

"잠시 대화를 나누고 싶습니다."

"어쩌죠? 저는 딱히 후작님과 나눌 대화가 없는데요."

"실은 아무것도 모른다고 증언했던 영애의 전담 하녀가 사건의 전말을 알고 있을 거라는 말씀을 공작님께 드릴까 합니다만."

의외의 협박에 나는 눈살을 찌푸리며 주변을 둘러보았다. 다행히 홀에는 그를 제외하고 아무도 없었다.

'하긴. 한 번쯤은 부딪쳐야 할 일이지.'

독을 의뢰할 때까지만 해도, 이 빌어먹을 게임에서 나가면 두 번 다신 보지 않을 사이니 편리하게 이용해 먹자 했건만. 깨어나 보니, 그가 조금이라도 알고 있다는 게 후회가 되었다.

"……따라오세요."

나는 힘겹게 오른 계단을 다시 내려가며 한숨처럼 말했다.

그를 이끌고 뒷문을 통해 저택 밖으로 나갔다. 저택 안은 듣는 귀가 많았다.

'이본한테 세뇌당한 사용인이 어디 숨어 있을지 좀 무섭기도 하고…….'

하여, 나는 그를 끌고 후원의 한가운데까지 도착한 후에야 걸음을 멈췄다.

"이제 말씀하세요."

이름 모를 보라색 꽃들이 바람결에 하늘하늘 흔들리며 향긋한 향기를 뿜었다.

'얼마 전까지만 해도 노란 꽃들이 만개했던 것 같은데…….'

이곳에서 한 남자에게 꽤 감동스러운 선물을 받고 티격태격한 게 엊그제 같은데, 어느새 모든 게 바뀌었다. 후원의 정경, 앞에 서 있는 남자도.

"……왜 거짓말을 하셨습니까?"

상념에 잠겨 있을 무렵, 뷘터가 어두운 목소리로 입을 열었다. 나는 고개를 슬며시 들며 되물었다.

"무엇을요?"

"영애가 드신 독이 제게 의뢰한 독과 다르다는 것 말입니다."

'이제 정체고 뭐고 내 앞에선 다 까발리기로 했니?'

이렇게 직설적으로 따지고 물을 줄은 몰라서, 잠시 당황했다. 부지가 넓어 아무도 우리의 소리를 듣지 못하겠지만, 나는 콧잔등을 찌푸리며 투덜댔다.

"……아무리 밖이라도 공작저 내인데, 말씀을 좀 조심하시는 게 어떨까요."

"방음 마법을 걸었습니다."

"잘됐네요. 이제 이어 말씀하세요."

"처음엔 영애께서 따로 독을 구했던 게 밝혀지면 누군가를—."

내 허락에 서둘러 주절대려던 뷘터 놈이, 갑자기 말을 멈추고 정정했다.

"……돌아온 이본 영애를 해치려 했다는 누명을 쓸까 봐 염려했습니다."

이왕 방음 마법까지 건 거, 아예 노골적으로 가려는 모양이었다. 그는 변명처럼 제가 나서지 못한 이유에 대하여 해명했다.

"그래서, 영애가 깨어날 때까지 섣불리 나설 수가 없었습니다."

물론 자신의 신변이 걸려 있으니 그가 입을 다문 것은 당연했다. 나와 거래한 것은 베르단디 후작이 아니라, 한낱 정보상이었으니까. 되레 그가 입을 다물고 있어 준 덕에 수월히 파양 얘기를 꺼낼 수 있었다.

"그렇군요."

나는 무심히 고개를 끄덕였다. 뷘터가 곧장 다음 질문을 했다.

"하지만 아무리 생각해도 이해가 가지 않습니다."

"무엇이요?"

"자작극이라니요. 왜 그 말을 인정하시는 겁니까. 영애께서 저한테 보낸 하녀는 죽은 하녀가 아닌, 다른 이였잖습니까."

"그랬었나요?"

"영애."

짐짓 모르겠다는 얼굴을 가장하며 고개를 기울이자, 뷘터의 얼굴이 딱딱하게 굳었다. 대화에 참여할 의사가 별로 없어 보이는 내가 답답한지, 그가 좀 전보다 더 직설적으로 말했다.

"차라리…… 다른 독을 구했다고 말씀하십시오. 그러면 제가 상단주로서 증언을……."

"후작님."

나는 문득 손을 들어 그를 저지했다.

"한 가지만 해 주세요. 제 앞에서 베르단디 후작님으로 계실지, 아니면 저와 거래를 한 상단주로 있을지."

뷘터의 입이 다물렸다. 한차례 흔들리는 군청색 눈동자를 응시하며, 나는 찬찬히 입술을 떼었다.

"베르단디 후작님이시라면, 과한 관심이십니다. 염려 감사합니다만, 제 일은 제가 알아서 해결하도록 할게요."

"……페넬로페 영애."

"저와 거래를 한 상단주로서 제 앞에 서 있는 거라면."

나는 잠시 말을 멈추고 심호흡했다. 그리고 이내 그가 원하는 대로 민낯을 까발렸다.

"……그대도 날 의심한 건 마찬가지이지 않나?"

갑자기 바뀐 말투에 뷘터가 눈을 크게 뜨며 숨을 멈추는 게 보였다.

"내가 하녀를 통해 독을 의뢰했을 때, 솔직히 무슨 생각을 했지?"

"……."

"돌아온 진짜 공녀를 독살하려 하는 악독한 가짜 공녀."

내가 의뢰했을 적 그가 했을 법한 생각들을 읊자, 그가 어깨를 움찔거렸다. 나는 무표정한 얼굴로 그것을 응시하며 말을 이었다.

“지난번에 저지른 무례까지 들먹이면서 막무가내로 구니까, 이번만 원하는 대로 해 주고 다시는 상종하지 않으려 했겠지.”

“…….”

“그러니 해독제 없는 독을 의뢰했는데도, 꾸역꾸역 해독제를 만들어 가져온 거 아니야.”

내가 이것까지 직시하고 있을 줄은 미처 알지 못했던 걸까. 그 순간 뷘터의 얼굴이 와락 일그러졌다. 별 감흥은 없었지만, 잘생긴 얼굴이 형편없이 구겨지는 것이 좀 볼만했다.

그가 내게 무슨 답을 듣길 원하는지 알 수 없었다. 실은 이본을 해치려 한 거란 소리를 듣고 싶어 하는 건지, 아니면 다른 독을 쓴 이는 누구인지 밝히고 싶어 하는 건지.

그러나 확실한 것은.

“……지금 와서 그것을 따져 봤자 뭐 해. 중요한 건, 그대는 이전에도 지금도, 나를 신뢰한 적이 없지. 이게…….”

나는 한쪽 손을 들어, 내게 바짝 다가선 그의 가슴을 검지로 ‘주욱—’ 밀었다. 그다지 힘을 가하지 않았음에도 그가 주춤, 한 걸음 물러났다.

“우리 사이의 거리야.”

나는 떨어진 그와의 거리를 흘끗 눈짓하며 차갑게 선을 그었다.

언제나 한 발짝 떨어진, 타인. 우린 고작 그 정도 사이이니, 더는 내 일에 관여하지 말라는 소리였다.

뷘터는 조금 멍한 표정을 지었다. 하지만 그는 현명한 자니, 나는 그가 곧 내 말을 이해하리라 여겼다. 그러나 불현듯 그가 아직도 그의 가슴을 밀어내던 내 손가락을 잡아챘을 때.

"……타인을 독살하리라 예측했음에도, 당신의 손에 독을 쥐여 주었다는 생각은 들지 않습니까?"

붉게 충혈된 눈으로 나를 바라보는 그를 보며, 나는 무언가 잘못됐음을 직감했다.

"무슨……."

"저는 그 무엇보다도 생명을 중시하는 마법사입니다."

"……."

"타인의 생명을 갈취하여 힘으로 삼는 레일라와는 다르다는 것을 증명하는 걸 일생의 사명으로 삼고 살아왔습니다. 그런데!"

"……."

"……당신을 만나고, 응당 가져야 할 많은 것들을 저버렸습니다."

그는 절절 끓는 음성으로 내게 알 수 없는 말을 토해 냈다. 손가락을 압박하는 힘이 꽤 강했다. 나는 설핏 미간을 찌푸리며 그의 손을 뿌리치려 했다.

"핑계를 댈 거면 남이 아닌 자신에게서 찾아보는 게 어떠신가요, 후작님."

"이본, 그 애는."

그러나 꿈쩍도 하지 않았다. 여전히 나를 붙든 채, 그가 전혀 예상치 못한 말들을 내게 하기 시작했다.

"저보다 먼저 빈민촌 사람들을 돕던 아이였습니다."

"……그게—."

"없는 살림을 쪼개서 항상 남을 위하던 선량한 이였지요. 봉사를 시작할 무렵 만나, 서툴렀던 저를 도와주고, 많은 것들을 알려 주었습니다."

뜬금없는 이본과의 첫 만남 이야기를 늘어놓는 그의 기행에 나는 어이가 없어졌다. 나는 헛웃음을 지으며 빈정거렸다.

“그래서요? 그런 착한 애를 제가 죽이기라도 할까 봐 많이 두려우셨나 본데…….”

“제가 두려워했던 건!”

그 순간, 뷘터가 갑자기 큰 소리로 내 말을 끊었다.

“……그녀가 공작저로 돌아갔을 때 절망할 당신이었습니다. 아무것도 모르고 내게 비자금을 맡긴 당신!”

“…….”

“공작님의 친딸이 돌아오면, 당신이 그 돈으로 쥐도 새도 모르게 사라질까 봐!”

이제껏 노골적으로 내게 말을 꺼낸 것은 장난이었다는 양, 뷘터는 처참하게 일그러진 얼굴로 제 민낯을 모두 내보였다.

“어릴 적의 기억을 되찾았다던 그 애를 외면했습니다. 머리로는 공작저로 데려가야 한다는 것을 알면서도, 끝내 그러지 않았습니다.”

“…….”

“제가 외면한 뒤 계속해서 빈민촌에 있던 그 애가, 마물의 습격을 받았다는 소식을 들었을 때 이후로 단 하루도 편히 잔 적이 없습니다.”

“…….”

“씻을 수 없는 죄를 지은 것 같아서, 눈을 감기만 하면 악몽을 꿨지요.”

그의 안색이 신에게 죄를 고하는 이처럼 거멓게 침잠했다. 뷘터는 천천히 고개를 숙여 내 손가락을 제 이마에 가져다 대었다. 그리고 괴로운 음성으로 속삭였다.

"……공작님의 친딸이 돌아왔다는 정보를 취득하고 가장 먼저 걱정한 건, 우습게도 당신이었습니다."

"……."

"의뢰를 받은 후 당신이 끔찍한 짓을 저지를지 모른다고 여겼으면서도……."

"……."

"해독제를 만들어서 어떻게든 당신이 저지를 짓을 감춰 줄 생각만 했지요."

한차례 격정이 쓸고 지나간 후. 그는 잔뜩 쉰 목소리로 내게 물었다.

"……이래도 신뢰의 문젭니까?"

나는 조금도 예상치 못한 그의 말에 놀라 아무런 말도 할 수 없었다.

'아.'

벌어진 입 사이로 나지막이 탄성이 흘러나왔다. 이제야 상황이 어떻게 됐는지 알 것 같다.

노멀 모드에서 언제나 여주를 위하던, 선량하고 다정한 뷘터 베르단디. 그러나 그는 나를 향한 호감으로 인해 여주를, 제 신념을 저버렸다.

내 귀로 똑똑히 그의 피 끓는 듯한 고백을 들었음에도, 나는 좀체 믿기지 않았다.

페넬로페의 성인식에 여주를 데리고 왔어야 할 그는, 이미 한참 전부터 그녀를 외면한 상태였던 것이다. 바로, 나에 대한 감정으로 인해.

그리고 그런 이본을 세뇌당한 이클리스가 데려왔다.

"……대답해 주십시오, 영애. 이래도 신뢰의 문젭니까?"

뷘터는 핏발이 선 눈으로 나를 보며 대답을 강요했다. 아니, 어쩌면 그건 애원이나 다름없었다.

"그건……."

나는 입술을 벙긋대며 한참을 고민했다. 신뢰 문제가 맞는다고 답하기가 모호했다. 내가 이본을 죽일 것이라 생각했으면서도, 죄를 감춰 주려 했다는 그.

'아니. 저번에 그 난리를 쳤는데도 날 극악한 악녀 취급한 거니, 어쩌면 신뢰 문제가 맞나?'

나는 꿰뚫듯 나를 내려다보고 있는 그를 향해, 고심 끝에 답했다.

"……그건, 후작님의 인성 문제 같네요."

"인성…… 말씀이십니까?"

"네, 인성."

뷘터의 검푸른 동공이 커졌다. 이내 그가 바람 빠진 풍선처럼 작게 실소했다.

"인성에 대한 지적을 듣는 것은 처음인데……."

허탈한 그의 중얼거림에 나는 좀 민망해졌다. 이런 심각한 상황에 인성 지적이라니. 내가 듣기에도 무례하고 어처구니없는 말이었다.

하지만 그가 '허허' 하고 얼빠진 웃음을 연신 터뜨린 덕분에 심각했던 우리 사이가 좀 유해졌다. 나는 그를 흘끔 올려다보며 궁금하던 것을 물었다.

"……관심이 있다고만 하시지 않으셨어요?"

'만남'이라는 계약 조건을 내걸 때만 해도, 그저 호기심을 채우고 싶다고 했지 않았나. 대체 언제부터 그의 마음이 변한 건지 알 수 없었다.

"……저도 모르겠습니다."

내 물음에 잠시 침묵하던 그가, 일그러진 미소를 지은 채 중얼거렸다.

"마지막으로 당신을 방에 데려다준 이후…… 정신을 차릴 때마다 당신을 떠올리고 있더군요."

"……."

"어쩌면 영애와 함께할 수도 있었을 많은 날들을, 제 손으로 망쳐 버린 것 같아서 수없이 후회했습니다."

그는 그 말을 하며 잡고 있던 내 손가락을 천천히 놓아주었다. 나를 향한 네 의심은 현재 진행형이라는 말을 삼키며, 나는 다소 냉정하게 뇌까렸다.

"죄송하지만, 저는 못 받아들여요."

네 그 애매한 사랑, 미안하지만 지금의 내게는 별로 필요하지 않았다.

뷘터는 덤덤히 내 말을 알아들었다.

"받아 달라고 애원하는 게 아닙니다. 다만, 제가 말씀드리고 싶은 것은……."

"……."

"제발 스스로를 사지로 몰지 마십시오."

뷘터는 나를 간절하게 쳐다보며 마침내 대화를 원하던 이유를 밝혔다.

"차라리 저를 이용하십시오. 제가 해결해 드리겠습니다."

"무엇을요?"

"……모든 것을."

나는 그의 대답에 잠시 멈칫했다. 그리고 하드 모드가 끝났음에도 여전히 게이지 바가 떠 있는 그의 머리 위를 흘끔 올려다보았다.

'……보라색은 뭘 뜻하는 걸까.'

필요 없다고 대답하려다, 마음을 바꾼 것은 단순한 변덕이었다.

"저를 돕다가…… 후작님의 가면이 벗겨지더라도요?"

"독을 만들었을 때부터 이미 각오한 상태입니다."

"제가, 진짜 범인을 이본으로 몰아 달라고 하면요?"

"기억 조작 마법으로…… 상황을 준비해 보겠습니다."

그가 과연 어디까지 허용할까 궁금했던 나는, 그의 대답에 새삼 놀랐다.

"……저 대신 그 애를 죽여 달라고 하면요?"

마지막 질문에 드디어 그의 말문이 막혔다. 나를 위해 모든 것을 한다는 그의 얼굴이 창백하게 질렸다.

"그……."

입술을 달싹이며 머뭇거리던 그가 새된 비명처럼 띄엄띄엄 말했다.

"암살 길드에 의뢰를 하고……."

"……."

"그리고, 자수하겠습니다."

나는 그의 답변에 그제야 짧게 웃음을 터뜨렸다. 너무나도 그다운 답변이었기에.

'하드 모드가 끝나기 직전에 이랬으면, 차라리 좋았을까.'

의심병 말기였지만, 뷘터는 기본적으로 다정하고 세심한 편이었다. 때문에 이클리스를 대신해 몇 번이고 보험으로 삼을 계획도 했었다. 하지만 이젠 모든 게 무의미했다.

“그럼 후작님이 보호하고 있는 아이들은요?”

웃음기 담긴 내 목소리에, 일순 군청색 눈동자가 커다랗게 확장되었다.

“아직도 어딘가에서 레일라 신도들에게 핍박받고 있을지 모를 마법사의 후손들은요.”

“그건…….”

미처 거기까지는 생각하지 못한 듯 그의 얼굴이 부지불식간에 흐려졌다.

사랑이냐, 사명이냐.

이제 와 뷘터를 믿기에, 그는 짊어진 짐이 너무 많았다. 그건 나 또한 마찬가지였다. 그리고 애석하게도, 그와는 달리 나는 이제 그것을 벗어던지려 계획 중이다.

나는 거의 울기 직전까지 몰린 뷘터를 그만 놀리기로 했다.

“걱정 마세요, 후작님. 그런 부탁 안 드릴 거니까.”

“……영애.”

“믿으실지 안 믿으실지 모르겠지만, 전 평화주의자거든요.”

나는 어깨를 으쓱이며 덧붙였다.

“저 때문에 후작님의 사명을 저버리진 마세요. 나중 가서, 어쩔 수 없었다는 후작님의 변명거리로 쓰이고 싶지 않아요.”

가벼운 말투와는 달리 싸늘하기 그지없는 내용에 뷘터가 이를 악물었다. 그것을 본체만체하며 나는 무심하게 말을 이었다.

"저는 그냥 이 일을 최대한 조용히 마무리 짓고, 공작저를 떠나고 싶어요."

"하지만…… 자작극이 아니잖습니까. 분명, 누군가 영애를 노리고 있습니다. 그런데 왜 스스로 누명을 쓰려는 겁니까."

집요하게 따져 묻는 남자의 행동에 문득 피로가 느껴졌다. 그러고 보니, 후원에 서 있은 지도 꽤 오래 지났다. 나는 한숨을 내쉬며 진실을 털어놓았다.

"맞아요, 자작극."

"독이 다르지 않습니까."

"그럼 그 독을 산 사람의 자작극이겠지요."

"그게 무슨—."

"저는 제 전담 하녀를 통해 이미 독을 구한 상태였죠."

나는 고개를 기울이며, 내가 잠든 사이 공작저 내의 모두가 답을 찾지 못한 수수께끼를 그에게 던졌다.

"……그럼 죽은 하녀를 통해 독을 구한 사람은 누굴까요?"

뷘터는 의미심장한 내 물음에 크게 숨을 들이켰다.

"역시, 역시 알고 계셨군요."

저벅—. 그가 단숨에 내가 벌려 놓은 거리를 좁히며 다가왔다.

"누굽니까. 누가, 영애를……."

성급하게 묻던 그가 문득 무표정한 내 얼굴을 보며 말을 멈췄다. 정답을 알아차린 듯, 그는 떨리는 눈으로 연신 내 기색을 살피며 조심스럽게 물었다.

"……이본 영앱니까?"

"……."

"대답…… 대답해 주십시오. 이본 영애가 그런 겁니까? 이본 영애가 자작극을 벌인 겁니까?"

나는 답하지 않고 그를 고요히 지켜보았다. 그가 과연 내 말을 믿을지 안 믿을지, 확신이 서지 않았기 때문이다.

"맙소사……."

받아들이기 퍽 힘든지, 뷘터가 두 손을 들어 거칠게 마른세수를 했다.

'하기야, 남을 돕기만 하는 천사 같은 여주가 그런 짓까지 했다는 걸 바로 받아들이긴 힘들 테지.'

나는 그런 그를 이해했다. 한참 후, 그가 잔뜩 가라앉은 목소리로 물었다.

"……그럼, 당신은 왜 그걸 알면서도 세리주를 마신 겁니까. 이본 영애에게 쓸 것도 아니면서 제겐, 왜 따로 독을……."

주절거리던 뷘터가 불현듯 말을 멈췄다. 그는 얼굴을 파묻었던 제 두 손을 서서히 떼어 내며 나를 바라보았다.

"정말, 죽으려고 했던 겁니까?"

깊은 심해를 담은 눈동자가 기이한 빛을 띠었다.

"정말, 깨어나서 했던 말처럼…… 죽으려고……."

섬뜩하게 안광을 빛내며 더듬더듬 내뱉던 그의 얼굴이 찬찬히 허물어졌다. 내가 채 입을 열기도 전에, 성큼 다가온 그가 내 양어깨를 와락 움켜잡았다.

"왜…… 대체, 왜……!"

"이미 들으셨잖아요."

나는 대수롭지 않게 답했다. 깨어난 이후, 난 거짓을 꾸미는 대신 정말 내 멋대로, 나오는 대로 지껄였다.

— 독을 마시는 데 거창한 이유까지 필요할까요?

같은 것을 떠올리고 있는지, 코앞까지 다가온 군청색 동공에 절망이 스며드는 것이 선명하게 보였다. 내 몸까지 흔들릴 정도로 어깨를 붙든 그의 손이 파들파들 떨리다, 이내 스르륵 떨어졌다.

"아, 아아……."

뷘터는 허옇게 질린 안색으로 제 이마를 짚으며 비틀거렸다. 이상하게도, 나는 그런 그의 변화에 아무런 감정도 느낄 수 없었다.

"그럼…… 그럼 저는, 어떻게 행동해야 합니까. 당신이 제가 만든 독을 마시기라도 하면, 저는……."

"후작님이 하실 것은 아무것도 없어요."

"영애."

"굳이 저를 위하신다면, 그냥 가만히 입 다물고 제가 무사히 파양당하기를 기도해 주시는 게 맞겠네요."

나는 묵묵히 하고자 했던 말을 내뱉었다. 내 말에 뷘터의 눈빛이 사정없이 흔들렸다.

"독약이, 제가 준 독약이 남아 있지 않습니까."

횡설수설하던 그는 돌연, 짚이는 게 있다는 듯 득달같이 소리쳤다.

"당신이 그걸 마시고 또 죽을지도 모르는데, 어떻게……!"

"그럴 일은 없어요."

"그걸 어떻게 장담합니까."

"그 짓도 한 번 했으면 됐지, 두 번은 못 해요."

나는 미간을 찌푸리며 답했다. 사실이었다. 탈출을 위한 어쩔 수 없는 선택인데, 실패하고도 그 짓을 또 할까.

나는 여주를 위한 엑스트라 중 하나로 휘둘리다가 허무하게 죽기 싫었다. 내 얼굴에서 단단한 의지를 엿보았는지, 뷘터가 조금 전보다 진정한 듯한 어투로 말했다.

"그 독약은…… 그럼 어떻게 하실 겁니까."

"제가 알아서 처리할게요."

"제게 돌려주십시오. 확실히……."

"후작님."

나는 그만 이 지지부진한 대화를 끝내고 싶어서, 그의 말을 끊고 화제를 돌렸다.

"아직도 이본이 착하고 선량한 아이 같으세요?"

"그건……."

그는 바로 답하지 못했다. 여전히 혼란스러운 듯했다. 어쩌면 내 말이 진심인지 거짓인지 가늠하고 있는 걸지도 모른다. 어쨌든 저 의심병자로 하여금 맹목적으로 착하고 선량하다고 믿게 만든 이본도 대단했다.

'그것도 세뇌의 영향인가?'

사실 뭐가 됐든, 상관없었다. 난 이 집에서, 이 스토리에서 벗어날 거니까.

나는 여전히 고민하는 뷘터에게 '타임 오버'를 선고했다.

"답은 됐어요, 후작님."

"……영애, 부디 제게 재조사할 시간을……."

"그보다 부탁드릴 게 있어요."

그가 선불리 변명하려 했지만, 나는 그의 뒷말을 막으며 내 말만 했다. 아랫입술을 잘근거리던 뷘터는 마지못해 응했다.

"……무엇입니까."

"그 죽은 하녀요. 베키라는 아이."

"아……."

"후작님께서 시신을 잘 거둬서 약소하게나마 장례를 치러 주세요."

전혀 생각지 못한 말인 듯, 뷘터의 눈이 휘둥그레졌다.

"그건 왜……."

"그냥, 가엾잖아요."

나는 후원에 핀 이름 모를 보라색 꽃을 바라보며 씁쓸히 중얼거렸다.

"엑스트라처럼, 이용만 당하다 허무하게 죽은 게."

그러다 갑자기, 뷘터처럼 의아함이 들었다. 내가 왜 날 악역으로 몰았던 하녀까지 신경 써야 하는 건가.

불쑥 심술이 솟아났다. 나는 콧잔등을 찌푸리며 짓궂게 물었다.

"착하고 선량한 이본이 후작님께 이런 걸 부탁하지는 않던가요?"

"그녀는……."

내 말에 뷘터는 잠시 생각에 잠겼다. 궁핍한 살림에도 남을 돕던 착한 여주라면 응당 나보다 먼저 죽은 하녀의 시신을 챙겼을 터였다. 하지만.

"그녀는…… 죽은 하녀에 대한 얘기를 꺼낸 적 없습니다."

그는 완전히 혼돈에 물든 얼굴로, 내게 이유를 물었다.

"짧은 시간이지만 함께했으니 분명 슬퍼했을 텐데, 왜……."

"글쎄요."

나는 비죽 웃으며 노랫말을 흥얼거리듯, 장난스럽게 읊조렸다.

"그래도 짧은 시간 제 시중을 들었던 아인데, 왜 그랬을까."

그건 네 사명이니, 네가 알아서 생각해야지.

뷘터는 딱딱하게 얼굴을 굳힌 채 얼어붙었다. 우두커니 선 그를 남겨 두고, 나는 미련 없이 등을 돌렸다.

늦잠을 자서 점심에 가까운 아침을 먹은 나는, 에밀리를 물리고 느지막이 방을 나섰다.

마주치는 고용인들마다 나를 보고 황급히 고개를 숙였다. 나는 뒤통수에 달라붙는 시선을 무시하고 저택의 뒷문을 통해 밖으로 나왔다.

산책 겸 한가로이 후원 주변을 거닐었다. 요즘 공작저 내에서 아무도 내 심기를 건드리려 하지 않았다. 근신을 한다고 한 상태인데 방 밖을 나돌아다녀도 아무런 제지가 없었다.

내 말을 알아들은 건지, 아니면 이본에 대해 의심하느라 바쁜 건지, 뷘터 또한 마지막 대화 이후 공작저에 오지 않았다.

하드 모드를 진행하면서 꼭 마주쳐야 했던 지긋지긋한 면상들을 보지 않자, 심신에 안정이 찾아왔다.

'또 독이라도 마실까 봐 무서웠나 보지.'

나는 속으로 빈정거리며 심술 맞은 표정으로 주변을 둘러보았다. 방 밖을 나설 때면 이따금 숨죽인 시선들을 느꼈다.

그건 에밀리도 마찬가지였다. 저택 전체에 내가 또 헛짓거리를 하는지 아닌지 감시하라는 명이 떨어진 것 같았다.

쥐새끼 같은 시선이 느껴질 때마다 종종 짜증이 났지만, 나는 애써 긍정적으로 생각했다.

'뭐, 호위랍시고 대놓고 교도관들을 붙인 것보단 낫지.'

벽돌 같은 기사 놈들과는 달리, 사용인들은 나를 꽤 두려워했다. 마주칠 때마다 눈을 부라리면, 꽁지가 빠져라 도망가곤 했으니까.

"헉!"

어설픈 감시자 몇 명을 그렇게 내쫓자 저택 뒤편은 순식간에 고요해졌다. 나는 인기척이 사라진 주변을 둘러보다 터벅터벅 걸음을 옮겼다.

도착한 곳은 저택 뒤, 가장 외진 곳에 있는 소각장이었다. 나는 커다란 가마 앞에 선 채, 주섬주섬 치마 속주머니를 뒤적였다. 얼마 후 내 손에 끌려 나온 것은 작은 유리병 하나와 지저분한 조각 하나였다.

'독약, 그리고 유물 조각.'

나는 그것들을 물끄러미 내려다보다가, 반대편 손을 뻗어 화구의 문을 열었다. 재와 물이 섞여 지저분한 가마 안이 보였다.

나는 가지고 온 독약과 유물 조각을 그 안에 내려놓은 후, 다시 문을 닫고 옆에 달린 레버를 돌렸다. 마법으로 구동되는 커다란 가마는 편리하게도 장작 없이 거센 불길을 뿜어냈다. 문에 달린 작은 쪽창 위로 시뻘건 불꽃들이 넘실넘실 춤을 췄다.

나는 안에 있는 것들이 재도 남기지 않고 모조리 타들어 가기를 기다리며, 가마 앞에 쪼그려 앉았다.

"하……."

이런 내 모습이 청승맞기 그지없어서 갑자기 실소가 터져 나왔다.

'망할. 어차피 집 나가겠다고 결심했으면서, 퀘스트 따위 알게 뭐냐고…….'

〈SYSTEM〉 돌발 퀘스트 발생!

[고대 마법 거울의 조각]을 안전한 곳에 보관하십시오!

다시 눈을 뜬 날 이후, 시스템 창은 아직까진 잠잠했다. 그러나 나는 안전한 곳에 조각을 숨기는 것을 넘어, 독약과 함께 불태워 버리기로 결심했다.

'세상에 안전한 곳이 어디 있어?'

숨기는 것보단, 아예 영원히 찾지 못하게 파괴하는 게 나았다.

미친 게임 따위 앞으로 철저히 무시하겠다고 수천 번 염불을 외워 놓고 이러고 있는 내가 참 우습기 그지없었다. 그렇지만 별수 없지 않은가.

'무서운 걸 어떡해.'

나는 아직도 그때, 그 일이 생생했다. 합쳐진 유물로 어떤 남자의 생명을 빨아먹던 흰색 로브.

아직도 그것만 떠오르면 오싹 소름이 끼쳤다. 그러니 이 집에서 나가기 전에, 조금이라도 후환이 남을 만한 것은 모두 제거하는 게 옳았다.

타닥, 타닥—. 경쾌하게 울려 퍼지던 타는 소리는, 불꽃이 먹잇감을 모두 살라 먹고 차차 잦아들었다.

쏴아아아—. 얼마 후 뜨거운 내부를 식히는 물이 자동으로 뿜어졌다. 나는 그 모든 과정이 끝나길 충분히 기다린 후, 마침내 화구문을 열었다.

'증거 인멸'이라는 매우 중요한 일이었기에 단순한 확인차였다. 물론 어마어마한 마법 화염에 모조리 타 버려서 재조차 남아 있지 않겠지만…….

"뭐야."

태평하게 생각하며 가마 안을 들여다본 나는 멍하니 입을 벌렸다. 빈터에게 얻었던 독약은 다행히 흔적도 없었다. 그러나—.

"미친, 왜 이거 그대로……."

거울 조각은 그대로였다. 그을린 자국 하나 없이, 멀쩡하게.

얼빠진 얼굴로 그것을 바라보던 난 천천히 손을 뻗었다. 혹시 바짝 구워져서 겉보기에만 멀쩡해 보이는 게 아닐까, 하는 희망을 애써 품은 채로.

'제발 닿자마자 먼지처럼 부스러져라…….'

누가 봐도 초조한 손길로 막 더듬더듬 거울 조각을 쥐어 올리던 찰나였다. 타닥, 타다닥—. 거친 발소리와 함께.

"주인님."

귀에 익은 음성이 나를 불렀다.

나는 소스라치게 놀라, 날카롭게 숨을 집어삼켰다. 조각의 모서리가 여린 손바닥 안을 딱딱하게 찌르는 사실도 제대로 인지하지 못했다. 허둥지둥 등 뒤로 손을 숨기며 몸을 돌렸다.

건물 외벽을 손으로 짚은 채 거칠게 숨을 헐떡이고 있는 남자가 보였다. 땀에 흠뻑 젖은 곱상한 얼굴에 달라붙어 있는 회갈빛 머리칼.

이클리스였다.

"여기…… 계셨네요."

놈이 기이하게 눈을 번뜩이며, 숨을 고르느라 숙였던 상체를 천천히 들었다. 똑, 똑. 문득 물방울이 떨어지는 소리에 시선을 돌리던 나는 와락, 오만상을 찌푸렸다.

놈의 손에서부터 핏물이 줄줄 흘러 흙바닥에 벌겋게 흔적을 남기고 있었다. 붉은 속살이 드러날 만큼 까진 손등은 물론, 더러운 맨발과 다리도 온통 생채기투성이였다. 멀쩡한 건 얼굴 가죽뿐이었다.

"대체……."

놀란 심장이 두서없이 펄떡였다. 갑자기 나타난 그의 등장도, 처참하기 짝이 없는 몰골도, 모두 예상치 못한 것들이었다. 막 탈영이라도 한 걸까.

나는 벌어졌던 입을 천천히 다물었다. 마구 뛰던 심장이 조금씩 잦아들다, 종내에는 서늘하게 식었다. 내가 여기 있는 건 또 어떻게 알고 찾아왔는지 모르겠지만, 놈이 다쳤든 말든 더는 알 바 아니었다.

나는 곧바로 차갑게 얼굴을 굳히며 빠르게 걸음을 옮겼다. 한시 바삐 돌아가서, 불타지 않은 조각을 어떻게 처분할지 생각해야 한다.

그러나 소각장을 채 빠져나가기도 전에 길이 막혔다. 나는 우뚝 걸음을 멈추고, 앞을 가로막은 커다란 형체를 싸늘히 노려보았다.

"비켜."

"……주인님."

이클리스가 무표정한 얼굴로 나를 응시했다. 희번덕거리던 눈동자에 차차 무언가가 서렸다. 그리움, 애절함, 원망, 걱정 따위의, 이제는 별로 기껍지 않은 것들.

“내가, 널 죽은 사람 취급하겠단 말 못 들었니?”

냉랭한 내 질문에 이클리스는 입술을 달싹이다 작은 소리로 답했다.

“들었어요. 들었는데…….”

“…….”

“왜 이렇게…… 얼굴이 상하셨어요.”

“하.”

듣긴 했지만, 귓등으로도 내 말을 안 들은 태도였다.

놈은 짧게 코웃음 치는 나를 음울하게 바라보았다. 이대로는 영영 비키지 않을 것 같았다. 나는 나지막한 한숨을 쉬며 놈에게서 한 발짝 물러섰다.

“……너야말로 몰골이 그게 뭐야? 감옥에서 탈출하기라도 했어?”

인상을 쓴 채 형편없는 몰골을 지적하자, 수치스러운 건 아는지 놈이 미미하게 얼굴을 붉혔다.

“마지막으로 뵌 이후 감옥에서는 바로 나왔어요. 그렇지만 주인님의 성인식까진 숙소에 연금된 상태였던지라…….”

“…….”

“주인님께서 쓰러지셨다는 말을 듣고…… 여러 번 저택으로 오려 했어요. 그러다가 다시 감옥에 갇히는 바람에…….”

결국 감옥에서 탈출했다는 말이었다. 이클리스는 점점 굳는 내 표정에 다친 양손을 맞댄 채 제 손톱들을 까득까득 긁으며 덧붙였다.

“깨어나셨다는 말을 오늘 전해 들어서…….”

“그래서, 감옥 문이라도 부수고 나왔니?”

“…….”

침묵 속에서 긍정이 느껴졌다. 기가 막힐 노릇이었다.

"끌려가기 전에 얌전히 돌아가는 게 좋을 것 같구나."

나는 차갑게 읊조린 후 다시 걸음을 옮겼다. 더 할 말도 없었고, 말주변이 없는 놈이 뭘 말하고 싶은지도 알 수 없었다.

"……저."

하지만 채 스쳐 지나가기 전에 또다시 앞이 가로막혔다.

"이제 검 잘 다루게 됐어요, 주인님."

그런 말을 갑자기 이 시점에, 내게 왜 하는 걸까. 나는 애써 심호흡하며 솟아오르는 짜증을 눌러 참고 답했다.

"그러니? 축하해."

"노예가 아니라 평민으로 신분 상승도 했어요."

"잘됐구나."

"그러니까…… 이제 주인님의 기사로서 다 해 드릴 수 있어요."

"뭘?"

나는 이해가 안 가서 멀뚱멀뚱 되물었다. 이클리스가 조금 수줍게 눈을 내리깔며 중얼거렸다.

"……주인님을 이렇게 만든 사람들에게, 복수하는 거요."

"허."

실소가 터져 나온 것은 당연했다.

'보통 미친놈이 아니네.'

날 이 지경으로 만든 건 다름 아닌 너라고, 확 쏴붙이려다가 참았다. 전혀 그렇게 생각하지 않으니까 지금 내게 저딴 소리를 지껄이는 것이 아닌가. 말이 안 통하는 상대에게 소리 질러서 뭐 할까. 내 입만 아프지.

"그게 누군데?"

나는 짐짓 모르는 척 물었다.

"이본."

답은 곧장 돌아왔다.

"그리고 에카르트 공작, 데릭 에카르트, 레널드 에카르트, 집사 펜넬, 하녀장, 주인님이 자작극을 벌였다고 떠들던 모든 고용인과 기사 놈들."

"……."

"마크 앨버트, 피터 라이너, 게릭, 한스."

놈은 그 외에도 낯선 이름들을 줄줄 말했다. 그 안에는 내가 아는 이도 있었고, 모르는 이도 있었다. 하지만 나는, 그가 그 사람들을 모조리 외우고 있다는 사실이 섬뜩하게만 느껴졌다.

중얼중얼 이름 외우기를 마친 이클리스가 천천히 내 앞에 무릎 꿇었다. 처음 만났을 때처럼, 놈은 아무렇게나 놓여 있는 내 한 손에 조심스럽게 제 얼굴을 가져다 댄 후 뺨을 비볐다.

"……제가 생각이 짧았어요."

"……."

"그날, 주인님이 그렇게 가신 후로 많이 반성했어요."

"……."

"주인님은, 안온한 삶과 지위에서 벗어나기 싫어하시는데……."

놈이 스륵 고개를 돌려 내 손등 위에 눅눅한 입술을 내리눌렀다.

"……그런데 하나뿐인 기사라는 새끼가 감히, 그것 하나 제대로 알아차리지 못해서 도망치잔 말이나 꺼내고……."

"……."

"이제라도 계획을 수정해서 주인님의 손에 공작저를, 아니."

"……."

"원하신다면, 이 손에 제국이라도 쥐여 드릴게요."

이클리스는 퍽 간절한 눈으로 나를 올려다보며 애원했다.

"허락만 해 주세요. 그러면 제가 다 알아서……."

"이클리스."

더 들어줄 수가 없었다. 나는 그의 주절거림을 끊기 위해 나지막이 그를 불렀다.

"넌 고용인들에게 자작극이라는 말은 들었으면서, 내가 독인 줄 알면서도 세리주를 마셨다는 말은 못 들었니?"

"그……."

놈이 흠칫 말을 멈췄다. 찰나, 흔들리는 회갈빛 눈동자가 답을 주었다. 대강 돌아가는 상황을 모두 알고 있노라고.

하고 싶은 대로 가만히 내버려 두던 예전과는 달리, 나는 그를 눈치채자마자 놈이 얼굴을 비비던 손을 거칠게 잡아 뺐다.

"이 집, 이 집 인간들이……."

그러나 놈이 멀어지는 내 손을 제 피투성이 손으로 허겁지겁 붙들었다.

"이 집 인간들이 주인님께서 그런 선택을 할 수밖에 없도록 몰고 갔……."

"너 때문이야."

"……예?"

"독주 마신 거, 너 때문이라고."

물론 이클리스 하나 때문이 아니라 복합적인 이유였다. 하지만 거짓일지언정 뭐 어떤가.

'언제까지 나만 X 같을 순 없잖아.'

일순 멍해지는 얼굴을 내려다보며, 나는 해사하게 웃었다. 그리고 한 자 한 자 상냥하게 일러주었다.

"네가 날 죽을 수밖에 없도록 만들었잖아."

어때. 사랑한다는 여자가, 너 때문에 죽다 살아났다는 소리를 듣는 기분은.

진심으로 웃는 내 얼굴에 못 박혀 있던 회갈색 동공이 찢어질 듯 확장되었다. 얼마 지나지 않아 그 안에 스멀스멀 충격이 솟아나기 시작했다.

"그, 그게……."

일시 정지라도 한 것처럼 이클리스는 숨을 멈췄다. 밀랍 인형처럼 언제나 표정 없던 얼굴이 하얗게 질리는 꼴을 실시간으로 보는 것은 꽤 재밌는 일이었다.

"아, 넌 못 봤지? 내가 어떻게 죽어 갔는지."

얹힌 듯 막힌 속이 시원해졌다. 나는 천천히 상체를 숙여, 그의 앞에 내 얼굴을 가져다 대었다. 호흡이 멎은 그에게 '후—' 하고 입바람을 불었다.

"주, 주인님."

움찔 떨리는 어깨, 하릴없이 흔들리는 눈동자.

기분이 유쾌해진 나는 달콤하게 속삭였다.

"너 혹시, 독주 먹어 봤어?"

"……."

"독주를 마시면 있잖아…… 몇 초 지나지도 않아서 누가 불을 지른 것처럼 가슴이 펄펄 들끓어. 그러다 숨이 막혀서 잠깐 입을 벌렸더니, 새빨간 피가 분수처럼 뿜어져 나오는 거 있지."

"……."

"내가 먹은 건 끊임없이 각혈하게 만드는 혈관 독이라더구나. 덕분에 의식을 잃은 후에도 피를 한 바가지나 줄줄 흘렸대."

"……."

"쓰러지기 전에 나 너무 아팠어, 이클리스. 내가 얼마나 고통스러웠는지 아니?"

"아…… 주, 주인님, 주인님."

무대 위에서 연기하는 배우처럼 서글픈 표정을 짓는 내 모습에 이클리스의 얼굴이 왈칵 일그러졌다. 놈은 마치 제가 독이라도 마신 것처럼 괴롭게 목을 떨었다. 날 사랑해서 그랬다는 말이 빈말은 아닌 모양이었다.

성인식 전에 놈이 이본을 데리고 왔을 때 내가 느꼈던 절망, 좌절, 상실.

'너도 한번 느껴 봐.'

나는 직전까지 짓고 있던 울먹이는 표정을 지웠다. 그리고 이를 악물고 짓씹듯 내뱉었다.

"그런데 이 모든 게 다, 너 때문에 그런 거라고. 알아들었어?"

"아, 아. 주, 주인……."

"아쉽네. 네 얼굴을 다시 볼 줄 알았더라면, 그냥 죽어 버리는 게 나았을 텐데."

확실히 내가 선택한 방법은 놈에게 커다란 타격을 주었다. 내 앞에서 한 번도 감정을 드러낸 적 없던 이클리스의 얼굴이 엉망진창으로 흐트러졌다.

길을 잃고 두서없이 떨리는 눈동자가 우스웠다. 놈은 허옇게 질린 얼굴로 물에 빠진 사람처럼 제대로 호흡하지 못하다, 더듬더듬 지껄였다.

"왜, 아, 주인님…… 왜 죽음을…… 왜……."

"왜겠니?"

나는 잔인하게 웃었다. 아니, 어쩌면 울고 있는 걸지도.

"넌 알고 있었잖아. 내가 널 사와 극진히 보살핀 것에 이유가 있었다는 걸."

"……."

"넌 그걸 저지하기 위해 이본을 데려왔고, 날 진창으로 처박았어. 목적에 실패한 패배자들의 말로가 보통 어떨까?"

"……."

"너같이 비참한 처지로 전락하거나, 아니면 네가 사지로 밀어 넣은 네 고국인들처럼……."

"……."

"죽음뿐이겠지."

나는 숙였던 상체를 천천히 들어, 그의 정수리 위를 내려다보았다. 호감도 게이지 바는 여전했다. 피처럼 검붉은색. 죽음도 불사할 만큼 나를 사랑하는 이클리스.

하드 모드를 실패한 이유가 온전히 이클리스의 탓이라고만 할 수 있을까.

'……아니.'

그 안에는 분명 내 잘못된 선택과 판단이 존재했다. 어쩌면 이클리스에겐 죄가 없을지도 모른다. 내가 몰빵 남주로 택하지 않았더라면, 그가 이렇게까지 처돌아 버리진 않았을 테니까.

하지만 내게 이용당한 그를 가엾이 여기고, 내 패착들을 하나하나 되짚어 보기에 나는 너무 지쳤다. 내겐 게임 스토리도, 무시무시한 여주도, 세뇌당한 이클리스에게도 대적할 힘이 없었다.

'어쩔 수 없잖아.'

죽기 싫은 패배자에게 남은 건 도망뿐이었다. 그때였다.

"……공작의 친딸을 데리고 오면, 주인님이 바로 내쳐질 줄 알았어요."

"……."

"그러면 주인님이 저만 믿고, 저에게만 의지할 줄 알았는데……."

한없이 유약한 얼굴로 떨고 있던 이클리스가, 불현듯 입을 열고 음산하게 읊조렸다.

"안 되겠어요. 이본을 그냥 죽이고, 제가 다 원래대로 돌려놓을……."

"죽으려면 네가 죽어야지, 이클리스."

어린아이처럼 칭얼거리는 듯한 그의 말을 끊고 나는 싸늘하게 뇌까렸다.

"멋대로 데리고 와서 모든 걸 망쳐 놓은 건 너잖아."

"전…… 죽기 싫어요."

"왜?"

그가 망설이다가 작게 중얼거렸다.

"그럼…… 당신을 다시 볼 수 없잖아."

"……하."

"가끔, 이 갈증 때문에 그냥 죽어 버리고 싶다가도…… 당신 옆에 나 말고 누가 서 있는 꼴을 생각하면, 피가 거꾸로 솟아.”

“…….”

“전 죽기 싫어요, 주인님.”

그 순간, 놈이 번뜩 아래로 내렸던 고개를 쳐들었다.

“그러니까, 알려 주세요.”

“……뭘?”

“어떻게 하면 당신 옆에 다시 설 수 있는지.”

놈이 후회하는 건 잠깐이었다. 다시 살아난 눈빛이 형형하게 빛났다.

“하라는 대로 다 할 테니까…….”

놈이 선처를 구걸하며, 내 손을 잡지 않은 손으로 더듬더듬 제 뒷주머니를 뒤졌다. 무언가를 꺼내 든 그가, 내 손가락에 그것을 마구 밀어 넣었다.

검지에 차가운 감촉이 느껴졌다. 어느새 커다랗고 빨간 루비 반지가 손가락에 자리하고 있었다.

“개처럼 기어 다닐게요.”

내가 일전에 집어 던진 루비 반지를 돌려준 놈이, 벌벌 떨며 애원했다.

“불쾌하시면, 다시는 사랑한다는 말 따위 입에 담지 않을 테니까…….”

“…….”

“제발 절 버리지 마세요, 주인님.”

나를 올려다보는, 울 듯 흐려진 얼굴이 말갛고 예뻤다. 찰나, 마음이 조금 약해질 만큼. 그러나 이클리스 뒤로 나타난 인기척에 번쩍 정신이 들었다.

"……이클리스."

나는 천천히 그에게 잡힌 손을 빼냈다. 놈이 경기라도 일으키듯 펄떡이며 다시 잡으려 했지만, '쉬이—' 하고 달랬다.

완전히 그에게서 빼낸 손으로 나는 천천히 부스스한 잿빛 머리칼을 쓰다듬었다. 뒤통수를 타고 느릿하게 내려간 손이, 이윽고 딱딱한 무언가에 닿았다.

나는 정면에 위치한, 하늘하늘한 치맛자락에 시선을 고정한 채 말했다.

"난 이제 네 주인이 아니잖니."

그와 동시에, '달칵' 하고 루비 알이 파인 홈과 맞물렸다. 툭—. 그의 목을 차지하고 있던 검은색 가죽이 아래로 떨어졌다. 노예임을 증명하며 언제나 그의 숨통을 죄던 마법 초커가, 마침내 풀렸다.

"……주인님?"

턱 아래가 휑해진 것을 느꼈는지 이클리스가 고개를 내려 그것을 확인하다가, 이내 얼빠진 얼굴로 나를 불렀다.

이건 나를 배신한, 내 하나뿐인 기사를 향한 내 마지막 배려였다.

"이제 그런 건 네 새로운 주인에게 물어봐."

"그, 그게 무슨……."

"안녕."

나는 나지막이 인사했다.

"……이클리스."

그때, 이클리스를 부르는 또 하나의 목소리가 고요한 소각장에 울려 퍼졌다. 그 소리에 이클리스가 느릿하게 뒤로 고개를 돌렸다. 이본이 내 앞에 무릎 꿇은 놈과 나를 사색이 된 얼굴로 번갈아 바라보고 있었다.

"이, 이클리스가 사라졌다는 소식을 들어서…… 차, 찾으려고……."

우리 둘의 시선에 그녀가 바들바들 떨며 변명하다가, 이내 울상을 지었다. 나는 손바닥을 찌르는 조각을 조금 더 세게 꽉 쥐며, 애써 아무렇지 않은 척 어깨를 으쓱였다.

"찾아서 다행이네."

그리고 이클리스를 지나쳐 걸음을 옮겼다. 엑스트라는 주인공들을 위해 으레 자리를 피해 줘야 하니까.

"주, 주인님."

멍하니 이본을 쳐다보던 이클리스가, 저를 스쳐 지나가는 나를 허겁지겁 붙잡으려 들었다. 그러나 그의 손이 닿기 전에 나는 재빨리 걸음을 옮겼다.

"페, 페넬로페……."

"좋은 시간 보내렴."

소각장을 빠져나가기 전, 나는 우두커니 서 있는 이본에게 최대한 무해한 표정으로 말했다.

"주, 주인님!"

이클리스가 처절하게 외치며 자리에서 벌떡 일어났다.

"이클리스, 잠시만……!"

"이거 놔! 주인……!"

"사람들에게 들키기 전에 할 말이 있어. 내, 내 얘기 좀 들어 줘!"

하지만 그의 새로운 주인이 가로막아 준 덕분에 붙들리지 않고 도망칠 수 있었다.

나는 빠른 걸음으로 소각장을 빠져나갔다.

소각장에 고요한 정적이 내려앉았다.

페넬로페가 사라진 자리를 응시하며 우두커니 서 있는 이클리스에게 이본이 빠르게 다가섰다.

"이클리스."

부름에도 그는 고개를 돌리지 않았다. 이본은 다급하게 그의 팔을 붙들었다.

"이클리스! 조각은?"

그제야 남자의 시선이 스르륵 옮겨졌다. 아무것도 담기지 않은 채 텅 비어 있는 회갈색 눈동자.

"……조각은?"

"……."

"……조각을 가져오라고 풀어 준 건데, 이러고만 있으면 어떡해!"

침묵하는 그에게서 실패를 알아챈 이본의 얼굴이 울상으로 일그러졌다. 그러든 말든, 이클리스는 공허한 눈으로 페넬로페의 자취를 좇다가 허망하게 읊조렸다.

"……다 끝났어, 이제."

"뭐가."

"주인님이 나보고 죽으래."

"무슨……."

"당장 죽어야겠어. 그래야 내가 얼마나 사랑하는지, 그녀가 알 테니까."

이클리스는 혼이 나간 것 같은 얼굴로 잡을 틈도 없이 황급히 움직였다. 그가 막 소각장을 빠져나가려던 때였다.

"페넬로페와 황태자 전하가 곧 약혼해도?"

"……."

"몇 년 후 결혼을 하고, 약혼녀인 페넬로페가 황태자비가 돼서 다른 남자의 아이를 낳게 되더라도."

"……."

"그래도 상관없이 죽을 수 있어?"

나지막한 이본의 음성에 이클리스의 걸음이 우뚝 멈췄다.

"네가 그랬잖아. 그를 죽여서라도 약혼을 막고 싶다고."

이본은 그의 뒷모습을 바라보며 간절하게 목소리를 흘려 내었다.

"난…… 네가 원하는 걸 다 들어줬어. 약혼이 이대로 진행되지 못하게 그를 북방으로 보냈잖아."

"……."

"하지만 이대로라면 곧 돌아와서 약혼식을 강행하려 하겠지. 그는 강한 전사니까."

"……."

"……그래도 죽을 거야?"

이클리스의 꽉 쥔 두 주먹이 조금씩 떨렸다. 상상만 해도 눈이 뒤집히는 것 같았다. 그는 절망 어린 목소리로 중얼거렸다.

"……페넬로페를 가지고 싶어."

"……."

"어떻게, 이제 어떻게 해야 하지? 어떻게 해야 그녀가 예전처럼 내게 웃어 주지?"

"날 봐, 이클리스."

이본은 신중하게 그의 앞으로 다가갔다. 그리고 조심스럽게 손을 뻗어 그의 뺨을 들어 눈을 맞추었다.

"가여운 이클리스."

이본은 마치 그를 대신하듯 눈물을 글썽이며 방법을 제시했다.

"네가 그녀를 가질 수 있는 방법은, 제국을 손에 쥐는 것뿐이야."

"내가…… 어떻게?"

이제 막 노예 신분에서 벗어난 제가 어떻게 이 커다란 제국을 손에 쥔단 말인가.

그러나 이본은 희미하게 미소 지으며 그를 일깨웠다.

"잊었어? 너 또한 고귀한 피라는 걸."

"……."

"이클리스 칸 델만, 크루 칸 델만의 사생아, 초원의 마지막 왕족."

오랜만에 듣는 익숙한 호칭에 이클리스는 눈을 부릅떴다. 그가 눈에 띄게 동요하며 고개를 내저었다.

"……아, 아니야. 그건 내가 아니……."

"네 백성들이 아직도 곳곳에 살아 숨 쉬면서 널 기다리고 있어. 전사는 비겁하게 전쟁을 피하지 않아."

이본의 속삭임이 끝나는 순간, 찬란했던 과거 델만의 광영이 이클리스의 눈앞을 스쳐 지나갔다.

그러나 실제 그의 눈앞엔, 푸른빛을 뿜는 거울 조각이 들이밀어져 있었다. 이클리스의 눈이 서서히 혼몽하게 풀렸다.

왕의 사생아였지만 그는 차별받지 않았다. 오히려 다른 형제들과 달리 무거운 직무에 구애받지 않고 자유롭게 자랄 수 있었다.

드넓은 대지, 푸르른 녹음, 아름다운 초원이 끝없이 펼쳐진 고국. 그 모든 것들이 제국인들의 발에 짓밟혔을 때, 아버지와 형제들은 그의 이름을 계보에서 지우고 노예로 위장시켰다.

그렇게 가족과 고국인들을 등져 가며 살아남은 더러운 목숨이다. 자신은 이제 왕족이 아닌, 천한 노예였다. 그런데 이제 와 어떻게 그 이름을 다시 뒤집어쓴단 말인가.

"네 말대로 이제 끝이야, 이클리스. 이번이 아니면…… 다시는 페넬로페를 가질 수 없어."

이본이 간절하게 되뇌었다.

"북방으로 가. 가서 반란군들과 접촉해. 황태자를 죽이고, 네가 제국의 주인이 되는 거야."

"……주인님은 그런 걸 원하지 않아."

완전하지 않은 유물 탓인지, 먹잇감이 미약하게 반항했다. 하지만 유물에서 뿜어져 나오는 푸른빛이 그의 눈을 가리자, 음습한 욕심이 다시금 샘솟았다.

이본은 인내심을 가지고 같은 말을 여러 번 반복했다.

"페넬로페는 안온한 삶을 원해."

"안온한 삶……."

"고작 공작가에서 내놓은 양딸 출신의 황태자비 자리가 아니라. 그녀가 그런 위태로운 자리를 견딜 수 있을 것 같아?"

조각에서 뿜어져 나오는 푸른빛이 점차 강해졌다.

'페넬로페는 황태자비 자리를 원하는가?'

이본의 물음에 이클리스는 잠시 고민했다. 그녀가 원한다면, 그는 황태자를 죽이고 그 자리를 빼앗아서라도 그렇게 만들어 줄 수 있었다. 하지만 그가 아는 주인은 딱히 그것이 목적인 것 같지 않았다.

이본이 계속해서 속삭였다.

"그녀가 불행해지는 걸, 너는 막을 수 있잖아. 그렇지?"

"……그녀는 행복해져야 해. 이 집에서, 그 새끼들 때문에 매일 슬퍼했는데……."

"그럼 내 말대로 해, 이클리스."

마침내, 이클리스의 고개가 끄덕여졌다. 푸른빛으로 잿빛 동공을 완전히 점령한 후였다.

그런 그를 보며 이본은 지그시 이를 사리물었다. 제멋대로 구는 먹잇감으로 인해 최대한 공작저 내의 사람들에게 들키지 않게끔 조각을 빼내려던 계획은 실패했다.

'과거보다 더 쉽게 해치울 수 있을 거라 생각했는데…….'

대체 제가 없는 사이 무슨 일이 벌어진 건지 모든 게 쉽지 않았다. 믿기지 않을 만큼 상황이 전부 바뀌어 있었다.

강력한 고대 마법을 사용하는 가짜 공녀와 제가 쳐 둔 거미줄에 좀처럼 걸려 들지 않는 먹잇감들. 그들은 대체 왜인지 하나같이 페넬로페에게 절절맸으며, 설상가상으로 그녀는 쥐새끼같이 제 조각을 가져가 버렸다.

'분명 날 알아봤어.'

그날, 섬이 무너지던 날. 벗겨진 가면 때문에 정면으로 눈이 마주쳤고, 여자는 분명 자신을 보았다. 자신의 정체 또한.

'다 알고 있으면서, 깜찍하게도…….'

시치미를 떼며 요리조리 빠져나가는 페넬로페를 생각하니, 미칠 듯한 초조함이 몰려왔다.

시간이 없었다. 페넬로페의 사랑을 받지 못해 절망하는 멍청한 먹잇감들은 젖혀 놓고.

'……이젠, 직접 행동하는 수밖에.'

"흐으……."

나는 입을 틀어막고 있던 손을 천천히 내렸다. 꽉 쥐고 있던 조각 끄트머리가 기어코 살을 파고들었지만, 바짝 얼어붙은 몸은 아무런 통증을 느낄 수 없었다.

내가 있는 곳은, 소각장 바로 옆. 이클리스가 손을 짚었던 건물 외벽 너머, 창고였다. 남몰래 조각을 없애기 위해, 주변을 샅샅이 훑었던 게 이런 식으로 도움이 될 줄 몰랐다.

지난번에 이본이 이클리스를 세뇌하던 장면을 보았기에, 그냥 가면 안 된다는 내 판단은 적중했다. 얄팍한 벽 하나를 두고 그들의 대화를 엿듣던 나는, 인기척이 사라지고도 한참이 지난 후에야 그곳을 빠져나갔다.

"아, 아가씨!"

곧장 방으로 돌아오자 막 청소를 마친 에밀리가 나를 맞이했다.

"왜 이렇게 늦게 돌아오신…… 세상에! 아가씨, 손이 왜 그러세요? 피가 나셔요!"

"에밀리."

나는 호들갑을 떠는 그녀를 제지하며 명령했다.

"가서 망치 좀 가져와."

"네? 하, 하지만 손부터 치료를……."

"가서 망치 가져오라고."

"그, 금방 다녀올게요!"

눈을 부라리며 재촉하자, 그녀가 헐레벌떡 방을 나갔다. 나는 그제야 손을 펴고 쥐고 있던 조각을 바닥에 내던졌다. 타악—.

모서리에 찢겨 엉망진창이 된 손바닥이 아팠다. 그러나 그보다 두려움이 앞섰다. 여주가, 아니 그 괴물이, 조각을 찾고 있다. 그리고 조각을 없애려는 내 일거수일투족을 모두 알고 있다.

'빨리 제거해야 돼!'

다행히 에밀리는 커다란 망치 하나를 가지고 금세 돌아왔다.

"아가씨! 여기 가져왔어요. 그런데 망치는 왜……."

"위험하니까 물러서 있어."

거의 뺏듯이 망치를 받아 든 나는, 곧바로 그것을 높이 쳐들었다. 그리고 이내 바닥에 내던진 거울 조각을 향해 힘껏 내리쳤다. 휘익, 콰앙—!

"아가씨, 악!"

갑자기 바닥을 향해 망치질하는 나를 보고 에밀리가 비명을 지르며 기겁했다. 그러나 나는 멈추지 않았다.

쾅, 쾅, 콰앙—! 거울 조각을 아예 가루로 만들 기세로 미친 듯이 망치를 휘갈겼다.

콰직—! 그러다 가장자리를 잘못 맞았는지 거울 조각이 허공에 팍 튀었다가 바닥에 도로 나동그라졌다.

"허억, 허윽. 제발—!"

금 하나 가지 않고 멀쩡한 조각을 발견한 나는, 왈칵 얼굴을 일그러뜨렸다.

"이 미친! 거울을 무슨 강철로 만들었냐고!"

공포와 두려움에 질린 나는 악을 쓰며 망치를 바닥에 집어 던졌다. 덜커덩—!

"아가씨, 제, 제발 진정하세요! 진정하시고, 손부터……!"

에밀리가 사시나무처럼 벌벌 떨며 나를 만류했다. 손바닥이 온통 끈적끈적했다. 몇 줄기 피가 손을 타고 뚝뚝 흘러내렸다. 조각에 베인 것도 잊고, 그 손으로 망치질을 한 대가였다.

"……에밀리."

"네, 네?"

나는 심호흡하며 냉정을 되찾으려고 노력했다.

"지금 당장 심부름 좀 갔다 와야겠구나."

"예? 무슨……."

"저거 들고 흰 토끼 상단으로 가. 최대한 아무와도 마주치지 말고."

나는 바닥에 떨어진 조각을 흘긋 턱짓했다. 에밀리가 재빠르게 몸을 움직여 주섬주섬 그것을 주웠다.

"가서, 아무도 모르는 안전한 곳에 보관하라고 전해. 내가 찾으러 갈 때까지."

불에도 타지 않고, 망치로 부숴도 부서지지 않았다. 아무리 생각해도, 당장 저택 밖으로 빼돌려 두는 것밖에 방법이 없었다.

"네, 네! 그럴게요, 아가씨!"

"그리고, 하나 더."

충실하게 고개를 끄덕이는 에밀리에게 나는 또 다른 지시 사항을 내렸다.

"섬이 사라진 밤에 부탁한 일을 한 번 더 실행해 달라고 전하렴."

"네, 절대 잊지 않고 전할게요!"

"그래, 조심히 갔다 와."

몇 번 해 본 일이어서 그런지, 에밀리는 아무것도 묻지 않은 채 서둘러 방을 나섰다.

그게 제 기억을 지워 달라는 의뢰라는 걸 까맣게 모를 하녀의 뒷모습을 바라보던 나는, 이내 어금니를 꽉 깨물었다.

'당장 여기서 나가야겠어.'

북방으로 가야 했다.

"아가씨, 저 다녀왔어요!"

그날 저녁, 에밀리는 내가 준 임무를 완수하고 돌아왔다.

"아무와도 마주치지 않고 갔다 온 거 맞지?"

"네, 아가씨께서 전하라는 말씀도 다 전했어요. 상단주가 잘 보관하겠다는 답을 전했어요."

"고생했구나."

"고생은요! 손은 잘 치료하셨어요?"

그녀는 내 손에 감긴 붕대를 바라보며 안타까운 표정을 지었다. 나는 곧장 물었다.

"그런데 에밀리, 내가 전달하라는 물건은 잘 전달했니?"

"네? 무슨 물건이요?"

전혀 모르겠다는 듯 휘둥그레진 눈에는 거짓이 없었다. 빈터가 에밀리에게서 조각과 관련된 기억만 지웠다는 것을, 직감했다.

"아니, 아무것도 아니야. 내가 착각한 것 같구나."

이제 남은 건 '언제 탈출하냐'뿐이었다.

다음 날.

밤새 한숨도 자지 못하고 뒤척이던 나는 꼭두새벽부터 방을 나섰다. 갑자기 사라진 내 모습에 놀라 자빠질 에밀리를 위해 이불 안에 베개를 쌓아 불룩하게 해 놓았다. 아직도 자고 있는 것처럼 보이도록.

희뿌연 여명이 내려앉은 공작저 부지는 소름 끼칠 만큼 적막했다. 서늘한 아침 이슬을 헤치며, 나는 연무장으로 향하는 숲길을 걸었다. 훈련하는 기사들도 기상 전인 시각이라 그런지, 대낮에 비해 숲이 퍽 음산하게 느껴졌다.

나는 부지런히 걸음을 옮겼다. 탈출의 기본은 바로 탈출로 확보였다. 개구멍을 쓴 지 벌써 꽤 오래전 일인지라, 다시 한번 위치를 확인할 필요가 있었다.

겸사겸사 복잡한 머리도 식힐 겸 천천히 걷다 보니, 어느새 눈에 익은 지형에 이르렀다.

'그래도 독 먹었다고 기억력이 감퇴하거나 하진 않았나 보네.'

아직 쓸 만한 두뇌를 자찬하며 나는 빠르게 그쪽으로 다가갔다. 비슷비슷한 여러 개의 수풀 중, 기억에 남은 특징을 떠올리며 개구멍을 가린 위장 수풀을 찾았다. 곧바로 그것을 옆으로 밀고 상체를 숙였을 때였다.

"뭐야."

분명 개구멍이 있어야 할 자리가, 아무것도 없었다. 그저 넓은 부지의 끝을 가로막은 담벼락, 그뿐이었다.

'위장 수풀은 그대론데?'

나는 얼떨떨한 얼굴로 내가 밀어 둔 수풀과 틈 하나 없는 벽을 번갈아 바라보았다.

'위치가 여기가 아닌가?'

좀 더 옆인 건가 싶어서, 나는 쪼그려 앉아 벽 아래를 샅샅이 뒤지기 시작했다. 그러나 아무리 수풀을 뒤적여도 뻥 뚫린 구멍이 나오지 않았다.

나는 심각한 얼굴로 중얼거렸다.

"왜 없는 거야. 어디 갔지?"

"개구멍 이제 거기 없다."

"그럼 어디 있는데?"

"그걸 네가 알아서 뭐 하게?"

"그거야 당연히……."

탈출하려고……. 무심결에 답하던 나는 퍼뜩 입을 다물었다. 싸한 감각이 뒷골을 타고 몰려왔다.

'설마…….'

현실을 부정하며 천천히 고개를 돌렸을 때였다. 꿈에 나올까 두려운 분홍 대가리가 내 뒤에 바짝 선 채 귀신처럼 웃고 있었다.

"당연히, 뭐?"

"아악—!"

나는 갑작스러운 레널드의 등장에 짧게 비명을 지르며 나자빠졌다. 놈이 인상을 쓰며 귀를 후볐다.

"야! 왜 갑자기 소리를 지르고 그래!"

"하, 그러는 너야말로 이 새벽에 왜 그렇게 음침하게 다니는 건데?"

"음침? 허! 이 꼭두새벽에 개구멍 찾고 있는 너는 고상하시고요?"

"……."

놈의 반박에 모처럼 입이 스르륵 다물어졌다.

'……망할.'

훈련하는 기사들마저 잠든 이 꼭두새벽에 레널드 놈이 두 눈 시퍼렇게 뜨고 있을 줄은 전혀 예상치 못했다.

여주에게 언제 세뇌당했을지 모를 인물 중 한 명에게 들켰단 사실에 초조함이 몰려왔다. 입술을 잘근거리며 무슨 핑계를 댈지 머리를 굴리던 와중.

"빨리 안 일어나냐? 옷 더러워져."

레널드 놈이 툭 내뱉으며 내게 손을 뻗었다. 잠시 놀란 눈으로 그를 바라보던 나는, 이내 그것을 무시하고 벌떡 자리에서 일어났다. 흙이 묻은 옷자락을 툭툭 털고 있자, 놈이 물었다.

"……기어이 집 나가려고 그러냐?"

"넌?"

"뭐?"

"넌 아버지한테 이를 거야?"

대답 대신 되묻자 푸른 눈동자가 잠시 흔들렸다. 놈이 잠시 나를 물끄러미 응시하다가 입을 열었다.

"내가 아버지한테 고자질하면, 그럼…… 안 나갈 거냐?"

놈의 물음은 좀 이상했다. 공작에게 내가 남몰래 개구멍을 찾더라고 고자질하면 분명 가둬 두려 할 텐데, 그때 가서 내 의사 따위가 뭐가 중요할까.

"글쎄."

나는 곰곰이 최악을 상상했다. 이대로 탈출이 막히고 무서운 여주 년에게 꼼짝없이 조각을 빼앗기고, 그리고 세뇌당한 인간들에게 여주를 괴롭히는 악독한 악역으로 몰려 끔찍하게 죽는 상상을…….

또 죽을 시도를 했으면 했지, 난 이 빌어먹을 곳에서 그따위 꼴로 개죽음당하기 싫었다.

'……그러고 보니 미친 자동 결제 때문에 이번엔 실패했지만, 또 시도하면 탈출할 수도 있는 거 아닌가?'

문득 생각이 거기까지 미쳤다. 나는 혼잣말처럼 중얼거렸다.

"……그냥 다시 죽어 볼까."

"야—!"

그때, 레널드가 버럭 소리쳤다.

"이게 오라비 앞에서 못 하는 소리가 없어! 미쳤어? 간신히 죽다 살아났으면서 또……!"

"그럼 아버지한테 말하지 마."

나는 놈의 말을 중간에 뚝 잘라 먹고 싸늘하게 뇌까렸다.

"나 또 죽는 꼴 보기 싫으면."

"너……! 아오!"

놈이 와락 얼굴을 찌푸리며 제 머리를 거칠게 쓸어 올렸다. 부글부글 속이 끓는 듯한 표정으로 나를 노려보던 그가, 이윽고 손을 뻗어 내 팔뚝을 잡았다.

"……따라와."

"어……!"

그리고 곧장 몸을 돌리는 바람에, 나는 비틀거리며 얼떨결에 그를 따라 걸음을 옮길 수밖에 없었다.

"어디 가는 건데?"

"……."

"레널드. 어디 가냐니까?"

"아! 자꾸 종알대면 아버지한테 달려가서 다 이른다. 어?"

강한 힘이 아니어서 충분히 뿌리칠 수 있었지만, 저택으로 돌아가는 방향은 아니었다. 당장 공작에게 현행범을 인도하려는 것은 아닌 듯했다. 때문에 나는 잠자코 놈을 뒤따랐다.

원래의 개구멍이 있던 곳에서 정반대편으로 한참을 걷던 레널드는, 인적 드문 담벼락 근처에서 우뚝 멈췄다. 외벽 아래, 짚더미가 산더미처럼 쌓여 있었다. 기사들이 훈련할 때 사용하는 허수아비의 잔해들을 모아 둔 장소였다.

잠시 주변을 두리번거리던 레널드는 이윽고 내 팔목을 놓고 그쪽으로 걸어갔다. 그리고 산더미처럼 쌓여 있는 짚 뭉치를 헤집었다. 얼마 안 가 뚫린 지 얼마 안 되어 보이는 울퉁불퉁한 구멍이 드러났다.

"어……."

레널드가 그것을 내게 알려 줬다는 사실이 믿기 어려웠다. 멍하니 새로운 개구멍을 바라보며 눈을 껌뻑이고 있자, 놈이 삐딱하게 말했다.

"아까 거긴 너 때문에 형이 막았어. 그것 때문에 기사 놈들이 얼마나 네 욕을…….”

아무렇지 않게 내뱉던 놈이 갑자기 우뚝 말을 멈췄다. 이유는 알 수 없었다.

나는 대수롭지 않게 여기며 그쪽으로 다가가 주변을 휘휘 둘러보았다. 레널드가 퍽 조심스러운 음성으로 물었다.

“……진짜 집 나갈 거냐?”

“몰라. 아직 확실하게 안 정했어.”

나는 성의 없이 대꾸하며 주변 지형을 마저 외웠다. 그러자 레널드에게서, 개구멍을 알려 준 것만큼이나 믿기 힘든 말이 돌아왔다.

“안 가면…… 안 되냐?”

“……뭐?”

“아버지가 너 절대로 파양 안 한다고 했잖아. 가출할 생각 말고, 그냥 계속 살면 안 돼?”

“왜?”

나는 정말로 영문을 모르겠다는 듯 되물었다.

“넌 나 싫어했잖아. 내가 없어지면 네게 더 좋은 일 아니야?”

“그건…….”

내 말에 레널드의 표정이 괴이하게 일그러졌다. 다락방에서 싸운 직후 지었던 것과 비슷했다. 마치 내 말을 듣기가 괴롭기라도 한 사람처럼.

‘그럴 리 없잖아.’

내가 생각해도 우스운 가정에 나는 픽 실소를 흘렸다. 어린 페넬로페를, 그리고 빙의한 나를 매번 한계까지 내몰았던 이 악귀가 괴로울 리 없지 않은가.

"……맞아. 나 너 진짜 싫었어."

뜬금없는 내 웃음에 허옇게 질린 입술을 달싹이던 레널드는 힘겹게 긍정의 말을 토해냈다.

"네가 있으면 이본이 영영 돌아오지 않을 거 같았거든."

귀에 딱지가 앉을 만큼 들은 소리였다. 대충 흘려들으며 고개를 끄덕이는 내게, 놈이 갑자기 울컥한 얼굴을 했다.

"고개 끄덕이지 마! 그러는 넌, 뭐 성격 괜찮았는 줄 아냐? 네가 얼마나 지랄 맞았는데!"

"허. 내가 뭐라 했어? 갑자기 왜 앞담을 하고 그래?"

"마음먹고 잘 좀 지내 보려고 해도, 네가 얼마나 나한테 지독하게 굴었는지 알아? 내 성인식 전날에 네가 꼬집어서 생긴 흉터가 아직도 남아 있어!"

뜬금없는 디스에 어이없어하는 나를 보고 놈이 씩씩거리며 소매를 걷어붙였다. 불쑥 내민 팔목 안쪽에 정말로 다른 피부보다 짙은 색의 손톱자국이 남아 있었다.

'이건 좀 속 시원하네.'

나는 통쾌해서 비죽 웃었다.

"미안. 됐지?"

"아오! 이걸……."

약이 오르는지 레널드는 제 가슴을 두어 번 퍽퍽 내리쳤다.

놈이 입을 다물자 우리 사이에 어색한 침묵이 내려앉았다. 개구멍을 찾았으니 더는 볼 일이 없었다. 희미하게 동이 터 오는 하늘을 보며, 그만 방으로 돌아가겠노라고 말하려던 찰나였다.

"……성인식 날, 네가 갑자기 피 뿜으면서 쓰러졌을 때 말이야."

불현듯 레널드가 별로 꺼내기 싫은 화제를 입에 올렸다.

"처음에 난 네가 장난치는 줄 알았어."

"무슨……."

"내 성인식 전날 내가 네 방 창문 앞에 있는 나무에서 떨어지고 죽은 척해서, 너 엄청 울었잖아."

덕분에 아버지가 그 나무 바로 베어 버려서 네가 또 지랄하고 난리가 났었지. 레널드가 익살맞게 덧붙였다.

나는 모르는 일이었으므로 침묵으로 일관했다.

"그 늙은 후작 놈이 독을 먹은 걸지도 모른다고 그랬을 땐 이 계집애가 또 사고 쳤나 보다 했어. 사실 안 믿겼어."

"……."

"네가 솔직히 뭐가 아쉬워서 독까지 마시면서 자작극을 하냐? 사 달라는 거 다 사 줘, 하고 싶다는 거 다 해 줘. 이본이 돌아왔다고 아버지가 널 내쫓길 했어, 뭘 했냐고."

"……."

"그런데 네가 피를 줄줄 흘리면서 누워 있는 일주일 동안, 내가 고용인들 싹 다 불러서 조사하는데 말이야……."

내게 두서없이 주절거리던 레널드의 얼굴이 점차 창백해졌다. 숨이 막힌 사람처럼 그는 잠시 가팔라진 호흡을 고르다가 말을 이었다.

"아무도 네가 평소에 뭘 했는지, 어딜 갔는지, 누굴 만나는지 모르더라. 심지어 네 전담 하녀마저도."

"……."

"어떻게 그럴 수가 있지? 씨발, 주인 모시라고 봉급받는 것들이 어떻게 너에 대해 하나도 모를 수가 있냐고."

놈이 내게 사나운 목소리로 따져 물었다. 무조건 모르쇠로 일관하라고 미리 지시해 둔 것을 에밀리가 충실히 이행했다는 건 다행이었다. 그러나 다른 이들은 내 알 바가 아니었다.

'네가 그렇게 만들었잖아.'

수차례 해 왔던 그 말을, 굳이 입에 담지 않았다. 이젠 놈 또한 잘 알고 있었으니까.

"그런데 있잖냐."

"……."

"그때부터 자꾸…… 내가 너한테 못되게 군 것들이 떠오르는 거야."

"……."

"나도 알아. 이본의 목걸이, 내가 네 방에 갖다 놓고 누명 씌우고, 그 외에도 잘못한 짓거리 많다는 거."

레널드가 속사포처럼 쏟아 내며 어깨를 들썩였다. 어느새 그의 눈가가 붉게 충혈되어 있었다.

"그런데 인정하기 싫었어. 그러면 너한테 잘못을 빌 것들이 셀 수가 없는데…… 사과를 해도 네가 분명 안 받아 줄 거 같았거든."

"……."

"넌 어느 순간부터 날, 아니…… 우리 가족을 완전히 타인 취급했으니까."

그가 얕게 헐떡일 때마다, 사랑스러운 분홍 머리가 하늘하늘 부스러졌다. 나는 그것을 그저 무표정한 얼굴로 바라보기만 했다. 나와 눈이 마주친 놈은, 조금의 동요도 없는 날 보며 울듯이 얼굴을 흐렸다.

"요 며칠 수십 수백 번 생각했어. 내가 그때 병신처럼 굴지 말고 조금만 더 오빠답게 굴었으면, 네가…….”

“…….”

“네가 그렇게까진 안 되지 않았을까?”

그건 나도 알 수 없었다. ‘어느 순간부터 가족을 타인 취급’ 하는 시점에 내가 빙의했을 테니까.

하지만 놈의 말처럼, 조금만 더 페넬로페에게 잘해 줬더라면…….

‘그 애가 죽진 않았겠지.’

그러면 내가 빙의할 일도 없었을지 모른다. 나는 레널드의 말에 건조하게 답했다.

“그랬다면 지금보단 여기가 덜 싫었을지도 모르지.”

“……미안하다, 페넬로페.”

레널드는 목이 졸린 사람처럼 억눌린 말들을 더듬더듬 토해 냈다.

“네가 그 정도로…… 죽고 싶을 만큼 지긋지긋해할 줄은 몰랐어.”

너무 뒤늦은 사과였다. 그 사과를 들을 당사자는 어디로 갔는지 알 수 없었으니까. 나는 결국 페넬로페가 아니었으므로, 그를 용서할 수 없었다.

이제 와서 그런 말은 무의미하다고 답하기 위해 고개를 들어 그를 마주 본 찰나였다. 나는 문득 발견한 레널드의 모습에 눈을 휘둥그레 떴다.

“레널드.”

놈이 고개를 푹 숙인 채, 주먹으로 제 입을 틀어막고 있었다.

“너…… 울어?”

“미친, 안 울거든?!”

내 물음에 놈이 바락 소리 지르며 입을 틀어막고 있던 주먹으로 제 눈가를 마구 비볐다.

'울었네, 울었어.'

속으로 생각했는데, 놈이 발작하듯 외쳤다.

"안 울었어!"

"아무 말도 안 했는데?"

"안 울었다고!"

놈이 꾸역꾸역 항변하며 토끼처럼 시뻘게진 눈으로 나를 노려보았다. 거칠게 씨근덕거리던 그는, 얼마 후 눈에서 힘을 풀고 읊조렸다.

"……혼자 끙끙대지 말고 돈 부족하면 말해라."

"……."

"나가면 용병 길드로 가서 호위부터 고용하고. 돈 좀 들더라도 거지 같은 여관 말고 호텔만 이용하고. 호신 마법 걸린 무기나 스크롤 같은 거……."

"오라버니."

나는 내 가출 계획을 대신 짜 주는 레널드를 막고 담담히 인사했다.

"잘 지내."

그 순간, 레널드의 얼굴이 또 한 번 왈칵 일그러졌다. 놈이 황급히 주먹을 들어 올리며 고개를 내렸다.

나는 더 놀리지 않고, 그가 해묵은 감정들을 모두 쏟아 내길 묵묵히 기다렸다.

Chapter 17

Chapter 17

방으로 돌아온 나는 찬찬히 탈출에 대해 고민했다.

'가장 중요한 것. 돈, 조각, 이동수단.'

마음 같아서는 당장 공작저를 나가고 싶었지만, 먼 북방으로 가려면 꽤 준비가 필요했다.

'우선 뷘터부터 만나야 해.'

새벽이 여물고, 쏜살같이 날이 밝았다. 마침내 생각을 정리하고, 누군가를 부르기 위해 책상 의자에서 막 일어나려던 찰나였다.

똑똑—.

"아가씨, 펜넬입니다."

마침맞게도 찾으려 했던 이가 먼저 나를 찾아왔다. 나는 도로 의자에 주저앉으며 말했다.

"들어와."

방문이 열리고 곧장 집사가 안으로 들어와 인사했다.

"무슨 일이지?"

"지난달 에메랄드 판매 실적 및 수익 보고서입니다."

그가 정중한 태도로 책상 위에 검은색 파일철을 올려두었다. 나는 그것을 들고 대강 내용을 훑어보았다. 딱 봐도 어마어마한 돈이 내게 떨어졌다는 것이 보였지만, 그다지 신나진 않았다.

'어차피 이건 못 쓰는 돈이야.'

이것 또한 내 자금줄은 맞았지만, 집사를 믿지 못하기 때문이다.

"잘 봤어."

'탁—' 하고 파일철을 닫은 나는, 약간의 기대가 서린 노집사의 표정을 무시하고 심드렁하게 말했다.

"그런데 집사, 외출을 좀 하고 싶은데."

"외출…… 말씀이십니까? 어딜 가시려는지……."

"그건 알 것 없고."

의아함이 서린 집사를 단호하게 뿌리친 후 되물었다.

"아버지께서는 지금 입궁하셨나?"

"아, 아닙니다. 오늘은 늦게 입궁하시려는지, 아직 저택에 계십니다."

"그래?"

오늘 저녁에 공작이 퇴궁한 후에나 허락을 받을 수 있을 줄 알았는데, 예상치 못한 수확이었다.

"그럼 가서 아버지한테 여쭤봐 주겠어? 외출하게 허락해 달라고."

어쨌든 나는 명목상 근신 중이었으므로, 잡음 없이 나가려면 확실하게 해 두는 게 좋았다.

"알겠습니다, 아가씨."

잠시 후 집사는 떨떠름해하며 방을 나갔다. 다시 돌아온 그는 좋은 소식과 나쁜 소식을 동시에 들고 왔다.

"아가씨, 공작님께서 외출을 허락하셨습니다."

"다행이네."

"그런데 곧 점심이니 함께 오찬을 들지 않겠냐고 물으셨습니다."

"오찬?"

나는 눈살을 찌푸리며 설마 하는 심정으로 물었다.

"……온 가족이 다 함께?"

"아닙니다. 소공작님과 작은 도련님은 기사단 훈련이 있으신지라……."

오찬은 끔찍했지만, 그나마 다행인 소식이었다.

'외출도 허락해 준다는데 오찬쯤이야.'

나는 가볍게 고개를 끄덕이며 답했다.

"준비해서 곧 내려간다고 전해."

집사를 따라 식당이 아닌, 저택 밖으로 이동했다. 날이 좋으니 온실에서 밥을 먹자는 공작의 제안 때문이었다. '굳이 온실까지?' 싶었지만, 내색하진 않았다.

문을 열고 안으로 들어서자, 오랜만에 맡는 향긋한 꽃내음이 나를 반겼다. 먼저 와 있던 건지, 공작은 온실 한가운데에 놓인 테이블에 홀로 우두커니 앉은 채 사색에 잠겨 있었다.

"아버지."

인기척을 내자 그가 퍼뜩 정신을 차렸다.

"아, 왔느냐. 앉거라."

나는 테이블을 돌아 그의 반대편에 앉았다. 만찬 참석자들이 모두 도착하자, 곧바로 사용인들이 빠르게 음식을 나르기 시작했다. 점심이라 그런지 샌드위치와 스프, 디저트 등 대체로 가벼운 것 위주였다.

한 상 가득 차려져 있음에도 누구도 선불리 손을 올리지 않았다. 공작은 아까 전부터 깊은 생각에 잠긴 듯 도통 입을 열지 않았다. 어색한 정적에 휩싸인 채 그의 눈치를 보던 나는, 조심스럽게 먼저 운을 뗐다.

"하실 말씀…… 있으세요?"

갑작스러운 물음에 공작이 흠칫 고개를 들었다.

"……뭐?"

"제게 하실 말씀 있으신지 여쭤보았어요."

"할 말?"

공작이 멍하니 되물었다. 정신을 딴 데 두고 있는지, 오늘따라 그가 좀 이상하게 느껴졌다.

"네. 오라버니들도 없이 저만 온실로 부르셔서…… 곧 입궁하셔야 하잖아요."

이렇게 뜸 들일 시간이 없다는 뜻이었다.

"아, 그래. 입궁. 해야지……."

공작은 미처 생각지도 못한 사안이라는 것처럼 중얼거렸다. '입궁'이란 말에 정신이 드는지, 그의 눈에 차차 빛이 돌아왔다. 나는 그런 그를 신중하게 살피며 입을 열었다.

"아버지, 괜찮으세요?"

"너는…… 좀 괜찮은 게냐?"

공작이 나를 돌아보며 평소처럼 안부를 물었다.

"몸은. 주치의 말로는 아직도 회복이 필요하다던데."

"괜찮아요. 많이 나아졌어요."

"……집사에게 외출을 하고 싶다고 했더구나."

마침내 본론에 도달했다. 나는 재빨리 고개를 끄덕였다.

"답답해서요. 근신도 이만하면 충분한 거 같기도 하고……."

"그건 그렇지. 일주일이 다 돼 가니까."

공작이 동의한다는 듯 고개를 끄덕였다. 문득 근신을 이제 스스로 정하고 끝낼 수 있다는 사실이 좀 웃겼다. 예전엔 공작이나 데릭의 허락이 없으면 방 안에서 꿈쩍도 할 수 없었는데…….

"그렇게 하려무나."

너무 쉽게 떨어진 허락에 한시름 돌렸다.

"감사해요."

"하지만 파양은 안 돼."

그러나 한시름 돌리기가 무섭게 다음 고비가 훅 치고 들어왔다. 나는 너무나도 뜬금없이 이어진 공작의 말에 당황스러웠다.

"……아버지."

"들어줄 수 없어 미안하구나. 그러나 네가 에카르트의 성으로 성인식을 마친 이상, 그건 가문 전체의 일이야."

물론 그의 말도 일리가 있다. 성인식에서 내가 저지른 미친 짓 때문에 지금 수도의 온 시선이 공작저에 몰려 있었다. 그러나 잦아들길 기다렸다가 조용히 진행하자는 말은 들을 수 있을 줄 알았다.

'친딸이 돌아왔는데도, 대체 날 왜 안 놓아주는 건데?'

나는 도무지 이해할 수 없었다. 할 말을 잃고 물끄러미 바라만 보고 있을 때였다.

"그렇지만…… 네가 원한다면, 공작저를 떠날 수 있게 조치해 주마."

고요히 덧붙여진 공작의 말에 나는 눈을 휘둥그레 떴다.

"제가…… 어디로 갈 줄 알고요?"

"어디로든."

나는 흔들리는 시선으로 그를 바라보았다. 기분이 이상했다. 방금 전까진 그가 내 말을 들어주리라는 일말의 기대도 없었기에.

"……소공작님은요."

나는 가장 큰 방해물을 지적했다. 여주에게 세뇌당한 놈은 쉽게 나를 놓아줄 기세가 아니었다.

"분명 반대할 텐데요."

"아직 공작은 난데, 제깟 게 뭘 할 수 있겠느냐."

공작은 내 물음에 눈썹을 꿈틀거렸다. 못마땅한 목소리로 대꾸한 그는 이내 시원하게 해결안을 제시했다.

"설령 못 가게 막거든 내게 달려오려무나. 혼쭐을 내 줄 테니."

그리고 그는 어색하게 미소 지었다. 오랜만에 보는 장난스러운 얼굴이었다.

분명 마법 석궁을 받을 때만 해도 하루가 멀다 하게 이 웃음을 보았다. 그땐 갑자기 내게 그러는 공작이 어색하고 불편하게만 느껴졌는데…….

성인식 아침, 죽였다고 생각했던 가슴이 다시 꿈틀거리는 기색을 보였다. 나는 테이블 아래 내려놓은 양손을 아득 움켜쥐었다.

"아버지."

"응?"

"……이본을 얼마만큼 믿으세요?"

난데없는 화제 전환에 공작의 푸른 동공이 크게 확장됐다.

'이게 과연 옳은 걸까.'

그렇게 생각하면서도, 나는 간절하게 공작을 바라보는 것을 멈출 수 없었다.

"갑자기 그 아이는 왜……."

그는 내 의중을 파악하려는 듯 나를 살폈다. 그러다 이내 무언가 걸린 것이 있는지 목소리를 조금 낮추었다.

"혹시, 그 방을 수색하지 않아서 앙금이 남은 게야?"

"아니요. 그런 게 아니라…… 성인식 전만 해도 기억이 확실하게 돌아온 건 아니었잖아요."

"그건…… 그렇지."

의아한 눈빛을 띠던 공작은 이내 내 말에 수긍했다. 그리고 내 염려를 모두 안다는 투로 나를 달랬다.

"기억이 확실히 돌아올 때까진 공표하지 않을 것이야."

성인식 날 그녀를 데리고 온 데릭으로 인해 이미 '눈 가리고 아웅'이 됐지만, 그는 굳건한 표정으로 거듭 강조했다. 나는 그런 공작을 바라보며 떨어지지 않는 입술을 힘겹게 벌렸다.

"그 애와 있을 때…… 찻잔 안의 찻물을 들여다보세요, 아버지."

"찻잔?"

공작은 영문을 모르겠단 표정을 지었다.

"그게 무슨 소리인 게냐, 페넬로페."

"이본을 너무……."

믿지 말라고. 목 끝까지 차오른 말을 힘겹게 삼켰다. 과연 내 말을 믿어 줄지에 관한 불신 이전에, 무서웠다. 완전하지 않은 유물로도 이클리스를 세뇌하는 그 여자가.

내가 공작에게 이런 말을 한 걸 알면 나를 가만두지 않을지도 모른다. 하지만 그렇다고 이대로 공작이 세뇌당하도록 가만히 놔둘 수도 없었다.

완벽히 외면하지도 못하면서, 더 자세히 얘기해 주지도 못한다. 비겁하고 위선적인 내 스스로가 역겨웠다.

하지만 그래도, 그래도…….

"그냥 기회가 되면 그렇게 해 보세요."

"무슨……."

"저 다 먹었어요."

끼익—. 의자를 끌며 나는 자리에서 벌떡 일어났다. 손도 대지 않은 내 식기를 바라보며 공작이 놀란 눈으로 나를 불렀다.

"페넬로페."

"몸이 좀 안 좋아서…… 먼저 일어나 봐야 할 것 같아요."

말을 내뱉기 무섭게 꼬리를 마는 내 모습을 공작이 어떻게 받아들였는지 알 수 없었다.

"그래…… 그러려무나."

그러나 이번에도 쉽게 허락을 내뱉는 공작의 모습에 나는 아랫입술을 꽉 깨물었다.

문으로 가는 동안 끈덕진 시선이 뒤통수에 닿았다. 온실을 나서기 전, 마지막으로 흘끔 뒤를 돌아보았을 때였다. 여전히 걱정 어린 얼굴로 나를 바라보는 눈과 눈이 마주쳤다.

몰래 훔쳐보고 있던 것이 걸려 민망스러웠는지, 움찔하던 공작이 한 손을 들어 흔들었다. 얼른 가 보라는 뜻이었다.

나는 다시 한번 아랫입술을 지그시 물었다가, 이내 질끈 눈을 감고 외쳤다.

"그 애 조심하세요, 아버지!"

커다래지는 푸른 동공을 뒤로한 채 도망치듯 온실을 빠져나갔다.

생각보다 조금 이르게 공작과의 오찬 자리를 파한 나는 곧장 저택으로 돌아갔다. 바로 외출 준비를 한 후 뷘터를 만나러 가기 위해서였다.

다들 점심을 먹는지, 중앙 계단을 모두 다 오를 때까지 저택 안은 한산했다. 텅 빈 복도를 빠르게 가로질러 내 방 문고리를 잡았을 때였다. 나는 멈칫했다. 문이 힘없이 밀렸다. 살짝 열려 있는 것이다.

탁, 드르르륵— 타악—. 틈새로 나지막한 소음들이 들려왔다.

'에밀리가 청소하고 있나?'

나는 고개를 갸웃거리며 대수롭지 않게 생각했다. 그리고 바로 문을 열고 안으로 들어섰을 무렵.

타악—! 화장대의 서랍 문을 닫는 누군가를 발견했다. 에밀리가 입는 하녀복과 같았다. 그를 보고 내려놓던 마음이 순간 다시 얼어붙었다.

'에밀리는 모자를 쓰지 않는다.'

모자는 보통 주방에서 일하는 하녀들만 쓰기 때문에.

탁, 드르륵—. 내가 문을 연 것을 눈치채지 못 한 건지 그사이 하녀는 분주한 손길로 화장대 두 번째 서랍을 열어 그 안을 뒤지기 시작했다. 전혀 청소를 하는 행위로는 보이지 않았다.

'이본의 끄나풀? 아니면…… 단순한 보석 도둑?'

어느 쪽일지 곰곰이 생각하며, 나는 얼굴을 확인하기 위해 숨을 죽이고 바라보았다. 하지만 언뜻 본 옆얼굴이 천 마스크로 가려져 있었다.

나는 하는 수 없이 짜증스럽게 쏘아붙였다.

"너 뭐 하니?"

내 물음에 두 번째 서랍을 뒤지던 손이 우뚝 멈췄다. 깜짝 놀란 듯 미동 없던 몸이, 이내 뻣뻣하게 내 쪽을 향했다.

"고, 공녀님."

온통 가리고 있는 탓에 역시나 얼굴을 확인할 수 없었다. 그러나 흔들리는 푸른 눈동자는 마스크로 숨길 수 없는 노릇이다.

"뭐 하고 있냐고 물었잖아."

나는 딱딱하게 물었다. 하녀가 흠칫 어깨를 떨다가 실토했다.

"그, 그게…… 에밀리가 점심을 먹는 동안 방 정리를 제게 부탁했어요. 여기만 하고 금방 나가려고 했습니다."

"그래?"

아예 없는 일은 아니었다. 이 넓은 방을 매번 에밀리 혼자서만 청소하기엔 무리가 있으니까.

'핑계가 제법 그럴듯하네.'

그렇게 생각하면서 나는 대수롭지 않게 그쪽으로 걸어갔다.

"비켜."

짧은 명령에 하녀는 움찔거리며 화장대 앞에서 물러섰다. 나는 의자에 앉아 화장대 위와 아직 열려 있는 서랍 안을 훑었다. 없어진 건 없었다. 애초에 그걸 노린 게 아닐 테니까.

그래도 대충 확인하는 척을 하던 와중, 나는 문득 화장대의 거울을 보고 반사적으로 이를 악물었다. 안 그러면 곧장 열린 입 새로 비명이 쏟아져 나올 것 같아서였다.

딱딱하게 경직된 몸을 티 내지 않도록 안간힘을 쓰며, 나는 천천히 말했다.

"……더 할 필요 없겠구나. 외출 준비해야 하니까 그만 나가 봐."

"아…… 예. 알겠습니다, 아가씨."

등 뒤에서 부스럭거리는 소리가 들렸다. 하녀가 꾸벅 인사를 하고 몸을 돌리는 모양이었다. 거울을 보고 있으면서도, 아무것도 보이지가 않아서 소리로 추측할 수밖에 없었다.

'그대로 나가라, 제발…….'

화장대 위에 올려져 있는 손에 땀이 흥건하게 배어 나왔다. 저벅. 하녀가 한 발짝 걸음을 뗐다. 나는 속으로 안도의 한숨을 몰아쉬었다. 그때였다.

"……그런데 아가씨."

그대로 방을 나갈 줄 알았던 하녀가 불현듯 내게 말을 걸었다.

"왜 아까부터…… 계속 거울을 보면서 말씀하세요?"

흐읍. 가까스로 비명은 삼켰지만, 펄떡 들썩이는 어깨를 막을 수 없었다. 두려움에 숨이 거칠어졌다.

나는 질끈 눈을 감았다. 그리고 이내 다시 뜬 후 스르륵 고개를 돌렸다. 여자는 고작 한 발짝 멀어진, 그 상태 그대로 서 있었다.

"……."

방 안은 숨소리 하나 들리지 않을 만큼 침묵에 잠겼다. 나와 눈이 마주쳤음에도 하녀는 기괴할 만큼 미동 하나 없이 나만 빤히 바라보고 있었다. 더는 연기를 지속할 생각이 없는 듯했다.

나는 별수 없이 태연한 척 입을 열었다. 그것만이 할 수 있는 전부였기에.

"……신기해서."

하녀가 고개를 모로 기울였다.

"무엇이요?"

"뱀파이어도 아니고 왜 거울에 비치지 않니?"

"……."

"이본."

나지막한 부름에 하녀의 눈매가 반달로 휘었다.

"역시."

하녀, 아니 이본은 손을 들어 마스크를 벗었다.

"알고 있었구나, 페넬로페."

이본은 게임 속 일러스트와 똑같이 예쁘게 미소 지었다. 당당하게도 얼굴을 드러낸 그녀의 모습에, 오히려 말을 잃고 머릿속이 하얘지는 건 나였다.

"……네가 한 짓이야?"

"뭐가?"

"아버지가 갑자기 온실에서 오찬 들자고 하게 만든 거."

"눈치챘으면 좀 천천히 와 주지 그랬어, 페넬로페."

이본이 천진하게 웃으며 답했다. 매번 울먹이며 말을 더듬던 유약한 얼굴이 까마득하게 느껴졌다. 나는 바짝 죄는 성대를 힘겹게 쥐어짰다.

“이제 내 앞에서 가식 떠는 건 집어치우기로 했니?”

“그러는 넌 어때?”

이본은 재밌다는 표정으로 곧장 되물었다.

“내가 누군지 모르는 척하는 건 이제 관두기로 했어?”

“그러라고 거울 앞에 서 있던 거 아니야?”

내 대답에 그녀가 눈살을 찡그렸다.

“실수였어. 네가 이렇게 빨리 돌아올 줄 몰랐거든.”

“…….”

“이것 참, 돌아온 것도 짜증 나는데, 내 뜻대로 되는 게 없네…….”

그녀가 손을 들어 제 이마를 문질렀다. 생각을 하는 듯 잠시 말을 멈춘 그녀가 이내 슬쩍 내게 시선을 던졌다.

“……그런데 페넬로페.”

“…….”

“혹시 너도 돌아왔어?”

뜻을 알 수 없는 질문이었다. 그러나 내가 채 답하기도 전에 이본이 미간을 좁히며 중얼거렸다.

“아니, 아니야. 돌아온 거라면, 내가 오기 전에 수를 썼겠지. 성인식까지 손 놓고 가만있을 리가…….”

“…….”

“제가 얼마나 끔찍하게 죽었는지 알면서도 그렇게 멍청하게 있진 않을 거 아니야. 안 그래?”

초조하게 제 입가를 두드리며 알 수 없는 말들을 늘어놓던 이본이 불쑥 내게 물었다. 나는 아무런 대답 없이 그런 그녀를 바라보기만 했다.

"……그럼 넌 누구지? 내가 아는 페넬로페와는 너무 달라."

눈살을 구긴 채 또 한 번 나를 살피던 이본은 낯선 사람을 바라보는 눈초리로 고개를 갸웃거렸다.

"왜지? 과거에는 분명, 공작저로 돌아오기 전에 너와 마주친 적이 없는데…… 모든 게 달라졌어."

"어떻게 다른데?"

마침내 입을 열어 묻는 날 보며 이본은 순순히 답했다.

"지금쯤 넌 날 질투하다 못해 악을 쓰고 죽이려 들어야 하잖아."

"……."

"내가 굳이 세뇌하지 않더라도…… 가족들의 관심이 내게 쏠리는 걸 조금도 못 참아 했잖아, 페넬로페."

진짜 페넬로페의 행적을 정확히 읊는 그녀의 모습에, 나는 그대로 얼어붙었다.

'어떻게 아는 거지?'

머릿속이 온통 혼란스러웠다. 아무리 숨겨진 악당이라도, 이본은 게임 속 등장인물에 불과하지 않은가.

'그러면…… 이본도 빙의자?'

그러나 그 가정은 금방 저지됐다. 그렇다면 '너도 돌아왔냐'는 말을 쓸 이유가 없었다.

"네가 매번 난리를 쳐 준 덕분에 공작저를 손에 넣기가 참 쉬웠어."

정신없이 머리를 굴리고 있는 와중, 이본이 고운 목소리로 장난처럼 되뇌었다.

나는 흠칫 고개를 들어 그녀를 바라보았다. 이본이 입맛을 다시며 어여쁘게 미소 지었다.

"맛있었어, 네 아비와 오라비들."

뒷골을 타고 오싹함이 전신을 지배했다. 나는 숨을 참았다. 여기서 두려워하는 모습을 보여 봤자, 득 될 게 하나도 없었기에.

"그런데, 왜?"

이본은 동요 없는 나를 보며 또다시 고개를 기울였다. 그러나 그녀의 목은 단순히 기울이는 데 그치지 않고 거의 목이 꺾일 듯이 돌아갔다.

뿌드득, 뿌드득—. 소름 끼치는 소리가 연신 울려 퍼졌다. 90도가 조금 넘은 각도에서 멈춘 이본이 말했다.

"과거를 기억하는 것 같진 않은데…… 넌 꼭 모든 걸 알고 있다는 듯 행동하거든."

"……."

"계속 날 피하려는 것도 그렇고, 자작극이라고 인정한 것도 그렇고……."

"솔레일에서 네 진짜 모습을 봤으니까."

나는 벌벌 떨리는 몸을 있는 힘껏 참으며, 재빨리 대꾸했다. 안 그러면 저 시체 같은 여자가 바로 내게 달려들어 사실대로 말하라고 윽박지를 것 같았다.

이본이 빙의자일지도 모른다는 가정은 머릿속에서 완전히 사라진 후였다. 그랬다면 저렇게 괴물처럼 목을 꺾고 있지는 않을 테니까.

"물론 내 정체는 지난번에 탄로 났지."

내 대답이 납득이 된 듯, 이본이 눈을 깜빡였다. 이대로 넘어가나 싶은 것도 잠시였다.

"그렇지만 너, 나에 대해서 누구에게도 털어놓을 생각조차 안 하잖아? 너답지 않게."

"……."

"왜일까, 페넬로페?"

"……."

"두려울 것 하나 없던 넌데…… 이번엔 내가 무서워?"

괴기스러운 자신의 몰골에 눈도 떼지 못하는 나를 다 안다는 듯, 이본이 낄낄 웃었다. 나는 온기가 빠진 채 바들바들 떨리는 입술을 간신히 벌렸다.

"……그게 중요해?"

"응?"

"지난번에 말했지. 네가 무슨 목적으로 여기 온 건지 나와 상관없다고."

"흠……."

내 말이 진심인지 가늠하듯 이본이 침음을 흘렸다. 나는 온기 하나 느껴지지 않는 파란 눈을 똑바로 바라보며 애써 말을 이었다.

"어차피 난 여길 떠날 거니까 네 마음대로 해. 공작저를 쥐든, 먹든. 내 알 바 아니야."

"아니지."

뿌득, 뿌드득—. 다시 소름 끼치는 소리와 함께 이본이 고개를 원래대로 들기 시작했다. 나는 참지 못하고 시선을 돌렸다.

"그런 네 행동 때문에 모든 게 틀어졌는걸."

"난 아무 짓도 안 했……."

"하나같이 널 붙잡지 못해 안달이 났잖아. 덕분에 세뇌가 제대로 들지 않는다고."

완전히 고개를 원상 복귀한 이본이 내 말을 득달같이 끊으며 툴툴거렸다. 해맑은 표정이 꼭 심통 난 아이 같았다.

"네게서 한 명, 한 명 소중한 사람들을 빼앗을 때마다 일그러진 네 얼굴을 보는 재미가 있었는데…… 지금은 왜 이렇게 다 내 마음대로 되지 않을까?"

"그것도 내 알 바가 아니지. 내가 너처럼 그 인간들 세뇌하는 거 아니잖아, 이본."

나는 악착같이 대꾸했다.

"네 정체를 아는 내가 사사건건 방해하는 것보단, 그냥 가만 놔두는 게 나을 텐데."

"맞아. 그렇긴 한데……."

고개를 끄덕이던 이본이 이내 낯을 달리했다. 지금까지 나누던 대화는 모두 장난이었다는 양, 얼굴에서 표정을 모조리 지운 그녀가 싸늘하게 물었다.

"조각 어디 있어?"

"무슨 조각?"

"네가 훔쳐 간 내 거울 조각."

직설적인 물음에 가슴이 덜컥 내려앉았다. 퀘스트를 무시하고 그대로 놔뒀다간 어떻게 됐을지, 눈앞이 다 아찔해졌다.

이본이 사근사근한 목소리로 나를 회유했다.

"내 거 돌려줘, 페넬로페. 그럼 네 말대로 넌 가만히 놔둘게."

"무슨 말 하는 건지 잘 모르겠는데?"

나는 시치미를 뚝 뗐다. 뷘터를 믿지는 못했지만, 우선 공작저에서 빼돌릴 생각으로 그에게 맡긴 것이 이렇게 천만다행일 줄 몰랐다.

이본의 눈이 가느스름해졌다. 다시 뱀처럼 섬뜩하게 변하는 눈초리에 나는 허겁지겁 입을 열었다.

"아. 뭘 줍긴 했는데…… 돌아오면서 버렸나 봐. 없어, 나한텐."

어깨를 으쓱이며 양손을 들어 보였다. 조각이 내게 없다는 말이 사실임을 알아들은 것일까. 이본은 곧장 다른 것을 물었다.

"고대 마법은 어떻게 쓰는 거야?"

"마법?"

"그때 네가 쓴 마법."

"그거 내가 쓴 거 아니야."

나는 무조건 잡아뗐다. 빙의자가 아닌 이상, 절대로 설명할 수 없는 현상이었다.

"네가 쓴 게, 아니라고?"

"응. 그때 나와 같이 갔던 마법사가 한 명 있었는데. 그가 쓴 걸 착각한 거 아닐까?"

"뷘터 베르단디?"

득달같은 물음이 돌아왔다.

'X발. 게임에선 마법사가 누군지 아직 모르는 설정이라면서요…….'

나는 바르르 떨리는 입꼬리를 힘겹게 들어 올려 미소 지었다.

"웬 베르단디 후작님? 아니. 빈수라고 봉사 활동을 알선하는 상단에서 일하는 마법사야."

"봉사 활동? 아하."

이본은 알아들었다는 듯 손뼉을 한번 마주쳤다.

"이렇게 나온다 이거지……."

그녀가 작게 중얼거렸다. 머리끝이 쭈뼛 섰다.

'당장 뷘터에게 가야겠어.'

일단 이 상황만 모면하면 된다. 나는 그렇게 마음먹은 채 잔뜩 긴장한 눈으로 그녀를 응시했다.

모르쇠로 일관하는 나를 보며 잠시 생각에 잠긴 듯한 이본이, 이내 방긋 웃었다.

"그럼 이렇게 하자, 페넬로페."

그리고 아차 할 새도 없이 엄청난 속도로 주머니에서 무언가를 꺼내 들더니.

"디 아쑴."

무슨 일이 일어났는지 채 알아차리기 전에, 푸른빛이 눈을 파고들었다.

'유물……!'

이본이 무슨 짓을 하려는지 눈치챈 나는 허겁지겁 손을 들어 눈을 가렸다.

"이게 무슨 짓……!"

"나도 너한테까지 이럴 줄은 몰랐어. 넌 너무 시시해서 힘을 쓰는 것조차 아까웠거든."

"집어치워! 난 아무것도 모른다고!"

"분명 그랬는데……."

필사적으로 눈을 감으며 외쳤지만 이본은 전혀 내 말을 듣는 것 같지 않았다.

'어떡해? 어떡하지? 이대로 나도 세뇌당하는 건가?'

심장이 미친 듯이 요동쳤다. 겁에 질린 채 우왕좌왕하는 사이 푸른빛이 더욱 강하게 눈을 내리쬐었다. 나는 그것에서 벗어나기 위해 마구 뒷걸음질 쳤다.

그러나 이본이 도망칠 수 없도록 강하게 내 어깨를 압박했다. 앞이 보이지 않는 상태에서 나는 그저 거미줄에 걸린 벌레처럼 허우적거릴 뿐이었다.

"잘 들여다봐, 페넬로페. 이렇게 버티다 결국 내게 조각을 들켰을 때 벌어질 일들을."

"으……!"

내 어깨를 세게 붙든 채 이본은 비밀을 알려 주듯 작은 음성으로 귓가에 속삭였다.

"거울이 완성되고, 너는 네가 좋아하던 이들이 내게 휘둘리는 것을 무기력하게 지켜볼 수밖에 없을 거야."

그녀의 말이 끝나는 것과 동시에 온통 푸른색으로 점령된 눈앞에 무언가 휙휙 스쳐 지나갔다. 지난번 솔레일에서 한번 겪어 본 일이었다. 무수히 많은 환영 같은 것들이, 머릿속을 어지럽혔다. 이성을 제대로 차리기가 힘들었다.

"난 조각 같은 거 몰라! 그러니까 그만……."

"너를 싫어하던 그들이 이제는 너를 사랑한다는 명목으로 널 붙잡고, 어디로도 못 가게 감금하고, 결국 널 갈기갈기 찢어 죽이려 할 테니까."

"이, 이거 놔!"

"가엾은 페넬로페…… 그러기 전에 내게 조각이 어디 있는지 알려 주는 게…….”

휙, 휙. 스쳐 지나가는 무언가가 정신없이 시선을 현혹했다. 그런데 다행인지, 불행인지 그뿐이었다. 머릿속이 울렁거리는 것만 제외하면 생각보다 버틸 만했다.

이본을 밀어내기 위해 허우적대던 손끝에 보드라운 살결이 닿았다. 나는 동아줄이라도 되는 양 그것을 와락 붙들었다.

“놓으라고 했지.”

“읏.”

나지막한 신음 소리에 나는 반사적으로 눈을 부릅떴다.

“하아, 하아…….”

우리는 서로의 어깨와 손목을 잡은 채 엉겨 붙어 있었다. 이본의 손목을 강하게 잡아 위로 쳐올린 탓에, 내 얼굴에 바짝 들이밀어져 있던 거울 조각이 조금 떨어졌다.

그 안에서 푸른빛이 새어 나와 여전히 눈을 강하게 찔렀지만, 어찌 된 일인지 아무렇지 않았다. 눈을 뜨자 잡힐 듯 말 듯 휙휙 스쳐 지나가던 환영마저 사라졌다.

거칠게 숨을 헐떡이던 나는 세뇌가 먹혀들지 않았음을 직감하고 한쪽 입꼬리를 끌어 올렸다.

“어쩌지? 네 세뇌가 나한텐 안 먹히는 것 같은데.”

“아. 이게 아닌가?”

그러나 내 조소에도 이본은 당황하지 않았다. 그저 잠시 고개를 갸웃거리다 되묻길.

“그럼 네가 가장 두려워하는 건 뭐야? 날 가장 무서워하는 줄 알았는데.”

"없어, 그딴 거."

"거짓말하지 마. 그럼 내게서 악착같이 조각을 숨기는 이유가 뭔데? 그것만 주면 넌 가만 놔둔다는데."

조각을 모른다는 내 말을 조금도 신뢰하지 않는 듯한 이본의 말에 나는 일순 멈칫했다.

'……조각을 악착같이 숨기는 이유?'

사실 딱히 거창하지 않았다. 그냥 시스템이 시켰으니까. 퀘스트니까…….

'그런데…… 그것만 주면 날 그냥 내버려 둔다는데, 내가 굳이 이렇게까지 열심히 숨길 필요가 있나? 히든 엔딩이 뭔지 알고.'

엔딩을 본다고 이 미친 곳을 탈출할 수 있다는 확신도 없는 데다, 난 게임 스토리대로 죽기 싫었다.

'그냥 줘 버리고 떠날까? 찾다 보면 언젠간 나갈 방법이…….'

문득 그런 생각까지 미쳤을 때.

"응? 대답해 줘, 페넬로페."

이본이 예의 그 천사 같은 얼굴로 내게 애원했다. 정신이 번쩍 들었다. 나는 날카로운 숨을 집어먹다가, 이내 이를 악물고 내뱉었다.

"……나한테 없어. 그런 거 안 가지고 있다고 했잖아."

"그럼 네가 가장 두려워하는 죽음은 뭐야, 페넬로페?"

"……뭐?"

"봐."

한순간 화제가 전환됐다. 잠시 멍해진 채로 이본의 질문을 헤아리는 사이, 그녀가 물기 어린 파란 눈동자로 흘끗 무언가를 가리켰다. 내게 잡혀 있는 손목, 그 손에 들고 있는 거울 조각이었다.

"여기 네가 그토록 두려워하는 죽음이 있어."

그 안에서 새어 나오는 푸른빛이 점점 잦아들었다. 그러나 이본이 되뇌는 불길한 지껄임 때문일까. 조각 속은 잠잠한데, 이상하게도 미칠 듯한 초조함이 몰려오기 시작했다.

"미안한데, 난 너와 달리 별로 안 두려워. 죽으면 죽는 거지."

나는 경계 어린 눈으로 흘끗 조각을 곁눈질하며 허세를 부렸다. 내 말에 이본이 눈을 접으며 싱긋 웃었다.

"그럴 리가. 내가 방금 들었는걸?"

"……뭘?"

"죽기 싫다고 중얼거리는 네 목소리를."

"무슨……."

초점이 흔들렸다. 나조차 자각하지 못할 만큼 무의식중에 빠르게 지나간 생각을 대체 어떻게 알고 있단 말인가.

'설마, 소리 내서 말했어?'

아니다. 나는 분명 그런 적 없는데…….

흔들리는 내 시선을 눈치챈 걸까. 이본이 천천히 고개를 숙여 코앞에 제 얼굴을 들이밀었다. 조각에서 뿜어져 나오는 푸른빛과 똑 닮은, 커다란 눈동자와 눈이 마주쳤다.

"네 절망의 전제가 잘못됐네, 페넬로페."

"잠깐."

무언가 잘못됐다. 채 눈을 피할 새도 없이 그녀가 속삭였다.

"처음부터 다시 해 보자."

"자, 잠깐, 그게, 아니……!"

"디 아쑴."

주문 소리와 함께, 몸이 휘어잡힌 채 어딘가로 거세게 끌려갔다.

'풍덩!' 하고 물에 빠지는 것 같은 커다란 소리와 동시에, 눈앞이 새파랗게 점멸했다.

"흐으, 헉!"

거칠게 숨을 들이마시며 다시 눈을 떴을 때 나는 익숙한 공간 한가운데 서 있었다. 나는 식은땀을 흘리며 주위를 마구 둘러보았다.

"여긴……."

내 자취방이었다. 빌어먹을 첫째 개새끼가 끝까지 농간질을 치는 것도 묵묵히 참고 얻어 낸, 반지하 단칸방. 매일같이 지친 몸을 누이던 곳인데, 이상하게도 너무 오랜만에 돌아온 것 같은 기분이 들었다.

나는 낯선 눈으로 방 안을 연신 둘러보았다. 그때였다. 위이이잉, 위이이잉—. 사방에서 파리 소리가 진동했다. 그 순간, 정체를 알 수 없는 이상한 냄새가 코 속을 파고들기 시작했다.

"으. 이게 무슨 냄새야?"

생선 비린내 같기도 하고 음식물이 썩은 냄새 같기도 한, 그 끔찍한 냄새는 숨을 내쉴수록 점점 더 강해졌다.

나는 코를 틀어막고 오만상을 찌푸리며 냄새의 근원지를 찾았다. 그러다 이내 어마어마한 수의 파리 떼들이 몰려 있는 곳을 찾아내었다. 내 매트리스 위였다.

왜애애애앵—. 시커먼 파리들이 우글우글 이불 위를 기어 다니고 있었다. 그뿐만이 아니었다. 그 틈새로 검지만 한 누런 것들이 꿈틀거리면서…….

"이, 이게 무슨…… 우웩!"

나는 경악스러운 벌레 떼의 출몰에 헛구역질을 하며 뒷걸음질 쳤다. 그 순간, 문밖에서 인기척이 들렸다.

"아이고, 세상에! 대체 이게 무슨 일이래요!"

"그러니까 말이에요. 이제 막 대학 들어간 젊은 애가 요절이라니."

"참 씩씩한 아가씨였어요. 요즘 통 안 보여서 학교생활이 바쁜가 했더니, 세상에……."

마지막 목소리가 낯익었다. 집 앞에 있는 슈퍼 아줌마 같았다. 아침을 우유로 때워서 매일같이 인사를 나누던 사이였는데…….

"……저게 무슨 소리야?"

나는 정처 없이 흔들리는 눈으로 파리와 구더기들이 우글거리는 매트리스 위를 바라보았다. 바보가 아닌 이상, 무엇을 뜻하는지 모를 리 없었다.

"나…… 죽었어?"

내 입으로 내뱉고도 믿기지 않았다. 나는 손을 들어 더듬더듬 내 몸을 만졌다.

'이렇게 생생한데…… 죽었다고?'

그 생각이 미치자마자 나는 거칠게 고개를 내저었다.

"아니야."

내가 죽을 리 없잖아. 내가 그곳에서 어떻게 살아남았는데. 다시 돌아오려고 내가 어떻게……!

나는 퍼뜩 고개를 쳐들고 문으로 달려갔다. 이건 사실이 아니었다.

'빨리 사람들에게 난 죽은 게 아니라고, 그건 잘못된 거라고 알려야 해.'

벌컥—. 나는 밖으로 나가기 위해 있는 힘껏 문을 열었다.

"아!"

그러나 바깥세상 대신, 넘실거리는 푸른빛이 시야를 덮쳤다.

다시 눈을 떴을 때, 나는 전혀 다른 곳에 서 있었다. 어마어마한 수의 국화꽃. 그 한가운데에 놓여 있는 내…….

영정 사진.

"이, 이게, 무슨……."

나는 차마 말을 잇지 못하고 입술을 달싹였다. 대학교 입학 당시 찍은 증명사진을 대충 가져다 쓴 건지, 영정 사진 속 정면을 바라보는 내 얼굴이 지독히도 무표정했다.

[다음 뉴스입니다. XX그룹 회장의 막내딸 ……양이 열흘 전 자취방에서 숨진 채 발견되었습니다.]

문득 들리는 소음에, 나는 휙 고개를 돌렸다. 텅 빈 장례식장에 있는 티비에서 흘러나오는 소리였다.

[……양은 명문 대학에 합격 후 집을 나와 자취를 해 온 것으로…… 부검 결과 사인은 영양실조 및 과로에 의한 쇼크로, 경찰은 가정 학대 및 교내 따돌림을 의심…….]

뉴스에서 내 얘기가 나오는 중이었다.

"씨발, 재수 없게!"

그 순간, 누군가 거칠게 욕설을 뇌까리며 티비를 껐다. 나는 다시 휙 고개를 돌렸다.

'……둘째 오빠?'

다시 돌아보니, 조문객들을 맞이하는 곳에 검은색 상복을 입은 세 명의 남자가 앉아 있었다. 우리 가족이었다.

"요즘 눈에 안 띄어서 좀 살 만하다 했더니, 뒈지는 것도 구질구질하게 뒈져 버리네. 거지 같은 년."

둘째 개새끼가 리모콘을 바닥에 내던지며 짜증스럽게 머리를 헝클였다. 친부가 눈살을 찌푸리며 그런 놈에게 한마디 했다.

"스읍, 목소리 낮춰. 상중에 경우 없이 무슨 짓이야."

"뭐 어때요. 조문 올 사람도 없는데."

"앉아. 밖에 기자들 깔려 있으니까."

첫째 개새끼가 아버지를 대신해서 둘째를 노려보며 날카롭게 경고했다.

"하, 끝까지 고상한 척은 혼자 다 하시겠다?"

둘째 개새끼가 특유의 사나운 표정을 지으며 제 형을 노려보았다.

"따지고 보면 걔 뒈진 거 다 형 때문이잖아. 아버지가 괜찮은 오피스텔 하나 구해 주라고 준 그 푼돈, 중간에 가로채서는 입 싹 닦은 게 누구셨더라?"

"입 닥쳐라."

"왜. 내가 틀린 말 했어?"

"그렇게 따지면 걔가 죽은 데 가장 큰 일조를 한 건 너겠지."

"뭐?! 내가 뭘 했는데—!"

"학교 다니는 내내 재 밥 한 숟가락 먹는 꼴을 못 본 건 넌데, 왜 내 탓을……."

"둘 다 입 다물지 못해!"

그때, 친부가 버럭 소리 질렀다.

"지금 시국이 어떤 땐데 싸우고들 있어! 회사 주가 곤두박질치고 있는 거 몰라!"

"그러니까 아버지가 처음부터 저 거지새끼 안 데려왔으면 이런 재수 없는 일도 안 일어났잖아요."

둘째 개새끼가 볼멘소리를 내뱉으며 원망스럽다는 듯 내 영정 사진을 노려보았다. 말은 없었지만 첫째도 별반 다를 바 없는 표정이었다.

그 모든 꼴을 지켜보고 있던 나는 거칠게 헐떡였다. 가슴에서 드글드글 무언가가 들끓기 시작했다.

"내가, 내가 데려와 달라고 했어?"

볼을 타고 눈물이 뚝뚝 떨어졌다.

"어떻게 사람이 죽었는데도 이렇게 개같이 굴 수가 있어! 니들이 그러고도 인간이야?!"

너무 억울하고 미칠 것 같아서 마구 소리 지르던 나는 그대로 주저앉아 엉엉 울었다.

나는 단 한 번도 그들에게 내 거지 같은 삶을 구명해 달라고 애원한 적이 없었다. 오히려 끝까지 내 인생을 망치려 든 건 저들인데.

"왜 매번 나만 당하고, 나만 참고, 나만 상처 입어야 하는데, 왜—!"

분노, 좌절, 절망, 허무감이 차례대로 나를 나락으로 이끌었다. 나는 너무 지쳤다. 이제 화를 내는 것도 더는 참고 살아갈 자신도 없었다.

'……죽고 싶어.'

나는 몸에서 천천히 힘을 뺐다. 그리고 매번 감정을 죽일 때처럼 있는 힘껏 숨을 참았다.

'이제 제발 그만 나를 편하게 해 줘.'

그 순간이었다. 문득 눈앞이 환해지더니.

〈SYSTEM〉 위험! 위험! 당신은 [악의 세력]으로부터 [세뇌 공격]을 받고 있습니다!

〈SYSTEM〉 돌발 퀘스트 발생!

마법으로 공격을 방어하시겠습니까?

[수락 / 거절]

갑자기 떠오른 시스템 창에 일순 생각이 멈췄다. 그때부터 물밀 듯이 사라졌던 기억이 몰려오기 시작했다. 게임, 이본, 조각, 세뇌…….

"……미친."

이건 현실이 아니었다. 그것을 깨닫는 것과 동시에 시스템 창이 사라질 듯 깜빡이기 시작했다.

찬물이라도 맞은 것처럼 번쩍 정신이 들었다. 나는 방금 전까지 눈물 콧물 질질 짜던 게 무색하게 허겁지겁 [수락]을 눌렀다.

〈SYSTEM〉 [세뇌 게이지 바]가 0%에 이를 때까지 마법 주문을 강하게 외치십시오! (마법 주문 : 라크라씨오)

가족의 환영 위로 90%에 육박한 채 아슬아슬 움직이는 게이지 바가 떠올랐다. 너무나도 게임스러운 장면에 입이 떡 벌어졌다.

이 어처구니없는 상황에 멍하니 있는 것도 잠시. 게이지의 색깔이 새빨간 색으로 바뀌면서 마구 빛났다.

"어, 어……."

100%에 육박했다는 것을 알리는 그것을 보며, 나는 쪽팔린 것도 잊고 괴상한 주문을 버럭 외쳤다.

"라, 라크라씨오!"

~~쿠구우우우웅―~~. 알 수 없는 굉음을 동반한 진동이 사방에 울려 퍼졌다.

'90%'

새빨갛게 발광하던 게이지 바가 잦아들었다. 정말로 마법 주문이 통했다.

"미친, 라크라씨오!"

그러나 안도하는 것도 잠시. 도로 오르려 하는 게이지 바의 빠른 움직임에 나는 쉴 틈 없이 커다랗게 외쳤다.

"라크라씨오!"

"라크라씨오!"

"라크라씨오―!"

빌어먹을 퀘스트 창의 말처럼 강하게 외칠수록 수치가 더 크게 떨어졌다.

'52%'

순식간에 수치가 절반으로 줄어든 그때부터였다. 파직, 파지직—! 내 앞에 펼쳐진 끔찍한 현생의 환영이 유리 조각처럼 금이 가기 시작했다.

'사라지고 있어……!'

잦아든 게이지 바와 금을 번갈아 보던 나는, 이내 비장한 표정으로 목청이 터지라 외쳤다.

"라크라씨오오오—!"

'44%'

파즉, 파즈즈즉—.

파죽지세로 갈라지던 화면이 마침내, 쨍그랑—! 엄청난 파열음을 내며 와장창 부서졌다. 가족들의 얼굴이 조각이 되어 눈앞에서 와르르 쏟아져 내렸다.

'……모든 게 환상일 뿐이야.'

그런데 둘째 개새끼의 얼굴이 담긴 조각을 보는 순간, 조금 전 내가 느꼈던 고통과 괴로움이 너무 지독해서 얼굴이 흐려졌다.

"너, 너…… 어, 어떻게……."

망치로 깨부수듯 장면이 부서져 사라지고, 드러난 것은 눈을 부릅뜬 채 굳은 이본의 모습이었다. 어느새 나는 다시 게임 속, 페넬로페의 방으로 돌아와 있었다.

허공에 여전히 '세뇌 게이지 바'가 떠 있었다. 그러나 경악으로 물든 빌어먹을 면상을 보자, 게이지 바고 뭐고 눈이 뒤집혔다.

"분명 거의 성공했는데, 어떻게 이렇게 빨리……!"

"이 미친년아."

나는 이를 악물고 이본을 부리부리하게 노려보며 버럭 소리쳤다.

"내가 난 가만 놔두라고 했지!"

넌 건들지 말아야 할 걸 건드렸어.

"자, 잠깐, 페넬로페……!"

"이거나 처먹어! 라크라씨오—!"

휘익, 퍼억—! 어디선가 주먹만 한 하얀빛 덩어리가 쏜살같이 날아와 이본의 명치에 박혀 들었다.

"억!"

아차 할 새 없이 이본이 단말마의 비명과 함께 반대편으로 날아갔다. 쿠당쾅쾅—! 요란한 소음과 함께, 작은 몸이 벽에 거칠게 처박힌 후 바닥으로 주르륵 떨어졌다.

"쿨럭—!"

버려진 인형처럼 쓰러진 이본이 기침과 함께 왈칵 핏물을 토해냈다.

"헐."

너무 큰 마법의 위력에 나는 당황한 나머지, 주춤 물러섰다. 그 순간, 허공에 떠 있던 '세뇌 게이지 바'가 스르륵 사라졌다.

'성공한 건가? 그런데 왜 창이 안 떠.'

흔들리는 눈으로 허공과 그녀를 번갈아 바라볼 때쯤.

"커흑……! 페넬로페. 사, 살려 줘……."

또 한 번 피를 쏟아내며 이본이 내게 목숨을 구걸했다.

"내가 미안해, 페넬로페…… 그러니 제발……."

애처롭게 내게 손을 뻗는 그녀를 돌아보며 나는 오만상을 찌푸렸다. 동정심이 일긴커녕, 소름끼치게만 느껴졌다.

'죽어라, 이 가증스러운 악귀여.'

엑소시스트 영화에나 나올 법한 대사를 속으로 읊으며 이본 쪽으로 막 한 발짝 옮겼을 때였다. 문득 눈앞이 환해졌다.

〈SYSTEM〉 돌발 퀘스트 실패!

[악의 세력]을 저지했지만, 당신의 정신은 [18%의 세뇌 저주]에 잠식되었습니다!

"뭐야."

갑자기 떠오른 퀘스트 창에 나는 눈을 부릅떴다.

'하란 대로 했잖아, 왜 실팬데!'

그러나 항의하기도 전에 네모 창 안의 글씨가 바뀌었다.

〈SYSTEM〉 ~메인 퀘스트 : 진실의 저편~

저주를 풀려면 [고대 레일라의 무덤]으로 가서 [진실의 거울]을 찾으십시오.

"무슨……."

그때였다. 벌컥—.

"아, 아가씨!"

방문이 열리더니, 두 명이 들어왔다.

"세, 세상에…… 아가씨, 이게……."

"이본 아가씨!"

에밀리와 하녀장이었다. 방 안의 광경에 말을 잇지 못하던 두 사람 중 한 명이 경악하며 이본에게 달려갔다.

'아…… X됐구나.'

그새 정신을 잃은 이본에게 달려가는 하녀장을 보며 나는 이마를 감싸 쥐었다.

피를 토하며 쓰러져 있는 '진짜 공녀'와 그 앞에 오만하게 서 있는 '가짜 공녀'의 광경. 게임 스토리 중 하나라면, 나는 오늘의 일을 계기로 이본을 괴롭히는 악녀로서 정점을 찍게 되는 것이다.

'도망! 도망!'

머릿속에 사이렌이 울렸다. 나는 직감했다. 지금 도망가지 않으면 큰일이 날 것이라는 사실을.

"이본 아가씨! 아가씨! 정신 좀 차려 보세요!"

이본이 죽기라도 한 것처럼 통곡하는 하녀장을 무시하고 나는 빠르게 책상으로 걸어갔다.

항시 가지고 다니는 열쇠를 재빨리 품에서 꺼내는데, 책상을 돌아 서랍 앞에 도착하자 허탈해졌다. 잠겨 있는 서랍들이 이미 다 열려 있었기 때문이다.

'무서운 년.'

다행히 조각 외에 다른 마법 잡동사니들은 필요가 없는지, 사라진 건 없었다.

나는 그 안에서 필요한 것들을 허겁지겁 꺼냈다. 비상시를 위해 준비해 둔 작은 금화 주머니와 데발놈의 마법 팔찌를 챙겨서 막 뒤

돌려던 찰나였다.

문득 서랍 안쪽에서 무언가가 반짝거렸다. 나는 다시 손을 뻗어 서랍 안에서 그것을 꺼냈다. 황태자가 준 고대 발타 지도가 그려진 마법 스크롤이었다.

'……고대 레일라의 무덤.'

메인 퀘스트를 떠올린 나는 이내 그것도 챙겼다. 어쨌든 쓸 일이 있으니까 반짝였을 테니.

허름한 가방에 그것들을 쑤셔 놓고 바로 방을 나서려던 때였다. 이본을 붙들고 오열하던 하녀장이 득달같이 달려와 내 앞을 가로 막았다.

"이게, 이게 무슨 짓이에요, 아가씨!"

"비켜."

"어디 가시려고요! 못 비켜요! 당신이 저지른 이 만행을 당장 집사님과 공작님께 알릴 것……!"

퍼억—! 흉흉한 얼굴로 내게 협박하던 하녀장이 불현듯 스르륵 무너졌다. 쿠당쾅. 바닥으로 넘어진 하녀장의 뒤로, 스툴을 쳐들고 있는 에밀리의 모습이 보였다.

"……에, 에밀리."

"이걸로 갈아입고 가셔요, 아가씨."

에밀리가 내게 무언가를 건넸다. 저택에서 일하는 남자 하인들이 입는 옷이었다.

"왜……."

"그대로 입고 가셨다간 들키실 거여요. 여긴 제가 알아서 할 테니까, 걱정 마시고 어서 가세요, 어서!"

떠넘기다시피 옷가지를 내게 쥐여 준 에밀리가 이내 기절한 하녀장을 이본이 쓰러져 있는 곳까지 질질 끌고 갔다.

쫘아악—, 그녀는 등을 맞댄 자세로 그 둘을 앉혀 둔 채 어설픈 손짓으로 이불보를 찢은 후 묶기 시작했다. 그러다 멍하니 서 있는 나를 발견하고 소리쳤다.

"얼른 안 가고 뭐 하세요, 아가씨! 시간 없어요. 어서 가세요!"

"……고마워, 에밀리."

나는 힘겹게 그 한마디를 토해냈다.

솔직히 나는 내가 생각해도 좋은 주인은 아니었다. 에밀리는 내게 충성을 바쳤지만, 항상 그녀를 재고 의심했다. 그래서…… 그래서 정말로 이렇게까지 나를 도와줄 줄 몰랐다.

가슴이 울렁거렸다. 좀 더 잘해 줄걸, 하는 후회가 몰려왔다.

"……그간 미안했어."

"미안하긴요! 전 아가씨의 전담 하녀인걸요."

에밀리가 언제나처럼 활짝 웃으며 화답했다. 그리고 마치 나를 안심시키려는 듯 익살스러운 표정으로 속삭였다.

"아가씨가 그러시면 우리가 악당 같잖아요? 우린 지금 진짜 악당을 잡은 것이어요!"

내 말을 인용하는 그녀의 말에, 왈칵 뜨거운 것이 복받쳤다.

"고마워. 나, 나갈게."

모든 게 두렵고 무서웠지만, 나는 가야 했다. 다시 일어날 이본에게서 에밀리를 구해 주기 위해서라도.

서둘러 에밀리가 준 옷으로 갈아입고, 가지고 갈 것들을 한 번 더 점검한 후 방을 나섰다. 이본의 농간인지, 아니면 아직 점심시간이 끝나지 않은 탓인지 저택 안팎은 기이할 정도로 고요했다.

데릭이 준 마법 팔찌를 찬 채 빠르고 수월하게 개구멍을 통과한 나는, 곧장 마차를 잡아탔다.

"상단 거리에 도착했습니다, 손님."

혹여나 쫓아오는 인간들이 없는지, 창문에 바짝 붙어 초조하게 살피던 중 마부가 도착을 알렸다. 나는 삯을 치른 후 골목 안으로 빠르게 달려갔다. 매번 순간 이동으로만 왔지, 이렇게 마차를 타고 직접 온 것은 처음인지라 기분이 이상했다.

얼마 안 가 막다른 길의 끝, 익숙한 토끼 문양이 그려진 낡은 문이 나왔다. 나는 누가 쫓아올세라 허겁지겁 계단을 올라 문을 두드렸다.

쿵쿵쿵—. 그러나 세게 노크했지만, 문은 열릴 기미를 보이지 않았다.

'여기 없나? 올 때까지 기다려야 돼?'

텅 빈 골목길을 두리번거리며 고민하던 나는 이내 문고리를 덥석 잡았다. 잠겨 있으면 베르단디 후작가로 직접 쳐들어갈 생각이었기 때문이다.

달칵, 끼이익—. 그러나 막상 잡아 돌린 문고리는 너무 쉽게 열렸다.

"뭐……."

나는 이내 지체 없이 벌컥 문을 열어젖혔다. 그리고 막 벽에 뚫린 문에서 나오는 중이던 토끼 가면과 정면으로 마주쳤다.

"다, 당신…… 윽!"

놀라서 마법을 잘못 쓴 건지, '쿠우우웅—' 하고 갑자기 벽이 닫히기 시작했다. 놈은 반쯤 벽에 낀 기이한 모습으로 당황한 채 허우적거렸다.

너무 마음이 조급해서인지, 그 모습이 그렇게 우습게 느껴지지도 않았다. 하지만 누가 볼세라 나는 상단 문을 닫고 그에게 빠르게 다가가 속삭였다.

"돈 좀 줘."

"……예?"

"맡겨 놓은 내 돈의 일부 좀 가지러 왔어."

"무슨…… 일단 잠시만 기다리십시오, 제기랄."

뷘터가 나지막한 욕설과 함께 무어라 중얼거렸다. 얼마 후 다시 문이 열리고 그가 마침내 벽에 끼인 기괴한 상태에서 벗어났다.

"대체…… 갑자기 찾아와서 그게 무슨 소리입니까, 레이디."

벽돌 가루가 잔뜩 묻은 옷을 툭툭 털어 내며 그가 한숨을 내쉬었다. 빨리 돈 받고 수도에서 뜰 계획만 머릿속에 가득한 나는 아랫입술을 잘근잘근 깨물며 읊조렸다.

"그대는 내 돈만 주면 돼."

"일단 앉으십시오. 앉아서 얘기를 나눠도 되지 않습니까."

"아니, 난 시간이……."

"손."

뷘터가 내 말을 끊으며 허름한 가방을 든 내 손을 가리켰다.

"……저번처럼 떨고 계시지 않습니까."

그 말에 스르륵 고개가 내려갔다. 하얗게 질린 채 애처로울 만큼 덜덜덜 떨리고 있는 손가락 끝이 보였다.

'……너무 흥분했어.'

그것을 자각하자 뒷목이 온통 식은땀으로 축축하다는 것을 깨달았다. 분노가 가시고 난 자리에 다시금 두려움이 물씬 피어올랐다.

"……문을 잠그겠습니다. 앉으십시오."

한 번 더 자리를 권하는 뷘터의 말에, 나는 비척비척 걸음을 옮겨 소파로 걸어가 앉았다. 내 맞은편에 덩달아 앉은 뷘터가 손을 두어 번 흔들었다.

철컥, 철컥—. 어디선가 잠금장치가 잠기는 소리가 들리고, 연달아 주전자와 찻잔이 날아왔다. 매번 있었던 일이라 더 놀랍지 않았다. 보글보글 끓는 차가, 내 앞에 안착한 찻잔에 부어졌다.

"이제 말씀하셔도 됩니다."

모든 게 정리되자, 뷘터가 다정한 목소리로 나를 얼렀다. 울컥, 그에게 모든 걸 쏟아내고 싶은 나약한 마음이 치솟았다. 그러나 나는 가까스로 그것을 내리누르고 천천히 입을 열었다.

"별거 아니야. 그냥, 사야 할 것이…… 좀 생겼어."

"공작저에서 도망가시는 겁니까?"

곧바로 정곡을 찌르는 그로 인해 말문이 막혔다. 나는 그에게 도망가려 한다는 말을 최대한 하지 않으려 했다.

— 아무것도 모르고 내게 비자금을 맡긴 당신!

— 공작님의 친딸이 돌아오면, 당신이 그 돈으로 쥐도 새도 모르게 사라질까 봐!

담백한 관계라고만 생각했던 그의 속내를 들은 후, 어쩌면 그가 내 탈출 계획을 망칠지도 모른다는 생각이 들었다.

과도한 망상이라는 건 알지만, 이클리스로 한 번 겪어 보았으니까. 뒤통수라는 게 얼마나 예상치 못한 상황에서 나를 후려치는지.

모든 것이 어그러진 상태에서, 아무것도 하지 못하고 죽을 날만 기다리는 게 얼마나 끔찍하고 숨 막히는 일인지 충분히 겪어 봤으니까.

"……어디로 가시려는 겁니까. 도와드리겠습니다."

그러나 뷘터는 의외로 정상적으로 말했다. 잠시 놀란 눈으로 그를 바라보던 나는, 되레 그 말에 천천히 이성을 되찾았다.

"……조각은 잘 보관하고 있나?"

도망도 도망이었지만, 따지고 보면 그에게 해야 할 말이 많았다. 대답 대신 뜬금없는 내 물음에 뷘터는 짤막하게 대꾸했다.

"안전한 곳에 보관해 두었습니다."

"갑작스러웠을 텐데 부탁 들어줘서 고마워. 그것도 돌려줬으면 하는데."

"조각…… 을 말입니까?"

이본의 세뇌는 생각보다 너무 강력했다. 저택 외부에 있는 뷘터에게 맡기는 게 나을 거라 판단했지만, 그의 정체를 이미 정확히 알고 있는 듯한 그녀로 인해 생각이 바뀌었다.

"응. 그 조각, 돌려줘. 내가 가지고 있을게."

"안 됩니다."

"왜지?"

"레이디께서 가지고 계실 만한 물건이 아니니까요. 그건 너무 위험합니다."

"하지만……."

"그때, 솔레일에서 가지고 오신 겁니까?"

줄 수 없다는 뷘터의 말에 반박하려던 나는, 이어서 따져 묻는 목소리에 마지못해 고개를 끄덕였다.

"대체, 왜 가져왔다고 지금껏 말하지 않은 겁니까. 저 유물이 얼마나 위험한 것인지 그때 같이 봤으면서……!"

차마 말을 끝맺지 못하고 화를 참는 뷘터의 눈초리가 엄중해졌다.

'나도 그게 그렇게 무서운 물건인 줄 전혀 몰랐다고…….'

시스템이 준 보상에 불과한데 왠지 모르게 사고를 쳐서 혼이 나는 아이가 된 기분이 들었다. 숙연하게 고개를 숙인 채 뷘터의 눈치를 살피던 나는, 이내 조심스럽게 입을 열었다.

"그대, 혹시…… 진실의 거울이 뭔지 알아?"

"진실의 거울? 그걸 당신이 어떻게……."

네가 그걸 어찌 아느냐는 듯, 뷘터의 눈동자가 일순 커다랗게 확장됐다. 혹시 몰라 떠보길 잘했다. 잘 알고 있는 것 같은 그의 모습에 나는 연달아 물었다.

"그게 대체 뭐야? 어디에 있는 거지?"

"그건…… 여기서 할 말이 아닙니다."

난감한 기색으로 나를 바라보던 뷘터가 고개를 저었다. 그러더니 별안간, 그가 벌떡 자리에서 일어났다.

"잠시 따라오시겠습니까."

"그냥 돈이랑 조각 주고, 어디에 있는지만 얘기해 줘. 시간이 별로……."

"돈도, 조각도 저 안에 두었습니다."

할 말이 없어졌다. 나는 멀거니 그를 바라보다 이내 천천히 따라 일어났다. 생각해 보니 사무실에 그냥 앉아 있는 것보다, 어디든 비밀 공간에 들어가 있는 것이 좀 더 마음이 놓일 것 같았다.

먼저 벽에 다가선 뷘터의 뒤로 막 다가갔을 즈음이었다. 문득 눈앞이 환해졌다.

〈SYSTEM〉 히든 퀘스트 발생!

마법사의 은밀한 공간에 초대받았습니다. 들어가 보시겠습니까?
(보상 : 알 수 없는 무언가)

[수락 / 거절]

'이 미친 게임아…….'

결국 나는 게임의 히든 루트대로 움직이고 있는 것인가. 갑자기 떠오른 시스템 창에 안심하면서도 기분이 형용할 수 없이 참담해졌다.

이전에 호감도 폭락을 겪은 후 다시는 은밀인지 지랄인지 공간에 발을 들이밀지 않겠다던 나는, 이제 '초대'까지 받는 지경에 이르렀다.

수치가 보이지 않는 보랏빛 호감도 게이지 바를 착잡한 눈으로 바라보던 나는 이내 선택했다.

드르르르륵, 쿠웅—. [수락]을 누름과 동시에 벽이 열렸다.

"……진실의 거울은 고대 레일라족과의 전쟁에서 마법사들이 그들을 봉인하기 위해 영혼을 담아 만든 유물입니다."

침묵에 잠긴 채 널찍한 통로를 걷던 와중 문득 뷘터가 입을 열었다. '진실의 거울'에 관한 설명이었다. 왠지 게임의 튜토리얼을 듣는 느낌으로 그의 말에 귀를 기울였다.

"수많은 타인의 목숨을 흡수한 레일라들은 점점 본질을 잃고 반불사의 괴물로 변해 갔습니다. 그 지경에 이르면 더는 인간이라 부를 수 없습니다."

"……."

"본질을 잃은 그들은 그대로 있다간 과도한 힘에 이성을 잃고 폭주하다 자멸합니다. 때문에 레일라족은 형체를 유지할 숙주를 찾아다니지요."

"……숙주?"

문득 되묻자 빈터가 고개를 끄덕였다.

"예. 하지만 맞지 않는 껍데기를 억지로 뒤집어써 봤자, 완전하지 않아 절대로 인간이라 볼 수 없는 흠이 생깁니다."

"……물이나 거울에 비치지 않는 거?"

빈터가 흠칫 걸음을 멈추고 놀란 눈으로 나를 돌아보았다.

"……어떻게 아셨습니까?"

그야 방금 전에 그 무서운 장면을 겪고 왔으니까.

목 끝까지 차오른 말을 힘겹게 삼키고 나는 묵묵히 걸음을 옮겼다. 내가 답할 기미를 보이지 않자, 그는 얼마 후 조용히 말을 이었다.

"……전쟁이 지속될수록 레일라의 숙주로 희생되는 인간들의 수가 기하급수적으로 늘어갔습니다. 그것을 더 볼 수 없었던 고대 마법사들은, 최후의 수단으로 그들의 목숨을 바쳐 만든 마도구로 레일라들을 봉인했습니다."

우리는 마침내 복도의 끝, 광활한 공간에 도달했다.

"형체가 없는 레일라들의 본질을 비춰 붙잡아 두는 것."

"……."

"……그것이 바로 진실의 거울이지요."

전과 다름없이, 박물관 같은 비밀스러운 공간. 그 한가운데, 거의 천장에 닿을 만큼 엄청난 크기의 거울이 떡하니 놓여 있었다.

나는 갑자기 맞닥뜨린 거울을 보고 소스라치게 놀랐다. 뷘터의 은신처에 있다는 건 둘째 치고 거울의 모양이 꼭…….

'꿈에서 본 거랑 똑같은 거울이잖아.'

나는 천천히 거대한 거울 앞으로 다가갔다.

"이게…… 진실의 거울이야? 왜 여기……."

천천히 손을 뻗어 그것을 만져 보려 할 때였다. 표면에 닿자마자 손가락이 쑤욱 반대편으로 넘어갔다. 화들짝 놀라 손을 거두는 순간.

"이건 고대 자료들을 바탕으로 구형해 낸 모형입니다. 최근 레일라의 출몰로 다시 만들어 낼 수 있는지 연구 중입니다."

뷘터 놈이 나를 대신해 거울 환영에 팔을 쑤욱 넣다 빼며 답했다. 어디선가 '훼이크다 XX아!' 하는 소리가 울려 퍼졌다. 갖은 상념이 푸시식 식어 버린 나는 미간을 좁히며 주변을 둘러보았다.

"……그런데 아이들은?"

"안전가옥에 대피시켰습니다."

짤막한 뷘터의 대꾸에, 나는 고개를 갸웃거렸다.

'이게 안전가옥이 아니었단 말이야?'

그러나 이내 알아서 했겠거니 싶어 다시 관심을 거울로 돌렸다.

"이건 뭐지?"

그때, 내 시선을 잡아끄는 것이 있었다. 거울의 오른쪽 모퉁이가 도려내진 것처럼 사라진 채 그 주변에 금이 가 있었다.

"고대 마법사들이 거울을 만들었을 때 레일라 일족도 가만히 당하고만 있지는 않았습니다. 그들은 끊임없이 거울을 공격했고, 일부를 훼손하는 데 성공했습니다."

내가 가리킨 곳을 발견한 뷘터가 설명했다.

"그러나 일부는 일부일 뿐, 결국 거울은 그대로 작동했고 레일라들은 발타에 봉인됐습니다."

"이 일부는 그럼 소멸된 건가?"

"문헌에서는 열다섯 조각으로 나뉜 채 세상에 퍼졌다고 적혀 있습니다만……."

말끝을 흐리는 뷘터의 눈빛이 돌연 어두워졌다.

"최근 레일라 신도들이 그것을 악용하고 있다는 정보를 입수했습니다."

"레일라 신도? 그놈들이 마법사들이 만든 거울을 어떻게……."

"거울의 특성을 이용하여, 되레 사람들이 가장 두려워하는 내면을 비추고 세뇌하는 것으로 말입니다."

"아."

그것을 직접 당하고 온 나는 단번에 그의 말을 이해할 수 있었다. 이로써 내가 얻어야 할 정보는 모두 얻었다. 나는 거울 모형에서 미련 없이 등을 돌린 채 말했다.

"알려 줘서 고마워. 이제 돈과 거울 조각을 줘."

뷘터는 흔들리는 눈으로 내가 내민 손을 바라보며 고개를 저었다.

"조금 전 들었다시피, 레일라가 사용하는 조각은 무척 위험합니다. 레이디께서 가지고 계실 만한 물건이 아닌……."

도돌이표처럼 반복되는 대화에, 나는 한숨을 쉬며 들고 있던 가방 안에서 무언가를 꺼냈다.

"이건……."

군청색 동공이 찢어질 듯 확장됐다. 내가 뷘터에게 내민 것은, 에밀리가 묶어 놓은 이본에게서 빼앗아 온 또 다른 조각이었다.

"이것도…… 솔레일에서 가져온 것입니까?"

"아니. 조금 전에 레일라에게서 빼앗아 온 거야."

"그게 무슨……."

"나, 저택에서 세뇌당했어. 중간에 간신히 저지하고 도망쳐 나온 거야."

내 말에 뷘터의 숨이 멎었다. 석상처럼 굳어 있던 그의 눈매가 서서히 괴롭게 허물어졌다.

"아…… 내가 당신을……."

선연한 고통이 검푸른 눈 위로 스쳐 지나갔다. 뷘터는 천천히 내게 손을 뻗었다. 그리고 더듬더듬 내 얼굴을 매만졌다.

"내가 당신을 끌어들여서…… 나 때문에 당신이 결국……."

피부에 바들바들 진동이 느껴졌다. 남을 돕지 못해서 죄책감을 느끼던 선량한 남주. 그는 내가 세뇌당한 게 자신의 탓이라 여긴 듯 무척이나 괴로워 보였다.

온전히 그의 잘못이라고는 할 수 없었다. 따지고 보면 모든 게 다 게임 스토리대로 진행된 일인데. 그간 나도 모르는 사이, 나를 믿지 않았던 그에게 앙금이 싸였던 걸까.

차마 '그대 탓이 아니다.'라는 말이 나오지 않았다. 그저 처절하게 몸을 떠는 뷘터를 멀거니 바라볼 뿐.

"……누굽니까."

얼마 후 조금 진정했는지, 그가 무서운 목소리로 추궁했다.

“누가 감히 공작저에 숨어들어서…….”

내게 따져 묻던 그가 문득 말을 멈추었다. 스스로 답을 깨달은 것처럼 초점 없는 눈빛으로 물었다.

“설마…… 이본 영앱니까? 이본 그 애가, 레일라…….”

“……물과 거울에 비치지 않는 것도 확인했어. 내 말을 믿을지 안 믿을지는 그대 자유야.”

“아아.”

내 말에 또 한 번 뷘터의 눈매가 왈칵 허물어졌다. 나를 향한 의심으로 똘똘 뭉쳤던 과거를 후회하는 것 같았다.

이렇게 극에 달한 상황이 아닌, 조금 더 일찍 말했더라면 그는 내 말을 믿었을까. 죄책감으로 헐떡이는 뷘터를 보니 부질없는 생각이 들었다. 나는 그것들을 털어내고 담담히 읊조렸다.

“조각들은 내가 가지고 도망가는 게 더 안전할지 몰라. 그대는 조각 말고도 지킬 것들이 많은 사람이니까.”

“제가…… 제가 다 알아서 하겠습니다. 제가 해결을…….”

“내가 그대를 믿지 못하겠어.”

나는 다소 냉정하게 말했다.

“레일라는 세뇌를 쓰고, 그대는 이본을 누구보다 착하고 선량한 이라 믿고 있었으니까.”

그리고 노멀 모드대로라면, 레일라와 대적하는 사명을 가진 뷘터 역시 별다른 어려움 없이 여주와 사랑에 빠진다.

임시로 공작저에서 빼돌린 것일 뿐, 처음부터 그를 믿지 않았다.

내 뺨을 붙들고 있던 손이, 이윽고 스르륵 힘없이 떨어져 나갔다. 잠시 고개를 숙이고 호흡을 삭이던 뷘터는, 이내 조심스럽게 내 손목을 잡았다.

"……이리로 오십시오."

그는 나를 끌고 거대한 거울 환영을 지나쳐 안쪽으로 걸어갔다. 순순히 뒤따라간 지 얼마 안 가, 그가 멈췄다.

광활한 공간의 정중앙. 각종 유물과 자료들을 담은 수많은 유리 케이지 사이로, 유일하게 공기 중에 고스란히 노출되어 있는 화분 하나가 있었다.

꽤 커다란 화분의 크기에 비해 그 안에 자라 있는 것은 딱 하나뿐이었다. 외따로이 심겨진, 작고 가녀린 보라색 꽃봉오리.

"이게…… 뭐야?"

나는 뷘터가 뜬금없이 보여 준 화분을 보고 영문 모를 표정을 지었다. 그때, 그가 갑작스레 손을 뻗어 여린 식물의 줄기를 와락 붙잡았다. 그리고 힘을 줘 그대로 그것을 뿌리째 뽑아 버렸다.

"무슨……!"

그의 기괴한 행위에 당황하던 나는, 꽃봉오리의 잔뿌리에 딸려 나온 것을 보고 입을 다물었다. 그것은 내가 그에게 맡긴 거울 조각이었다.

"이 공간은 제 무의식과 연결되어 있습니다."

"무의식?"

"그래서 제가 세뇌에 지배되었거나 죽음을 맞이할 시…… 이곳에 존재하는 모든 것들 또한 같이 소멸되지요."

뷘터가 뿌리에서 거울 조각을 떼어 내 다시 화분 안에 대충 던져 넣었다. 그리고 내게로 몸을 돌려 뽑아낸 보라색 꽃을 내밀었다.

"받으십시오."

나는 얼떨결에 그가 건네준 꽃을 받아 들었다. 그러자 신기한 일이 벌어졌다. 방금 전까지 잔뜩 오므라들어 있던 꽃봉오리가 점차 벌어지기 시작하더니, 순식간에 활짝 피어났다. 화려한 보라색 장미꽃이었다.

'조각 달라니까, 웬 장미꽃?'

나는 도저히 의미를 알 수 없어 그저 멀뚱멀뚱 꽃과 빈터를 번갈아 보았다. 그는 활짝 핀 장미꽃을 우두커니 내려다보다가, 다시 천천히 입을 열었다.

"솔레일에서 레이디를 데려다 드리고 돌아왔을 때…… 이곳 구석에 이 장미꽃 한 송이가 피어 있었습니다."

그게 어떻게 가능한 일이냐는 의문이 들었지만, 나는 곧 납득했다.

'무의식이 연결된 곳이라고 했나?'

하지만 그가 갑자기 내게 이런 얘기를 하는 이유는 알아차릴 수 없었다.

"저는 갑자기 제멋대로 꽃이 핀 원인을 알 수 없었습니다. 장미꽃의 의미라면 보통 사랑을 뜻하지 않습니까."

"……."

"보라색 장미꽃말은 더더군다나 의미가 모호하지요. 완전한 사랑과 불완전한 사랑."

"……."

"저는 멍청하게도…… 꽃이 핀 이유도, 제 감정이 그 둘 중 어느 쪽인지도 알지 못했습니다."

그때였다. 들고 있던 장미꽃의 꽃잎이 하나, 둘 떨어지기 시작했다. 나는 멍하니 그의 머리 위를 올려다보았다. 하드 모드가 끝났음에도, 아직도 선명히 떠 있는 호감도 게이지 바.

"마지막으로 공작저에서 당신을 만나고 와서 깨달았습니다."

"……."

"내가…… 모든 걸 망쳐 버렸다는 걸."

뚝, 뚝, 끝도 없이 보라색 꽃잎이 바닥으로 떨어졌다. 뷘터는 잡고 있던 내 손을 놓고, 쓰고 있던 토끼 가면을 들어 올렸다. 드러난 그의 볼을 타고, 반짝이는 것들이 흘러내렸다.

더는 내 앞에서 가면을 뒤집어쓰고 있지 않은 남자는, 뚝뚝 떨어지는 꽃잎처럼 울고 있었다.

"……후작님."

나는 힘겹게 그를 불렀다. 흠뻑 젖어 있는 수려한 얼굴을 보니, 납덩이를 얹은 듯 가슴이 무거워졌다. 우리는 어쩌다 이렇게 된 걸까.

"……저를 신뢰하지 못하더라도, 제게 맡긴 조각은 이쪽에 두고 가십시오."

신음 하나 내지 않고, 그가 고요하게 말했다.

"그녀는 조각을 찾아 유물을 다시 완성하려 할 겁니다. 시선을 분산하는 게 어쩌면 더 현명한 일일지 모릅니다."

"……."

"그리고…… 저는 지금부터 그녀를 무력화할 방법을 찾고, 공격할 겁니다. 제게로 신경이 쏠려 있어야 당신이 가는 길을 막지 못할 겁니다."

잠시 생각하던 나는, 이내 순순히 고개를 끄덕였다. 이본이 레일라라는 내 말을 믿는 이상, 그의 말은 일리가 있었다.

'어쨌든 유물을 완성시키지 못하게 하란 뜻일 테니까…….'

그런 내 태도에, 입술을 달싹이며 물었다.

"……어디로 가는지는 안 알려 주실 겁니까."

"우선 북방으로 갈 거예요."

"갑자기 북방은 왜…… 아."

이유를 알아챘는지, 뷘터가 이를 악물었다.

그에겐 정말 미안한 일이지만, 나는 끝까지 거짓을 읊었다. 혹시 그가 이본에게 당할지도 모르기에.

퀘스트 완료를 위해선 발타로 향하는 내 위치를 절대로 들키면 안 된다. 북방으로 가는 것은 퀘스트가 모두 끝난 후였다.

'내 세뇌를 푸는 게 먼저야.'

칼리스토가 걱정되긴 했지만, 남주 후보이니 죽진 않을 테니까.

내가 보았던 모든 게 환상이라는 것을 알았는데, 아직도 무슨 세뇌를 당했는지 알 수가 없었다. 하지만 나는 시스템이 시키는 대로 하기로 결심했다. 이 끝에 과연 무엇이 기다리고 있든지.

"제가 데려다 드린다고 하면 분명 거절하시겠지요."

"후작님께는 부탁이 있어요."

이성을 되찾은 나는, 완곡한 거절 대신 그에게 하고자 하는 말을 내뱉었다.

"제가 도망쳐 오는 걸 돕느라 제 전담 하녀가 곤경에 처했어요. 그 애를 잘 보살펴 주세요."

"……안전가옥으로 대피시켜 드리겠습니다. 걱정 마십시오."

"감사해요. 그리고…… 죄송해요."

내 말을 알아들은 뷘터는 우는 얼굴로 웃었다.

꽃이 완전히 져 버렸다. 그를 확인한 뷘터는 이내 토끼 가면을 다시 내려 썼다. 그리고 지팡이를 꺼내 허공에 한번 휘둘렀다. 그러자 작은 주머니 하나가 나타났다.

"돈과 이동 마법 스크롤을 몇 개 넣어 두었습니다. 돈은 사용하기 편리하게 금화로 바꾸어 두었습니다."

뷘터는 그것을 내게 건넸다.

"마법 주머니에 한도가 있어 전액을 담지는 못했습니다. 그래도 섬 하나 정도는 살 수 있는 금액입니다."

"고마워."

나는 다시 가면을 쓴 그를 상단주로 대했다.

"그만 가 볼게, 조심해."

그리고 나지막이 인사하고 곧장 돌아섰다. 그는 내 인사에 답하지 않았다. 우두커니 서 있는 그를 남긴 채, 홀로 비밀 공간을 빠져나올 무렵이었다.

〈SYSTEM〉 히든 퀘스트 완료!

[마법사의 신뢰]를 얻었습니다. 보상으로 [보라색 장미꽃 한 송이], [이동 마법 스크롤], [999,999,999+ 골드]가 주어집니다.

그는 마침내 내게 신뢰를 주었고, 대신 애정을 잃었다. 나는 씁쓸해지는 마음을 다스리며, 그에게 받은 져 버린 보라색 장미꽃을 소중하게 가방에 넣었다.

뷘터의 상단을 빠져나온 나는 신속하게 걸음을 옮겼다. 그가 그리 졸렬한 놈은 아니란 것을 알았지만, 혹시 모를 미행을 방지하기 위해 다른 골목으로 가서 마법 스크롤을 쓰기 위해서였다.

그러나 막 대로변으로 나왔을 때 나는 사방에 깔린 에카르트 문양이 새겨진 갑옷들을 보고 기함했다.

'미친!'

이번에는 확실했다. 치안 때문이 아닌, 나를 잡으려 기사단을 푼 것이란 걸.

'아오, 어떡하지?'

잠시 고민하던 나는 이내 뷘터가 준 주머니를 뒤적였다. 몇 개 챙겨 준 거라면서 얼마나 넣어 둔 건지 종이 뭉치가 두툼했다. 그중 한 개를 꺼내어 펼쳐 든 순간.

〈SYSTEM〉 [이동 마법 스크롤]을 사용하여 다른 곳으로 이동하시겠습니까?

[예. / 아니오.]

익숙한 네모 창이 떴다. 나는 망설임 없이 [예.]를 눌렀다.

〈SYSTEM〉 마법 주문을 외치며 [이동 마법 스크롤]을 찢으십시오.

(마법 주문 : 삐라띠오-???)

짜증 나는 주문 때문에 반사적으로 눈살이 찌푸려졌지만, 침착하게 주문을 외웠다.

'삐라띠오 아르키나!'

찌이익—. 동시에 스크롤도 같이 찢자, 네모창 안의 흰 글씨가 변했다.

〈SYSTEM〉 [이동 마법 스크롤]을 1개 사용하여 [아르키나]로 이동합니다.
〈SYSTEM〉 Error! Error!
[아르키나] 주변으로 강한 마법 결계가 쳐져 있어 [이동 마법 스크롤]로는 이동할 수 없습니다!

"아니, 이런 미친놈아!"
갑자기 뜬 'error 창'에 육성으로 욕설이 튀어나왔다. 이미 찢은 스크롤은 재가 되어 손에서 부스러졌다.
'그럼 대체 어떻게 가라는 건데!'
부글부글 끓는 속을 다스리며 짜증스럽게 다시 가방을 뒤적일 무렵, 문득 손에 치이는 게 있었다.
"아."
그것을 발견한 나는 작게 침음을 내뱉었다. 갈 수 있는 방법을 알 것 같았지만, 전혀 순탄치 않은 여정이었다.
'빌어먹을 게임 같으니라고…….'
깊은 한숨을 내쉬며 새 스크롤을 주섬주섬 꺼낼 무렵, 문득 불길한 감각이 정수리를 스쳤다.
무심코 고개를 든 나는, 멀찍이서 이쪽을 유심히 살피고 있는 푸른 눈과 정면으로 마주쳤다. 그 순간, 데발 놈의 얼굴이 흉흉하게 일그러졌다.

'서, 설마…… 아니야, 알아볼 리 없어.'

나는 허겁지겁 골목으로 몸을 숨기며 부정했다. 지금 내 모습은 마법 팔찌로 변장하고 있는 상태였다. 전에도 이 모습으로 데릭을 만났지만, 그는 전혀 알아보지 못했다. 게다가 스치듯 마주친 하인을 일일이 기억할 만큼 세심한 놈도 분명 아닐 텐데…….

'망할, 안 되겠다. 일단 도망!'

나는 스크롤을 쥔 채 뷘터의 상단이 있는 골목 안쪽으로 움직였다.

'삐라띠오……!'

그리고 막 스크롤을 찢으려던 순간.

"페넬로페 에카르트—!"

섬뜩한 목소리가 골목 안에 울려 퍼졌다. 머리끝이 쭈뼛 섰다.

'하늘이시여…….'

질끈 눈을 감은 나는, 스크롤을 등 뒤에 숨긴 채 천천히 몸을 돌렸다. 최대한 자연스럽게.

"사, 사람 잘못 보셨습……."

"내가 새긴 마법인데, 천치도 아니고 널 못 알아볼까."

나는 놈의 말에 시치미 떼는 것도 잊고 입을 떡 벌렸다.

"아, 알고…… 계셨어요?"

"한 번 속아 넘어가 줬으면 됐지, 대체 언제까지 내가 네 연극에 놀아나 줘야 해!"

내 바보 같은 물음에 놈이 버럭 외쳤다. 그 먼 거리를 단숨에 달려온 건지 놈의 얼굴이 땀에 잔뜩 젖어 있었다. 멍하니 그런 그를 응시하던 중. 그의 호감도 게이지 바가 좀 이상했다.

'분명 성인식 때까지만 해도 샛노랬는데…….'

다시 보니 불그스름한 빛이 돌았다. 완전한 주황색도, 노랑색도 아닌 어중간한 색.

하지만 내 알 바는 아니었다. 나는 무표정하게 놈을 바라보며, 슬그머니 한 발짝 물러섰다. 스크롤을 찢을 충분한 시간을 벌기 위해서였다. 그런데 그 순간.

"……가지 마라."

분노에 찬 숨을 고르던 놈이 불현듯 얼굴을 일그러뜨리며 짓씹듯 내뱉었다.

"아직 몸도 다 성치 않으면서 대체 어딜 가려고 그래."

"……."

"더는 화내지 않으마. 아무것도 추궁하지 않을 테니까, 그만 돌아가자."

"……."

"제발, 페넬로페……."

흡사 애원하는 것처럼 구는 데릭 놈의 표정이 기묘했다. 뚝뚝, 그의 턱을 타고 흘러내리는 땀이 꼭 눈물 같았다.

나는 생소한 얼굴로 그것을 바라보다가 한 발짝 더 물러섰다. 놈이 다급하게 윽박질렀다.

"당장 이리 와, 페넬로페 에카……!"

"싫어."

나는 커다란 고함에 반사적으로 눈살을 찌푸리며 짧게 읊조렸다.

"떠나는 마당에 내가 왜 네 명령을 따라야 해."

"페넬로페 에카르트!"

"왜, 데릭 에카르트."

빌어먹을 호감도도 없어졌는데 내가 거칠 것이 뭐 있겠는가. 곧바로 받아치는 내 말투에 놈의 푸른 눈이 한차례 흔들렸다. 언제나 예의 바르게 굴던 내가 이렇게 나올 줄은 전혀 몰랐던 것처럼.

나는 반말에 그치지 않고, 있는 힘껏 입꼬리를 비틀며 차게 조소했다.

"한 번으론 부족해? 다시 끌고 가서 또 죽여 보고 싶어?"

"그게 무슨……! 죽이다니, 내가 널 왜—."

"왜 인정하지 않아, 데릭. 그날 너도 봤잖아. 한시도 내게서 눈을 뗀 적 없으면서."

내가 몰라서 그냥 입 다물고 넘어간 줄 알았다면 큰 착각이었다. 그냥 귀찮고, 가치가 없어서였다. 빈터처럼, 일말의 기대도 갖지 않아서.

"내가 이본과 잔을 바꾸는 거. 다 봤잖아요, 소공작님."

데릭의 동공이 거칠게 흔들렸다. 입가에 맺힌 비린 미소가 점점 짙어졌다.

"고귀한 우리 소공작님께선 인정하기 싫을 테지. 네가 이본을 데리고 와서 내가 자살하려 했다는 걸."

"아니야!"

그때 데릭이 버럭 소리쳤다. 놈은 허옇게 질린 입술을 달싹였다.

"그게 아니다. 난 그러려던 게……."

"……."

"네가, 네가…… 넌 왜, 내게만."

"……."

"왜 내게만 아무런 표정도 짓지 않아."

하염없이 말을 더듬던 놈이, 결국 무너지듯 모든 것들을 토해 냈다.

"화가 났어도 선물을 주면 다시 어여쁘게 웃어 주었잖아. 그렇게 앙숙처럼 싸워 대던 레널드 놈에게마저 오라버니라 불러 주었지 않아. 그런데 왜—!"

"……."

"왜 자꾸 멀어지기만 하는 거냐."

그가 길을 잃은 어린아이처럼 중얼거렸다. 제가 무슨 말을 하는지도 모르는 얼굴이었다. 꽉 쥔 주먹이 부들부들 떨렸다.

'아.'

나는 이제야 그의 마음을 눈치챌 수 있었다.

"왜겠어?"

그리고 어떻게 하면 그런 놈을 나락으로 떨어뜨릴 수 있는지도.

"네가 싫으니까 그렇지, 데릭 에카르트."

나는 개화한 꽃처럼 활짝 웃었다. 그 언젠가, 그에게서 스카프를 받고 미소를 지어 줬을 때처럼.

'그때부터였구나.'

뜬금없이 선물을 건네던 그의 알 수 없는 행동들이, 조금씩 이해가 갔다. 이미 한참 전에 엑스 쳐진 줄도 모르고, 선물을 줘도 변함없는 내 태도를 보며 얼마나 애가 탔을까.

흔들리던 푸른 눈이 우뚝 멈췄다. 맥없이 열리는 동공을 보며 나는 쐐기를 박았다.

"나는 이제 널 보느니 죽는 게 나을 만큼 싫어. 그러니까……."

"……."

"평생 네 동생이나 끌어안고 살다가 뒈져 버려, 개새끼."

찌이익—! 놈의 면전에서 스크롤이 시원하게 찢어졌다.

〈SYSTEM〉 [이동 마법 스크롤]을 1개 사용하여 [트라탄]으로 이동합니다.

“페넬……!”

뒤늦게 정신을 차린 그가 헐레벌떡 내게로 손을 뻗으며 달려왔지만, 이미 늦은 후였다. 나는 점멸하는 흰빛과 함께 편안히 눈을 감았다.

끼룩끼룩—.

시끄러운 갈매기 소리에 눈을 떴을 때. 나는 일전에 한번 와 보았던 바닷가에 서 있었다.

화창한 수도와는 달리, 트라탄의 하늘은 불길한 구름이 잔뜩 끼어 있었다. 궂은 날씨 때문인지, 항구에 잔뜩 정박해 있는 배들이 보였다. 불길한 하늘과는 달리 내겐 희소식이었다. 나는 망설임 없이 그쪽으로 걸음을 옮겼다.

“에이! 오늘은 공쳤구만.”

“고기도 안 잡혀 죽겠는데, 날씨마저 왜 이러는지…….”

항구에 다다르자, 우락부락한 사내 몇 명이 모인 채 담배를 피우고 있었다. 허름한 차림새 때문에 긴가민가 싶어서 살피고 있을 때쯤.

“고기 잡는 배 처음 보나? 뭘 얼쩡거려?”

커다란 해적 모자를 쓰고 있는 흉악한 인상의 사내 하나가 내게

툭 쏘아붙였다. 다행히 각 배의 선장들이 맞았다.

"오늘은 배 못 띄워서 일손도 필요 없으니까 그냥 가쇼."

소년의 모습을 한 나를 일이 필요해서 찾아온 뜨내기로 착각한 것인지, 그들이 귀찮다는 듯 손을 휘휘 흔들었다. 나는 굴하지 않고 그쪽으로 걸어가 물었다.

"혹시, 아르키나 제도까지 가는 배 있습니까?"

내 말에 왁자지껄한 분위기가 한순간에 싸해졌다.

"……별 미친놈을 다 보겠네."

처음 내게 시비를 걸었던 남자가 희한한 생물을 보는 눈으로 나를 보며 읊조렸다.

"요즘 거기 갔다간 해류에 휩쓸리기도 전에 마물들에게 뼈도 못 추리고 잡아먹히는데 뭔……."

"돈은 충분히 드릴 수 있으니, 그 근처까지만 데려다주실 수 없습니까? 높으신 분의 명입니다."

"아, 못 간다니까 그러네! 안 그래도 조업 못 나가서 짜증 나는데, 웬 샌님 같은 놈이 재수 없게……!"

그 근처에서 죽은 사람들이 많은지, 남자들이 하나같이 흉흉한 얼굴로 나를 쫓아내려 들었다.

별수 없었다. 나는 한숨을 쉬며, 걸어오면서 소분해 놓은 금화 주머니를 꺼내 던졌다.

"그럼……."

쩔그럭―! 묵직한 소리와 함께 나를 떠밀던 팔들이 우뚝 멈췄다.

"배 팔 사람."

Chapter 18

Chapter 18

선장들의 치열한 경쟁 끝에, 나는 배는 물론이고 선원들까지 모두 사고 말았다.

나는 누군가 건네준 망원경으로 먼 해안선 너머를 보았다. 자욱이 내려앉은 안개 사이로 아르키나 제도가 보일 듯 말 듯 어른거렸다.

'혼자 가도 별일 없겠지…….'

마물이 좀 걱정됐지만, 그것들의 우두머리가 수도에 있으니 내게 큰 피해는 없으리라. 난 그렇게 합리화하며 망원경을 내렸다.

"저, 저기……."

그때, 이제는 선원이 된 배의 전 주인이 서열 정리를 끝냈는지 다가와 말했다.

"출발은 새벽 3시쯤에 해야 합니다. 그때가 가장 마물의 활동이 적기도 하고, 파도가 가장 잔잔할 때입니다."

나는 묵묵히 고개를 끄덕였다. 그러자 남자가 조심스럽게 되물었다.

"한데 어떤 분이시길래…… 무슨 일로 그 위험한 곳을 가시겠다는 겁니까?"

흘끔 곁눈질로 본 그의 눈이 탐욕스럽게 번들거렸다.

돈맛을 본 가난한 인간들은 위험했다. 남은 시간 동안 발품 팔아 호위를 고용할까 고민하다 관뒀다. 제대로 된 호위를 구할 수 있을지도 의문이었고, 어차피 가방은 내 의지가 아니면 열 수 없는 마법이 걸려 있었다.

"몇 달 전 솔레일이란 섬이 수장된 사건이 있지 않았습니까?"

내 물음에 남자가 눈을 휘둥그레 뜨더니 고개를 마구 끄덕였다.

"아, 예, 예! 멀쩡하던 섬이 하루아침에 사라져서 다들 까무러쳤습지요!"

"그 섬은 본래 레일라 잔당들이 아르키나에서 트라탄으로 넘어오기 전에 중간 다리로 쓰던 곳인데, 제 주인께서 소탕한 겁니다."

나는 엄중한 얼굴로 잔뜩 겁줬다.

"헉, 소, 소, 소탕?!"

남자는 물론이고 주변에서 엿듣고 있던 선원들도 흠칫 몸을 떨며 나를 돌아보는 게 느껴졌다. 내 입으로 이런 말 하기가 참으로 민망했지만, 적당히 기를 눌러 주기 위해서는 별수 없었다.

"그, 그럼 아르키나 제도를 가는 것도……."

나는 무겁게 고개를 끄덕이며 덧붙였다.

"명심하십시오. 주인님은 거슬리는 인간들을 무척이나 싫어하십니다."

"예, 예! 아무렴 최선을 다해 모시겠습니다!"

공포 서린 얼굴을 보니, 다행히 기죽이기가 잘 먹혀 든 것 같았다.

남은 시간 동안 나는 적당히 얼굴을 가릴 가면 하나와 로브를 샀다. 그리고 오래된 여관의 최상층을 사용하는 데 돈을 아끼지 않았다. 레널드의 충고처럼 호텔을 이용하고 싶었지만, 가난과 약탈에 찌든 마을에선 터무니없는 소리였다.

밤은 금방 찾아왔다. 나는 가면과 로브를 쓴 채 시간 맞춰 항구로 나갔다.

뿌우우우—. 출발을 알리는 뱃고동 소리와 함께 드디어 아르키나 제도로 향하는 배가 출발했다.

밤바다는 고요했다. 출렁출렁 흔들리는 배에 따라 속이 좀 울렁거렸지만 견딜 만했다.

'확실히 돈이 좋긴 좋네.'

선장이 쓰는 방에 홀로 앉은 채 가방에서 마법 지도를 꺼내어 펼쳤다. 이동 마법 스크롤로는 갈 수 없으니, 발타로 가는 남은 방법은 이것뿐이었다.

하지만 애석하게도, 이 마법 지도는 그려진 지역 내에서만 사용할 수 있었다. 나는 동굴에서 황태자와 마법 지도를 사용했던 기억을 떠올렸다.

'지도 안에 빨간 점이 생겨야 해.'

그게 내 위치였다. 그래서 하는 수 없이 배를 통째로 사들이며 사정거리까지 가는 중인 것이다.

"쯧, 그냥 바로 순간 이동시켜 줄 것이지……."

아직 아무것도 떠오르지 않은 지도를 보던 나는, 이내 그것을 덮으며 신경질적으로 중얼거렸다. 하드 모드도 끝났건만, 이 미친놈의 게임은 조금도 쉽게 진행되는 법이 없었다.

그때였다. 쿠구구구궁—. 불현듯 굉음과 엄청난 진동이 배를 뒤흔들었다.

"아악!"

나는 비명과 함께 바닥으로 내동댕이쳐지듯 넘어졌다.

"뭐, 뭐야?"

어리둥절한 얼굴로 엎어진 몸을 추스를 적.

"으아아악—!"

방 밖에서 커다란 비명이 울려 퍼졌다.

"마, 마물이다! 마물이 나타났다!"

"비상! 비상! 배 돌려, 어서!"

들려오는 급박한 소리들에 나는 벌떡 일어나 짐들을 챙겨 밖으로 나갔다.

촤아아악—! 그러나 막 문을 열자마자 눈앞에 거대한 문어 다리가 떨어지고 있었다.

"흐아악!"

나는 비명을 지르며 화들짝 놀라 뒷걸음질 쳤다. 철퍽, 쩌억—! 발치에 꿈틀거리는 다리가 쩍, 달라붙었다.

딱딱하게 굳은 나는, 얼마 후 가까스로 그것을 껑충 뛰어넘어 갑판으로 나왔다. 그곳은 이미 난장판이었다. 영화로만 보던 거대 문어가 다리로 배를 통째로 감싸고 있었다. 새로운 다리가 수면에서 솟아오르며, 폭우처럼 바닷물을 흩뿌렸다.

"크라켄, 크라켄이, 으아아악—!"

선원 한 명이 비명과 함께 촉수 같은 다리에 휘감겨 순식간에 끌려갔다. 그와 동시에.

〈SYSTEM〉 돌발 퀘스트 발생! 배고픈 거대 마물이 나타났다!

마법 주문을 외워 [크라켄]을 처치하겠습니까? (보상 : 목숨)

[수락 / 거절]

"이 미친 게임아……."

나는 눈앞에 떠오른 네모 창을 보고 헛웃음을 지었다.

'보상이 망할, 보상이 목숨?!'

기가 막혀서 멍하니 흰 글씨들을 바라보고 있을 무렵이었다.

"선장님! 도, 도와주십시오! 마물을 처치해 주십시오, 제, 제발!"

배의 전 주인이 술통을 들고 휘날리는 다리를 필사적으로 막으며 내게 소리쳤다. 아이러니하게도 그를 겁주기 위해 했던 말이, 이제는 사실이 되어 버렸다.

그 순간, 머리맡이 어두워졌다. 콰아아악—! 거대한 문어 다리 하나가 물을 흩뿌리며 내 위로 다가오고 있었다.

수많은 빨판들이 다닥다닥 붙은 채 기이하게 꿈틀거리는 그것은, 하나의 살아 있는 생명체 같았다. 목뒤가 뻣뻣해지고 온몸에 소름이 쫙 끼쳤다.

〈SYSTEM〉 마법을 써서 8개의 다리를 모두 자르십시오! (마법 주문 : 파이어 피숀, 윈드 프라숀)

~START!~

'(0/8)'

'나는, 연체동물이, 싫어요!'

나는 결국 진저리를 치며 소리쳤다.

"파이어 피숀!"

화르르륵—! 다가오던 문어 다리 하나가 순식간에 불길에 휩싸였다.

"쿠워어어억!"

괴로운지 괴물의 울음소리와 함께 불에 타들어 가는 문어 다리가 이내 툭 끊어져 바닥으로 떨어졌다. 시커멓게 탄 그것이 미친 듯이 꿈틀거렸다.

"으흐으!"

나는 기괴한 신음 소리와 함께 황급히 그 징그러운 장면에서 떨어졌다. 그리고 황급히 허공을 바라보았다.

'(0/8)'

그런데 분명 공격을 가했는데도 숫자가 카운팅되지 않았다.

'뭐야, 마법 썼는데 왜지?'

그러나 가만히 의문에 잠겨 있을 새가 없었다.

"으아악, 서, 선장님! 살려 주십쇼!"

또 다른 촉수가 전 주인을 휘감은 채 끌고 가고 있었다. 나는 서둘러 외쳤다.

"윈드 프라숀!"

휘이이잉—! 처음 쓰는 마법은 회오리치는 거센 돌풍으로 단숨에 문어의 다리를 싹둑 잘라 냈다. 다행히 남자는 갑판 위로 잘 안착했다.

'오, 좀 괜찮은 공격인걸?'

쿠워어어억! 공격을 당한 괴물이 괴성을 지르며 꿈틀거렸다. 덕분에 배가 마구 흔들렸다. 돛대를 잡으며 힘겹게 허공을 바라봤을 때였다.

'(0/8)'

이상하게도 여전히 숫자가 올라가지 않았다. 지난번 도마뱀 마물처럼 쉽게 해결할 수 있을 줄 알았는데.

나는 심각한 얼굴로 연달아 공격을 퍼부었다.

"파이어 피숀! 윈드 프라숀! 파이어 피숀! 윈드 프라숀!"

순식간에 괴물의 다리 네 개가 불에 휩싸이고, 잘려 나갔다. 총 여섯 개의 다리가 사라진 셈이다.

"선장님, 나이스 샷!"

살아남은 선원들이 구석에 뭉친 채 환호성을 지르며 나를 응원했다. 다리가 썰린 괴물도 주춤했는지 흔들림이 점차 잦아들었다. 그러나 환호성도 아주 잠시였다.

'(0/14)'

허공에 떠 있는 숫자가 바뀌었다. 기하급수적으로 늘어난 채.

"……왜?"

그 순간. 쯔즉, 쯔즈즈즉, 뿌즈즉—. 질척한 소리와 함께 잘린 문어 다리에서 꾸물거리는 무언가가 솟아났다.

우리는 모두 멍하니 그 장면을 바라보았다. 괴물의 다리는 두 가닥으로 나뉜 채, 무럭무럭 자라나 순식간에 원상태로 복귀됐다.

"다, 다리가…… 자, 잘린 다리가 두 개로……."

무려 두 배로 늘어난 채.

"미친……."

그 모습을 보고 있던 나는 그야말로 '멘붕'에 빠졌다.

'마법 공격이 통하지 않아.'

그렇다고 방금 전처럼 마구 주문을 욀 수도 없었다. 자르는 즉시 또 몇 개로 늘어날지 모르니까.

여덟 개에서 열네 개가 된 다리들이 꿈틀꿈틀 허공에서 춤을 추기 시작했다. 얼마 안 가 우뚝 움직임을 멈춘 그것들이, 일제히 나와 선원들을 향해 내리꽂히기 시작했다.

휘이이이익—.

"파, 파이어……!"

다른 도리가 없었다. 코앞까지 다가온 촉수들의 모습에 눈을 질끈 감으며, 별수 없이 다시 주문을 외치려던 찰나.

콰아아악—!

"공녀!"

귀에 익은 목소리가 나를 거세게 일깨웠다. 번뜩 눈을 떴을 때. 어두컴컴한 시야 속으로, 거짓말처럼 황금빛이 쏟아져 내렸다.

철퍽—! 그가 검으로 베어 낸 듯한 다리들이 바닥에 떨어져 펄떡였다.

"뭘 멍청히 보고만 있어? 절단면 불로 지져, 빨리!"

숨을 멈춘 내게, 황태자가 소리쳤다. 갑작스러운 칼리스토의 등장에 멍하니 있는 것도 잠시, 그의 외침에 번뜩 정신이 돌아왔다.

"파, 파이어 피숀!"

나는 창피함도 잊고 재빠르게 잘린 다리에 공격을 퍼부었다. 화르르륵, 새로운 다리들이 채 자라나기도 전에 잘린 부분이 불길에 휩싸였다.

'(2/14)'

'됐어!'

허공에 떠 있는 숫자가 올라갔다.

"크웨에에에엑—!"

확실히 효과가 있는 건지 문어 괴물이 전보다 더욱 날뛰었다. 빠각, 빠드득— 물컹한 촉수에 휩싸인 배가 부서지면서 모로 기울었다. 물건들이 마구 쓰러지고 굴러 바다로 떨어졌다.

"으아아악—!"

굴러온 나무통에 맞은 선원 한 명이 눈 깜짝할 새 바다로 떨어졌다.

"어, 어……!"

나 또한 속절없이 휘청거리며 넘어질 즈음.

"공녀!"

황태자가 덥석 나를 끌어안았다. 한 팔로 나를 제 옆구리에 끼운 채, 그는 쏟아지는 물건들을 피해 재빠르게 조타실 위로 올라갔다.

지붕 위에서 뛰어내려 뒤편에 도착한 황태자가 배를 통째로 감싼 채 부수고 있는 굵직한 문어 다리를 망설임 없이 베어 냈다. 놈이 그러는 사이 짐짝처럼 몸이 덜렁거렸다. 눈앞이 핑핑 돌았다.

"으으, 내, 내려 주세요!"

"그런 말 할 시간에 주문이나 외쳐!"

"파이어 피숀!"

반사적으로 주문을 외자 불길이 피어났다.

"쿠르륵, 쿠워어억!"

고통에 찬 괴수의 울음과 함께, 기울었던 배가 수평으로 돌아왔다.

"잘했어."

황태자는 그제야 나를 바닥에 내려 주었다. 나는 어지러운 머리를 붙들며 불이 붙은 절단면을 유심히 바라보았다. 자른 후 불로 지진 자리엔 새 다리가 자라나지 않았다.

'아, 순서.'

어떻게 해치워야 할지 감을 잡은 나는, 곧장 마법 주문을 외우기 시작했다.

"윈드 프라숀! 파이어 피숀! 윈드 프라숀! 파이어 피숀!"

'(7/14)'

순식간에 숫자가 올라갔다. 금방 정신을 차리고 도움 없이 알아서 잘 싸우는 나를 칼리스토가 황당하다는 듯 바라보는 게 느껴졌다.

"크웨에엑—!"

그러나 신경 쓸 새 없이 또 다른 다리가 우리를 덮쳤다.

"쯧."

황태자가 못마땅하다는 듯 혀를 차며 그것을 칼로 베어 냈다.

"파이어 피숀!"

우리를 보고 감을 잡았는지, 살아남은 몇몇 선원들이 횃불을 가지고 뛰어와 잘려 나간 다리들도 불태웠다.

"윈드 프라숀! 파이어 피숀!"

그렇게 목이 터져라 주문을 윈 지 몇 분 후.

'(14/14)'

"쿠우우우우—."

마침내 모든 다리가 동강 난 마물이 힘없이 배에서 떨어져 나갔다.

〈SYSTEM〉 돌발 퀘스트 [배고픈 크라켄 처치] 완료!

마침내 끝을 알리는 퀘스트 창이 떠올랐다.

"하……."

나는 안도의 한숨을 내쉬며 비틀거렸다. 문어 괴물이 날뛰는 바람에 온몸이 바닷물에 흠뻑 젖어 축축했다. 머리 위로 뒤집어쓴 로브와 가면 속에도 물이 차서 비린내가 진동했다.

나는 오만상을 찌푸렸다. 본래 몸보다 체구가 더 작고 왜소한 남장이 불편해서, 마법 팔찌를 풀고 로브와 가면을 뒤집어썼던 것이다. 그런데 마물을 상대하면서 안 쓰느니만 못한 상태가 되었다.

가쁜 숨을 몰아쉬며 그냥 로브를 벗어던지고 신선한 공기를 마실까 고민하던 그때.

"페넬로페 에카르트."

불현듯 서늘한 음성이 들렸다.

'맞다.'

나는 그제야 안도에 취해 잊고 있던 사실을 깨달았다. 미친 황태자 놈이 여기까지 나를 쫓아왔다는 사실을.

천천히 고개를 들자, 바닷물에 흠뻑 젖은 황태자가 시뻘건 두 눈을 형형히 빛내며 내게로 걸어왔다. 분명 놈에게 잘못한 것이 없는데, 그의 표정을 보자 꼭 대역죄인이라도 된 것 같은 기분이 들었다.

'그런데, 저놈이 여긴 어떻게 나타난 거지? 바다 한가운데잖아.'

나는 뜬금없는 그의 등장에 너무 당황해서 더듬더듬 내뱉었다.

"부, 분명 반란 때문에 북방에 있는 것으로 알고 있는데, 대체 여긴 어떻게……."

"지금 그깟 반란이 문제야?"

순식간에 내 앞에 다가온 황태자가 무시무시한 기세로 내 양어깨를 와락 붙들었다.

"위험하게 여기가 어디라고 혼자 와! 누구 눈 돌아가는 꼴 보고 싶어?!"

"……저, 전하."

"그대가 공작저에서 사라졌다는 소식을 듣고 황궁 마법사를 족쳐서 미친놈처럼 수도로 달려갔다."

"……."

"그래도 그 악령 씐 놈이랑 함께 있는 줄 알았는데, 후작가에서 그놈 면상을 보는 순간, 내가……! 내가……."

금방이라도 날 잡아 죽일 듯이 흉흉하기 그지없던 그의 얼굴이, 일순 처참하게 일그러졌다.

"……사람이 왜 이렇게 못돼 먹었어."

칼리스토는 더는 말을 잇지 못하고 천천히 고개를 숙였다. 턱. 그가 이마를 맞댔다. 그러나 쓰고 있는 가면 때문에 온기가 전해지지는 않았다.

"성인식 날 한 번 속 썩였으면 됐지, 왜 이렇게 사람을 미치게 만들어."

황태자가 피로에 잔뜩 지친 음성으로 속삭였다. 언제나 호전적이고, 조소가 가득하던 그에게서 처음 듣는 목소리였다.

나는 네가 왜 이러는지 알 수 없어. 나를 사랑하지 않는 네가 왜. 그렇지만, 그렇지만 그의 지친 목소리에 가슴이, 심장이…… 너무 아려서 숨을 쉴 수 없었다.

한참을 머리를 맞댄 채 거친 호흡을 고르던 칼리스토가 이윽고 혀를 차며 고개를 들었다.

"쯧. 이 우스꽝스러운 가면은 또 뭐야."

피부를 가로막는 장벽이 마음에 들지 않는지, 그가 짜증스러운 손길로 휙 가면을 위로 들어 올렸다. 바닷물에 푹 젖은 로브의 후드 또한 그의 손에 거칠게 벗겨졌다.

선선한 공기가 안면 위로 훅 들이닥쳤다. 나는 그제야 갑자기 나타난 그가, 가면을 쓰고 있던 나를 단번에 알아봤다는 것을 알고 좀 놀랐다.

“……저인 줄은 어떻게 아셨어요.”

“내가 그댈 어떻게 못 알아봐.”

무의미한 질문에 칼리스토는 허탈하게 웃었다.

“너와 관련된 일이면 회의장이고, 전장이고, 다 때려치우고 매번 이렇게 눈 뒤집혀서 달려오는데.”

그가 어깨를 잡고 있던 두 손을 들어 올려 얼굴에 묻은 물기를 닦아 주었다. 그제야 따뜻한 온기가 전해졌다.

가슴이 미친 듯이 요동쳤다. 갑자기 눈시울이 시큰해져서, 나는 이를 악물었다.

“어디…… 다친 곳은 없나?”

묵묵히 물기를 제 손으로 닦아 준 황태자가 물었다. 나는 고개를 끄덕였다.

“없어요. 전하께선…….”

어디 다친 데 없냐고 되물으려던 찰나. 문득 비릿한 혈향이 코끝을 스쳤다. 그를 따라 시선을 돌리자, 그의 오른손에 잔뜩 젖은 붕대가 둘둘 말려 있는 것이 보였다. 그 틈으로 붉은 물이 새어 나오는 것 또한.

“다, 다치셨잖아요!”

나는 덥석 그의 손목을 잡으며 소리쳤다.

“저 문어 대가리랑 싸우다 생긴 거 아니야.”

“귀에 꽂은 그 커프스는 장식으로 쓰라고 줬답니까?”

“아까워서 못 쓰겠어.”

“대체…….”

기가 막혀서 말을 잃자, 그가 히죽 웃으며 또 허세를 부렸다.

"걱정할 것 없어, 공녀. 이런 것쯤은 침 바르면 금방 나으니까."

"전하께선 무슨 고통을 즐기시는 분이세요? 다치지 마시라고 비싼 돈 주고 산 건데 왜……!"

자꾸만 헛소리를 지껄이는 놈에게 몸서리를 치며 화를 내던 그 순간이었다. 와락— 잡힌 얼굴이 거세게 끌려갔다.

'윽!'

나지막한 신음과 함께 정신을 차리니, 축축하고 단단한 타인의 품에 꽉 끌어 안겨진 상태였다.

"모처럼 예쁜 말을 하니까 기분은 좋은데."

황태자가 내 머리 위에 제 턱을 올리며 말했다. 당황해서 잠시 버벅이던 나는, 이내 무슨 상황인지 깨닫고 벗어나기 위해 버둥거렸다.

"무, 무슨……! 이거 놔요!"

"이제 내 심정을 좀 알겠어, 공녀?"

"제가 전하 심정을 어떻게 압니까? 몰라요! 그러니까 놓으……!"

"다신 그러지 마."

내 머리칼에 깊이 얼굴을 묻은 채 속삭이는 그의 말에, 나는 멈칫 버둥거림을 멈췄다.

"이제 알았어. 그대가 원하는 거 말이야."

"……."

"그게 뭐든. 공작저를 때려 부수든, 이 빌어먹을 지위를 버려서든, 다 이뤄 줄게."

"……."

"그러니까…… 다신 내 앞에서 그러지 마, 페넬로페 에카르트."

그 순간, 문득 까마득하게 잊고 있었던 에밀리의 말이 떠올랐다.

— 아가씨께서 쓰러진 후 한시도 곁에서 떨어지지 않으셨어요.
— 밤마다 전하께서 아가씨의 손을 붙들고 얼마나 간절하게 비셨는지요.

이 말을 하드 모드가 끝나기 전에 들었다면, 무언가 달라졌을까. 부질없는 가정이었다.
'……이미 늦었어.'
그리 생각하며 칼리스토를 밀어내려 했다. 하지만 나는 차마 그것을 실행에 옮길 수 없었다. 숨도 못 쉴 만큼 나를 꽉 끌어안은 팔이, 손이, 바들바들 떨리고 있었다.
그가 지금 얼마나 안도하고 있는지, 조금은 알 것 같아서. 나는 그를 밀어내지도, 마주 안지도 못한 채 그저 우두커니 서 있었다.
"크, 크흠!"
그때였다.
"저, 저, 선장님, 그……."
근처에서 누군가 나를 불렀다.
'응?'
우리에게 꽂힌 수 쌍의 시선이 맹렬히 느껴졌다.
"으아악!"
나는 비명을 지르며 황태자의 가슴을 주먹으로 밀쳐 냈다.
"윽!"
황태자가 나지막한 신음과 함께 비틀거리며 물러섰다. 동그란 눈으로 이쪽을 바라보는 살아남은 선원들이 보였다. 나는 벌게진 얼굴로 씩씩거리다가, 획 몸을 돌려 물었다.

"뭐야."

사납게 묻자, 나를 부른 배의 전 주인이 퍼뜩 놀라 답했다.

"아, 아르키나 제도 근처까지 도착했습니다!"

"그래?"

앞을 가리키는 그의 손길을 따라 시선을 돌렸다. 문어 마물 때문에 저절로 이동이 됐는지 얼마 떨어지지 않은 거리에 정말로 커다란 섬 하나가 보였다.

"다 온 건가? 어디 한번 가 볼까, 공녀?"

돛대에 삐딱하게 기댄 채 무언가를 들여다보고 있던 황태자가 내게 흘깃 물었다.

"제가 어디로 갈 줄 알고요?"

나는 새침하게 쏘아붙인 채 가방 안에서 고대 발타 지도를 꺼냈다. 막 그것을 펼쳐 든 찰나였다.

"아르키나 제도로 가는 거 아니었나?"

황태자가 능글맞게 웃으며 내게로 다가왔다. 흘끔 놈이 들고 있는 종이를 훔쳐 본 나는 멈칫하고 다시 그것을 돌아보았다.

'어……?'

낯이 익었다.

"이거……."

똑같은 지도 두 개, 그리고 똑같은 지점에 떠오른 빨간 점.

'그러고 보니…… 지난번 솔레일에서도 날 쫓아왔잖아.'

알 듯 말 듯한 기시감이 들었다. 나는 눈을 가느스름하게 뜬 채 추궁했다.

"뭐예요?"

"뭐가?"

"왜 제 위치가 전하의 지도에도 뜨는데요?"

"이건 그대 위치가 아니라 내 위치……."

혹시 몰라 떠본 질문이었다. 그러나 이미 의심을 확신으로 굳힌 내 눈빛을 알아본 건지, 황태자가 뜨끔한 얼굴로 순순히 털어놨다.

"……복제본이야."

"'무엇의'요?"

"그대를 주인으로 인식한 그 지도의 복제본."

"허, 그럼 저번에도……."

놈이 어떻게 매번 귀신같이 날 쫓아왔는지, 벼락같은 깨달음이 찾아왔다. 어이가 없어 연신 헛바람을 터뜨리는 내게, 황태자가 황급히 변명했다.

"오해하지 마, 공녀. 일부러 그런 게 아니라, 그대의 소유임을 새기다가 발생한 오류……."

"……변태 스토커."

'흥!' 하고 고개를 팩 돌리자 황태자가 또 개소리를 했다.

"어허, 연인 사이에 스토커라니."

"연인? 누가요?!"

"누구긴? 그대와 나, 우리 둘이지."

"제가 볼 때 전하께서는 심각한 망상병을 앓고 계신 듯합니다. 당장 황궁의에게 가실 필요가 있……."

쪽—. 그때 문득 물컹한 것이 쏜살같이 입술에 닿았다가 떨어졌다.

"못된 말만 하는 입 같으니라고."

황태자가 코앞에서 심술궂은 얼굴로 지껄였다. 방금 전 무슨 일이 벌어졌는지 파악하지 못하던 나는, 이내 입을 가리며 놈에게서 파다닥 물러섰다.

"미, 미친, 이봐요! 이게 무슨……!"

"'이봐요'라니. 아주 갈수록 황족 능멸이 늘고 있어, 공녀."

내 막말에도 황태자는 유쾌하게 빙글거렸다. 손에 가려진 입술이 데일 듯 뜨거워졌다.

얼굴이 확 붉어졌다. 그를 들키지 않으려고 여전히 손으로 입술을 가린 채 씨근덕거리며 그를 노려보았다.

'사랑하는 거 아니라면서. 그냥 파트너 하자면서, 왜 이래?'

울컥, 그런 마음이 솟아올랐다. 그러나 나를 보는 그의 눈빛에 서린 안도가 너무 따뜻해서, 웃는 얼굴이 너무 환해서. 가슴이 자꾸 울렁거렸다.

나는 결국 바보처럼 따지고 들지도 못하고 신경질적으로 잔뜩 젖은 로브와 가면을 벗었다. 무겁고 축축해서, 오히려 가는 길에 방해가 될 것 같았기 때문이다.

이어서 들고 있던 가방을 뒤적였다. 그 난리 통에도 마법이 걸려 있는 가방 안쪽은 젖지 않고 멀쩡했다. 나는 금화 주머니 하나를 꺼내 묘한 눈으로 우릴 훔쳐보고 있던 진짜 선장에게 건넸다.

"수고했어. 이건 돌아가서 배를 고치고, 다친 이들을 치료하는 데 쓰게."

남자가 눈을 휘둥그레 뜨며 손사래를 쳤다.

"아, 아닙니다! 당치도 않습니다! 서, 선장님 때문에 산 목숨들인데 어찌……!"

"죽은 이들도 있는데, 생명 수당이라고 생각해."

"……가, 감사합니다, 감사합니다!"

남자는 끝내 거절하지 못하고 받아들였다. 다시 멀리 보이는 아르키나 제도 쪽으로 몸을 돌린 나는 그 앞에 마법 지도를 활짝 펼쳐 들었다.

'어디로 가야 하지?'

막상 지도 안, 섬 근처 부근에 빨간 점이 뜨긴 떴는데, 지리를 모르니 어디로 가야 하는지 알 수 없었다.

지난번 기억을 되살려 이곳저곳 지도 위를 건드려 보았다. 태블릿PC라도 되는 양 곧장 손가락이 닿은 지역이 확대되었다. 그러나 섬 안을 확인하면 할수록 점점 당황스러워졌다.

'뭐야.'

마치 거대한 비밀이 숨겨져 있을 것만 같았던 섬은 아무리 둘러봐도 모래뿐이었다.

'레일라 신국 놈들이 사방에 포진해 있을 줄 알았는데…….'

아무리 봐도 황량한 사막이었다. 그때였다.

"레일라 놈들의 신전은 아마 제도의 정중앙쯤에 있을 거야."

옆에서 내가 하는 꼴을 지켜보던 황태자가 불쑥 손가락으로 섬의 가운데를 톡 짚었다. 그 부분이 곧장 확대되었다. 그러나 모래 언덕뿐인 건 같았다.

"어떻게 아세요?"

"군사 작전을 계획할 때 몇 번이고 마법사들 통해서 정찰했으니까."

그가 덧붙였다.

"쳐져 있는 결계가 너무 강해서 형체만 확인했을 뿐 확실한 건 아니다. 그래도 최대한 개고생 덜 하려면 중앙 지역을 찍는 게 좋을 거야."

"……."

"저긴 풀 한 포기 자라지 않는 황무지니까. 헤매기 시작하면 끝도 없어."

그의 말은 일리가 있었다. 아무리 이동할 수 있는 마법 지도가 있더라도, 널따란 사막 속에서 바늘 찾기 하듯 무작정 헤맬 수는 없었다.

의외의 도움을 준 칼리스토를 흘끔 곁눈질할 때였다. 문득 눈앞이 환해졌다.

〈SYSTEM〉 [고대 마법 지도]의 사용을 원한다면 지도 안의 이동할 장소를 짚으며 시동어를 외치십시오.

(시동어 : 얄라 불라 아르띠노)

'발음이 진짜 왜 이래.'

내가 변함없이 괴상한 시동어를 바라보며 오만상을 찌푸리고 있을 때였다.

"이번에도 시동어를 알고 있는 건가? 그럼 가 보자고."

황태자가 여전히 지도 안을 짚은 채 여상하게 말했다. 새삼스러운 기분이 들었다.

"……같이 가시게요?"

"그럼. 누구 때문에 전쟁도 다 팽개치고 여기까지 왔는데. 기껏 문어 다리나 자르고 돌아갈까?"

그가 눈을 부라리며 되물었다.

"그렇다면 더 돌아가셔야 하잖아요. 다른 것도 아니고 반란군 진압이 달린 일인데……."

"나 하나 없다고 그깟 반란군 하나 막지 못하는 나라라면 그냥 멸망되는 게 옳겠지."

"전하."

"내겐 이게 더 중요해. 그리고 내가 아르키나 제도로 가는 것에 그대의 허락이 필요하나?"

칼리스토는 예의 그 사나운 표정으로 오만하게 말했다. 사실 맞는 말이긴 했다. 목적이 뭐든, 황태자인 그가 간다는데 내가 뭐라고 말린단 말인가.

"같이 가는 거 싫어?"

스스로 납득이 돼서 그냥 입을 다문 건데, 방금 전 쏘아붙인 게 무색하게 칼리스토가 다급히 덧붙였다.

"그럼 그댄 혼자 가도록 해. 나도 복제 지도 있으니까, 알아서 가지."

다시 올려다본 그의 얼굴이 잔뜩 초조함으로 물들어 있었다. 버림받기 싫은 어린아이처럼.

"전하는 시동어 모르시잖아요."

"……제기랄."

묵묵히 오류를 지적하자 그가 거칠게 앞머리를 쓸어 올리며 나직하게 욕설을 뇌까렸다. 그러더니.

"나도 데려가."

부탁하는 처지에 전혀 부탁조가 아닌 당당한 말투였다. 그러나 한쪽 귀에 박혀 있는 루비처럼 벌겋게 달아오른 그의 귀 끝이 보였다.
"웃어?"
놈이 다시 눈을 부라렸다. 나는 짐짓, 조금도 웃지 않은 척 정색하고 괴상망측한 시동어를 내뱉었다.
"얄라 불라 아르띠노."

〈SYSTEM〉 [고대 마법 지도 스크롤]을 1회 사용하여 해당 지역으로 이동하겠습니까?
[예. / 아니오.]

망설임 없이 [예.]를 누르자, 눈앞이 하얘졌다.

다시 눈을 떴을 때, 우리는 태양 빛이 작열하는 사막 한가운데에서 있었다.
찜통에 갇힌 것처럼, 엄청나게 뜨거운 바람이 훅 안면을 덮쳤다. 반사적으로 눈살을 찌푸리며 고개를 들었을 무렵.
"저긴……."
먼 모래 등선 너머 아지랑이가 피어오르는 사이로, 희미하게 건물 모습이 보였다. 황태자의 말이 사실이었다. 개고생을 덜었다는 생각에 안도하고 있던 찰나였다. 풀썩—. 머리 위로 무언가가 떨어졌다.
"어, 어……."
"해가 뜨거워."
당황해서 허우적거리는 사이, 황태자가 묵묵히 그것을 내 머리와 얼굴에 둘러 꽁꽁 둘러싸매 주었다. 그의 새빨간 망토였다. 무섭게 내리쬐는 태양 아래 그의 잘생긴 얼굴만이 고스란히 노출되었다.

"……전하는요?"

나는 머뭇거리며 물었다. 그러자 황태자가 픽, 조소를 터뜨리며 답했다.

"항상 생각하는데, 공녀는 고양이보다 쥐를 더 생각할 필요가 있어."

"그렇지만……."

"전쟁 중에 이런 사막 한번 안 겪어 봤을 것 같나?"

사막 한가운데 세워진 건물까지 그렇게 멀리 떨어진 것은 아니었지만 그래도 마음이 무거웠다. 아니, 나를 우선시하는 그의 행동에 기분이 이상했다.

'이럴 줄 알았으면 로브는 가지고 올걸.'

짧은 판단에 우울해하고 있을 때쯤, 황태자가 나를 이끌었다.

"그만 가지. 사막은 낮이 짧아."

나는 그와 함께 짧은 여행을 시작했다.

신전을 바로 앞에 둔 채 마지막 사구의 정상에 막 올랐을 때였다. 얼마 걷지 않았음에도, 비루먹은 몸뚱이가 한계를 호소했다.

"헉, 헉…… 잠깐만요."

나는 무릎을 짚은 채 얕게 헐떡였다. 목적지를 코앞에 두고 이러는 게 우스웠지만, 숨이 턱까지 차오른 상태에선 아무것도 보이지 않았다.

칼리스토는 아무런 재촉 없이 그런 나를 묵묵히 기다렸다. 얼마 후 거친 숨이 차차 안정될 무렵, 나는 배에서부터 계속해서 혀를 간질이던 말을 내뱉었다.

"왜 아무것도 묻지 않으세요?"

"뭘?"

"그냥…… 이것저것이요."

황태자의 성정이라면 당연히 날 닦달할 줄 알았다. 독은 왜 처먹은 건지, 여긴 왜 온 건지, 후작과는 또 어떤 사이인 건지…….

아무것도 묻지 않는 새빨간 눈을 더 마주하지 못하고, 나는 거친 모래벌판으로 눈을 내리깔았다.

"수도에 가셨으면 들으셨을 거 아니에요, 제 얘기."

"아. 공작의 양딸이 친딸을 두드려 패고 가출한 얘기 말인가?"

"뭐, 뭐라고요?"

"소공작이 눈을 시뻘겋게 뜨고 그댈 찾더군."

그 말에 자연히 눈살이 찌푸려졌다.

'징그러운 놈. 그 수모를 겪고도 또 나한테 뭘 바라는 거야!'

진저리를 치고 있을 때쯤.

"신경 쓰지 말고 그대는 하고 싶은 일 해. 마물을 잡고 싶으면 잡고, 레일라를 때려죽이고 싶으면 죽이고."

"……."

"내가 곁에만 있게 해 줘."

황태자가 읊조렸다. 나는 멈칫하고 시선을 들어 그를 보았다.

"저는 전하께서 왜 이러시는지 모르겠어요."

훤한 대낮에도 새빨간 호감도 게이지 바가 강렬히 제 색을 뿜어댔다.

성인식에서 나는 모든 감정의 편린들을 정리했다고 생각했다. 하드 모드가 끝나고 이제 남은 것은 노멀 모드의 여주를 위한 스토리 뿐인데, 너는 왜…….

"몰라도 돼."

황태자가 얼굴을 일그러뜨렸다.

"그대는 그런 거…… 몰라도 돼. 그대에게 중요한 건 이제 그런 게 아니잖나."

"……."

"결국, 아무런 도움도 없이 알아서 공작저를 빠져나갔지, 그대는."

어떻게 알았는지 모르겠지만, 그가 알아맞혔다.

한땐 남주들 중 한 명이 나를 구원해 주리라 여겼고, 호감도 수치를 절대적인 탈출 지표로 여겼다.

하지만 이제 호감도도, 탈출도 모두 물 건너갔다. 목적도, 살아남을 이유도 사라진 내게 이제 중요한 건…….

'……이제 내게 중요한 건 뭘까.'

문득 그런 생각에 미쳤을 때.

"중요한 건, 그대가 하고자 하는 일이 곧 내가 하고자 하는 일이란 거야."

칼리스토가 명확하게 말했다.

"제가 뭘 할 줄 알고요?"

"뭐든. 죽은 레일라들을 다 깨워서 세계 정복이라도 하려는 건가?"

그가 장난기 어린 목소리로 되물었다. 나는 여전히 낯선 눈으로 그를 바라보았다.

"……전하는 황태자 전하시잖아요."

그의 제안을 거절하고, 우리가 이루어질 수 없다고 판단한 결정적인 이유.

"무결한 황제가 되고 싶어 하셨잖아요."

"난 또, 그게 뭐라고."

그가 어깨를 으쓱이며 가볍게도 답했다.

"황태자 같은 거, 때려치우면 되지. 차라리 그대가 제국을 점령해서 황제가 되는 것도 꽤 나쁘지 않은걸."

"농담하는 거 아니……."

"그냥 곁에 있는 것도 안 되나?"

그가 내 말을 끊고 물었다. 아까 배에서 보았던 초조한 얼굴. 언제나 여유가 흘러넘치던 그의 얼굴은 어느새 절박하게 변한 상태였다.

'칼리스토는 세뇌당하지 않았어.'

나는 그 사실 하나만을 되뇌며 천천히 고개를 끄덕였다. 허락이었다.

그제야 남자가 다시 여유를 되찾고 웃었다. 죽였다고 생각했던 심장이 다시 살아 고동치기 시작했다.

마침내, 우리는 거대한 건물 앞에 도착했다.

"이게…… 신전이라고요?"

그것은 신전이라 부르기에 큰 어폐가 있었다. 창문 하나 없는 사각형 모양의 진회색 건물은 꼭 콘크리트로 만들어진 감옥 같았다.

"저들끼리는 그렇게 부른다던데."

황태자가 어깨를 으쓱이며 답했다.

"들어가지."

그가 훌쩍 높은 계단 위로 먼저 올라서서 내게 손을 내밀었다. 그의 뒤편으로 네모난 구멍이 뚫려 있었다. 입구였다. 문조차 없는 시커먼 안쪽을 바라보니 괜히 오싹한 기분이 들었다.

잠시 망설이던 나는 이내 황태자의 손을 붙들었다. 그가 힘을 줘 손쉽게 위로 끌어 올렸다. 이윽고 우리는 건물 안으로 들어섰다.

좁다란 통로를 얼마 걷지도 않았는데 지하로 향하는 돌계단이 나왔다.

'이놈들은 참 지하를 좋아한단 말이야.'

솔레일에서도 섬 깊숙한 지하에 알 수 없는 제단을 만들어 놓은 것을 생각하면, 참 악의 무리 같기도 한 괴벽이었다.

"조심해."

스르릉—. 검을 빼든 칼리스토가 나지막이 말하며 앞서 내려갔다. 나는 묵묵히 그 뒤를 따랐다.

한 사람이 겨우 들어갈 정도로 좁았던 계단 폭은 아래로 내려갈수록 점차 넓어졌다. 내부는 생각보다 어둡지 않았다. 곳곳에 등불이 걸려 있었기 때문이다.

그보다 더 의아한 건, 외부인의 침입을 막는 것이 아무것도 없다는 것이었다. 분명 레일라 신도들 아니면 마물들이라도 잔뜩 있을 줄 알았는데.

'하기야. 여기까지 올 수 있는 사람도 없을 테니, 이곳까지 덫을 설치할 필욘 없겠지.'

거대한 문어 대가리가 도사리는 섬도 모자라, 사막 한가운데에 지어진 곳이었다. 나 또한 마법 지도가 있기에 망정이었지, 섣불리 왔다가는 사막을 헤매다 조난당했을 것이 분명하다.

아무것도 튀어나오지 않았지만, 우리는 긴장감을 유지한 채 계속해서 계단을 타고 내려갔다.

마침내 끝도 없이 이어져 있을 것만 같은 계단은 광활한 공간과 함께 끝이 났다.

"이게……."

우리는 남은 계단 아래쪽 바닥을 보고 우뚝 멈춰 섰다. 빛에 반사되어 번쩍번쩍 빛나는 수많은 금화와 보석, 보물들이 산더미처럼 쌓여 있었다. 그리고 그 사이사이를 삐쭉 튀어나와 메꾸고 있는 수백, 수천 개의 뼈들.

"흐읍."

나는 드러난 광경에 헛숨을 집어 먹으며 주춤 물러섰다. 인골들이었다.

"레일라 신도놈들. 사람들을 납치해서 실험하고 여기다 시체를 숨긴 건가? 더럽게도 많군."

수많은 뼈의 잔해들로 인해 속이 역한 건 마찬가지인지 황태자가 험악하게 눈살을 찌푸렸다.

"……아니에요."

"뭐?"

"여기, 고대 레일라들의 무덤이에요."

"무덤……?"

칼리스토가 무슨 소리냐는 듯 되물었지만, 나는 더 답하지 않았다. 그의 말마따나 학살이라도 당한 듯한 수많은 뼈들을 보고 있자니, 눈앞이 아찔해졌다. 무덤이 무언가를 상징하는 줄 알았지, 진짜 무덤을 퀘스트 장소로 줄 줄은 몰랐다.

'미친 게임.'

얼굴을 굳힌 채 무덤의 내부를 쭉 둘러보던 나는, 이윽고 저 멀리 있는 무언가를 발견하고 눈을 부릅떴다.

"거울."

그것은 뷘터의 비밀 공간에서 본 것보다 훨씬 컸다. 이 엄청난 공간의 한 면을 다 차지할 만큼. 오랜 시간 동안 녹슬고 빛바랜 탓에 미리 모양새를 알지 못했다면 벽이라고 착각할 법했다.

나는 망설임 없이 남은 계단을 뛰어 내려갔다.

"공녀!"

칼리스토가 깜짝 놀라 나를 불렀다. 그러나 나는 그를 무시한 채 겁도 없이 발에 치이는 것들을 헤치며 걸어갔다.

꿈에서도 보았던 거울. 그 속에 비쳤던 내 잠든 모습.

묘한 고양감이 차올랐다.

'혹시, 원래 세계로 돌아갈 수 있는 중요한 단서 아닐까?'

쩔그럭, 빠드득— 발아래 보석과 유골들이 잔뜩 채이고 짓밟히는 소리가 들렸지만 별로 개의치 않았다. 막 중간까지 도달한 그때였다.

크르르르—. 어디선가 섬뜩한 울음소리가 들렸다. 흠칫 걸음을 멈추고 고개를 돌리자, 어두운 구석 쪽에서 안광을 번뜩이는 무언가가 느릿하게 걸어 나왔다.

점박이가 새겨진 가죽과 외양이 하이에나와 비슷했다. 그러나 비

정상적일 만큼 긴 이빨과 세 갈래로 갈라진 혀. 마물이었다.

"크헝—!"

침을 뚝뚝 흘리던 마물이 이내 금화를 박차고 눈 깜짝할 새 내게 달려들었다.

"어, 어……."

퀘스트 창이 나오지 않았다. 바보처럼 얼어붙어 있을 때쯤. 퍼억—!

"깨앵!"

내게로 튀어 올랐던 마물이 코앞에서 휙 옆으로 날아갔다. 마물을 걷어찬 황태자가 어느새 그것을 발로 내리누르고 있었다.

"지금까지 겪은 마물과는 좀 다르군. 오래 굶었나 본데."

그의 말마따나 버둥거리는 마물의 움직임이 둔중하고 힘이 없었다. 푸욱— 그 위로 쉽게 칼을 꽂은 황태자가 굳어 있는 나를 돌아보고 타박했다.

"보지 마. 왜 이런 걸 보고 그래?"

네가 보여 준 걸 왜 나한테 그러냐고 반박하려던 찰나. 크르르르—. 짐승 울음소리가 들렸다. 느릿느릿 기어 나오는 또 다른 마물을 보고 황태자가 혀를 찼다.

"똑같은 놈이야. 먼저 가 봐. 금방 해치우고 따라갈 테니까."

다른 때 같았으면 돕겠다고 하겠지만, 이상하게도 퀘스트 창이 뜨지 않았다.

'혼자 왔으면 내가 알아서 상대해야 하는 거야, 뭐야.'

잠시 게임에 대한 분노를 삭이던 나는 이내 그에게 가볍게 인사하고 몸을 돌렸다.

"……고마워요."

지금은 진실의 거울 앞에 서는 게 먼저였다.

퍼억, 캐엥—! 손쉽게 마물들을 죽여 나가는 칼리스토를 뒤로한 채, 나는 부지런히 걸었다.

그리고 마침내, 낡고 거대한 거울 앞에 도착했다. 대체 얼마나 오래된 세월을 견딘 건지, 거울은 거의 다 깨져서 부서지기 직전이었다. 두껍게 먼지가 쌓인 표면은 내 얼굴조차 비치지 않았다.

'이거 작동은 하는 거야?'

나는 아연해진 기분으로 손을 들어 거울을 살짝 훔쳤다. 두툼한 먼지가 닦이자, 그 안에 가려진 표면이 조금 드러났다. 역시나 다 깨져서 간신히 붙어 있는 거울에 내 얼굴이 여러 개로 비쳤다. 그때였다.

〈SYSTEM〉 ~메인 퀘스트 : 진실의 저편~

[진실의 거울 찾기] 퀘스트 성공!

〈SYSTEM〉 여기까지 도달한 당신에게 [진실]을 알 자격이 주어집니다.

뿌연 거울 위로 흰 네모 창이 떠올랐다.

〈SYSTEM〉 [진실의 거울]로 히든 스토리를 열람하시겠습니까?

[수락 / 거절]

별로 열람하고 싶지는 않았다. 하지만 히든 루트의 필수 전개 중 하나인 듯해서 별수 없었다.

나는 [수락]을 누르기 직전 흘끗 뒤돌아 황태자를 바라보았다. 그는 하나, 둘 나타나는 마물들 사이에서 그야말로 미친 사람처럼 칼춤을 추고 있었다.

'하긴. 누가 누굴 걱정해.'

한시름 내려놓은 나는 이내 다시 몸을 돌려 [수락]을 눌렀다. 그 순간, 거울 속에서 폭발하듯 하얀빛이 쏟아져 나왔다.

"으읏."

나는 반사적으로 두 팔로 눈을 가렸다.

"공녀—!"

문득 아득하게 나를 부르는 칼리스토의 목소리가 들렸다. 그와 동시에, 눈앞이 하얗게 점멸되었다.

쿵. 쿵. 쿵.

커다란 북소리와 함께 다시 눈을 떴을 때, 나는 검은 공간 속에 갇혀 있었다.

쿵. 쿵. 쿵. 빠라밤밤—!

이어지던 북소리가 문득 장엄한 음악으로 이어졌다.

"뭐야."

나는 당황해서 주변을 둘러보았다. 어디서 들어 본 음악이었다. 그것은 바로…….

'BGM?!'

게임의 배경 음악이었다. 그때 사방을 살피던 내 눈앞에 흰 글씨가 떠올랐다.

「태초, 대륙은 황금룡의 통치 아래 평화의 시대를 누렸다.」

"무슨……."

당황해서 버벅이던 나는 이내 이게 어떤 장면인지 알아차렸다. 게임의 프롤로그에서나 나올 법한 장면들이었다. 그러니까, 배경 설명.

「용은 어둠을 땅 밑으로 몰아 날개 아래 내리눌렀다. 용의 어진 눈이 세상을 황금빛으로 비추자 땅 위에는 풍요로운 곡물…….」

"스킵, 스킵!"

나는 반사적으로 [skip] 버튼을 찾아 헤맸지만 보이지 않아 결국 입으로 외쳤다.

「…….」

「수명이 다한 황금룡은 남겨진 인간들을 위해 송곳니 하나를 남겨 두고 세상에서 사라졌다.」

그러자 잠시간의 말줄임표와 함께 정말로 지루한 내용들이 건너뛰어졌다.

「땅속에서 어둠이 튀어나오기 시작했다. 스스로를 신이라 칭하며 지상 위로 올라온 그들은 '발타'라는 나라를 세운 후 잔악하고 무도하게 인간들을 학살해 나갔다.」

「그런 그들을 저지하는 무리가 있었으니…….

바로, 고대 마법사!」

"휴……."

이제야 좀 아는 내용이 나오기 시작했다. 나는 안도 반 짜증 반 섞인 한숨을 내쉬었다.

「고대 마법사들과 레일라 간의 치열한 전쟁이 벌어졌다. 하지만 생명을 갈취하는 레일라 일족들은 갈수록 강대해지고…….」

"스킵! 아는 내용은 알아서 좀 스킵하라고."

불만스럽게 중얼거리자 다시 눈앞에 말줄임표가 떴다.

「……살아남기 위해 레일라들은 거울을 공격했다.

치열한 공격 끝에 [진실의 거울]의 모서리가 떨어져 15조각으로 갈라졌다. 레일라들은 후일을 도모하기 위해 조각의 일부를 황금룡의 무덤에 숨겼다.」

"스……."

반사적으로 스킵을 외치려다가, 이건 처음 듣는 내용이라 입을 다물었다. 무미건조한 눈으로 서술을 죽죽 읽는 것을 마치자, 글씨가 자동으로 넘어갔다.

「하지만 그러한 발악에도 불구하고 진실의 거울은 발동되고—.

레일라 일족의 영혼은 모조리 거울 안에 봉인됐다. 하지만 끝내

봉인되지 않은 레일라가 하나 있었다. 땅속 깊은 곳에 숨어 있던 어린 레일라는 가족과 형제들의 시체 앞에서 피눈물을 삼켰다.」

— 흐아아아악—!

그때였다. 어디선가 누군가 울부짖는 소리가 쩌렁쩌렁하게 울려 퍼졌다. 한이 맺힌 그 울음소리에 머리끝이 쭈뼛 섰다.

"뭐, 뭐야?"

나는 소스라치게 놀라 퍼뜩 고개를 쳐들었다. 그 순간 흰 글씨 아래, 아무것도 없던 검은 공간 위로 흰 선이 직직 그어졌다.

단조로운 그림이라 알아보기 쉬웠다. 삐쭉빼쭉 쌓여 있는 해골들. 그리고 그 앞에 무릎 꿇고 흰 눈물을 뚝뚝 흘리는 졸라맨.

「어린 레일라는 복수를 위해 힘을 키웠다. 때론 갓난아이, 때론 젊은 처녀, 때론 죽어 가는 노인의 거죽을 뒤집어쓰며.

그러나 타인의 생명을 갈취하면 할수록 본질을 잃어버렸다.」

— 완전해지려면 황궁으로 가야 돼.

어딘가에서부터 또다시 목소리가 흘러나왔다. 다시 글씨가 바뀌었다.

「그녀는 흩어진 거울 조각을 모은 후 먹잇감들을 현혹했다. 다행히 죽기 전 형제들이 남긴 저주로 인해 마법사들의 세가 많이 약해

져 그리 어렵지 않았다.」

글씨 아래 흰 선으로 이루어진 그림이 직직 그어졌다. 마법사를 상징하는 듯 커다란 고깔모자를 쓴 졸라맨과, 그런 그의 목을 조르는 또 다른 졸라맨.

고깔모자를 쓴 졸라맨의 발끝을 타고 흰색이 뚝뚝 흘러내렸다. 피였다.

「오래도록 숨죽인 채 살아가던 어린 레일라는 어느 날, 황궁으로 가기 적합한 몸을 찾았다. 그녀의 몸을 빼앗은 레일라는 아리따운 아가씨로 성장했다.」

다음 순간, 떠오른 글을 읽은 나는 눈을 부릅떴다. 졸라맨에 불과했던 흰 선으로 이어진 그림이 점점 색을 띠고 복잡해지기 시작하더니, 끝내—.

"……이본."

사진처럼 선명한 누군가의 얼굴이 떠올랐다. 이본이었다.

「사냥하는 거미처럼 거미줄을 치고 차근차근 사냥감을 세뇌했다.」

마치 게임 속 일러스트를 보여 주는 것처럼, 환히 웃는 선량한 뷘터의 모습이 연달아 스쳐 지나갔다.

다시 글씨가 변했다.

「시간이 흘러, 덫에 걸린 사냥감의 도움으로 공작저에 입성한 '이본'은 그곳에서 고대 마법사의 피가 흐르는 '페넬로페'를 만난다.」

"고대 마법사의 피……?"

검은 공간에 두 여자의 잔상이 떠올랐다. 나와 이본이었다. 전혀 알지 못한 정보에 당황할 틈도 없이 글씨가 빠르게 다음 장으로 넘어갔다.

「페넬로페는 본능적으로 이본을 경계했다. 레일라를 죽이려 했지만, 사람들에게 배척받는 저주로 인해 번번이 실패한다.

이본은 오히려 자신을 방해하는 악역을 역이용하여 공작 일가를 점령해 나갔다. 각성하지 못한 페넬로페는 쉽게 죽고 만다.」

감옥에서 잔인하게 죽어 나간 페넬로페의 잔상이 잠시 비쳤다 사라졌다. 나는 숨죽인 채 글을 읽었다.

「끝내 공작저를 모조리 집어삼킨 그녀는, 황태자와 약혼하여 황궁에 들어선다.

[황금룡의 송곳니]를 찾아 완전한 불사가 된 이본. 강인한 생명력을 마음껏 갈취한 그녀는, 거울 조각을 이용하여 형제들의 봉인을 풀고 복수를 완성한다. 지상의 모든 생명체는 레일라의 먹잇감으로 전락하고—.

그들을 막아설 마법사들마저 모조리 사라진 세계는 그리하여 멸망한다.

— ~**노멀 모드 히든 스토리**~ The End.」

이야기는 그렇게 끝이 났다. '베토벤 3번 교향곡'처럼 웅장하던 BGM도 사라졌다.

"뭐야…… 이게 히든 스토리 끝이야?"

흰 네모 창마저 없어지고, 어둠만 남았다. 나는 아무것도 없는 공간을 멍하니 바라보았다.

'그래서 뭐 어쩌라는 건데.'

이본이 본래 설정과 달리 흑막이라는 건 이미 한참 전부터 알고 있는 사실이었다.

'나는 이런 걸 원한 게 아니라…….'

갑자기 울컥 화가 치밀어 올랐다.

"내가 이딴 거 알고 싶어서 개고생하면서 여기까지 온 줄 알아?!"

텅 빈 허공을 향해 발악하듯 외쳤다.

"이거 말고, 나는……!"

이어서 외치던 나는 우뚝 말을 멈췄다.

'난 뭘 원하고 있지?'

원초적인 질문이 머릿속에 어른거렸다. 사실 내가 뭘 원하고 여기까지 왔는지 몰랐다. 내가 어렴풋이 아는 건, 이제 게임에서 나가더라도 모든 게 부질없어졌다는 것뿐.

그때였다. 빰, 빰, 빠바 바라밤—!

갑자기 꺼졌던 BGM이 고막이 터질 만큼 커다랗게 울려 퍼지기 시작했다. 조금 전과는 달리 템포가 무척이나 빠르고, 사나웠다. 마치 이야기의 절정에 이른 것처럼.

"뭐……."

휘이이익—! 어디선가 세찬 바람이 몰아쳤다. 그 순간이었다.

「하지만, 파국이 휘몰아치는 세상에서도 살아남은 단 한 명의 마법사가 있었으니!」

잠잠하던 새카만 공간에 또다시 흰색 네모 창이 떠올랐다. 그 밑으로 파리한 행색의 남자 하나가 그려졌다.

"뷘터……?"

남자의 얼굴이 덥수룩한 수염으로 뒤덮여 있었다. 거칠어진 은발과 빛이 사라지고 혼탁한 검푸른 색의 눈동자 덕분에 간신히 그를 알아보았다.

「뒤늦게 레일라의 세뇌에서 풀려난 마법사는 마지막 남은 힘을 짜내 진실의 거울 앞에 도착한다.

거울에서 진실을 엿본 그. 자신들이 죽인 페넬로페가 레일라에 맞서 싸우던 유일한 사람이란 것을 깨달은 그는, 자신의 생명을 바쳐 시간을 되돌린다.」

끝도 없이 펼쳐진 사막을 헤매던 그는, 마침내 아까의 나처럼 감옥 같은 레일라의 신전을 발견했다.

— 제 어리석음으로 벌어진 모든 일들…… 이 끔찍한 죄악을 영혼으로 갚겠습니다.

'진실의 거울' 앞에 선 뷘터는 한참 동안 회한의 눈물을 흘렸다. 이윽고 일어난 그는 알 수 없는 주문을 커다란 소리로 외치며 지팡이를 치켜들었다.

그의 두 눈에서 레이저처럼 흰빛이 터져 나왔다. 그 빛이 그의 주변에 화려한 마법진을 그렸다. 뷘터의 몸이 산 채로 타들어 가기 시작했다.

「세계는 마법사가 되돌린 시간에 갇혔다. 다시 시간을 흐르게 하려면 세계를 멸망시키는 레일라를 막는 것뿐!

그러나 어리석은 페넬로페로 인해 계속해서 시간은 맴돈다.」

하드 모드 속 수많은 페넬로페의 죽음이 스쳐 지나갔다. 게임과 다른 점이 있다면, 그것이 모두 사진처럼 생생한 장면이라는 것뿐.

나는 시스템이 보여 주는 페넬로페의 죽음에 얼굴을 처참하게 일그러뜨렸다. 그것은 내가 게임 초기에 그토록 염원하던 [리셋]을 나타내고 있었다.

「무수히 많은 죽음을 겪는 동안, 페넬로페의 영혼은 끝끝내 가루처럼 부서져 사라졌다. 더는 페넬로페가 돌아오지 않았다. 세계가 멈췄다.

영겁의 시간이 흐르고…… 마침내 아주 조그만 영혼 조각이 다른 세계에서 환생하였으니—.」

쾅, 빠밤—! 흘러나오던 BGM이 절정에 오른 후 멈췄다. 그리고.

「그것은, 바로 당신!」

정말로 게임 속 시나리오 같은 모습에 눈앞이 아연해졌다.

"하, 하……."

나는 기가 막혀서 헛웃음을 터뜨렸다. 이런 내 반응에도 아랑곳않고 스토리는 다음 장으로 넘어갔다.

「여기까지 단 한 번도 죽지 않고 살아온 당신이 바로 진정한 주인공! 시련을 딛고 일어나, 악역으로부터 멸망의 위기에 처한 세상을 구하리라!」

오글거림의 최정점을 찍은 문구 위로 새로운 네모 창이 떠올랐다.

〈SYSTEM〉 ~메인 퀘스트 : 하드 모드 히든 루트~

[진짜 악역은 누구?] 퀘스트를 진행하시겠습니까? (보상 : [히든 엔딩], [황금룡의 송곳니])

[수락 / 거절]

지금까지 이어진 시나리오보다 더 환장스러운 내용과 함께.

"하……."

나는 새로운 메인 퀘스트 창을 보며 허탈하게 웃다가 아득 이를 악물었다.

"지랄 마. 내가 왜……! 내가 왜 이딴 퀘스트를 해야 돼!"

하드 모드가 끝났는데 왜 난 아직도 게임 속에서 헤매야 하는 거지?

탈출에 실패하고 나는 어느 정도 단념했다. 그렇지 않으면 미쳐 버릴 것 같았으니까. 비록 여기서 나가지 못하더라도, 내가 바란 건 그저…… 그저, 죽음에 대한 두려움의 종결이었다.

나는 더는 게임에 의해 개죽음당할지도 모른다는 공포에 시달리고 싶지 않았다. 그래서 스토리의 궤도에서 벗어나는 법을 원했다.

"세상이 멸망하든 말든, 나랑 무슨 상관인데? 그냥 이본인지 레일라인지 개 다 주라고, 난 필요 없으니까!"

찰나, 신기한 일이 벌어졌다. 마치 내 말을 알아들은 것처럼 퀘스트 창 밑에 새로운 글씨들이 떠올랐다.

〈SYSTEM〉 메인 퀘스트를 모두 진행하면 보상과 함께 게임이 종료됩니다. 당신은 보상 [황금룡의 송곳니]로 사람들의 생명을 구할 수 있습니다.

그러나 시스템의 답은 전혀 내게 위안이 되지 못했다.

"그러니까, 내가 왜 남의 생명들을 구해야 하는데!"

나는 온몸을 바들바들 떨며 악에 바쳐 소리쳤다.

"난 이미 죽었는데. 이 빌어먹을 곳에 끌려와서 개고생하는 동안 죽어서 이제 돌아갈 곳도 없는데, 내가 왜!"

그간 힘겹게 내리누르고 있던 좌절과 절망들이 아차 할 틈도 없이 터져 나왔다.

굳이 이본의 세뇌 때문이 아니더라도, 독주를 마신 후 꾼 꿈에서 평온히 잠든 내 모습을 보았을 때부터 어림짐작했다.

'이미 내 현실 몸은 죽은 게 아닐까.'

그러니까 난 현실에서 이미 죽어 없어지고, 이건 모두 환상인 것이다. 아니면, 지옥으로 끌려와 벌을 받는 중이라든지.

그게 아니라면, 페넬로페와 내 처지가 이렇게 비슷할 리가. 이렇게 고통스러울 리가 없지 않은가.

'근데, 여기가 진짜 지옥이라면 내가 뭘 그렇게 잘못했는데? 밤새워서 게임 좀 한 게 그렇게 큰 죄야?'

억울함이 목 끝까지 차올랐다. 이대로라면 꼴사납게 울 것 같아서, 나는 턱이 부서져라 어금니를 사리물었다.

그때였다. 문득 네모 창 안에 흰 글씨들이 스르륵, 사라지고 그 안을 어떤 영상 하나가 대체했다.

"……아."

익숙한 부름에 퍼뜩 귀가 뜨였다. 그리고 나는 부지불식간에 숨을 멈췄다.

"어……."

화면 안의 모습은 어느 병실이었다. 산소 호흡기를 쓴 채 침대 위에 죽은 듯이 잠들어 있는 내 모습이 보였다.

"……아."

또다시 익숙한 부름이 들렸다. 나는 휙 고개를 돌렸다. 그리고 내가 누워 있는 침대 옆에서 내 손을 꼭 잡은 채 고개를 숙이고 있는 인영을 발견하고 눈을 휘둥그레 떴다.

"언제까지 이렇게 잠들어 있을 거야, 멍청아."

둘째 개새끼였다.

"……우리가 다 잘못했어. 용서라도 빌게 제발 눈 좀 떠라, 응?"

놈이 내 손에 이마를 묻은 채 간절하게 빌었다. 나는 눈앞의 장면이 이해도 가지 않고, 믿기지도 않아 입을 떡 벌렸다.

그때, 달칵— 누군가 문을 열고 병실로 들어왔다.

"형."

첫째 개새끼였다. 둘째 놈이 퍼뜩 고개를 들고 물었다.

"아버지는."

"오늘 아침 급히 미국으로 출국하셨다. 그쪽에 혼수상태 환자 종양 제거 수술에 여러 번 성공한 의사가 있다더군. 곧 옮겨 갈지도 모른다."

그 말을 마치고 첫째 놈은 입을 다물었다. 병실에 잠시간 침묵이 맴돌았다. 얼마 후 둘째 놈이 고요하게 입을 열었다.

"형. ……이가 우리가 많이 밉나 봐."

여전히 잡은 내 손을 놓지 않은 상태였다.

"하, 씨발. 위암도 모자라서 과로에 의한 쇼크라니…… 재벌집 막내딸이 쪽팔리게 이게 뭐냐."

놈이 내 손을 잡지 않은 한 손으로 제 머리를 마구 헝클어뜨리며 중얼거렸다.

'하…… 위, 위암?!'

나는 놈이 말한 내가 누워 있는 이유에 기가 막혀서 입을 연신 벙긋거렸다. 그러는 중 둘째 놈이 괴로운 음성으로 말을 이었다.

"후회돼. 왜 학교 다닐 때 그렇게 병신 같은 짓을 했을까."

"너도, 나도, 아버지도. 못 배워 처먹었으니까 그랬겠지."

첫째 놈이 짧게 대꾸했다. 성의 없는 정답이었다.

"아무도 하란 소리 안 했는데 혼자서 독하게 대학 들어갔을 때부터 알아봤어야 했는데."

"난 ……이가 아버지한테 유학 보내 달라고 그럴 줄 알았어. 고고학인지 그쪽 배우는 애들은 다 그런다며."

이어진 첫째 놈의 말에 둘째 놈이 피식 웃으며 말을 받았다.

"얘가 독립시켜 달랄 때 아버지 표정 봤어? 입학 선물로 유학 준비 다 끝내 놨는데, 물먹은 표정 보니까 어찌나 속이 시원하던지."

그러나 빈정거림도 아주 잠시였다. 병실 안에 다시 죽음 같은 침묵이 내려앉았다.

"……형, ……이가 암에 걸린 게 아무래도 다 나 때문인 것 같아."

"……."

"밤에 몰래 쥐새끼처럼 밥 먹는 거 못하게 하면 제시간에 같이 밥 먹을 줄 알았어."

"그럼 나는."

첫째 놈이 곧바로 받아쳤다.

"거지 같은 단칸방 내주면 얼마 안 가 집으로 돌아올 줄 알았지, 그렇게 악바리처럼 알바를 세 탕씩 뛸 줄 어떻게 알았겠어."

하긴, 놈들은 조금도 몰랐을 것이다. 내가 그 집으로 돌아가지 않기 위해, 망할 친부에게 손 벌리지 않기 위해 얼마나 필사적으로 살았는지.

"……할 수만 있으면 내 위라도 떼 주고 싶어."

다시 내 손에 이마를 묻은 둘째 개새끼가 아스라이 속삭였다. 축축이 젖어 있는 음울한 목소리에, 문득 뜨거운 것이 복받쳐 올랐다.

'가증스러운 놈.'

욕설을 내뱉기 위해 막 입을 열려던 찰나였다. 화면이 바뀌었다.

"……이 좀, 우리 ……이 좀 살려 주시오!"

친부의 모습이 보였다. 미국으로 출국했다던 그는 서양인 한 명의 바짓가랑이를 붙잡고 빌었다.

벌겋게 충혈된 눈에서 믿기지 않는 물방울들이 떨어지는 것을 끝으로, 서서히 화면이 사라졌다. 그리고.

〈SYSTEM〉 당신의 정신에 잠식된 [18%의 세뇌 저주]가 풀렸습니다!

네모 창 안에 내가 여기까지 꾸역꾸역 찾아온 원인이 떠올랐다.

“시발…… 위암이라고?”

아직도 얼떨떨한 기분이 들어서, 나는 더듬더듬 중얼거렸다. 알바와 학교생활을 병행하면서, 이러다 과로사로 뒤지겠다는 생각은 했지만 암에 걸릴 줄은 전혀 몰랐다.

문득 이본이 세뇌하면서 보여 줬던 끔찍한 장면이 떠올랐다. 내가 죽고, 장례식장에서 귀찮고 짜증스럽게 얼굴을 찌푸리며 내 영정 사진에 욕설을 내뱉던 가족들.

그러나 진실의 거울이 보여 준 나는 죽지 않았다. 죽었다고 믿었지만, 아직 살아 있었다. 내 죽음에 짜증을 내던 가족의 모습도 없었다. 그건 모두 세뇌였던 것이다.

“왜 이제 와서…….”

문득 뜨거운 것들이 턱을 타고 뚝뚝 떨어졌다. 그제야 내가 울고 있다는 사실을 깨달았다.

“왜 이제 와서 그러는데. 왜 이제 와서……!”

나는 이미 사라지고 없는 화면을 노려보며 비명처럼 소리 질렀다.

"다 너네 때문이잖아! 너네 때문에 내가! 내가……!"

결국 이렇게 될 거면서, 난 뭘 위해 그렇게 악착같이 살았던 걸까. 견딜 수 없는 허탈함이 해일처럼 나를 덮쳤다.

그러나 동시에, 혼수상태에 빠진 나를 짜증스럽게 여기지 않는 가족의 모습에 안도하는 내가, 한없이 비참하게 느껴졌다.

그 순간이었다.

〈SYSTEM〉 ~메인 퀘스트 : 하드 모드 히든 루트~

[진짜 악역은 누구?] 퀘스트를 진행하시겠습니까?

(보상 : [히든 엔딩], [황금룡의 송곳니])

[수락 / 거절]

사라졌던 퀘스트 창이 다시 떠올랐다. 이제 알았다. 시스템 보상은, 다름 아닌 현실의 나를 위해서였다.

나는 떠오른 퀘스트 창에 진저리를 치면서도, 어쩔 수 없이 선택할 수밖에 없었다. 울며 겨자 먹기로 [수락]을 눌렀다. 그러자 새로운 시스템 창이 떠올랐다.

〈SYSTEM〉 진실을 알게 된 당신에게, 보상으로 [진실의 거울 봉]이 주어집니다. 보상을 받으시겠습니까?

[예. / 아니오.]

'거울 봉?'

미간을 좁히며 [예.]를 누르자, 검은 공간에서 무언가 '스르륵' 솟아나왔다.

“미친, 이게 뭐야.”

나는 보상을 보고 오만상을 찌푸렸다. 그것은 손잡이가 봉처럼 길쭉한, 손거울이 달린 요술 봉이었다. 빨리 집으라는 듯 웅웅거리며 빛을 발하는 그것을 마지못해 잡자 글씨가 변했다.

〈SYSTEM〉 이제부터 당신은 [진실의 거울 봉]을 이용하여 [고대 마법]을 사용할 수 있습니다!

〈SYSTEM〉 [악의 세력]을 저지하고, 멸망의 위기에서 세상을 구해 주십시오!

〈SYSTEM〉 단, [고대 마법]은 많은 체력과 정신력을 요구합니다! 중요한 때에 신중히 사용하십시오!

이어서 새로운 글씨가 추가됐다.

〈SYSTEM〉 마지막으로 고대 마법사들의 영혼이 당신에게 한마디를 남겼습니다.

— *후손이여, 그대의 돈으로 지금까지 진실의 거울을 유지 보수할 수 있었소, 고마우이!*

“미친……!”

미처 욕을 다 내뱉기도 전에 검은 공간이 와르르 무너지기 시작했다. 그리고 그 틈새로 폭발적인 빛이 쏟아져 나왔다. 환한 빛이 다시 눈앞을 점멸했다.

"공녀—!"

다시 눈을 떴을 무렵, 누군가 내 몸을 거칠게 끌어당겼다. 쿠르르르릉, 콰앙—! 그와 동시에 알 수 없는 거대한 굉음이 울려 퍼졌다.

"으윽……."

나지막한 신음과 함께 정신을 차리자, 나를 끌어안고 바닥을 뒹군 황태자가 보였다.

나는 힘겹게 고개를 돌려 방금 전 내가 서 있던 곳을 확인했다. 낡고 다 깨져 있던 [진실의 거울]이 그야말로 와장창 무너져 가루가 되어 있었다.

"괜찮나? 다친 데 없어?"

거울이 무너지기 직전 가까스로 나를 구출한 황태자가 벌떡 일어나 내 몸을 살폈다.

"그대가 거울을 만지는 순간 갑자기 그 주변에 강한 결계가 쳐져서 다가갈 수가 없더군. 대체 그 안에서 무슨 일이 있었던 거지? 손에 든 건 또 뭐야."

"……전하."

"제기랄, 왜 그래. 왜 우는데."

시뻘건 적안 속에, 괴상한 요술 봉 하나를 들고 울고 있는 꼴 사나운 내 모습이 비쳤다.

방금 전 보고 온 것들이 좀처럼 믿기지 않아서. 그리고 손에 들린 거울 봉이 너무 유치하고 오글거려서, 나는 엉엉 울었다.

"대체 왜 그러는 거야, 공녀. 울지 마. 내가 다 잘못했으니까, 응?"

칼리스토는 우는 나를 보고 어쩔 줄을 모르다가, 이내 와락 끌어안았다. 그러다 이대로는 안 되겠다 싶었는지, 그는 나를 아기처럼 보듬어 안고 자리에서 벌떡 일어났다. 그리고 삭은 유골들과 금화들을 헤치고 우리가 처음 빠져나왔던 통로 쪽으로 빠르게 걸어갔다.

가는 동안 흘끔 본 바닥에, 그가 검으로 난도질을 해 놓은 마물들의 사체가 사방에 널브러져 있었다.

'미친놈…….'

눈물이 쏙 들어가는 엄청난 광경이었다.

폭넓은 계단을 성큼성큼 오른 그는, 그나마 가장 먼지와 거미줄이 덜 쳐진 기둥 뒤에 앉았다. 그리고 제 품에 날 꼭 껴안았다. 더러운 것에 조금도 닿지 않도록.

나는 그의 품 안에서 꼼지락거리다가, 그때까지 그와 내 사이에 불편하게 껴 있던 거울 봉을 슬쩍 내려놓았다.

"……이제 좀 괜찮아졌나?"

황태자가 걱정스레 물었다. 그의 몸 위에 앉아 있는 탓에, 거리가 너무 가까웠다.

나는 방금 전까지 펑펑 울던 게 좀 민망해져서, 코를 훌쩍 들이마시며 시선을 피했다. 그러자 그가 불쑥 내게 손을 뻗었다.

"애도 아니고, 울기는."

"제, 제가 알아서 닦을게요!"

손수 체액들을 닦아 주려는 그의 손을 피해 허둥지둥 눈을 박박 문질렀다.

"비비지 마. 손 더럽잖아."

그가 깜짝 놀라 먼지투성이인 내 손을 잡아뗐다. 그러더니 드러난 내 벌게진 눈두덩이에 미간을 좁히며 혀를 찼다.

"쯧, 벌써 붉어졌군."

결국, 피한 것이 무색하게 황태자의 손에 얼굴이 잡혔다. 거울에 쌓인 먼지를 훔쳐 내느라 시커메진 내 손과는 달리, 피 한 방울 튀지 않은 깨끗한 손이었다.

칼리스토는 손끝으로 조심조심 눈가에 맺힌 물기를 닦아 냈다. 그리고 '호, 호' 하고 빨개진 눈동자에 살살 입바람을 불었다.

그 탓에 앞머리가 살랑살랑 움직이며 이마를 간지럽혔다. 완전히 어린애를 다루는 듯한 부드러운 손길에 일순 가슴이 철렁했다.

"이제 좀 나아졌군."

마침내 그가 세심하게 눈가를 닦아 내던 손을 뗐다. 만족스럽다는 듯 호선을 그리는 입술이 코앞에서 어른거렸다. 나는 다시 울 것 같은 기분에 휩싸였다.

"안 물어봐. 아무것도 안 물어볼 테니까 그 개똥 씹은 표정 좀 풀지그래."

내 표정이 어떤지는 알 수 없으나, 그가 눈썹을 꿈틀거리며 짜증스럽게 뇌까렸다.

"……전하."

오랜만에 듣는 놈의 저질스러운 언행에 덩달아 눈살을 구기던 나는, 이윽고 입을 열었다. 반쯤은 충동이었다.

"미친 소리 같이 들리시겠지만, 사실 저 페넬로페 아니에요."

"오."

황태자는 전혀 놀라지 않은 얼굴로 감탄사를 내뱉었다.

"그대에게서 들은 소리 중 가장 신박한 소리군."

"그냥 말 안 할래요."

진지하게 듣는 것 같지 않은 그를 노려보며 다시 꾹 입을 다물자, 그가 금세 꼬리를 내렸다.

"……농담이야. 진지하게 듣고 있다. 계속해 봐."

"……."

"잘못했다니까. 응?"

사납게 치켜 올라가 있던 눈꼬리를 내린 채 강아지 같은 얼굴로 채근하는 그를 보니 슬그머니 마음이 풀렸다.

무르게 굴고 있다는 것을 알았다. 그러나 그냥 말하고 싶었다. 아무거나, 아무렇게나. 그간 힘겹게 숨겨 온 답답한 내 상황, 내 비밀들을.

"……저는 전하가 모르는 아주 먼 곳에서 잘 살다가 갑자기 끌려왔어요."

"갑자기 왜 끌려온 건데?"

"저도 몰라요. 그냥 눈 뜨니까 에카르트 공작가라서 얼마나 황당했는지……."

"그거 참 재수 없는 일이군. 하필이면 싹수 노란 것들만 있는 에카르트 공작가라니."

황태자는 아이의 장단이라도 맞춰 주듯, 썩 재밌다는 얼굴로 대꾸했다.

기분이 좀 그랬지만, 틀린 말도 아니었다. 많고 많은 등장인물 중 왜 하필 재수 없게 페넬로페였을까, 수없이 번뇌했다.

"……그래도 전 노력했어요."

"뭘?"

"그냥 이것저것이요."

정확히는 게임 스토리대로 살아남기를.

"고대 마법사들의 영혼인지 지랄인지, 말만 잘 들으면 집으로 돌려 보내 줄 줄 알았거든요. 그래서 하라는 대로 열심히 따랐는데……."

"……."

"그런데 있잖아요. 열심히 따라도 도무지 끝이 보이지 않더라고요. 이제 다 된 건가 싶으면, 또 다른 것들이 등장하고…… 정말 끝인가 하면, 또 새로운 것들이 들이닥치고……."

"……."

"도저히 감당이 안 돼서 죽어서라도 해결을 좀 보려고 했는데, 이제 죽을 수도 없대요."

이젠 알았다. 여기서 죽는다고, 현실로 돌아갈 수도 없다는 걸. 현실의 몸도 진창이 되어 혼수상태에 빠져 있으니까.

어쩌면 그래서 이곳에 들어오게 된 걸지도 모른다. 문득 아득한 막막함이 눈앞을 덮쳤다.

"……저 이제 어떡해요?"

나는 얼굴을 잔뜩 흐린 채 칼리스토에게 답을 구했다. 그러나 내 이런 막막한 심정을 아는지 모르는지, 놈이 뻔뻔한 얼굴로 잘도 지껄였다.

"어떡하긴 뭘 어떡해? 내가 데리고 살아야지."

"제발 그런 끔찍한 소리 좀 하지 마세요."

"허, 나랑 사는 게 끔찍해?"

어이없다는 듯 헛바람을 터뜨리던 황태자는, 이내 미간을 좁히며 되물었다.

"……왜 돌아가려 하는 건데."

"네?"

"꿀단지라도 숨겨 놨나? 돌아가려는 이유가 있을 거 아니야."

"……집으로 돌아가려는데 꼭 이유가 필요해요? 그냥요, 그냥……."

그렇게 답하면서도 나는 고민했다. 왜 그렇게 악착같이 돌아가고 싶어 했던 건가.

"……사실 학교가 좀 아까웠어요."

"학교?"

"피 터지게 공부해서 수석으로 들어갔거든요."

"그대가…… 수석?"

놈이 생경한 눈으로 나를 돌아보았다. 기분이 좀 나빠져서, 나는 이를 꽉 깨물고 강조했다.

"네, 수석. 1등이요, 1등."

"뭘 배우는 곳이었는데. 황족 모욕하는 법?"

"고고학이요."

의외의 답이었는지, 적안이 커졌다가 원상 복귀됐다. 나는 배우다 만 내 전공을 떠올리며 울적하게 중얼거렸다.

"……전 어렸을 때부터 고고학자가 꿈이었어요."

"아. 그래서였군. 어쩐지 유물 발굴에 능해 보인다 싶더니……."

까마득한 사냥 대회에서의 일을 떠올렸는지, 그가 묵묵히 고개를 끄덕였다.

"왜 고고학자가 되고 싶었지?"

되묻는 말에 나는 잠시 멈칫했다. 나조차 깜빡 잊고 있었던, 내 오랜 과거들.

그 집구석에 들어간 이후 '거지 같은 계집애' 소리를 귀에 딱지가 앉을 만큼 듣던 시절엔, 그 과거가 참으로 구질구질하고 역겨웠다.

지워 버리고 싶었다. 할 수만 있다면 비참하게 죽은 엄마에 대한 기억까지도.

하지만 돌이켜보면, 그때만큼 꿈꾸던 시절이 없었는데.

"……어렸을 땐 엄마랑 단둘이 살았는데, 집이 진짜 가난했어요."

"……."

"친구들은 주말마다 동물원이니, 놀이공원이니 놀러 갔다 왔다고 자랑을 하는데…… 엄마가 절 데려가 줄 곳이 집 앞에 있는 시립 박물관밖에 없었거든요."

나는 흘끔 칼리스토의 눈치를 보며 덧붙였다.

"초등학생까진 무료입장이어서……."

"그랬군."

뭐라 빈정거리거나 비웃을 줄 알았는데, 그는 의외로 진지한 얼굴로 내 이야기를 들었다.

"……엄마가 속상해할까 봐, 매번 전시되어 있는 모든 유물들을 외우다시피 보곤 했어요."

"……."

"그리고 집에 돌아가서 본 것들을 나열해 주면, 엄마가 박수를 치면서 우리 딸이 세상에서 제일 똑똑하다고 그랬는데……."

— 우리 똑똑한 ……이, 고고학자 해도 되겠다.

— 정말? 그럼 나 고고학자 될래!

아득한 기억 한 조각이 뇌리를 스쳐 지나갔다.

시험에 빵점 맞고 돌아가도, 엄마는 언제나 내게 칭찬을 아끼지 않았다. 부끄럽지 않은 딸이 되기 위해서 아득바득 노력하여, 이제 겨우 한 걸음 다가갔다고 생각했는데…….

'여기 끌려오면서 부질없는 짓이 돼 버렸지.'

씁쓸한 얼굴로 회상을 털어내던 순간이었다.

"꿈을 가진 계기가 나와 같군."

불쑥 황태자가 입을 열었다. 나는 퍼뜩 정신을 차렸다.

"계기요?"

"하찮은 남작 가문의 여식과 눈이 맞은 아버지 때문에 점점 미쳐 가던 어머니는 내게 무결한 황제가 되라고 수백, 수천 번 속삭였었다."

지금의 황비 말하는 거야. 그가 덧붙였다.

"어머니가 바라던 대로 가장 높은 자리에 올라서, 이 빌어먹을 나라를 풍비박산 낼 생각이었지."

'미친, 전혀 다른 얘기잖아!'

칼리스토가 그토록 '무결한 황제'에 집착하던 이유에 대해서 알게 된 나는 기가 막혀서 연신 입을 벙긋대다가, 내뱉었다.

"……전 그런 괴팍한 생각까진 안 했는데요?"

"물론 그대를 만나기 전의 일이야."

황태자가 콧잔등을 찡긋거리며 말을 이었다.

"아까까지만 해도 빌어먹을 황태자 직위 따위, 버려도 괜찮을 것 같다고 생각했는데……."

"……."

"그대의 이야기를 들으니 생각이 바뀌었어. 아무래도 내 손에 계속 쥐고 있는 게 좋겠군."

"……왜요?"

"그래야 그대가 하고자 하는 일을 할 때, 기어오르는 놈들이 없을 테니까."

그는 아무렇지도 않게 나를 이유로 들었다. '황태자'라는 직위를 버리는 것도, 그 직위를 꾸역꾸역 지키는 것도.

"내가 다 이루게 해 줄게. 마법이든 고고학이든, 그대 하고 싶은 것 전부."

"……."

"그러니까…… 돌아갈 생각 말고 여기 있으면 안 되나?"

그가 천천히 손을 들어 내 뺨에 얹었다. 눈 밑을 천천히 덧그리는 손이 간지러웠다.

"……왜요?"

나는 또다시 이유를 물었다. 어느새 얼굴에 떠 있던 표정이 서서히 사라지는 게 느껴졌다. 나는 삭막한 음성으로 읊조렸다.

"우리가 무슨 사이라고요."

모든 게 끝이 나면, 게임이 비로소 엔딩에 이르면, 나는 여기 더 남을 이유가 없었다.

왜 또 나를 뒤흔드는 말을 하는지, 알 수 없었다. 적당히 맞는 파트너 소리, 두 번 다신 듣기 싫어서 나는 이를 악물었다.

"그렇게 아무것도 아닌 것처럼 보지 마."

불현듯 칼리스토가 얼굴을 일그러뜨렸다.

"아무 사이도 아니니까요."

"……."

"잊으셨어요? 성인식 전에 제가 한 거절이요."

"……그걸 어떻게 잊겠어."

다시 만난 이후, 그는 아프게 웃을 줄 아는 사람이 되어 있었다.

"그대가, 내 헛소리를 들은 후에…… 어떻게 실망하고, 어떻게 죽어 갔는지 똑똑히 봤는데."

"……."

"화가 났으면 차라리 내 뺨을 치지, 왜 독을 마시고 그래."

독을 마신 건 그 때문이 아니었다. 하지만 칼리스토의 얼굴이 너무 괴로운 사람의 그것과 같아서 그 순간 함부로 입을 열 수 없었다.

입술을 달싹이는 나를 가만히 내려다보던 황태자가 불쑥 입을 열어 뜬금없이 나를 디스했다.

"……못된 것들만 가르치는 아카데미라도 다닌 건지, 매번 칼로 사람 속을 쑤시는 것 같은 말만 골라 하지."

"대체 누가 할 소리를……."

"황족 능멸도 유분수지, 감히 황태자 앞에서 할 짓 못 할 짓은 있는 대로 다 하고. 그러면서 표정은 왜 그렇게 항상 뚱하게 있는 건지, 쯧."

시뻘건 눈동자를 부릅뜨며 내 중얼거림을 끊은 황태자가, 불만스럽게 중얼거렸다. 그러나 말과는 달리 볼을 쓰다듬는 손길이 퍽 애틋했다.

"그런데, 그런데도……."

그가 흐리게 웃는 얼굴로 속삭였다.

"사랑해, 페넬로페 에카르트."

나는 미약하게 내뱉던 숨을 그대로 멈췄다. 황태자는 그런 나를 내려다보며 묵묵히 내뱉었다.

"그대가 페넬로페 에카르트든 아니든, 그런 건 상관없어."

헛구역질이 나올 만큼 가슴이 미친 듯이 요동쳤다.

"왜, 왜……."

나는 목멘 음성을 힘겹게 쥐어짜 냈다.

"이제 와서…… 왜 이제 와서 그러세요."

그의 말을 이해할 수 없었다. 반사적으로 흔들리는 시선을 들어 그의 머리 위를 보았다. 여전히 강렬하게 제 빛을 뿜고 있는 새빨간 호감도 게이지 바.

나는 여전히 그가 내게 했던 말을 선명하게 기억했다. 처지가 맞는 파트너 소리, 그의 머리 위에 새겨진 '76%'가 머릿속을 빙글빙글 돌았다.

"어린애 같은 순진한 소리라면서요. 멍청한 감정놀음일 뿐이라고……."

미열처럼 희미하게 피어오른 불씨를 꺼트리는 건 무척 쉬웠다. 어차피 그와 이루어져서 엔딩을 봐 봤자 끝은 이별밖에 더 있을까.

황태자에겐, 다른 남주들만큼 가면을 뒤집어쓰고 선을 긋는 게 마음처럼 되지 않았다. 그래서 '76%'에 실망하면서도 안도했다.

꼭 그의 말이 아니라도 단념하기 어렵지 않았다. 분명 그랬는데…….

"끝이 정해진 착각이라고 했잖아요. 그래서, 전 그래서 착각하기 싫어서 거절했는데……."

"……."

"그런데 왜 지금 와서 이래요."

나는 새된 비명을 지르듯 작은 목소리로 중얼거렸다. 같은 때를 떠올리는지 말끝을 흐리는 나를 보며, 칼리스토가 얼굴을 아프게 일그러뜨렸다.

"……미안해. 그때 말해 주지 못해서."

그런 나를 보며 황태자는 덤덤하게 말을 이었다.

"두려웠다."

"……뭐가요."

"우리 대단하신 황제 폐하께서도 내 어머니를 사랑한다고는 했으니까."

"……."

"어머니는 그 말에 속아 계승권에서 한참 떨어진 비루먹은 황자에게 가문이고 권력이고 다 갖다 바쳤었지."

"……."

"그렇게 온갖 풍파를 다 겪고 황제로 만들어 놓았더니, 성혼을 치르자마자 후처를 들일 줄 어찌 알았을까."

나는 게임에서도 나오지 않았던 그의 배경에 숨을 죽였다. 칼리스토가 씁쓸하게 웃었다.

"나는 날 때부터 타인을 불신하고 한시적인 감정을 경계하라고 세뇌당하다시피 자라왔다. 그래서……."

"……."

"그래서 그런 얄팍한 말보다, 확실한 계약 관계가 더 나을 거라 판단했지. 내가 그간 느껴 온 감정들을 입 밖에 쏟아 내면……."

"……."

"그러면 그대와 끝이 생길 것 같았거든."

그는 칼에 심장을 찔린 사람처럼 눈매를 찡그렸다.

무표정했던 내 얼굴에 서서히 금이 가는 게 느껴졌다. 감정을 고백하면, 나와의 인연에 끝이 생길 것 같아 두려웠다는 그의 말이 너무 아팠다.

"왜 이렇게 못난 표정을 지어."

칼리스토가 그런 나를 보고 희미하게 미소 지으며 뺨을 어루만졌다.

"그간 뭘 느끼셨는데요?"

나는 억누른 목소리로 물었다. 그가 미간을 좁혔다.

"좀 쪽팔린 것들뿐인데…… 꼭 듣고 싶나? 내 면이 좀 상하는데."

"더 상할 면도 없으시잖아요."

"그건 그렇지."

퉁명스럽게 쏘아붙인 말에 그가 의외로 선선히 고개를 끄덕였다.

"그대 앞에선 더 상할 면도 없지……."

그가 상념에 잠기듯 아득하게 말끝을 흐리다가, 천천히 입을 열었다.

"처음 미로 정원에서 그대를 본 순간부터였던가."

썩 좋지 않은 서두였다.

"그대만 떠올리면 자꾸 웃음이 새어 나오더군. 회의하는 중에도 실없이 처웃어서 세드릭 포터가 몇 번이고 미친놈 보듯이 쳐다보곤 했었지."

그러나 이어지는 말에, 나는 눈을 휘둥그레 떴다. 초반엔 피차 서로 기억도 하기 싫어하는 사이였다고 생각했는데.

끔찍했던 첫 만남이 떠올라 오만상을 찌푸리는 나를 보며 칼리스토가 재밌다는 듯 히죽거렸다.

"그대가 별별 핑계를 대며 내 초대를 거절할 때마다, 점점 초조해지더군. 전장에서도 그런 적이 없었는데 말이야……."

"……."

"한 번만 더 얼굴을 마주하고 싶어서, 말 한마디 더 섞고 싶어서,

애송이처럼 안달을 내었지."

그가 살살 내 볼을 꼬집으며 능글맞게 말했다.

"정말…… 놀랍네요."

나는 생소한 기분으로 짤막하게 감상을 내뱉었다. 그가 초반부터 그랬다고는 전혀 생각지 못해서 그저 얼떨떨하기만 했다.

'사냥 대회까지 분명 2%였잖아.'

그래서 그의 손에 죽기 싫어서 피하느라 사력을 다했었는데……. 황태자의 입을 통해 듣는 그 당시의 그는 이미 나를 죽일 생각 따윈 전혀 없던 것 같았다.

"……그대가 독을 마시고 죽기 직전에 이르렀을 땐."

멍하니 눈을 깜빡이는 나를 보며 황태자가 덧붙였다. 그의 얼굴에 장난스럽게 맺혀 있었던 웃음이 서서히 사그라들었다.

"할 수만 있다면 누워 있는 그대 대신 수십, 수백 번 독을 마시고 싶었다."

"……."

"그대가 싫어할 걸 알면서도, 그대의 침실에 들 땐 항상 검을 찼어."

"……검이요?"

공작이 과연 허락한 걸까? 실없는 생각이 떠올랐을 무렵, 칼리스토가 대수롭지 않은 목소리로 답했다.

"혹여 그대의 숨이 멎으면, 곧바로 따라 죽을 수 있도록."

사고가 우뚝 멈췄다.

"그게 무슨……."

나는 내가 잘못 들었나 싶어서, 다시 그를 쳐다보았다. 그는 좀 전과 다를 바 없이 무표정했다. 농담 삼아 과장한 말이 전혀 아니라는 듯.

나는 그의 팔목을 더듬더듬 붙들며 되물었다.

"왜…… 왜 그러셨어요? 왜, 왜 그런……."

"그냥, 그러고 싶었으니까."

태평한 대답에, 나는 왈칵 얼굴을 일그러뜨렸다. 만약 내가 그때 독을 먹고 탈출에 성공했으면, 칼리스토는 스스로 목을 베었을까? 그 생각이 미치자 심장이 덜컥, 내려앉았다.

"황제가 되고 싶다면서요! 그런데 대체 왜 그런 바보 같은 짓을……!"

"……네가 없는 지옥에서 도저히 살아갈 자신이 없었어."

그가 무뚝뚝하게 고백했다. 나는 이 미친놈을 대체 어떻게 해야 할지 알 수가 없어서, 연신 기가 찬 숨을 내쉬며 막막한 눈으로 바라보았다.

"화내지 마. 이미 지나간 일이니까."

잘못은 아는지, 놈이 아까처럼 눈꼬리를 축 내렸다. 그런 그를 황망히 바라보다가, 마구잡이로 뇌까렸다.

"……제가 너무 늦었다면요."

"……."

"너무 늦어서, 이제, 이제 더는 전하와 뭘 시작할 의욕도 엄두도 없다면요. 그럼 이제 어떡하실 건데요."

그에게 상처를 주는 건 난데, 눈앞이 차차 흐려졌다. 황태자는 벼린 것처럼 날카로운 내 말에도 좋다고 처웃었다.

"쯧, 그대는 아무것도 몰라도 된다고 했잖아."

그러면서 손을 움직여, 내 뺨에서 귀로 움직였다. 커다란 그의 손이 두 귀를 덮었다. 물에 잠긴 듯 먹먹해졌다.

"고양이보다 쥐 생각이나 더 하라 했지 않나? 그대는 하고 싶은 일만 해. 여기서 나가면, 지금 들은 얘기는 그냥 잊어."

듣지 않아도 상관없는지 놈이 내 귀를 꽉 막은 채 작은 소리로 속삭였다. 그래도 다 들렸다.

나는 더 참을 수 없어 주먹으로 놈의 가슴을 '퍽!' 때리며 신경질적으로 소리쳤다.

"이 미친놈아! 이런 걸 어떻게 잊어!"

"……윽, 공녀."

"차라리 끝까지 말하지 말지! 지금 와서 이러면, 어떡하라고! 파트너 하자며! 내가, 내가 그때 무슨 마음으로……!"

소리를 지르며 놈의 가슴을 퍽퍽 때리던 나는 이내 두 손으로 얼굴을 가리고 엉엉 울었다.

"공녀, 화났나? 왜, 왜 그래, 응?"

놈이 바보처럼 당황해서 허둥댔다.

온갖 감정이 해일처럼 몰아쳤다. 밉고, 원망스러웠다. 그토록 원하던 때엔 한 마디 해 주지 않던 놈이, 왜 이제야.

동시에 기쁘고 설렜다. 사랑한다는 말에, 등신처럼 가슴이 속절없이 떨렸다.

그리고 슬펐다. 이제야 그가 숨겨 온 비밀을 들었는데, 탈출할 방법을 알아서. 그를 받아 줄 수도, 온전히 기뻐할 수도 없는 내 처지가 너무 가엽지 않은가.

"내가 다 잘못했어. 그만 울어. 더 울었다간, 탈진할지도 몰라."

우는 나를 보며 아까처럼 어쩔 줄을 모르던 칼리스토가 또다시 와락 나를 껴안았다. 그러면서도 쉴 새 없이 내 눈과 코를 닦아 주었다. 그게 또 서글퍼서, 나는 그의 품에 안겨 한참을 더 꺼이꺼이 울었다.

분명 슬퍼서 우는 건데, 이상하게도 점점 마음이 가벼워졌다. 나는 그의 말대로 더 울 힘도 없을 때까지 쏟아 내다가, 힘겹게 눈물을 멈췄다.

내 체액으로 갑옷 한쪽이 엉망이 되었는데도, 칼리스토는 나를 밀어내지 않았다. 나는 어리광을 부리듯 그의 어깨에 얼굴을 묻은 채 천천히 호흡을 골랐다.

"……저는, 저는 전하께서 원하는 대답 못 해 드려요."

"괜찮아."

듣기는 한 건지, 황태자가 즉답했다. 나는 잠시 말을 멈췄다가, 이내 어렵사리 다시 꺼냈다.

"원하는 거 다 이뤄 주겠다고 하셨죠."

"응."

"제가 앞으로 하려는 일은 전하께서 납득하기 힘든 일일 수도 있어요."

용기 내서 큰마음 먹고 말한 건데, 머리맡에서 나직한 웃음소리가 들렸다.

"그대가 실은 공녀가 아니라는 얘기보다 더 할까."

"그건 진짜라고요!"

"누가 뭐래? 스읍, 분위기 좋은데 버둥대지 마."

"윽! 숨, 숨!"

발끈해서 몸을 일으키려는 나를 놈이 저지하며 꽉 끌어안았다. 나는 답답해서 퍽퍽 놈의 가슴을 내려치다가, 이내 체념하고 몸을 늘어뜨렸다. 황태자는 그제야 나를 터뜨릴 듯 압박하던 팔에서 힘을 뺐다.

그에게 몸을 기댄 채로, 나는 더듬더듬 바닥을 훑었다. 얼마 가지 않아 딱딱한 봉의 감촉이 손에 닿았다. 나는 그걸 쥐고 칼리스토에게 보여 주었다.

"저…… 이제 이걸로 이본 년 죽일 거예요."

"이본?"

"에카르트 공작님의 친딸이요."

"오."

그가 눈썹을 까딱이며 내 패기 어린 말에 짧게 감탄했다.

"그런데, 패 죽일 거면 그것보단 강철 방망이 같은 게 더 낫지 않겠나?"

매를 버는 주둥이에, 또 한 번 '퍽!' 하고 가슴팍 내리치는 소리가 오갔다. '아야, 역시 패 죽일 생각이었군.' 하고 엄살을 부리며 놈이 끝까지 지껄였다.

나는 장난스러움이 서린 훤칠한 얼굴을 물끄러미 바라보다가 내뱉었다.

"그 일이 다 끝나면, 더는 함께할 수 없을지도 몰라요."

"……."

"그래도…… 그래도 절 사랑하세요?"

"그건 좀 아픈데."

황태자가 콧잔등을 찌푸렸다. 매번 그를 시험하는 걸 참을 수가 없었다. 그러면서도, 찰나 나는 그의 반응이 무슨 의미인지 알 수 없어 불안으로 벌벌 떨었다.

하지만 결국 다 부질없는 짓거리였다.

"괜찮아. 네가 어디로 사라지든 내가 오늘처럼 쫓아갈 테니까."

"……."

"사랑해, 페넬로페 에카르트."

칼리스토는 변함없는 얼굴로 같은 말을 반복했다. 나는 또다시 숨을 멈췄다. 그러다 이내 심장이 터져 버릴 것 같은 기분이 들어서, 상체를 불쑥 들어 올렸다.

"읏……."

박치기라도 하는 듯한 내 돌진에 칼리스토의 얼굴이 뒤로 밀렸다. 동시에 뜨끈한 온기가 담긴 말캉한 것이 입술에 닿았다.

키스 따위 해 본 적이 없어서 어떻게 해야 할지 알 수 없었다. 바보처럼 두 눈을 꾹 감은 채 그저 막무가내로 입술을 맞부딪치자, 남자의 몸이 움찔 굳었다.

그러나 그도 잠시였다. 허리를 휘감고 있던 팔이 허겁지겁 위로 올라왔다. 커다란 손이 와락 뒤통수를 붙잡더니, 나는 그대로 그에게 잡아먹힐 듯이 질질 끌려갔다.

황태자는 며칠 굶은 사람처럼 정신없이 내 입술과 입술 주변의 살을 빨고 핥았다. 물기 어린 두꺼운 타인의 혀가 거칠게 입술 사이를 뚫고 들어와 얽고 휘저었다.

추읍, 춥—. 살이 맞부딪치는 질척한 소리는 그로부터 한참 동안 이어졌다.

첫 키스의 맛은 남들이 말하는 것처럼 달았다. 너무 달아서, 자꾸 눈물이 났다.

나는 거울 봉을 든 채 황태자와 고대 레일라들의 음침한 신전, 아니 무덤을 빠져나왔다.

"얄라 불라 아르띠노!"

그리고 미친 것 같은 주문을 외워 텁텁한 사막을 벗어나, 섬의 가장자리인 해안 근처로 이동했다.

"우리 이제 여기서 어떻게 나가죠?"

끝없는 망망대해를 바라보자니 막막함에 잠겼다. 오는 것에만 치중한 나머지, 섬을 빠져나갈 준비를 전혀 하지 않은 것이다.

"글쎄. 난 이대로 그대와 여기서 사는 것도 나쁘지 않겠는데."

걱정하는 나와는 달리 황태자는 고민 한 점 없는 얼굴로 개소리를 지껄였다. 장난스럽게 말하던 그의 얼굴에서 일순 웃음이 사라졌다.

— 그러니까…… 돌아갈 생각 말고 여기 있으면 안 되나?

레일라의 무덤에서 그가 했던 말이 떠올랐다. 마음이 무거워졌다. 그가 무엇을 원하고 왜 그런 말을 하는지 알아서.

"……제발, 그런 헛소리는 그만하시고요."

표정이 사라진 그 대신 나는 애써 불퉁한 표정으로 툴툴댔다. 내 말에 황태자가 고개를 갸웃거렸다.

"왜 헛소리야?"

"주변 좀 둘러보세요. 아무것도 없는데 여기서 어떻게 삽니까?"

"걱정 마. 굶어 죽게 하진 않을 테니까. 내가 또 사냥을 꽤 하거든. 생선, 좋아하나?"

"싫거든요!"

나는 놈의 말에 진저리를 치며 빽 소리를 쳤다. 뒤늦게 피식, 하고 바람 빠지는 소리가 울려 퍼졌다. 찰나, 나는 크게 안도했다. 그리고 착잡한 마음을 숨긴 채, 그를 돌아보며 말했다.

"……전하라도 먼저 가세요."

"음?"

"위급 시에 황궁으로 소환되는 마법 있잖아요. 그걸로 먼저 가신 후에 저 데리러 와 주시면 되잖아요."

황가의 피가 흐르는 자에 한해서만 걸려 있는 마법인지라, 같이 갈 수 없었다. 일전에도 홀로 사라졌던 황태자를 떠올리며 나는 수를 냈다.

내 말에 의아한 표정을 짓던 황태자는 '무슨 소린가 했더니' 하는 표정으로 답했다.

"못 가."

"왜요?"

"말했잖아. 이 주변엔 강력한 마법 결계가 쳐 있어서 한 번도 잠입에 성공한 적 없다고. 소환마법도 결계를 뚫어야 가능하지."

"아."

잊고 있었던 사실이 떠올라, 나는 잠시 멍청한 소리를 냈다. 그의 말에 시선이 거칠게 흔들리기 시작했다.

"그럼…… 우리 진짜 여기 갇힌 거예요?"

"뭐, 그렇게 된 셈이지. 그대가 좋아하는 생선 파티를 열 수 있겠군."

정말로 여기서 살 셈인 양 황태자 놈이 모래사장에 털썩 자리를 깔고 앉았다.

"그럼 알면서……!"

그걸 알면서도 한마디 없이 따라온 거냐고. 그의 기행에 기가 막혀서 버벅대고 있을 무렵이었다.

"서 있지 말고 앉아. 목 아프니까."

황태자가 슬쩍 내 옷자락을 잡아당겼다. 지금 그렇게 태평하게 앉아 있을 상황이냐고 버럭 소리를 치려던 나는, 이내 입을 다물고 그의 옆자리에 앉았다.

따지고 보면 급할 것도 없었기 때문이다. 언제가 됐든, 결국 이 본만 처치하면 끝나는 일 아닌가.

'황태자가 사라졌으니 누군가 데리러 오긴 하겠지.'

그사이 공작저가 어떻게 되든 말든…… 내 알 바 아니었다.

초조함이 사라지자, 평온이 찾아왔다. 쏴아아, 쏴아아아—. 파도 소리를 들으며 멍하니 해안선 너머를 바라보던 나는 문득 입을 열었다.

"전하."

마찬가지로 무표정하게 바다 너머를 바라보고 있던 칼리스토가 내 부름에 고개를 돌렸다.

"혹시, 황금룡의 송곳니가 황궁 어디에 있는지 아세요?"

"황금룡의 송곳니?"

뜬금없는 질문이었는지, 황태자가 눈썹을 꿈틀거렸다.

물어볼지 말지 좀 고민했다. 그러나 직접 찾아 헤매는 것보다 곁에 있는 황궁 출신에게 그냥 직접 물어보는 게 더 현명한 것 같았다.

가만히 고개를 끄덕이자, 칼리스토가 다시 입을 열었다.

"그건 왜? 황제의 보물인데."

"보물…… 이요?"

"그래. 그걸 가지고 있어야만 제국의 황제라는 것을 입증할 수 있지."

칼리스토는 선선히 답했다.

'옥새, 뭐 그런 건가?'

"그대도 제국의 건국 설화 정도는 알 것 아니야. 아, 그대는 사실 공녀가 아니니까 모를 수도 있겠군."

대체 놀리는 건지 아닌 건지, 모호한 어투로 놈이 말을 이었다.

"고리타분한 얘기지만, 제국의 시초에 악으로부터 인간들을 돌봐 준 황금룡이 황궁 아래 잠들었다는 건국 설화가 있다."

결국, '황금룡의 무덤'이란 황궁이란 소리다. 여기까진 이미 추측한 바라 나는 묵묵히 고개를 끄덕였다.

"용은 영면에 들기 전 후손에게 송곳니를 주었다더군. 그는 최초의 황제가 되었고, 그게 지금까지 이어진 거야."

"그렇군요."

"신비한 힘이 깃들어 있다고 하여 송곳니는 황제가 늘 지니는 보주(imperial orb)에 숨겨져 있지. 황족들만 아는 극비 사항이다."

마지막으로 덧붙여진 말에 눈이 휘둥그레졌다.

"그런 거…… 막 알려 줘도 돼요?"

"왜. 그걸 묻는 걸 보니 송곳니를 가져서 황제를 갈아 치울 생각 아니었나?"

황태자가 웃음기가 가득 담긴 얼굴로 되물었다.

"그런 거 아니에요."

나는 눈살을 찌푸리며 답했다.

"……아무래도 레일라가 그걸 노리는 것 같아서요. 앞으로 황제 폐하께서 위험에 처하실 수도 있으니 물어본 거예요."

그럴듯한 변명에 황태자는 생뚱맞은 소리로 답했다.

"그래. 그럼 황제는 내가 죽일 테니, 그대가 레일라를 죽이고 송곳니를 가져서 황제가 되면 되겠어."

"전하, 좀!"

"그대가 새 왕이 되면 난 국서를 하는 것도 나쁘지 않을 듯해."

"그것도 여기서 나가야 가능하죠!"

또 미친 소리를 주절대는 놈의 말에 나는 오만상을 찌푸렸다.

"그건 또 그렇군."

진심인지 칼리스토 놈이 진중한 얼굴로 고개를 끄덕였다.

'앓느니 죽지.'

나는 반쯤 해탈한 채 놈에게서 고개를 돌려 바닷가를 바라보았다.

"……이쯤 됐나?"

그때였다. 그가 무어라 작게 중얼거리는 순간. 부우우우웅, 부우우우웅—. 불현듯 어디선가 귀에 익은 강한 진동음이 울려 퍼졌다.

깜짝 놀라 황태자를 돌아보았다. 그러자 그가 태연하게 품에서 무언가를 꺼내 들었다. 통신 마법이 걸린 수정구였다.

"오랜만이군, 세드릭 포터."

「전하! 대체…… 기습 작전 앞두고 어딜 가신 겁니까—!」

칼리스토가 인사를 끝내기가 무섭게 거의 비명과 다름없는 보좌관의 목소리가 쩌렁쩌렁 울려 퍼졌다.

"어떻게……."

나는 영문을 알 수가 없어 멍하니 황태자가 든 수정구를 바라보았다.

'분명 결계 때문에 마법은 아무것도 안 된다며?'

그러나 생각에 잠길 틈도 없이 세드릭의 원망이 쏟아졌다.

「반란군은 코앞을 지나가고 있지, 갑자기 지휘관이 사라져서 병사들은 모두 우왕좌왕하지! 자칫하면 작전이 모두 물거품될 뻔했……!」

"그래서, 패했나?"

황태자가 따분한 표정으로 보좌관의 말을 끊고 결과부터 물었다. 세드릭이 이를 부득부득 갈다가 답했다.

「……승리했습니다.」

"잘했군, 세드릭 포터. 난 그댈 믿었어."

「제발, 전하! 전하 때문에 저 이러다 언제 심장마비로 죽을지 모릅니다. 제게 자비를 좀……!」

"지금부터 그대에게 지휘 전권을 넘기지. 이제 나한테 의존할 생각만 하지 말고 이번 전투처럼 직접 해 보라고. 난 무척 바쁘니까 말이야."

그 무책임한 말에 수정구 너머에서 난리가 났다. 그러나 귀가 따가운지 황태자가 그것을 멀리 쳐든 탓에 세드릭이 무어라 말하는지 잘 들리지 않았다.

「……반란군은 국경 너머까지 퇴각했습니다.」

한참 후 세드릭이 전투 진행 상황을 전했다. 황태자의 옆에서 엿듣던 나는 내심 안도했다.

“영 쓸모없는 새끼들만 제국에 있는 건 아닌 모양이야.”

「하지만 아직 안심할 단계가 아닙니다. 크로니아도 모자라 지금 그쪽에 델만 잔당…….」

“쓰읍, 쓸데없는 것까지 일일이 전달할 필욘 없고.”

그래도 아예 무책임하게 전투를 내팽개칠 생각은 아니었는지, 묵묵히 상황을 전달받던 황태자가 불쑥 보좌관의 말을 끊었다.

‘……응?’

마지막 말에 문득 낯설지 않은 단어가 귀에 스쳤다. 그러나 칼리스토가 더 중요한 사항으로 화두를 돌려서 깊게 생각할 틈이 없었다.

“마법사들 불러서 소환 마법 좀 하라고 해. 참고로 두 명이야. 나와 공녀.”

「뭐, 뭐라고 하셨습니까, 전하?! 그럼 또 공녀님 때문에……!」

“그럼 수고.”

뚝. 무어라 소리치는 세드릭의 목소리가 이어졌지만, 황태자는 매정하게 통신 마법을 끊어 버렸다.

“곧 수도로 돌아갈 거야.”

자리를 털고 일어나는 그를 보며 나는 얼떨떨한 표정으로 물었다.

“어떻게 된 거예요? 결계 때문에 마법 못 쓴다면서요.”

“그대가 거울을 깨부순 후부터 섬 결계의 마력이 점점 약해지는 거 같더군.”

돌아온 답에 나는 경악했다.

“그럼 설마…… 여태까지 저 놀린 거예요?”

“이제 눈치챘나?”

“진짜, 이런……!”

미친놈아!

능글맞게 웃고 있는 놈을 보며 나는 주먹을 꽉 쥐고 부들부들 떨었다. 아까처럼 한 대 치고 싶은 마음이 굴뚝같았지만, 애석하게도 엉엉 울부짖으며 이성을 잃고 행동하는 건 한 번으로 족했다.

'참아. 넌 저놈과 달리 지성인이야.'

그렇게 자기 세뇌하며 분노를 내리누르고 있을 때였다.

"너무 화내지 마, 공녀."

"……."

"돌아가면 이렇게 단둘이 있을 시간도 없을 거 아니야."

그걸 말이라고 하냐고 받아치려던 나는 그 순간 올려다본 그의 표정을 보고 벌렸던 입을 천천히 다물었다. 칼리스토는 힘겹게 입꼬리를 끌어 올린 괴상한 표정을 짓고 있었다.

"그대가 고고학자를 꿈꿨던 것처럼, 나도 짧은 시간 동안 꿈을 꾸었다고 여겨 달라고."

나는 다시 한번 깨달을 수밖에 없었다. 여기서 둘이 살자느니, 생선 파티를 열자느니, 하는 그 미친 소리들이 전혀 농담이 아니었음을.

"가지."

그가 내게 손을 내밀었다. 나는 그 손을 한참 바라만 보다가, 천천히 마주 잡았다.

얼마 후 소환 마법이 실행됐는지, 우리 주변으로 황금색 마법진이 그려지기 시작했다.

그와의 짧은 여행은 그렇게 끝이 났다.

Chapter 19

Chapter 19

환한 빛이 눈을 점령하고, 얼마 후 다시 눈을 떴을 때. 어느새 바다는 온데간데없이 사라지고, 우리는 맹그로브가 사방에 깔린 늪지대 한가운데에 우뚝 서 있었다.

"어……."

기껏해야 트라탄으로 돌아갈 줄 알았던 나는 당황해서 주변을 둘러보았다. 영문을 모르는 건 마찬가지인지, 칼리스토 또한 오만상을 찌푸린 채 주변을 휙휙 둘러보았다. 그때였다.

"전하—!"

멀리서 무장을 한, 서른여 명의 기사들이 힘겹게 넝쿨들을 잘라내며 다가왔다. 다행히 선두에 아는 얼굴이 서 있었다.

"오셨습니까, 전하. 오랜만입니다, 공녀님."

우리에게 도달한 황태자의 보좌관이 거친 숨을 내쉬며 나지막이 인사했다. 미처 답하기 전에 황태자가 사납게 물었다.

"여기가 어디지?"

"국경 근처 보폴리아 숲 늪지대입니다."

"누가 그거 물어봤어? 왜 여기로 소환을 했느냐고, 세드릭 포터."

"……예? 소환 마법을 실행하라고 하셨지 않습니까?"

"눈치껏 공작가로 보냈어야 할 거 아니야. 그렇게 주변머리가 없어서 전쟁은 어떻게 하나?"

"하, 하지만…… 황궁에 남아 있는 마법사들은 황제 폐하 휘하인 자들이 답니다."

"그럼 어디 마을이라든지, 안전한 곳으로 했어야지. 이게 뭐야."

칼리스토는 황족이라고는 볼 수 없을 만큼 상스럽게 진흙 바닥을 걷어찼다. 나는 질색을 하며 모르는 사이처럼 멀찍이 떨어져 섰다.

"아, 아니 그게……."

하란 대로 했을 뿐인 세드릭이 안쓰러울 만치 당황했다. 꼭 빙의 초기의 내 모습을 보는 거 같았다.

'하여간 제일 못돼 처먹었어.'

금빛 머리를 흘끔거리며 속으로 그렇게 생각하는 중, 세드릭이 울컥한 얼굴로 대꾸했다.

"장거리 소환 마법을 할 줄 아는 마법사들이 지천에 깔린 줄 아십니까, 전하?"

"여기로 오자마자 기습이라도 당해서 공녀가 다치기라도 했으면, 네가 책임질 건가? 어?"

불현듯 황태자 놈이 동문서답했다.

'뭐야, 왜 갑자기 나를 끌어들여?'

나는 흠칫해서 그들을 돌아보았다. 세드릭의 눈이 휘둥그레졌다. 그러나 그것에 그치지 않고 황태자 놈이 폭탄선언을 내뱉었다.

"아, 모두 모인 김에 인사나 하지. 예비 황태자비이니 목숨을 바쳐 지켜라."

나는 그야말로 입을 떡 벌렸다.

"뭐야? 전하께서…… 갑자기 결혼을?"

"이거 꿈 아니지?"

"우리 전하를 받아 주겠다는 레이디가 계시다니……."

세드릭의 뒤에 줄지어 있던 기사들이 순식간에 술렁거렸다. 그러나 그것도 잠시, 이내 하나둘 꾸벅 허리를 숙이며 인사하기 시작했다.

"안녕하십니까, 비 전하!"

"뵙게 돼서 영광입니다, 황태자비 전하! 만만세!"

환장스럽게 돌아가는 상황에 미친 듯이 시야가 흔들렸다. 그런 나와는 달리 황태자는 인사하는 제 부하들을 흐뭇하게 바라보다, 내게로 고개를 돌렸다.

"공녀, 이놈들은 나와 같이 몇 년간 전쟁터에서 구르던 놈들이야. 앞으로 자주 볼 테니 얼굴쯤은 익혀…… 고, 공녀! 어디 가?"

나는 놈의 막말을 더 듣지 못하고 휙 몸을 돌려 마구 걸었다. 그러나 순식간에 겅중겅중 뛰어와 앞을 막아선 황태자로 인해 다시 멈출 수밖에 없었다.

"얼굴이 왜 이렇게 빨개?"

놈이 불쑥 내 얼굴로 손을 뻗었다. 나는 그 손을 찰싹 소리 나게 쳐 내고 말했다.

"자꾸 이상한 소리 하실 거면, 동행은 없었던 걸로 해요. 저 혼자 알아서 갈 겁니다."

"이상한 소리라니? 안전을 위해 앞으로 그대의 아랫사람 될 이들한테 주의를 준 것뿐……."

"입, 입!"

나는 놈을 내려친 손으로 그의 주둥이를 틀어막았다. 잠시 주춤하던 칼리스토의 눈이 반달로 예쁘게 휘었다.

"아, 비밀 연애였나? 미안하군."

"제가 언제……!"

"화내지 마. 앞으로 보안에 신경 쓰지. 응?"

"허!"

칼리스토가 슬슬 내 눈치를 보며 제 입을 틀어막고 있는 내 손을 내렸다. 나는 기가 막혀 연신 헛바람을 터뜨렸다.

'내가 언제 너랑 연애한다고 했어?!'

오히려 모든 게 끝이 나면 함께할 수 없다는, 단정적인 소리만 했다.

"미안해, 여기로 데려와서."

그러나 화를 내는 나를 보며 조심스럽게 내 손을 만지작거리는 손길에, 차마 내가 언제 그랬냐고 따지고 들지 못했다. 가슴이 울렁였다. 그러다 퍼뜩, 묘한 시선이 우리에게 꽂혀 있음을 깨달았다.

"흠, 흠! 아무튼, 이제 수도로 어떻게 돌아가는데요."

나는 황급히 그에게 잡힌 손을 빼내고 그에게서 훌쩍 떨어졌다.

"공녀님, 혹시 단둘이 계실 때 전하께 협박을 당하셨습니까?"

그 와중에 세드릭이 내게 다가와 목소리를 죽이고 물었다.

"네? 무슨……."

"그렇다면 헛기침을 두 번 해 주십시오. 제가 어떻게서든……."

"세드릭 포터, 헛소리 그만하고 내 약혼녀에게서 떨어지지."

귀신같이 알아들은 건지, 황태자가 음산하게 중얼거리며 턱을 까딱였다. 슬프게도, 세드릭은 찍소리도 못 하고 군기가 바짝 든 채 내게서 물러났다.

"일단 상황부터 보고해."

"어제 오전 대규모의 반란군 보급품이 이곳을 지나갈 예정이라는 첩보를 입수했습니다."

"뻔한 놈들. 예상대로군."

황태자가 날카로운 눈으로 주변을 둘러보며 고개를 끄덕였다. 나 또한 덩달아 주변을 둘러보았다. 끝도 없이 펼쳐진 축축한 늪지대에는 몸을 숨길 만한 조형물이 아무것도 없었다. 전투 장소로는 걸맞지 않았다.

'어떻게 보급로를 끊지?'

의문점은 이어진 세드릭의 말로 해결할 수 있었다.

"다인 이동 마법을 실행할 수 있는 마법사 둘과 정예군들만 이동하여 투명화 마법을 시전한 상태로 숨어 있었습니다."

"그런데."

"빠르게 작전을 성공한 후 진영으로 돌아가서 전하와 공녀님을 소환하려 했습니다. 그런데……."

세드릭은 긴장한 얼굴로 덧붙였다.

"두 시간째 보급품이 오지 않고 있습니다."

"진영으로 왜 바로 돌아가지 않았지?"

황태자가 눈살을 찌푸린 채 반문했다. 세드릭이 어물어물 답했다.

"늪지대인지라 행군이 늦어지는 줄 알고 기다리는 동안 마력 소모로 인해 마법사들이 지쳤습니다."

"그럼 돌아간 후에 우릴 소환했어야 할 거 아니야."

"와, 그럴 시간은 주셨습니까?"

세드릭이 퍽 억울한 얼굴로 호소했다.

"당장 소환하지 않으면 거기 있는 모래와 바다를 퍼다가 전쟁 내내 네 주식으로 주겠다는 둥…… 공녀님, 정말로 협박당하신 거 아닙니까?"

"스읍."

그러나 세드릭의 불쌍한 음성은 사납게 눈을 부라리는 황태자의 흉흉한 얼굴로 일단락되었다.

나는 좀 미안한 눈으로 훌쩍이는 세드릭을 보았다. 뙤약볕이 쨍쨍 내리쬐는 아르키나 제도에서 빨리 나가고 싶어서 칼리스토를 재촉한 게 나였기 때문이다.

'어쩐지. 왜 자꾸 통화를 멀리 가서 하는 건가 했더니…….'

성격 파탄자답게 제 보좌관을 협박 중이었던 것이다. 빨리 나가게 해 준 것을 과연 감사해야 하는 건지 알 수가 없어서, 기가 막힌 눈으로 황태자를 응시할 때였다.

"……지나치게 뚫려 있는 곳이야."

우리를 제외하고 고요하기 그지없는 늪지대를 둘러보던 황태자가 불쑥 내뱉었다.

"두 시간이면 놈들도 작전을 변경했을 확률이 크겠군. 철수 준비해."

"하, 하지만…… 예상 오차 시간은 세 시간 내외입니다. 늪을 자주 오간 이에게서 들은…… 전하."

세드릭이 무어라 대꾸했으나, 칼리스토는 그를 무시한 채 기사들을 가로질렀다. 젊은 황궁 마법사 두 명이 화려한 지팡이에 기댄 채 헐떡이고 있었다.

"이봐, 언제쯤 이동 마법을 다시 쓸 수 있지?"

황태자는 거침없이 그들에게 다가가 물었다.

"소, 소환 마법을 쓴 지 얼마 안 된 데다가, 인원이 꽤 많아서……."

"그래서."

어두워지는 황태자의 얼굴에 마법사들이 단숨에 사색이 되어 허겁지겁 답했다.

"하, 한 시간 정도만 더 휴식하면 될 것 같습니다."

"인원이 적으면? 바로 가능하나?"

"저 혼자선 두, 두세 명 정도는……."

"그럼 공녀 먼저……."

"저 괜찮아요!"

나는 벌어지는 칼리스토의 입에서 무슨 말이 튀어나올지 예상하고 먼저 선수 쳐서 소리쳤다.

"한 시간 정도는 기다릴 수 있어요. 그쵸, 세드릭?"

"물론이지요, 공녀님!"

곧 졸도할 사람처럼 한순간 희게 질렸던 세드릭의 얼굴이 눈에 띄게 환해졌다. 황태자만이 불만스러운 얼굴로 눈썹을 꿈틀거렸다.

"뭐 하는 짓이야? 먼저 돌아가. 그대는 할 일이 있잖아."

"전하야말로 무슨 짓이에요? 저 먼저 가면, 나머지 사람들은 언제 돌아갈 줄 알고요."

나는 황태자의 사나운 기세에 굴하지 않고 대꾸했다.

"가서 마법사 또 한 명 데리고 오라고 하면 되지."

마법사가 무슨 소모품이라도 되는 양 면전에다 대고 뻔뻔하게 말하는 그의 모습에 나는 오만상을 찌푸렸다.

"제발 좀! 안 그래도 폐 끼쳐서 창피해 죽겠는데, 그만 좀 하세요."

"뭐가 창피해?"

"전하께서 자꾸 저 싸고도는 짓이요! 다들 이상하게 쳐다보잖아요!"

"누가 감히."

사람이 이렇게 철면피일 수가 있을까. 나를 걱정하다 못해 유난을 떠는 황태자의 모습에 서른여 명의 사람들이 모두 낯선 눈으로 황태자를 바라보고 있었다. 나는 벌게진 얼굴로 짜증스럽게 읊조렸다.

"한 시간 정도잖아요. 도움받는 처진데, 그냥 있다가 같이 가요."

"오. 벌써부터 아랫사람들을 챙기는 건가? 내가 어진 비를 얻었군그래."

"……."

나는 그냥 무시하기로 결심했다. 삐딱하게 선 채 먼 산을 바라보고 있자, 황태자가 누그러진 얼굴로 중얼거렸다.

"……느낌이 별로 좋지 않아."

"걱정 마세요. 제 몸 하난 제가 지킬 수 있으니까."

"혹시라도 그대가 다치면."

그가 잠시 말을 멈췄다가 다시 이었다.

"내가 너무 괴로울 것 같아서 그래."

그 말에 말문이 막혔다. 나는 조금 뒤에 아무렇지 않게 입을 열었다.

"……그쪽도 계획을 변경했을 거라면서요? 아무 일도 없으니까, 가만 좀……."

가만히 좀 있으라고 대꾸하려던 나는 불현듯 입을 다물었다. 휘이이잉— 바람의 세기가 바뀌었다. 그와 동시에 조금 이상한 기운이 느껴졌다. 바람인데, 바람은 아니고 꼭 무형의 움직임처럼…….

"까아아악—!"

푸드더덕—! 그때 먼 곳에 있는 늪지대의 끝, 숲에서 한 무리의 새 떼들이 일제히 날아올랐다.

스르렁—. 심상치 않은 것을 느낀 것은 마찬가지인지, 기사들이 하나둘 검을 빼 들었다.

"반경 2㎞ 내엔 아무런 기척도 느껴지지 않습니다."

기사 한 명이 긴장한 얼굴로 보고했다. 그 말대로 뻥 뚫린 늪지대 주변에는 우리를 제외하고 아무것도 보이지 않았다.

"너, 방어 결계 칠 수 있나?"

황태자가 옆에 있던 마법사 한 명에게 물었다.

"예, 예! 하, 하지만 오래 버티긴 어렵습니다. 마나가……."

"지금 해."

부정의 말은 듣지 않겠다는 듯, 그는 냉정하게 등을 돌려 또 다른 마법사에게 명령했다.

"넌 당장 공녀 데리고 진영으로 돌아가도록."

"전하!"

방금 전에 간신히 끝낸 이야기를 도로 끌고 온 황태자의 말에 나는 당황했다.

"하, 하오나 저는 전투 시에 투명 마법을 걸어야 합니다만……."

"됐으니까, 당장 공녀를 안전한 곳으로 모셔."

"저 괜찮아요!"

"뭐 해? 빨리 데리고……."

그때였다.

"전하!"

누군가 다급하게 칼리스토를 불렀다.

"사, 상공입니다! 상공에…… 마, 마물 떼가 나타났습니다!"

그 말에 황태자도, 나도 반사적으로 휙 고개를 위로 쳐들었다.

"저게……!"

스륵 입이 벌어졌다. 마치 익룡처럼, 엄청난 크기의 새 마물들이 벌 떼같이 몰려오고 있었다.

"끼룩, 끼루루룩—!"

수많은 그림자가 순식간에 다가와 머리맡을 정신없이 덮쳤다. 새 마물들은 놀랍게도 불을 뿜었다. 그러나 우리에게는 불길이 닿지 않았다. 방어 결계 덕분이었다. 옆을 돌아보니, 황태자가 결계를 치라 명했던 젊은 마법사가 낯빛이 허옇게 질린 채 바들바들 떨고 있었다.

마나가 얼마 남지 않았다는 말이 사실인지, 불이 닿을 때마다 투명한 방어막이 위태롭게 일렁거렸다. 그러나 끝내 뚫리지 않고 버텨 내자, 새들은 더 불을 뿜지 않고 방향을 바꿔 높게 날아올랐다.

"무슨……."

갑자기 트인 하늘에, 모두가 영문 모를 표정으로 고개를 들었을 무렵. 피융— 먹구름처럼 높이 오른 새 떼들로부터 문득 비가 쏟아져 내리기 시작했다.

쏴아아아아—! 수많은 빗줄기, 아니 빗줄기를 닮은 화살들이 우릴 향해 맹렬하게 내리치는 동시에.

“델만군이다!”

누군가 소리쳤다.

“공녀!”

멍하니 하늘을 바라보고 있던 무렵, 칼리스토가 거칠게 나를 잡고 끌어안았다. 완전히 나를 감싼 그 때문에 위가 잘 보이지 않았다.

콱, 콰악—! 마법사가 펼친 방어 결계 위로 수백 개의 화살들이 꽂혔다. 허공이 위태롭게 일렁였다.

간신히 화살 세례를 막아 내는 듯해 보였지만, 착각이었다. 견고하지 못한 결계는 금방 틈이 생겼다. 그것을 뚫고 하나, 둘 화살들이 날아왔다.

쐐액—!

“윽!”

채앵—! 대부분이 재빠르게 방패와 검으로 쳐 냈지만, 피하지 못한 몇몇 기사들이 화살에 맞았다.

“아악!”

내 옆에서 바들바들 떨며 방어 마법을 시전하던 마법사가 어깨에 화살을 맞고 쓰러졌다. 순식간에 결계가 파훼됐다.

화살 세례가 멈추자 소강상태가 찾아왔다. 그러나 아주 잠깐의 틈이라는 걸 잘 알았다.

챙, 채앵—!

“제기랄!”

재차 날아오는 화살들을 쳐 내며 황태자가 거칠게 소리쳤다.

"공녀, 지금이야! 이놈이랑 숲 쪽으로 뛰어, 어서!"

칼리스토는 옆에 몸을 말고 쭈그려 앉아 있는 다른 마법사 한 명을 거칠게 일으켜 세운 후 내 등을 떠밀었다.

"너, 책임지고 안전한 곳까지 공녀를 이동시켜라. 네 손에 황태자비의 목숨이 달렸다. 알겠나?"

"예, 예, 예!"

마법사가 고깔모자를 정신없이 흔들었다.

"전하! 놈들이 두 번째 사격 준비 중입니다!"

용케 멀쩡한 세드릭이 절박하게 소리쳤다.

"원형 대열!"

"예! 전군, 전하를 중심으로 원형 대열!"

과연 황태자의 정예군들은 기습에도 당황하지 않고 일사불란하게 움직였다. 순식간에 나와 황태자를 중심으로 몰려든 기사들이 방패를 위로 쳐들었다.

그러나 이런 대열도 얼마 가지 못할 것은 자명했다. 경사조차 없는, 사방이 훤히 뚫린 늪지대는 숨을 곳도 없었다.

게다가 발이 푹푹 빠져 빠른 이동조차 힘들었다. 상공에서 화살을 퍼붓는 적. 몰살을 위한 완벽한 함정이었다.

"가, 가셔야 합니다, 공녀님!"

"뭐 해? 얼른 가!"

선뜻 발길이 떨어지지 않았다. 연신 머뭇거리는 나를 보며 칼리스토가 윽박질렀다. '그럼 전하는요?' 하는 소리가 목구멍까지 차올랐다.

곁에서 돕고 싶은데, 마법을 쓸 수 있다고 쥐여 준 거울 봉은 아무런 기척도 내지 않았다. 기억하는 몇 가지 끔찍한 마법 주문들을 작은 소리로 읊어 봤지만, 감감무소식이었다.

'이 미친 시스템아, 마물들 나타났잖아. 왜 마법 못 쓰는 건데!'

나는 안절부절못한 채 그저 황태자가 떠미는 대로 주춤주춤 물러서고만 있었다. 그때였다.

"전하! 놈들이 갑자기 사격을 멈췄습니다!"

"마물 떼가 둘로 나뉘어집니다!"

"끼루우우욱—!"

기사들의 연이은 보고와 함께 새 마물들의 울부짖음이 쩌렁쩌렁 울려 퍼졌다. 나는 방패에 시야가 가려 무슨 일이 벌어지는지도 몰랐다.

문득 뜨거운 열기를 동반한 바람이 불어닥친다고 느꼈을 땐, 이미 상황은 끝난 후였다.

"불이다! 피해!"

불을 내뿜으며 엄청난 속도로 날아온 몇 마리의 마물들로 인해 철옹성처럼 꽁꽁 뭉쳐 있던 대열이 흐트러지는 것은 순식간이었다. 폭발이라도 일어난 것처럼 주변이 확 뚫렸다.

"끼루우우욱—!"

뚫린 대열 사이로 또 한 번 마물들이 불을 뿜으며 전속력으로 날아왔다.

"으아아악!"

내 옆에 서 있던 황궁 마법사가 다가온 마물의 발톱에 잡혀 순식간에 사라졌다.

"빌어먹을! 고개 숙이고 있어, 공녀!"

풀썩— 머리 위로 묵직한 것이 떨어져, 원치 않아도 절로 몸이 숙여졌다. 황태자의 망토였다.

"전하!"

깜짝 놀라 그를 불렀다. 그러나 걱정은 기우였다.

"으악!"

발톱을 세우며 다가온 마물을 능히 피한 칼리스토는 날개를 베고 그 위에 올라타 있는 적을 죽였다. 주변을 둘러보니 다행히 그의 부하들도 능히 싸우며 적들을 죽이고 있었다.

챙, 챙! 쇠붙이가 맞부딪치는 소리와 사람들의 비명이 연달아 울려 퍼졌다. 피 튀기는 늪지대 한가운데 멀뚱히 서 있는 건 나뿐이었다.

또 한 번 마물 위의 적을 베어 낸 황태자를 바라보던 나는, 문득 위화감을 느꼈다.

'그런데, 왜 사격을 멈추었지?'

상공에서 화살을 쏴서 손쉽게 멸살할 수 있던 전술이 지저분한 육탄전으로 바뀌었다. 게다가 나뉜 또 한 무리의 적군은 여전히 상공에서 대기 중이었다.

'시간차 공격인가? 마물들만 조지면 싸울 수 있을 것 같은데…….'

대열이 모두 흐트러진 채 거의 일방적으로 당하고 있는 기사들을 보며, 나는 다시 작게 "썬더피룸."을 중얼거렸다. 부질없는 짓이었다. 답 없는 거울 봉을 향해 나지막이 욕설을 내뱉던 찰나였다.

"공녀!"

마물을 죽이고 떨어진 적군에 칼을 박아 넣던 황태자가, 일순 눈을 부릅떴다.

피해.

그가 옆을 눈짓하며 다급하게 내게로 달려오는 모습이 천천히 흘러갔다. 그를 따라 무심코 고개를 돌렸을 때, 시야에 가득 들어찬 것은 엄청난 속도로 다가오고 있는 괴수의 발톱이었다.

"읏……."

나는 반사적으로 거울 봉을 두 손으로 들고 앞을 막았다. 그러나 지척에 다가온 마물의 발톱은, 마치 내가 목표가 아니라는 양 코앞에서 방향을 꺾었다. 그리고 가려진 마물의 대가리 뒤로 불쑥 팔이 튀어나왔다.

휘익—! 나는 비명도 지를 새 없이 그 팔에 낚여 마물 위로 솟구쳤다. 놀라서 얼어붙은 몸이 타인의 단단한 품으로 꽉 끌어안겼다.

"찾았다."

머리맡으로 축축하고 음울한 속삭임이 떨어졌다. 귀에 익은 목소리였다.

나는 천천히 고개를 들었다. 나를 낚아챈 이는, 이곳에 있으리라곤 전혀 예상치 못한 남자였다.

"이…… 이클리스……?"

"……주인님."

무기질적인 눈동자가 나를 담았다.

"너, 왜……."

공작가에 있어야 할 네가 왜 여기 있는 거냐고 반사적으로 물으려던 순간, 기억의 한 조각이 벼락같이 뇌리를 스쳐 지나갔다.

— 북방으로 가. 가서 반란군들과 접촉해. 황태자를 죽이고, 네

가 제국의 주인이 되는 거야.

마지막으로 만났을 때마저 이본에게 끝내 세뇌를 당하던 이클리스. 놈이 기어이 그 말을 듣고 반란군이 된 것이다.

어쩐지 '델만'이란 소리가 왜 자꾸 들리나 했더니……. 뚫어져라 나를 내려다보는 그를 보자니, 기가 막히다 못해 속이 부글부글 끓었다.

"네가 기어이 미쳤구나."

"……."

"이거 놔. 놓으라고!"

나는 놈에게 잡힌 몸을 풀기 위해 마구 버둥거렸다. 그러나 놈은 꿈쩍도 하지 않았다.

"버둥거리면 마물을 자극해서 위험해요."

그러더니 나를 품에 안은 채 고삐를 당겼다. 후욱—! 저공비행하던 마물이 방향을 바꾸며 위로 솟구쳤다. 거세게 몰아치는 바람 때문에 잠시 눈을 감았다 뜬 나는, 이내 놈의 가슴을 주먹으로 '퍽' 내리치며 소리쳤다.

"너 미쳤어? 내 뒤통수치는 것도 모자라, 이제 마물까지 몰아?"

설마설마했다. 노멀 모드에서 놈이 이본에게 홀려 페넬로페의 악행을 고발하긴 했어도, 반란군의 수장까지 해 먹지는 않았다. 아무리 세뇌당했다지만, 이건 너무 갔지 않은가.

"이본한테 돌아 버리다 못해 이제 아예 레일라의 수족까지 해 먹기로 했어?"

기막힌 헛바람을 터뜨리자, 짓씹듯 내뱉는 대꾸가 돌아왔다.

"내가 미쳐 돈 건, 당신이야."

"내 핑계 대지 마. 넌 핑계 댈 게 나밖에 없니?"

"그럼 제가 왜 피까지 먹여 가면서 이 역겨운 마물 새끼들을 길들였는데요."

앞을 보며 마물을 몰던 이클리스가 문득 고개를 내려 나를 직시했다. 마물이 내뿜는 불그림자에 가려져서 미처 보지 못했다. 핏줄이 잔뜩 불거진 그의 눈은 반쯤 광기에 물들어 있었다.

"언질도 없이 하루아침에 사라진 당신 때문에. 나를 버리고 가버린 당신을 찾으려고……."

"……."

"군사를 모으고 며칠간 밤을 새워 가며 제국을 쥐 잡듯이 뒤졌는데…… 북방에 있었다고."

이를 악문 음성이 불거진 턱을 타고 흘러나왔다.

"혹시 네가 슬퍼할까 봐, 저 새끼를 죽일 생각도 못 하던 나를 두고, 고작……."

심상치 않은 이클리스의 기세에 숨이 턱 막혔다. 피울음이라도 내뿜는 듯 충혈된 눈을 보며 나는 아무 말도 할 수 없었다. 그때였다.

"왕자님!"

마물 하나가 나와 이클리스를 태운 마물 옆으로 접근했다.

"생각보다 놈들의 전력이 강합니다! 이대로라면 마물들을 모조리 잃을 수도 있습니다! 그만 원래 작전대로 진행하시는 게……."

"목표물을 찾았다. 철수한다."

"예? 하오나, 작전은……."

놈은 더 대꾸하지 않고 고삐를 내리쳤다.

'왕자?'

이클리스를 향한 생소한 부름에 나는 그저 당황스러웠다.

'대체 내가 공작가를 탈출한 사이에 무슨 일이 벌어진 거야?'

그러나 사색도 잠시.

"공녀—!"

나를 부르는 목소리에 번뜩 정신이 들었다. 흘끔 아래를 내려다보자, 황태자가 칼춤을 추며 내가 타고 있는 마물 아래로 미친 듯이 달려오고 있었다.

"전하!"

하지만 얼마 가지 않아 또 다른 적군이 그를 덮쳤다. 그러는 사이 이클리스가 모는 마물이 상공 위로 날아올랐다.

"이거 놔!"

지상과 점점 멀어지는 시야에, 나는 다시 거세게 반항했다.

"놓으라고, 이 자식아!"

"가만히 계세요, 주인님."

꿈쩍도 하지 않는 것도 모자라, 이클리스는 내 허리를 제 쪽으로 바짝 끌어당기며 속삭였다.

"얌전히 가시지 않으면 지금 여기서 저 새끼 죽여 버릴 거예요. 왜 사격 중지한 건지, 아시잖아요."

나는 놈의 협박에 버둥거림을 멈췄다.

'화살 퍼붓는 걸 중지한 이유.'

내가 있는 걸 보았기 때문이다. 이런 급박한 상황 속에서도 피부로 생생하게 느껴지는 이클리스의 진득한 감정에 기분이 착잡해졌다.

차라리 완전히 여주를 사랑하게 돼서 그녀를 위해 움직이는 거라면 이런 심란함도 없었을 텐데. 언제나 인형 같던 이클리스의 말간 잿빛 눈동자는 이제 알 수 없는 격정으로 번들거렸다.

나는 흔들리는 눈으로 놈의 머리 위를 흘끗 바라보았다. 여전히 검붉은색으로 빛나고 있는 호감도 게이지 바. 내겐 독이 돼 버린 그의 사랑.

"……네가 이본을 데리고 오면서, 모든 게 끝이 났다는 걸 다시 말해도."

"……."

"그래도 넌 네 멋대로 할 거지."

"시작도 안 했는데 어떻게 끝이 나요, 주인님."

싸늘한 내 목소리에도 아랑곳하지 않고 놈은 내 허리를 조금 더 끌어당겼다.

"……너는 예전부터 그랬지."

나는 천천히 고개를 끄덕이며 나지막이 중얼거렸다. 시선 끝에, 두 손으로 꾹 쥐고 있는 거울 봉이 닿았다.

"말로 해서는 좀처럼 들어 처먹질 않아."

호감도에 목을 매던 나는, 놈이 노예답지 않게 나를 휘두르려 드는 것을 알면서도 내버려 두었다. 그 결과가 이거였다.

"……마법을 못 쓰면 두들겨 패는 데 쓰기라도 해야겠네."

"무슨……."

내 혼잣말에 이클리스의 목소리에 의아함이 감돌던 순간. 나는 돌연 들고 있던 거울 봉을 뒤로 젖히고 있는 힘껏 놈의 머리통을 후려쳤다. 퍽—!

"윽!"

둔탁한 타격음과 함께 허리를 옥죄던 힘이 풀렸다.

'쯧, 그러게 놓으라니까.'

황태자가 봉을 휘둘러서 이본을 패 죽이라는 소릴 괜히 한 것이 아니었다. 봉 끝에 달린 작은 거울 주변은 보석들로 화려하게 장식되어 있어 사실상 헤머나 다름없었다.

"주인, 잠시만…… 윽!"

퍼억—! 몸을 돌려 한 번 더 머리통을 후려친 나는, 이내 있는 힘껏 그를 밀쳐 냈다. 이클리스는 신음과 함께 고삐를 놓쳤다. 이마를 타고 흐르는 한 줄기 피에 가슴 한구석이 뜨끔했다.

그러나 죄책감에 젖을 틈도 없었다. 고삐가 풀린 마물이 미친 듯이 흔들렸기 때문이다.

"공녀!"

때마침 아래에서 반가운 목소리가 들렸다. 아래를 내려다보니, 황태자가 난동 부리는 새 마물의 목을 거의 조르듯이 탄 채 간신히 이클리스의 마물 아래로 날아오르고 있었다.

"전하! 저 뛰어내려요!"

크게 소리치자, 그가 사색이 되어 고개를 저었다.

"자, 잠깐! 아직……!"

내가 봐도 올라탄 인간을 떨어뜨리기 위해 미친 듯이 몸을 뒤척이는 마물 위에 있는 황태자는 위태로워 보였다. 하지만 지금밖에 기회가 없었다.

"으윽…… 안 돼."

머리통을 후려 맞고도 그새 정신을 차린 이클리스가 내게 손을 뻗었다. 나는 그가 내 뒷덜미를 잡아채기 직전, 아래로 훽 몸을 던졌다.

"페넬로페—!"

피가 흐르는 머리를 부여잡고 있던 이클리스가 벌떡 몸을 일으켜 마물 아래로 팔을 내뻗었다. 흩날리는 머릿결 사이로 점점 멀어지는 그의 얼굴이 창백하게 일그러지는 것이 보였다. 그러나 그도 잘 나였다.

"페넬로페 에카르트!"

속절없이 낙하하던 몸이, 누군가에게 거칠게 붙잡혔다. 내가 뛰어내리는 것을 본 황태자는 나를 받기 위해 망설임 없이 마물을 밟고 뛰어 올랐다. 이어서 '철퍽—!' 하고 강렬한 충격이 전신을 덮쳤다.

"악! 읏, 윽!"

황태자는 나를 품에 꽉 끌어안은 채 늪 바닥을 뒹굴었다. 그사이에 쥐고 있던 거울 봉을 놓친 것도 알아채지 못했다.

"헉, 헉, 미친……."

마침내 구르는 것이 멈췄을 무렵, 칼리스토와 나는 지옥에서 올라온 진흙 괴물이 되어 있었다.

"으윽."

황태자가 나를 놓은 후 힘겹게 몸을 일으켰다. 근사한 얼굴과 황금빛 머리칼이 온통 끈적끈적한 진흙에 뒤덮여 있었다.

그에 비하면 그의 망토를 뒤집어쓰고 있던 나는 정말로 멀쩡했다. 추락의 충격을 푹신한 늪과 칼리스토가 대신 흡수했기 때문이다.

"제기랄, 너 진짜……!"

그가 나를 향해 시뻘건 눈을 부라리며 이를 갈았다. 나는 찔끔해서 얼른 눈을 내리깔았다. 그런 나를 보며 칼리스토가 깊은 한숨을 내쉬었다.

"……다친 곳 없어?"

"네. ……전하는요?"

"누구 덕분에 온몸을 자근자근 짓밟힌 기분이야."

나는 그에 대한 미안함 반 억울함 반으로 고개를 푹 숙였다. 무모하게 뛰어내린 내 잘못은 맞지만, 그대로 납치당할 수는 없지 않은가?

"이 근처에 사는 두꺼비가 친구 하자고 해도 믿을 만한 꼴이군. 어서 일어나."

그가 넋을 놓고 있는 내 팔을 잡고 억지로 일으켰다. 움직임을 보아 하니 칼리스토는 낙하하면서 크게 다친 곳은 없는 듯했다. 함정이 딱딱한 흙바닥이 아닌 늪지대라는 것을 다행으로 여겨야 할까.

"끼루우우우욱──!"

그때였다. 불길하게 상공에서 대기하고 있던 또 다른 한 무리의 마물들이 움직이기 시작했다.

"쯧, 교란 작전을 할 모양이군."

맹렬하게 아래로 날아오는 시커먼 괴물 떼를 보며 황태자가 혀를 찼다.

"내 친위대를 멸살하는 게 아니라, 그대를 지키지 못하게 붙들어 놓고 납치하려는 거야."

단번에 놈들이 하려는 일을 꿰뚫어 본 황태자가 고개를 돌려 나를 응시했다. 며칠을 제대로 휴식도 취하지 못한 채 전투에 임해야 하는 그의 얼굴이 조금 피로해 보였다.

'……미친 새끼.'

찌르는 듯 내게 못 박힌 새빨간 눈동자에 나는 아랫입술을 깨물었다. 내게 그렇게 후려 맞고도 이클리스 놈은 나를 포기할 생각이 없는 듯했다. 이대로라면 간신히 버티며 싸우고 있는 친위대도 전멸할 것이다.

"그때 그 새끼지?"

급박하게 돌아가는 상황 속에서 불현듯 칼리스토가 물었다.

"그대에게 고대 발타 지도를 선물하러 공작저에 갔을 때, 후원 뒤 숲에 숨어 우릴 엿보고 있던 놈."

나는 나조차 깜빡 잊고 있었던 기억을 날카롭게 되새기는 황태자의 말에 화들짝 놀랐다.

적군이 코앞에 들이닥친 상황에 썩 어울리지 않은 대화였다. 그러나 대답을 닦달하는 그의 눈초리에 나는 마지못해 내뱉었다.

"……제가 경매장에서 데리고 온 노예이자 호위였어요."

"주인에 대한 은혜를 원수로 갚는군."

"죄송해요."

나 때문에 벌어진 일인 것 같아, 마음이 무거웠다. 고개를 숙이며 조용히 주절거리던 순간.

"끼루욱—!"

황태자가 눈 깜짝할 새 날아든 마물의 발톱을 피해 허릴 굽힌 후 그대로 검을 뽑아 들어 목을 베었다. 마물이 우릴 노리고 날아오는지도 몰랐던 나는 바보처럼 얼어붙었다.

떨어진 적군이 비명을 지를 새도 없이 칼을 거칠게 꽂아 넣은 그는, 이내 피가 튄 얼굴을 손등으로 닦아 내며 숙였던 허리를 들었다.

"죄인 같은 표정 지을 필요 없어. 나 때문에 그대가 거지 같은 꼴을 본 게 아니라 다행이라고 생각하는 중이니까."

"……."

"놈들이 날 치기 위해 그대를 노렸다면 기분이 더 개같았을 거야."

"……왜요?"

"약점을 들킨 거니까."

그는 내가 약점이라는 말을 아무렇지도 않게 읊조리며 씩 웃었다. 곧바로 다급하게 칼을 쥐지 않은 손으로 내 팔을 쥐었다.

"이제부터 내 뒤에 딱 붙어 있어, 공녀. 숲으로 가면 어떻게든 따돌릴 수 있겠지."

그가 바로 뒤에 있는 늪지대의 끝을 턱짓했다. 추락한 탓에 우리는 전투가 벌어진 중앙에서 꽤 떨어진 상태였다.

이대로 그와 함께 숲으로 가면 안전하게 벗어날 수 있다. 마물의 거대한 크기로 보아 빽빽한 나무 사이를 날 수는 없으니까. 하지만.

"……그럼 다른 기사들은요?"

나는 날아드는 또 다른 마물을 대비하며 나를 뒤로 떠미는 그에게 작게 물었다.

"읏, 무슨 대답을 원하는데."

챙―! 발톱과 칼날이 맞부딪쳤다. 이번에도 그는 쉽게 마물을 죽였다. 하지만 미끄러운 진흙 때문에 몇 번이고 칼이 손에서 헛돌았다.

"내게 가장 소중한 건 너 하나뿐이라고?"

챙―!

"아니면, 몇 년을 동고동락했던 부하들이 다 뒈지든지 말든지,

네가 끌려가는 꼴은 죽어도 못 본다고 하는 게 더 좋으려나?"

"으악!"

그는 주춤주춤 나를 숲 쪽으로 밀며 쉴 새 없이 마물을 베었다. 나는 무력하게 손을 놓은 채 그에게 떠밀릴 수밖에 없었다. 기분 탓인지 그의 움직임이 점점 둔해지는 것 같았다. 뒤늦게 그가 팔을 다쳤던 것이 생각났다.

"끼루우우욱—!"

간신히 또 하나의 적을 해치웠을 무렵, 멀리서 무시무시한 기세로 우리 쪽으로 날아오는 거대한 마물이 보였다.

"쯧, 아무래도 저 새끼를 죽여야만 길이 뚫리겠군."

그 위에 타고 있는 이를 알아본 칼리스토가 짜증스럽게 중얼거렸다. 이클리스였다. 한쪽 이마에 피를 칠칠 흘리고 있는 놈이 우리를, 아니 나를 바라보며 귀신처럼 눈을 번뜩였다.

'제발 좀…… 그만해, 미친놈아!'

칼리스토의 말이 맞았다. 저 미친놈을 어떻게 하지 않는 이상, 여기서 빠져나갈 길은 요원해 보였다. 그러자 갑자기 불쑥 화가 치솟았다.

'이본 년 죽이기도 바빠 죽겠는데, 대체 내가 왜 여기서 이렇게 구르고 있어야 돼!'

머리에서 뚝뚝 떨어지는 진흙 덩어리가 짜증 나서 미칠 것 같았다. 뒤통수 맞은 것도 서러운데 내가 왜 팔자에도 없는 늪지대 한가운데에서 이렇게 구르고 있어야 하는 건가.

하지만 그보다 더 짜증 나는 건, 이대로 가만히 있다가 이클리스에게 납치당하면 상황은 더 답도 없어질 거란 것이다.

'안 되겠다. 몇 대 더 후려 패 줘야겠어. 어딨어, 이 빌어먹을 거울 봉.'

나는 눈을 부릅뜨고 떨어지면서 놓친 거울 봉을 찾았다. 멀찍이 진흙에 거꾸로 처박힌 채 삐쭉 튀어나와 있는 봉이 눈에 닿았다.

그쪽으로 걸음을 옮기려던 때였다. 문득 눈앞이 환해졌다.

〈SYSTEM〉 당신의 분노와 정의가 MAX에 이르러 고대 마법사의 피를 일깨웠습니다!

〈SYSTEM〉 지금부터 [진실의 거울 봉]으로 마법을 사용할 수 있습니다.

〈SYSTEM〉 단, [고대 마법]은 많은 체력과 정신력을 요구합니다! 중요한 때에 신중히 사용하십시오!

떠오른 네모 창에 나는 이를 악물었다.

"……아니요."

나는 나를 제 뒤에 숨긴 채 검을 고쳐 잡는 황태자에게 말했다.

"그냥, 염병할 마법은 왜 이제야 쓰냐는 둥 그러지만 마세요. 알았죠?"

"뭐…… 공녀!"

자조에 가까운 그의 물음에 꽤 늦은 답을 내놓은 후 나는 곧바로 박혀 있는 거울 봉을 향해 뛰었다.

"페넬로페 에카르트! 당장 이리 와!"

뒤에서 황태자가 경악 어린 목소리로 부르는 게 들렸지만, 멈출 수 없었다.

"끼루우우우욱—!"

봉과 거리가 얼마 남지 않았을 때, 불현듯 뒤쪽에서 마물의 울부짖음과 함께 강한 돌풍이 몰아쳤다.

"으윽!"

나는 본능적으로 몸을 날려 엎드렸다. 진흙 위를 슬라이딩하듯 속절없이 뒹굴다가 간신히 멈췄을 때, 무언가가 머리 위를 훅 스치고 지나갔다.

"끼루우우욱—!"

마물의 발톱이었다. 고개를 드니, 그새 나를 잡으러 온 이클리스 놈이 먼 상공에서 방향을 틀고 있는 것이 보였다.

"개새끼."

나는 얼굴에 튄 진흙을 신경질적으로 닦아 내며 나지막이 욕설을 내뱉었다. 그나마 다행인 점은, 슬라이딩 덕분에 빠르게 거울 봉이 박혀 있는 곳에 도달했다는 것이다.

나는 눈앞에 있는 봉을 잡고 힘을 줘 당겼다. 푸욱—. 젖은 흙이 찔꺽이는 소리와 함께 얼마 안 가 거울 봉의 상단이 드러났다.

진흙과 알 수 없는 풀때기가 잔뜩 달라붙어 있는 지저분한 봉에서는 화려하고 웅장했던 이전의 모습을 찾아볼 수 없었다.

그럼에도 나는 얼굴이 환해졌다. 상단에 달린 거울 봉 주변으로 흰 글씨가 뱅글뱅글 맴돌고 있었기에.

"끼루우우욱—!"

하늘과 땅을 오가며 미친 듯이 날아다니는 빌어먹을 마물들과 다시 내 쪽으로 달려오고 있는 이클리스.

'제발 다 꺼져!'

나는 간절함을 담아 입을 벌렸다. 문득 목 밑이 뜨겁게 달아올랐다. 천불이 드글드글 끓는 기묘한 느낌에, 나는 눈을 질끈 감고 힘겹게 외쳤다.

"디 하르크!"

두두두두, 우드드득—. 땅에서 미약한 진동과 함께 기괴한 소리가 울려 퍼졌다.

나는 주문을 외치면 곧바로 하늘에서 빛 덩이라도 떨어져서 마물을 초토화할 거라 생각했다. 그러나 생각보다 고요한 주변에 슬쩍 눈을 떴을 무렵.

"끼루루룩—!"

나는 말 그대로 모든 것이 멈춘 상황을 맞이했다.

늪지대 한가운데에 있는 맹그로브 숲의 줄기들이 무섭도록 자라나서, 하늘에 떠 있는 모든 마물들의 다리를 우악스럽게 휘감고 있는 광경. 그리고 당황과 경악에 물든 채 그것을 바라보는 황태자, 친위대, 델만군.

안 그래도 정신 사납게 날아다니던 마물들에 이골이 났던 나는, 마법이 생각보다 마음에 들었다. 남은 주문은 어렵지 않게 튀어나왔다.

"……프레셔."

그 순간, 맹그로브 줄기에 휘감겨 있던 새 떼들이 일제히 늪 바닥으로 곤두박질쳤다.

퍽, 푹, 퍽, 퍼억—! 동시다발적인 폭음이 울려 퍼졌다. 갑작스럽게 허공에서 뚝 떨어져 내린 스무여 마리의 마물들 때문이었다.

"끽, 끼룩—!"

"으아악!"

찐득한 진흙탕에 처박힌 마물들, 추락하며 마물 위에서 튕겨 나가 볼품없이 나뒹구는 인간들로 인해 늪지대는 순식간에 아수라장이 되었다.

델만군은 당황이 역력한 기색으로 다시 마물을 추스르려 들었다.

"끼룩, 끼루루룩!"

두드득, 우드드둑―. 그러나 맹그로브 줄기는 추락에 그치지 않고 섬뜩한 소리를 내며 휘어잡은 먹잇감들을 늪 속으로 끌어당기기 시작했다.

델만군들은 칼을 빼 들고 마물을 끌고 가는 억센 줄기들을 잘라 내려 들었다. 하지만 칼날을 대기가 무섭게 줄기가 마치 살아 있는 것처럼 꿈틀거리며 인간의 팔마저 휘어 감았다.

"으아아악! 사, 살려 줘!"

"끼루루루룩―!"

마물과 함께 옴짝달싹 못 한 채 천천히 늪 속으로 가라앉는 인간들이 속출했다. 적군이 끌고 온 마물보다 더 지독한 광경에 황태자의 친위대는 넋을 놓았다.

"다들 뭘 멍청히 서 있어! 지금이다, 공격!"

그때, 난장판 속에서 가장 먼저 정신을 차린 황태자가 거세게 소리쳤다. 마법으로 마물도, 적군도 다 묶여 있는 지금이 바로 기회였다.

"와아아아아―!"

그 소리를 들은 기사들이 기합을 지르며 너도나도 검을 세우고 맹그로브 숲으로 달리기 시작했다.

"제기랄!"

반란군들은 허옇게 질린 안색으로 자꾸만 몸을 휘감는 줄기들을 베어 내고, 늪에서 벗어나기 위해 허우적대느라 여념이 없었다.

맹그로브 줄기에 발목이 붙잡힌 건 이클리스 또한 마찬가지였다. 놈은 그중 가장 독종이었다. 이미 늪 속에 반쯤 처박힌 제 마물이 끌려가든 말든, 그는 발을 휘감는 줄기를 단검으로 쳐 내며 내게로 악착같이 다가오고 있었다.

"페넬로페—!"

놈이 피를 뿜듯 나를 부르짖었다. 내게 못 박힌 채 형형히 빛나는 눈동자엔 절대로 놓치지 않겠다는 강한 의지가 엿보였다.

'지독한 놈…….'

나는 다가오는 놈을 바라보며 눈살을 찌푸렸다. 나를 잡기 위해 이클리스가 한 발짝 한 발짝 다가오고 있었지만, 꼼짝도 할 수 없었다.

기분 탓인지 쥐고 있는 거울 봉이 점점 뜨거워졌다. 목에서 또다시 무언가 울컥 들끓었다. 나는 이를 악물었다. 이것을 내리누르지 않으면, 마법이 풀릴 거라는 게 본능적으로 느껴졌다.

'시간 싸움이야.'

친위대가 반란군을 말살할 때까지 버텨야 했다. 하지만 시간이 흐를수록 눈앞이 어질어질해졌다.

"왕자님! 퇴, 퇴각해야 합니다!"

그때, 이클리스 근처에 있던 델만군 한 명이 절박하게 외쳤다. 그러나 돌아오는 답이 없자, 그는 필사적으로 몸을 날려 이클리스를 붙잡았다.

"왕자님!"

"놔! 페넬로페!"

그것을 거칠게 뿌리친 이클리스가 내게 부쩍 다가섰다. 세 발짝 남짓한 거리. 자칫 놈이 손을 뻗으며 뛰어오르면 잡힐 수도 있었다.

하지만 거기까지가 마지노선이었다. 잡히기 싫다는 생각이 떠오름과 동시에, 우드드드득—. 돌연 진흙 속에서 여러 개의 잔줄기가 솟아올라 놈의 다리를 꽁꽁 휘감았다.

그것은 이클리스를 서서히 아래로 끌어당겼다. 말간 잿빛 눈동자가 아래를 향했다가, 다시 내게로 올라왔다.

"……주인님."

"다가오지 마, 죽기 싫으면."

나는 어질어질한 시야에도 힘겹게 그를 노려보며 경고했다.

"죽여 주세요."

그러나 허무하리만치 즉답이 돌아왔다.

"당신 명령이라면 기꺼이 죽을 수 있어요. 제가 죽길 원하시는 거면, 이대로 죽을게요."

"너 정말……."

"난 죽어도 당신 포기 못 하니까."

"……."

"내가 이 줄기 다 잘라 내고 가기 전에 빨리요."

놈의 말이 끝나기 무섭게 머릿속에서 마법 주문이 빙글빙글 맴돌았다. 한 마디면 놈을 늪 깊은 곳에 처박아 죽이기는 어렵지 않았다. 그러나 나는 그것을 선뜻 내뱉을 수 없었다.

'나는 이클리스가 죽길 원하는가?'

당연히 놈이 밉고 원망스러웠다. 하드 모드를 실패하고, 기어이 내 손으로 독을 마시게 만든 주범이 아닌가.

하지만 내게 맞아 피를 줄줄 흘리면서도, 필사적으로 나를 잡으려 드는 그의 몰골을 보니 화보단 한숨밖에 나오지 않았다. 그래도 한땐 안타까운 마음을 가지고 열심히 보살피던 놈인데, 어쩌다가 이 지경까지 오게 된 걸까.

"넌 더 이상 내 노예가 아니야, 이클리스."

나는 비로소 그를 상처 입히려는 목적이 아니라, 이성적인 판단으로 그에게 끝을 고했다.

"미안해. 네가 내게 가진 감정을 알면서도 널 이용하려 했던 거."

"주인……."

"하지만 과정이 어떻든 우리 관계는 이미 끝났어. 난 널 사랑하지 않아."

"……."

"그러니까 제발 정신 차리고 이제 네 인생 살아. 이본한테도 그만 끌려다니렴. 네가 잘 살아간다면, 나도 더는 널 원망하지 않을 테니까."

내 말에 이클리스의 눈동자가 거칠게 흔들렸다. 널 사랑하지 않는다는 내 말에, 그의 얼굴이 찬찬히 우그러졌다. 그 순간이었다.

"페넬로페—!"

누군가 커다랗게 나를 불렀다. 나와 이클리스의 시선이 동시에 훽 돌아갔다. 주변의 델만군을 모조리 해치운 황태자가 늪을 헤치며 허겁지겁 내게로 달려오고 있었다.

"저 새끼 때문이죠."

불현듯 앞쪽에서 음산한 속삭임이 흘러나왔다.

"이본 말이 맞았어. 당신은 높은 곳에 있고 싶어 하니까……."

"……."

"저놈을 죽이고 제국을 내 손에 쥐면, 널 가질 수 있겠지."

"그게 무슨 말도 안 되는 소리……!"

미처 답하기도 전에 이클리스 놈이 앞으로 쏜살같이 튀어 나갔다. 우드득—.그를 붙잡고 끌어당기던 맹그로브 줄기가 모조리 끊어질 만큼 엄청난 힘이었다.

눈 깜짝할 새 칼리스토 앞까지 달려간 놈의 손에 갑작스럽게 커다란 장검이 솟아났다.

"전하!"

채앵—! 칼리스토는 가까스로 내리치는 검을 막아 냈다. 끼이이이익— 맞부딪친 칼날 사이로 섬뜩한 쇠울음 소리가 났다. 돌아 버린 이클리스는 무섭게 검기를 내뿜었다.

"크윽……!"

예기치 못하게 나타난 장검에 의해 당황한 칼리스토가 휘청거리며 뒤로 밀렸다.

"디 하르크!"

나는 앞뒤 가릴 것 없이 외쳤다. 우드드드득, 추왁—! 진흙 속에서 잔줄기가 아닌, 굵직한 줄기들이 두 사람을 모두 덮칠 만큼 어마어마한 높이로 솟아올랐다.

"끼루루루룩—!"

"왕자님!"

퍽— 그 순간, 강한 돌풍과 함께 마물 하나가 전광석화처럼 날아와 이클리스를 채 갔다. 순간 이동이라고 해도 믿을 만큼 눈 깜짝할 새 일어난 일이었다.

놈을 빼돌리는 것만을 목적에 둔 듯, 그를 움켜쥔 마물은 엄청난 속도로 늪지대를 벗어났다. 전멸하든 말든, 나머지 델만군은 그대로 내팽개친 채로.

"끼루우우욱—."

나는 순식간에 점이 되어 멀어지는 마물을 멍하니 바라보았다. 이렇게 놓치다니 허탈함이 몰려왔다.

'……바로 죽였어야 했나?'

나는 기회가 있었음에도 망설였음을 부정할 수 없었다. 하지만 아무리 생각해도 이상한 기분이 들었다. 남주 중 하나를 내 손으로 죽여야 한다니…….

"공녀!"

부름에 퍼뜩 고개를 돌리자, 그사이 몸을 추스른 황태자가 일그러진 얼굴로 내게 빠르게 다가왔다.

"괜찮나? 다친 곳 없어?"

그는 내 양 뺨을 부여잡은 채 정신없이 내 안위를 살폈다. 나는 대답 대신 주변을 주욱 둘러보았다. 맹그로브 줄기에 묶인 마물과 델만군은 대부분 늪지대로 끌려 들어가다가 친위대의 손에 죽었다.

전투가 얼추 끝난 것 같자 긴장이 확 풀렸다.

"……전하."

"왜 그래. 그 개새끼가 무슨 짓이라도 했어? 응?"

"저, 어지러워요."

"페넬……!"

찢어질 듯 확장되는 새빨간 눈동자를 끝으로, 눈앞이 컴컴해졌다.

똑똑—. 고요한 집무실에 노크 소리가 나지막이 울려 퍼졌다.

"들어오게."

방문자가 누군지 알고 있던 에카르트 공작이 짧게 명령했다. 문이 열리고 머리가 희끗희끗하게 센 공작가의 집사가 들어와 정중히 인사했다. 들여다보던 서류에서 고개를 든 공작이 곧장 본론부터 물었다.

"어떻게 됐는가."

"페넬로페 아가씨의 전속 하녀는 여전히 행방이 오리무중입니다."

돌아오는 답변에 공작의 안색이 어두워졌다.

"……페넬로페를 따라갔을 가능성은 없는 건가?"

"아가씨께서 나가신 후 이틀 후에 사라진 터라……."

집사가 송구스럽다는 듯 말끝을 흐렸다. 그리고 힘겹게 덧붙였다.

"그리고…… 실종된 레아라는 하녀는 폴이라는 마구간지기와 혼인을 약속한 사이였다고 합니다."

"혼인?"

"예, 확인해 보니 어제저녁부터 폴을 본 자가 없다고 합니다. 혼인을 위해 도주를 한 게 아닐까 추정 중입니다."

집사의 말을 듣던 공작의 눈살이 찌푸려졌다. 며칠 사이 공작가에 너무 많은 일이 일어나서 수습할 게 한둘이 아니었다.

돌아온 공작의 친딸을 뚜드려 패고 가출한 양녀와 소리 없이 사라진 그녀의 전속 하녀. 그에 그치지 않고 고용인 둘이 하루아침에 사라졌다.

"……하필 도주라니, 이상하군. 퇴직금도 받지 않은 채로 말인가?"

"예."

기강을 위해 저택 내에서는 고용인들끼리의 애정 관계를 엄금했다. 그러나 몰래 눈이 맞아 혼인을 약속한 이들마저 강제할 수는 없는 노릇이었다. 때문에 보통은 혼인 자금 겸 퇴직금을 두둑이 챙겨 주고 저택에서 내보내곤 했다.

그런데 그 퇴직금조차 받지 않고 나가 버렸다니 이상하지 않은가.

"……사람을 풀어 행적을 더 조사해 보도록 할까요?"

미심쩍은 표정을 짓는 공작에게 집사가 조심스럽게 물었다.

"되었네. 제 발로 나간 이들을 어찌하겠어."

공작은 쉽게 고개를 저었다. 도주한 고용인들보다 가출한 딸과 연일 문제를 일으키는 아들놈들이 더 큰 골치였다.

"레널드 놈은 뭐 하고 있나."

"……만취하신 채로 오늘 새벽에 귀가하신 후 아직도 수면 중이십니다."

"뭐야?!"

페넬로페가 집을 나간 후 둘째 놈은 매일같이 술을 퍼마셨다. 가끔은 한밤중에 만취한 채 들어와 꼴사납게 울어 젖히는 탓에, 고용인들을 몽땅 깨울 때도 있었다.

— 미아내, 내가 미안하다고…… 그러니까 죽지 마라, 흑…… 씨발, 그깟 목걸이 내가 새로 사 주면 될 거 아니야…….

고용인들 사이에서 둘째 도련님이 실연을 당한 게 아니냐는 흉흉한 소문이 돌았다.

"……페넬로페 아가씨가 떠나신 후에 많이 적적하신 모양입니다."

"……쯧, 한심한 놈 같으니라고."

집사의 말에 공작이 못마땅하다는 듯 혀를 찼다. 그러나 레널드 놈이 누구에게 그렇게 잘못을 비는지 아는 탓에, 차마 뒤통수를 후려갈길 수 없었다. 그것은 자신의 뒤통수를 때리는 것과 진배없는 행위이기에.

둘째 놈의 소식이 끝났다. 다음.

"……데릭, 그놈은."

"……어제도 집에 귀가하지 않으셨습니다."

전보다 한층 더 무거워진 주인의 목소리에 집사가 망설이다가 사실을 털어놓았다.

"수행 기사의 전언으로는 수도 근경의 한 마을에 계신다고 합니다."

"거긴 왜."

"페넬로페 아가씨를 목격했다는 제보를 받고……."

"이런 미친놈!"

쾅―! 집사의 말이 끝나기가 무섭게 공작이 얼굴을 험악하게 일그러뜨리며 주먹으로 책상을 내리쳤다.

"쌓인 일이 산더미 같은데 아직도 그 짓거리 중이야!"

차라리 술이나 퍼마시는 레널드가 나았다. 언제나 냉정과 이성을 잃지 않았던 자랑스러운 에카르트의 소공작은, 어느 시점부터 이상하게 변해 갔다. 명료했던 눈빛이 점점 기이한 빛을 띠더니, 페넬로페가 사라진 후로는 완전히 돌변해서 미쳐 날뛰었다.

해야 할 업무는 모조리 내팽개친 채 허구한 날 기사들을 이끌고 그녀를 찾아 나서는 놈을 도저히 통제할 수가 없었다.

"후……."

변함없는 데릭의 소식에 공작은 머리가 지끈거려서 깊은 한숨을 내쉬었다. 페넬로페가 저택을 나간 후 집안이 개판으로 돌아가고 있었다.

"……그 아이는 뭘 하고 있다던가."

몇 분 새 10년은 늙어 버린 얼굴로 공작이 나머지 한 명을 확인했다.

"아직 몸이 미령한 상태인데, 막 배정된 하녀가 제대로 시중을 들지 않아서 크게 상심하신 것 같습니다."

저택에서 가장 애매한 위치에 있는 이인지라, 집사는 그 주어를 모호하게 생략했다. 도망을 가 버렸으니 시중을 들지 않는 건 당연했다.

"후우……."

공작은 또 한 번 깊은 한숨을 내쉬었다.

명치에 시퍼렇다 못해 거무튀튀한 피멍이 든 이본은 며칠간 밥도 제대로 먹지 못하고 앓았다.

폭행 장면을 직접 목격하다 못해 같이 얻어맞았다는 하녀장이 길길이 날뛰었다. 하지만 그 자리에 있던 또 한 명의 목격자, 에밀리는 제가 범인임을 자처하더니 이튿날 감옥에서 실종됐다.

용의자들이 모두 사라졌기에 사건은 흐지부지 묻혔다. 남은 것은 '진짜 공녀를 뚜드려 패고 가출한 가짜 공녀'라는 무성한 소문뿐.

"그래도 많이 나아지셔서, 오늘은 아침을 잘 드셨다고 합니다."

"가 봐야겠군."

공작은 끙, 하고 앓는 소리와 함께 자리에서 일어났다. 집사가 놀란 눈으로 바라보았다.

"직접, 말씀이십니까?"

"아픈 애를 오라 가라 할 순 없지 않은가."

공작은 이본이 저택으로 돌아온 후 단 한 번도 직접 방을 찾은 적이 없었다. 게다가 최근 연달아 벌어진 페넬로페의 일로 온 신경을 기울이느라, 완전히 방치한 것과 다름없게 돼 버렸다.

많이 보고 싶었다며 울먹이던 이본의 말간 얼굴이 가슴 한편을 무겁게 짓눌렀다.

집사의 안내를 따라 이윽고 공작은 저택의 1층에 마련해 둔 이본의 방에 도달했다. 손님들에게 내주는 방 중 하나였다. 그것을 깨닫자 여린 목소리가 귓가를 스쳤다.

— 저…… 제 방을 한번 구경해 봐도 될까요? 아직도 그대로인지 궁금해서…….

3층에 가 보고 싶다는 이본의 부탁을 공작은 거절했다. 2층에 있는 페넬로페와 부딪칠까 염려가 되었기 때문이다.

저택에 온 지 꽤 오랜 시간이 지났는데도 여전히 게스트 룸에 머무는 이본의 처지를 확인하자 다시금 마음이 무거워졌다.

똑똑—.

"누구세요?"

"나다."

"아, 아버…… 아니, 공작님?"

노크하자, 안쪽에서 깜짝 놀란 음성이 들려왔다.

"들어가도 되겠느냐."

"네, 네! 자, 잠시만요!"

끼이익— 다급히 달리는 소리와 함께 문이 열렸다.

"고, 공작님! 어쩐 일로…… 이, 일단 안으로 들어오세요."

당황하여 우물쭈물하던 이본은 서둘러 공작을 방 안으로 들였다. 집사가 그 뒤를 따랐다. 창문 앞에 마련된 테이블에 착석한 공작이 안부를 물었다.

"……몸은 좀 괜찮은 게냐."

"네, 그럼요. 저, 괜찮아요."

이본이 밝게 웃으며 답했다. 며칠 내내 밥도 못 넘길 정도로 앓았다는 보고를 받았는데, 말간 얼굴은 그림자 없이 건강해 보였다.

"다행이구나."

공작은 한시름 놓았다. 그리고 둘 사이로 어색한 정적이 내려앉았다. 다행히 우물쭈물하던 이본이 용기를 내어 대화를 주도했다.

"저…… 다과라도…… 같이 들어 주시겠어요?"

"그래, 그러자꾸나. 집사."

공작의 나지막한 부름에 집사가 서둘러 방을 나갔다. 얼마 가지 않아 테이블에 따끈한 차와 디저트들이 올려졌다.

"더 필요한 일이 있으면 불러 주십시오."

다과를 준비한 집사는 부녀의 대화를 위해 눈치껏 자리를 피해 주었다. 집사가 가자마자, 이본은 그렁그렁한 눈으로 공작을 바라보았다.

"……오실 줄 몰랐어요. 와 주셔서 정말 기뻐요, 공작님."

그런 그녀의 모습에 공작은 미약한 죄책감이 들었다. 아픈 애라는 것을 알면서도 찾지 않았다. 기실, 페넬로페의 성인식 이후 묘하게 이본에게 거리를 두었다. 그것 또한 페넬로페를 향한 죄책감 때문이었다.

'못난 아비가 따로 없군.'

그는 아직도 어린 딸들을 어떻게 대해야 할지 알 수 없었다. 게다가 매번 필요한 말만 내뱉고 쌩하니 가 버리는 페넬로페와 이본은 달라도 너무 달랐다.

"제가 차를 따라 드려도 될까요?"

이본은 답을 듣지도 않고 벌떡 일어나 손수 찻잔에 차를 따랐다. 원래대로라면 하녀가 해야 했을 일이지만, 그녀에겐 현재 하녀가 없었다.

"……큼."

나긋한 이본의 애교에 헛기침을 한 그가 힘겹게 서두를 열었다.

"……지내는 동안 어디 불편한 점은 없느냐."

"불편한 점이요? 전혀 없어요. 오히려 제가 너무 과분한 대접을 받는 게 아닌가 종종 걱정이 돼요."

"과분하다니, 그런 말 마라. 너도 마땅히 누려야 할 것들이니."

이본은 잔뜩 감동받은 얼굴로 공작을 응시하다 울먹이며 답했다.

"그렇게 말씀해 주셔서 감사해요."

"……이본."

"네?"

공작이 잠시 머뭇거리다가 조심스럽게 말했다.

"페넬로페를 너무 원망하지는 말거라."

"아……."

"그 애가 삐뚤어진 것도 다 내 탓이야. 둘 사이에 무슨 일이 있었는지, 자세히 묻진 않으마. 그래도 심성이 나쁜 아이는 아니니 네가 조금만 이해해 주렴."

페넬로페가 이유 없이 그러지는 않았으리라 여겼지만, 어쨌든 이본은 폭행당한 입장이었다.

공작은 차마 그녀를 마주 보지 못하고 시선을 찻잔으로 내렸다. 그 탓에 이본의 얼굴이 묘해지는 것을 보지 못했다.

"……그럼요, 공작님. 전 아무렇지도 않아요."

얼마 후 이본이 물기 가득한 음성으로 답했다.

"제가 페넬로페의 눈에 띄지 않게 더 조심했어야 했는데…… 죄송해요."

"아니야, 네가 사과할 일은 아니지."

"아니에요, 다 제 잘못이에요. 페넬로페는…… 아직 찾지 못했나요?"

그녀의 눈에 순식간에 눈물이 그득 차올랐다.

"무슨 일이라도 있을까 봐 너무 걱정돼요. 어서 돌아와야 할 텐데……."

"너무 걱정하지 말거라. 제 앞가림은 알아서 잘할 아이이니."

그 말에 이본의 푸른 눈동자가 서늘해졌다. 이번에는 공작도 그것을 보았다. 눈에는 눈물이 그렁그렁 차올라 있는데, 얼굴은 인형처럼 무표정했다. 순간 섬뜩함이 공작의 목뒤를 스쳐 지나갔다.

다행히 이본은 금세 표정을 허물고 사르르 미소 지었다.

"맞아요. 페넬로페는 똑똑한 아이니까요……."

"큼, 그……."

공작은 얼떨떨한 심경을 애써 감추며, 화두를 돌렸다.

"며칠 내내 방 안에만 있느라 답답하진 않고? 뭐 가지고 싶은 거라도 있으면 말하거라."

"가지고 싶은 것이요?"

예상치 못한 말이었는지, 이본의 푸른 눈이 동그래졌다.

"이, 이미 넘치도록 충분한걸요, 괜찮아요. 신경 써 주셔서 감사해요."

"하녀장도 병가를 낸 터라 수발들 사람이 없어서 불편하지 않느냐. 아직 몸이 낫지 않아 외출은 힘들 테고…… 부담 갖지 말고 말해 보거라. 내 집사에게 일러두지."

"아니에요! 제겐 레아가 있는걸요. 아, 레아는 얼마 전에 제 하녀가 된 아이예요."

이본은 고개를 휘저으며 손사래를 쳤다.

"그 아이는……."

공작의 낯빛이 어두워졌다. 자신도 좀 전에 들었으니, 이본은 모르는 것이 당연했다.

"……집사에게 듣자 하니, 그 하녀가 엊저녁에 저택에서 도망을 친 것 같더구나."

"도, 도망이요?!"

예상대로 이본은 뜻밖의 소식에 까무러칠 듯 놀랐다.

"왜, 왜요? 어, 어제부터 갑자기 보이지 않아서 이상하다곤 생각했지만…… 제 하녀를 하기가, 그렇게 싫었던 걸까요?"

"그럴 리가. 네 탓이 아니니 너무 상심하지 말렴."

놀란 음성이 금세 물기로 축축해졌다. 공작은 어색한 위로를 전했다.

"괜찮은 이를 물색해서, 하녀는 곧 새로 배정해 주마."

"감사해요……."

이본은 풀이 잔뜩 죽은 얼굴로 말했다.

"그래도…… 레아가 그곳에선 부디 폴이랑 행복했으면 좋겠어요."

"퇴직금도 내팽개치고 황급히 도망갈 만큼 열렬한 사이니, 잘 살겠지."

상냥한 마음씨에, 공작이 덩달아 웃음기 어린 목소리로 답을 하던 그 순간이었다. 번뜩 위화감이 뇌리를 스쳤다.

'그런데…… 내가 마구간지기도 같이 도망친 것을 얘기했던가?'

공작은 멈칫 이본을 돌아보았다. 그녀는 여전히 티 하나 없이 맑은 눈빛으로 자신을 바라보고 있었다.

"왜 그러세요?"

푸른 눈동자에는 거짓이나 음험함 같은 것은 찾아볼 수 없었다.

'이미 들어 알고 있던 것이겠지.'

데릭 놈 때문에 신경이 너무 날카로워진 것 같다. 공작은 애써 대수롭지 않게 생각하며 관심을 돌렸다.

"아니, 아무것도 아니다. 차가 식겠구나. 어서 들려무……."

어색해진 분위기를 무마하기 위해 서둘러 차를 권하던 그는, 순간 말을 멈췄다.

이본의 찻잔 안에, 비친 것이 아무것도 없었다.

공작은 반사적으로 시선을 내려 자신의 찻잔을 내려다보았다. 맑고 투명한 찻물 안에, 딱딱하게 굳은 자신의 얼굴이 비쳤다.

찰나, 누군가의 음성이 벼락같이 귓가를 스쳐 지나갔다.

— 그 애와 있을 때…… 찻잔 안의 찻물을 들여다보세요, 아버지.

'아.'

공작이 터져 나오는 신음을 가까스로 삼켰다. 까맣게 잊고 있었다. 가출하기 전, 페넬로페가 그런 말을 했었다는 것을.

'페넬로페는 왜 갑자기 그런 이야기를 했었던가.'

해일처럼 혼란이 몰려왔다. 공작은 필사적으로 그때 했던 대화를 되살렸다.

무슨 이유에선지, 갑자기 페넬로페와 오찬을 들고 싶어졌다. 그래서 온실로 그녀를 불렀다. 그 후 무슨 대화를 나눴냐면…….

'외출.'

그래, 외출 이야기를 했다. 외출을 빙자한 가출을 하더라도 도와주겠다고 말하던 중이었다. 성인식 이후 하루가 다르게 살이 내리는 그 애를 더 두고 볼 수가 없어서, 밤새 고심 끝에 내린 결정이었다.

그 말을 하자 페넬로페가 뜬금없이 꺼낸 말이 그것이었다. 찻물을 보라고.

섬뜩함이 등골을 타고 흘렀다. 사람이라면, 응당 찻물에 비치지 않을 리가 없었다. 사람이라면 당연히…….

'……그렇다면 내 앞에 있는 저 애는 대체 누구란 말인가.'

이본은 무수히 많은 시험을 통해 친딸이라는 것이 확신 단계에 이른 상태였다. 죽은 전처를 똑 닮은 외양도 외양이었지만, 본인이 아니면 절대 알 수 없는 비밀, 일화, 기억들.

그것은 절대로 거짓이 아니었다. 페넬로페가 아니었다면 망설임 없이 바로 친딸이 돌아왔음을 공표하였을 만큼.

'페넬로페. 페넬로페는 대체 언제부터 이 사실을 알고 있었지?'

그 말을 할 때 그 애의 표정이 어땠던가? 이상하게 그날, 오찬에서의 기억이 선명치 않았다.

머릿속이 폭풍처럼 빙글빙글 돌았다. 그리고 그 끝에, 겁에 질린 채 여러 번 망설이다 가까스로 그 말만 내뱉고 도망치듯 온실을 빠져나가던 페넬로페의 잔상이 자리했다.

— 그 애 조심하세요, 아버지!

"……속상하지만, 그래도 다행이에요. 저도 눈치챌 만큼 레아가 폴을 많이 좋아하는 것 같았는데……."

"……."

"두 사람은 이제 영원히 함께하게 된 거…… 공작님?"

자신을 부르는 음성에 공작이 퍼뜩 회상에서 깨어났다.

"아……."

고개를 드니 이본이 재잘거림을 멈추고 동그랗게 뜬 눈으로 자신을 바라보고 있었다. 영락없는 순한 이본의 얼굴인데, 왜인지 식은땀이 목 뒤를 타고 흘러내렸다.

"미…… 미안하구나. 무슨 이야기 중이었지?"

"차 안에 이물질이라도 있으세요?"

"……응?"

"계속 찻잔을 바라보기만 하셔서요."

이본은 웃지 않았다. 테이블 아래 있는 공작의 주먹이 꽉 쥐어졌다.

"아…… 아니다. 갑자기 잊고 있던 일이 떠올라서 말이야."

"큰일이라도 있으세요? 안색이 안 좋아지셨어요."

"괜찮다. 걱정해 줘서 고맙구나."

이본은 금세 걱정 어린 표정을 지었다. 공작은 아무런 내색을 않으려 노력하며 자리에서 벌떡 일어났다.

끼익—.

"……일이 있어서 먼저 일어나 봐야겠다. 다과는 다음에 또 들자꾸나."

"버, 벌써요?"

"아픈 사람을 붙들고 너무 오래 있는 것도 예의가 아니지."

그는 그 말을 끝으로 테이블을 벗어나려 했다. 그러나 미처 한 걸음 떼기도 전에 덥석 옷소매가 잡혔다.

"저…… 공작님."

멈칫 돌아보니, 이본이 할 말이 많은 얼굴로 자신을 올려다보고 있었다. 잡힌 소맷자락을 내려다본 공작의 눈빛이 반사적으로 서늘해졌다. 그녀는 우물쭈물대다가 입을 열었다.

"……가지고 싶은 게 있느냐고 여쭤보셨잖아요."

"아, 그랬지."

그제야 공작이 굳은 표정을 풀고 애써 웃었다.

"뭐 가지고 싶은 거라도 생각났느냐?"

"가지고 싶은 것은 아니고…… 외출을 좀 하고 싶어요."

"외출?"

"네. 갑자기 이곳으로 오는 바람에 원래 살던 마을 사람들에게 인사도 못하고 헤어졌거든요. 앓고 나니까 이웃들이 보고 싶어져서……."

공교롭게도 페넬로페와 마지막에 나눈 것과 같은 주제였다.

"아직 몸도 편치 않은데 외출이라니. 시간은 많으니 나중에 가려무나."

"하, 하지만…… 보살피던 고아 아이들이 있어요. 제가 없는 사이 굶진 않았는지 걱정돼요. 부탁드릴게요, 네?"

이본은 공작의 손을 살며시 흔들었다. 애교를 부리는 사랑스러운 모습이었다. 그러나 공작은 자꾸만 텅 빈 찻잔 안으로 시선이 가는 것을 막을 수 없었다.

페넬로페처럼 잘못을 저지른 것도 아닌데, 외출한다는 사람을 강제할 마땅한 방법이 떠오르지 않았다. 그는 짧은 시간 동안 고심 끝에 힘겹게 답했다.

"……같이 갈 호위를 붙여 주마."

"아니에요, 저 혼자 금방 갔다 올 수 있어요."

"하지만 저택 밖은 위험하단다, 이본. 호위도 없이 어찌 여인 혼자 돌아다니겠느냐."

"그 저택 밖에서…… 저는 평생을 살아왔는걸요."

그녀는 조금 시무룩해진 채 말했다. 그 말을 알아들은 공작의 얼굴이 일순 일그러졌다.

세상 그 누구보다 귀하고 풍족하게 자라야 했을 이본. 눈에 넣어도 아프지 않던 막내딸이, 자신이 모르는 더럽고 위험천만한 곳에서 살아간다는 상상만 하면 자다가도 눈이 번쩍 떠졌다.

딸에 대한 그리움으로 페넬로페를 데리고 왔지만, 죄책감은 조금도 덜어지지 않았다.

“저 괜찮아요, 아버지.”

마치 그 심정을 모두 알고 있다는 듯, 이본이 공작을 보며 밝게 웃었다. 따듯함을 품고 있는 푸른 눈을 한참 동안 물끄러미 내려다보던 공작이 이윽고 입을 열었다.

“……마차를 내주마. 이것까진 양보 못 해.”

“감사히 받아들일게요.”

“해가 지기 전엔 꼭 돌아오렴.”

“네.”

이본은 다시 환하게 웃었다. 공작은 그리워서 사무치던 딸의 얼굴을 하염없이 바라보았다.

“꼭 그럴게요, 아버지.”

하염없이.

“이본의 외출을 준비해 주게.”

집무실로 돌아온 공작은 집사에게 짧게 명령을 내렸다.

“네, 알겠습니다.”

충실히 대답한 집사가 되물었다.

“이본 아가씨와…… 이야기는 잘 나누셨습니까?”

공작은 그런 집사를 돌아보았다. 주름이 자글자글한 눈이 미약한 기대로 반짝였다.

잃어버린 막내딸을 기다린 것은 비단 공작과 두 아들뿐이 아니었다. 페넬로페에겐 잔인한 일이지만, 사랑스러운 공녀의 어린 시절을 기억하는 모든 이들이 그녀가 돌아오길 간절히 기다렸다.

"……펜넬."

공작은 대답 대신 무겁게 집사의 이름을 불렀다.

"예, 주인님."

오랫동안 그를 보살핀 충복은 심상치 않은 주인의 기색을 금세 알아차리고 고개를 조아렸다. 공작은 무거운 목소리로 읊조렸다.

"……그 애에게 미행을 붙이게."

"네? 무슨……."

"추적 마법을 할 수 있는 마법사로."

집사의 눈이 흔들렸다. 그러나 공작의 말은 그것이 끝이 아니었다.

"그리고…… 마법사들과 1사단을 저택 뒤에 모두 집합시켜. 데릭 그놈도 통신 마법으로 속히 불러들이게."

이본을 태워 갈 마차가 저택 앞에 도착했다. 창밖을 바라보는 공작의 눈이 차갑게 침잠했다.

"저택에 비상이 걸렸다고."

빈터 베르단디는 해가 다 질 무렵에서야 상단 골목에 들어섰다. 온종일 전국 방방곡곡을 돌아다닌 탓에 몸이 부서지는 것 같았다. 그럼에도 그는 쉴 수 없었다.

모아 온 문서와 정보들 중 쓸모 있는 것을 분류하고, 재생하고, 고대 문자들을 해석해야 했다. 고대 레일라에게 타격을 줄 수 있는 것은 고대 마법뿐.

그러나 치열했던 전쟁 끝에 고대 마법사들은 명맥이 끊겼고, 그들이 사용한 마법은 사장된 상태였다. 게다가 오랫동안 숨죽인 채 힘을 키워 온 레일라에게 대적하려면 단순한 힘, 그 이상이 필요했다.

뷘터는 전국을 돌아다니며 고(古)문서들을 닥닥 끌어모았다. 진실의 거울을 다시 만들기 위해서.

오늘도 과연 진실인지 거짓인지 모를 재료들을 구하느라 탈진에 이른 그는 천천히 계단을 올랐다.

'히드라의 뿔, 페일롯의 날개, 우르투스 호수 바닥 수은…….'

오늘 밤 그와 함께 밤을 새울 전리품들이었다.

상단 거리에서도 가장 깊고 음침한 곳에 있는 그의 상단은 벌써 어둠에 잠겨 있었다. 문고리를 잡고 나지막이 주문을 외자, '철컥—' 하고 잠금이 풀렸다.

상단의 문은 그가 지정한 의뢰인을 제외하고는 그 누구도 열 수 없는 마법이 걸려 있었다. 그가 자리를 비운 사이, 기다리다 돌아가 버리는 사태를 방지하기 위해서였다. 가령, 보라색 꽃을 받고도 눈 하나 깜짝 않고 매정하게 떠나 버린 여인이라든지…….

끼이익—. 당장 쓰러져도 이상하지 않을 것 같은 지친 걸음을 막 한 발짝 안으로 들였을 무렵이었다. 그는 흠칫 걸음을 멈추고, 날카롭게 어딘가를 노려보았다.

"누굽니까."

응접 테이블과 소파 너머 깊숙한 안쪽. 어둠이 잠긴 곳에서 누군가 뚜벅뚜벅 걸어 나왔다.

"이제야 오셨네요."

저벅—. 바깥에서 들어오는 희미한 빛의 경계가 맞물리는 곳에서, 발걸음은 우뚝 멈췄다.

"의뢰를 맡기러 왔어요."

나약하고 여린 음성은 전혀 위협이 되지 않았다. 그러나 뷘터를 바라보는 눈동자가 기이하게 번뜩였다.

"아니…… 잃어버린 물건을 찾으러 왔어요."

"……."

"베르단디 후작님."

컴컴한 사무실 안에 소름 끼치는 정적이 내려앉았다. 침묵하던 뷘터는 이내 '끼이익—' 문을 닫고 안으로 들어섰다. 밖을 위험 요소로부터 차단하기 위해서였다.

다행히 문을 닫아도 창을 통해 들어오는 희미한 달빛으로 인해 사물을 구별할 정도는 되었다. 그럼에도 유달리 이본이 있는 곳만 컴컴한 어둠이 도사렸다.

거칠어지는 호흡을 억누르며, 그는 차분히 입을 열었다.

"……여긴 대체 어떻게 들어온 겁니까."

"문이 열려 있던걸요."

이본은 어깨를 으쓱이며 천진하게 답했다. 그럴 리 없었다. 그러나 뷘터가 부정하기도 전에 이본이 앞섰다.

"그보다…… 제 물건을 돌려주시겠어요, 후작님?"

"무슨 이야기를 하시는지 잘 모르겠습니다, 레이디. 오늘은 날이 너무 늦었으니 내일 다시 오는 게……."

"제가, 얼마나 더 후작님께 실망해야 하나요?"

문득 그녀가 어둠과의 경계를 넘어 한 발짝 앞으로 나왔다. 달빛에 그녀의 얼굴이 반쯤 드러났다. 반쪽짜리 얼굴은 눈물이 그렁그렁하게 차오른 채 잔뜩 흐려져 있었다.

"제가, 제가 마을에서 얼마나 힘들게 살아가는지 다 보셨잖아요."
이본이 애처롭게 흐느꼈다.
"그리고…… 제가 에카르트 공작가의 잃어버린 공녀라는 걸 다 알았으면서…… 흑."
"……."
"어떻게 그렇게 매몰차게 저를 내버려 두실 수가 있으세요?"
뷘터는 그 순간 이를 악물었다. 필사적으로 외면해 온 자신의 죄악.
진짜 공녀가 돌아오면 상처받을 페넬로페를 위해, 이본이 공작의 친딸임을 알면서도 아무런 언질조차 하지 않았다. 그것을 당사자가 후벼 파자, 일순 눈앞이 아득해지는 기분이 들었다.
"마물의 습격을 받았을 때 저 정말 죽을 뻔했어요, 후작님. 다친 이마가 너무 아팠어요."
"……."
"하지만 다친 것보다 더 아픈 건…… 후작님이 이유 없이 저를 멀리하고 거리를 두기 시작했다는 거예요."
"……."
"왜 이후로 봉사 활동하러 안 오셨어요? 기다렸어요."
솔레일에서 페넬로페를 집으로 데려다준 직후였다, 무의식의 공간 속에 보라색 장미꽃이 조그맣게 피어난 것은. 꽃이 핀 이유도 알지 못하면서, 그는 멀리서 이본을 지켜보기만 할 뿐 따로 만나지 않았다.
"공작저에 오고 난 이후에, 성인식에서 후작님을 바로 알아보고 전 너무 기뻤는데…… 어떻게 저를 가짜 공녀를 해친 범인으로 몰 수가 있어요? 어떻게 저한테 그렇게……."

"……."

"……잔인하게 구실 수가 있어요."

아무런 말도 하지 못한 채 잠잠한 뷘터를 이본이 기어이 헤집었다. 그녀의 한쪽 볼을 타고 눈물이 뚝뚝 흘러내렸다.

뷘터는 지그시 눈을 감았다. 한땐 그녀의 저 눈물 가득한 푸른 눈을 보면 무엇이든 들어주고 싶었던 때가 있었다.

그러나 어느 순간부터 그것은 건조하고 메마른 청록색 눈동자로 덮이기 시작했다. 모두가 자신을 믿어 주지 않을 것을 이미 알고 있다는 듯, 체념을 넘어 무심하기까지 하던 그 눈빛.

그는 이윽고 눈을 떴다.

"당신이 다친 건 마물 때문이 아니라 솔레일에서 페넬로페 영애가 쓴 마법 때문이겠지요."

튀어나온 음성이 차갑기 그지없었다. 이본의 물기 가득한 눈이 흔들렸다.

"네? 그, 그게 무슨……."

"마물에게 습격당한 사람들은 대부분 환부가 넓고 출혈량이 많은 편이었지요."

"……."

"그에 비하면 당신은 발견 당시 찢어진 이마를 제외하곤 가벼운 타박상뿐이었다는 걸 이미 확인했습니다. 마치…… 떨어진 무언가에 맞은 듯 말입니다."

마물이 아니면 무엇이 이본을 상처 입게 하였는가. 페넬로페가 쓴 광역 마법으로 동굴이 무너졌으니, 그 잔해로 인한 것이라면 앞뒤가 맞아떨어졌다.

레일라라는 새로운 전제가 생긴 후 뷘터는 그녀의 행적 조사부터 다시 시작했다. 그러자 이상한 점이 한둘이 아니었다.

원래 살던 마을이 아닌, 꽤 멀리 떨어진 마을에서 갑자기 나타난 마물 떼에 습격을 당한 그녀. 게다가 습격당한 날이 하필이면, 솔레일에서의 일이 일어난 직후였다.

뷘터는 거침없이 다음 말을 내뱉었다.

"베키라는 하녀를 통해 독을 구하고 자작극을 사주한 것도 이미 알고 있습니다. 영혼은 거짓말을 하지 않으니까."

공작저 후원에서의 대화 이후, 엄청난 마력을 소모하여 영혼 소환술을 진행한 그는 참담함을 금치 못했다. 왜 진작 그녀를 믿지 못했을까. 당장이라도 이 사실을 공작저에 밝히고 누명을 벗겨 주고 싶었다.

그러나 그는 끝내 할 수 없었다. 제국에서 금기한 소환술을 쓴 것도 있었지만, 결정적으로 페넬로페가 원치 않았다. 그녀는, 당장이라도 공작저를 떠나지 않으면 숨이 막혀 죽을 것 같은 얼굴을 하고 있었으니까.

"더 할 말이 있습니까?"

뷘터는 가라앉은 목소리로 경고하듯 물었다.

"그, 그런, 저는 그런 짓을……."

날카로운 사실들에, 이본이 울먹이며 한 발짝 더 앞으로 나왔다. 그늘에 가려져 있던 나머지 반쪽 얼굴이 드러났다. 눈물이 뚝뚝 내리흐르던 반대쪽 얼굴과는 달리, 나머지 반쪽 얼굴은 소름 끼치도록 무표정했다.

"안 속네."

반은 울고 반은 멀쩡한, 그 기괴한 얼굴로 그녀는 천천히 입꼬리를 들어 올렸다.

"그럼 같잖은 가면 놀이는 집어치우고, 본론이나 말하죠."

"……."

"제 물건, 돌려주세요."

"무엇을 찾는지 모르겠지만, 제게 없습니다."

스산함이 목뒤를 스쳐 지나가는 것을 느끼며, 뷘터가 애써 덤덤하게 말했다. 이본이 즉각 대꾸했다.

"똑같군요, 반응이."

"무슨……."

"페넬로페. 그년도 똑같이 발뺌부터 했었죠. 그러다 나한테 잡아먹히기 직전 허겁지겁 도망쳤지만."

— 나, 저택에서 세뇌당했어. 중간에 간신히 저지하고 도망쳐 나온 거야.

이본의 말이 끝남과 동시에, 페넬로페가 했던 말이 귓가를 스치고 지나갔다. 다시 한번 눈앞이 아득해졌다. 그는 새어 나오는 침음을 가까스로 삼켰다.

"몰래 저택 밖으로 빼돌리면 내가 모를 줄 알았겠지? 그럴 거면 제 오라비에게 여기 온 것을 들키지나 말든지, 가엽게도."

"……."

"뭔가 좀 바뀐 게 있을 줄 알았더니, 그 애는 저번 삶처럼 멍청한 건 여전하더라고요."

"……."

"사족은 이쯤이면 된 것 같고……."

말끝을 흐리던 그녀가, 불현듯 눈을 번뜩이며 되뇌었다.

"그만 내놔, 내 조각."

"저한테 없습니다."

"그럼 이건 어때?"

그녀가 싱긋 웃으며, 한 손을 주머니에 집어넣어 무언가를 꺼냈다. 빛에 반사되어 반짝이는 것, 거울 조각이었다.

"이걸로 내가 네 머리를 뒤진다고 해도?"

"소용없을 겁니다."

뷘터는 그것을 바라보며 덤덤히 말했다. 이미 수많은 상황을 가정하고 단단히 대비를 해 둔 상태였다.

그의 말에 이본이 고개를 모로 기울였다.

"왜지?"

"당신이 제게 걸었던 세뇌는 풀린 지 오래니까."

"그걸 어떻게 확신하나요, 후작님?"

"전 더 이상 당신이 안타깝지도, 가엾지도 않습니다. 당신에게 남은 건……."

"……."

"오로지 혐오와 역겨움뿐이지요."

뷘터의 발언이 타격이 있는지 이본의 고운 미간이 조금 일그러졌다.

"그렇단 말이지……."

그러나 그녀는 의외로 고개를 끄덕이며 세뇌가 완전히 풀렸다는 뷘터의 말에 수긍했다. 그러더니 주머니에서 꺼낸 조각을 다시 집어넣는 게 아닌가.

눈살을 좁힌 채 그것을 예의 주시하던 뷘터가 움찔할 무렵, 그녀가 한 발짝 다가왔다. 눈치채지 못한 사이, 어느새 그들은 세 발짝 남짓만 남겨 놓은 상태였다.

"……수백 년 동안 너희 마법사 놈들이 착각하는 게 하나 있어."

그녀가 다시 입을 열자 뷘터는 바짝 긴장했다. 차근차근 거리를 좁히던 레일라처럼, 그의 손도 차근차근 품을 향해 다가갔다. 안에 있는 지팡이를 향해.

"내가 진실의 거울 조각이 없으면 세뇌를 하지 못할 거라 생각하지."

뷘터의 눈이 일순 부릅떠졌다. 그건 당연한 전제였다.

"그럼……."

"상식적으로, 상극인 마법사 놈들이 만든 거울을 통해서 힘을 쓴다는 게 말이 안 되잖아."

이본이 싱긋 웃었다. 뷘터는 순식간에 심각해진 얼굴로 성급히 되물었다.

"무슨 소립니까."

"그러니까…… 그 반대란 소리야. 거울 조각은 오히려 내 힘을 억제하는 거라고."

"……그게."

"내가 인간들의 머릿속을 주무르다가 힘을 조절하지 못해서 뇌를 우그러뜨릴 수도 있으니까."

다시 한 발짝, 그녀가 다가왔다. 뷘터는 지팡이를 바짝 고쳐 잡았다. 완전히 빛에 드러난 이본의 눈이, 먹잇감을 노리는 뱀처럼 희번덕거리며 빛났다.

"그런데 뷘터, 내가 지금 먹이를 먹은 지 얼마 안 돼서 살살 조절할 자신이 없거든?"

"……."

"그러니, 내가 네 뇌를 터뜨리기 전에 조각이 어디 있는지 밝히는 게 좋을 거야."

그 말과 동시에, 그녀가 번뜩 뷘터의 머리 쪽으로 손을 뻗었다. 미처 피할 새조차 없을 만큼 빠른 기습이었다. 날카로운 손톱이 그의 피부에 닿는 순간.

치이이익—!

"아악—!"

이본이 괴성을 지르며 뒤로 확 물러섰다. '치이익, 치이익—' 무언가가 불에 지글지글 익는 소리가 연달았다. 그녀는 시커멓게 타들어 간 채 연기가 솟아오르는 손을 부여잡고 뷘터를 찢어 죽일 듯 노려보았다.

"이게 무슨……!"

"소용없다고 하지 않았습니까."

뷘터는 괴로워하는 그녀를 무감각하게 바라보며 손을 들어 생채기가 난 이마를 매만졌다. 검지에 투박한 쇠반지가 빛을 내며 반짝였다. 고대 마법을 직접 사용할 순 없어도, 그에겐 몸을 지킬 만한 강력한 아티팩트들이 있었다.

"고대 마법사 놈들이 남긴 유물이군."

그를 알아본 이본이 거칠게 숨을 몰아쉬었다.

"포기하십시오."

그 틈을 놓치지 않고 지팡이를 꺼내 든 뷘터가 서늘하게 읊조렸다.

"당신은 아무것도 가져갈 수 없습니다. 설령 이 유물을 파훼하고 제게 세뇌를 걸더라도 그 즉시, 의식이 사라지도록 설계해 뒀으니까."

"……."

"지금이라도 늦지 않았습니다. 부디 제 손으로 영애를 해치지 않게 도와주십시오. 힘든 삶을 살아가고 있는 이들을 불쌍히 여기던 그 모습들이, 다 거짓이라 생각하지 않습니다."

그는 꽤 간절한 눈으로 이본을 설득하려 들었다. 굶어 죽어 가는 아이들을 걱정하던 그 상냥한 얼굴, 신분 사회의 불합리함을 서글퍼하던 그 진실한 모습들이 다 거짓일 리는 없지 않은가.

아니, 그는 천사 같은 그녀에 대한 기억들이 모조리 레일라의 농간이라는 걸 쉽사리 받아들일 수 없었다.

마지막 희망을 담아 그녀를 바라보고 있을 무렵.

"하, 하……."

제게 겨누어진 지팡이 끝을 가만히 노려보던 이본이 문득 허탈한 웃음을 터뜨렸다.

"한번 해 봤으니 과거보단 쉬울 줄 알았는데…… 상황이 참 재밌게 돌아가고 있어."

"……."

"누구보다 날 사랑하던 네가, 이젠 누구 보다 앞장서서 내 앞길을 막고 있다니."

뜻 모를 말에 뷘터는 눈살을 찌푸렸다. 마귀의 유혹처럼 속삭이는 그녀의 말에 답하지 않았다.

그는 이본을 동정했을지언정, 사랑한 적은 없었다. 그러나 그런 뷘터의 머릿속을 훤히 꿰고 있다는 듯 이본은 여유롭게 웃었다.

"아, 넌 기억 안 나려나? 날 사랑한다는 이유로 지켜 온 신념도 마법사의 의무도 모두 버린 채, 내게 죽을 때까지 마력을 바치겠노라고 맹세한 네가, 갑자기 내 뒤통수를 치고 시간을 돌렸던 일 말이야."

"……."

"이 세상을 내 손안에 쥐는 것을 바로 코앞에 둔 순간, 갑자기 먼 과거로 끌려온 기분을 알아?"

"……."

"그건 아주, 더럽고, 개같아."

짓씹듯이 한 자, 한 자 힘주어 내뱉은 이본이 슬금슬금 몸을 옆으로 움직였다.

"무슨 소리인지, 저는 알지 못합니다."

그에 따라 뷘터 또한 경계를 풀지 않은 채 반대편으로 걸음을 옮겼다.

"그래서 이번엔 더 촘촘히 그물망을 짜 봤어. 특히 내 뒤통수를 친 네게 공을 많이 들인 편이었지. 조금도 눈치채지 못하도록, 아주 조금씩, 천천히……."

"……."

"그런데 페넬로페, 그 앙큼한 년이 대체 무슨 짓을 했길래 다들 하나같이 내 손아귀에서 벗어나는 걸까?"

"그만."

뷘터는 짤막하게 페넬로페를 모욕하는 그녀를 저지했다. 그들은 어느새 소파 두 개를 사이에 둔 채 대치하는 상태가 되었다.

"당신은 오늘 여기 온 것을 후회할 겁니다."

지팡이 끝에 매달린 흰빛 덩어리가 점점 커졌다. 고대 유물 덕에 세뇌가 통하지 않는다는 것을 안 이상, 이본을 제압하긴 어렵지 않았다.

언제 공격을 감행할지 시간을 재는 뵌터를 보며 그녀가 짙은 미소를 지었다.

"지금이라도 얌전히 조각을 내놓는 게 어때?"

"죽는 한이 있더라도 그럴 일은 없을 겁니다."

"그래, 그럼."

고개를 한 번 끄덕인 이본이 곧바로 무언가를 중얼거리기 시작했다. 그와 동시에 사무실 구석 한쪽에 푸른 마법진이 그려지기 시작했다. 레일라들이 쓰는 소환 주술이었다.

'마물 소환이다!'

그것을 알아챈 뵌터는 더 볼 것 없이 곧장 주문을 외웠다.

"리베이라 불칸……!"

그때였다.

"라온."

이본의 나지막한 부름과 동시에, 마법진에서 무언가 튀어나와 그녀의 앞을 가로막았다.

갑작스레 튀어나온 작은 인영을 확인한 뵌터는 숨을 멈췄다. 그는 기하급수적으로 커지고 있는 빛 덩어리가 매달린 지팡이 끝을 황급히 옆으로 치웠다.

콰아앙—!

간발의 차로 이본이 있는 쪽을 빗겨 나간 공격 마법이 벽에 맞고 거대한 굉음과 진동을 일으켰다. 그러나 건물에 몇 겹으로 걸어 놓은 강화 마법 덕분에 벽을 뚫진 못했다.

"으윽……!"

마법이 휩쓸고 지나간 사무실 안은 순식간에 쑥대밭이 됐다. 피어오른 연기 사이로 털끝 하나 다치지 않은 여자와 사자 가면을 쓴 어린아이가 드러났다.

"내가 분명 촘촘히 짰다고 했지."

이본이 까르르 웃음을 터뜨렸다. 빈터의 얼굴이 고통스럽게 찌푸려졌다.

"라온!"

영특해서 유난히 아끼던 아이였다. 그러나 사자 가면 틈으로 보이는 라온의 눈은 흐리멍덩한 채 초점이 사라져 있었다.

"대체, 대체 언제 라온을……!"

"원래대로라면 그날, 라온을 미끼로 따라온 네가 진정한 내 수족으로 거듭났어야 했는데……. 넌 네가 미끼를 둔 거라 생각했겠지?"

그녀가 허연 이를 드러내며 미소 지었다. 성인 마법사보다 어린 마법사의 뇌를 주무르는 게 쉬운 건 당연했다. 작은 불행의 씨앗을 심어 놓는 것엔 짧은 시간이면 충분했다.

"……아, 그러고 보니 그것도 페넬로페 그년 때문에 틀어졌네?"

그러나 애당초 세운 계획이 모두 틀어진 이상 무용지물이었다. 버린 패라고 생각했었는데…… 운이 좋았다.

비열한 웃음을 지으며 이본이 손가락으로 빈터를 가리켰다.

"라온, 가서 네 스승이 꽁꽁 숨겨 놓은 내 물건을 가져와."

"라온! 정신 차리거라!"

빈터는 사자 가면을 절박하게 응시하며 고개를 젓다가, 다급하게 기절 주문을 외웠다.

"에스 파라……!"

"하지 않는 게 좋을걸, 상냥한 뵌터 베르단디."

하지만 주문을 다 외기도 전에 저지하는 말이 돌아왔다.

"내가 라온의 머릿속을 뒤져서, 아이들과 에밀리를 빼돌린 안전 가옥으로 먼저 가기 전에."

"크윽, 당신……."

뵌터는 흔들리는 눈으로 이본을 응시했다. 짧은 순간, 수없이 많은 번뇌가 휘몰아쳤다.

설마하니 라온에게 손을 끼쳤을 줄은 몰랐다. 솔레일에서 돌아온 이후 몇 번이나 라온을 검사했지만, 세뇌의 영향을 받은 흔적이 전혀 없었기에.

"지팡이 내려요."

"……."

"얌전히 조각만 주시면 아이들은 건들지 않을게요, 후작님. 저도 아이들을 해치긴 싫어요."

조각이냐, 아이들의 목숨이냐.

답을 내리는 건 쉬웠다. 이본을 향해 빳빳이 쳐들고 있던 지팡이가 서서히 아래로 내려갔다. 그 순간, 이본이 중얼거렸다.

"다흐 티 뭄."

그러자 바닥에서 검고 투명한 아지랑이들이 솟구쳐 올랐다.

"으윽!"

아차 할 틈 없이 그것들에 사지를 결박당한 뵌터는 '쿵' 하는 둔탁한 소음과 함께 바닥에 무릎 꿇려졌다.

"움직이지 마세요. 후작님의 사지가 절단되는 걸 보면 마음이 너무 아플 것 같으니까."

산뜻한 목소리로 무시무시한 말을 속삭인 이본은, 비교적 상태가 멀쩡한 소파에 걸터앉아 흥얼흥얼 콧노래를 불렀다.

라온은 쉽게 벽에 감춰진 비밀의 문을 찾아 열었다. 공간의 주인이 체념한 상태였기에 아이의 거침없는 발길을 막아서는 건 아무것도 없었다.

얼마 후 라온은 손아귀에 뿌리째 뽑힌 꽃 한 송이를 들고 벽 속에서 자박자박 걸어 나왔다.

"지독하네."

그것을 건네받은 이본이 꽃의 끄트머리를 잡고 달랑달랑 흔들며 짤막한 감상을 내뱉었다.

뽑힌 보라색 장미꽃의 뿌리는, 페넬로페에게 받은 거울 조각을 악착같이 숨기려는 것처럼 가닥가닥 그것에 엉겨 붙어 있었다.

바닥에 엎드린 채 그런 이본을 올려다보며 뷘터는 이를 악물었다.

"내겐 분홍 장미를 바치더니. 하여간 인간 사내들이란."

우습지도 않다는 듯 혀를 찬 이본은 망설임 없이 조각을 잡아 뜯었다. 우드득—. 뿌리가 상한 장미꽃은 빠르게 꽃잎을 떨어뜨리며 시들었다.

이본은 그것을 쓰레기처럼 뷘터의 앞에 툭 집어 던졌다. 그리고 엄지와 검지를 입에 대고 '휘이!' 세게 휘파람을 불렀다. 얼마 안 가 '와장창!' 창문을 깨부수고 거대한 새 마물 한 마리가 들이닥쳤다.

"끼루루룩—!"

"라온, 넌 저 마물을 타고 안전가옥으로 가 있어."

거칠게 날개를 푸닥거리는 마물을 가리키며 이본이 명령했다. 뷘터가 눈을 부릅떴다.

“약속이, 약속이 다르지 않습니까!”

“약속? 하하, 레일라에게 많은 것을 기대하네.”

“제기랄! 라온! 멈추거라! 라……! 크윽!”

속았다. 고분고분 마물 위에 올라타는 라온을 바라보며 뷘터가 절박하게 외쳤다. 그러나 얼마 안 가 관절을 파고드는 어마어마한 고통에 그는 신음할 수밖에 없었다.

“라온, 제발…….”

“끼루루룩—!”

아이를 태운 마물은 지체 없이 창문 너머로 날아올랐다. 그의 얼굴에 절망과 좌절이 서서히 드리워졌다.

“왜…… 왜 이렇게까지 하는 겁니까! 원하는 대로 조각을 넘겼잖아!”

뷘터는 일그러진 얼굴로 처절하게 소리쳤다. 소파에 걸터앉아 거울 조각을 만지작거리던 그녀가 몸을 일으켰다.

“그냥, 재밌잖아.”

그녀는 쭈그려 앉아 손가락으로 그의 턱을 들고 눈을 맞췄다.

“선량한 얼굴이 죄책감으로 일그러지는 게.”

“……당신, 미쳤군.”

“그럴지도.”

뷘터가 치를 떨며 뱉은 말에 이본은 쉽게 고개를 끄덕였다.

그녀는 참혹한 동족 학살에서 홀로 살아남았다. 또한, 차라리 그때 죽는 게 나을 만큼 지루한 시간을 숨죽인 채 버텼다. 그리고 마침내 복수를 완성하기 직전 과거로 회귀했다.

미치지 않고 배길 수가 있겠는가.

“제정신이 아닌 상태에서 네 손으로 남은 마법사들을 도륙 내는 꼴을 보는 것도 즐거웠지만…….”

“…….”

“목숨 걸고 지키려던 세상이 멸망해 가는 걸 무력하게 바라보며 미쳐 가는 네 얼굴을 구경하는 것도 꽤 재밌을 것 같네.”

“후회할 겁니다.”

뷘터가 섬뜩한 눈으로 그녀를 노려보며 짓씹듯 내뱉었다. 과거에선 볼 수 없던 낯선 모습이었다. 그녀는 문득 스스로도 알 수 없다는 생각이 들었다.

이 모든 것들이 정말로 동족의 복수를 위한 건지, 아니면 더는 그녀를 사랑하지 않는 인간들을 향한 증오심인지.

“사랑하는 페넬로페가 내 손에 어떻게 죽어 가는지 똑똑히 지켜보세요, 후작님.”

“…….”

“그럼 이만.”

그의 턱을 치켜든 손을 털고, 조각을 챙긴 채 자리에서 일어날 무렵이었다.

“파이어 피숀.”

불현듯 뷘터가 작게 주문을 외웠다. 화르륵— 그들 사이에 아무렇게나 널브러진 시든 꽃잎 줄기에 작은 불길이 붙었다.

“뭐…….”

이본이 멍하니 그것을 내려다보던 찰나.

콰아아앙—! 폭발이 일어났다. 동시에 이본의 작은 신영이 집어

던져지듯 뒤로 튕겨 나갔다.

쿠르르릉—. 건물이 순식간에 무너져 내렸다. 타오르는 불길과 재만 남은 터는 원래의 형체를 찾아볼 수 없을 만큼 참담했다.

그러나 이 거대한 폭발에도 주변은 고요했다. 마치 외부에선 폭발도, 폭음도 아무도 보이고 들리지 않는 것처럼.

한동안 불꽃이 튀는 소리를 제외하고 사방이 고요했다. 그러나 얼마 안 가, '덜그럭' 하는 소음과 함께 무너져 내린 건물 잔해가 움직이더니, 콰앙—! 쌓인 잔해 일부가 반대편으로 거칠게 날아갔다.

"흐, 으윽……."

뻥 뚫린 구멍 사이로 기어 나온 것은, 얼굴 한쪽이 녹아내린 끔찍한 몰골의 여자였다.

"빌어먹을, 뷘터 베르단디—!"

비척비척 걸어 나온 이본이 악을 지르며 제 몸을 더듬었다. 넝마가 된 옷은 물론이고, 그 사이로 뼈를 드러낸 살점들이 시커멓게 타들어 가고 있었다. 인간이라면 도저히 살아날 수 없는 끔찍한 몰골이었다.

엉망이 된 몸에서 시선을 돌린 이본은 눈을 번뜩이며 주변을 샅샅이 훑었다. 하인을 두 명이나 잡아먹은 것이 무색할 만큼, 비축해 둔 힘을 몸을 소생시키는 데 몽땅 소요하고 있었다. 당장 찢어 죽여도 시원치 않지만, 일단 뷘터라도 먹어 치워야 했다.

"흐, 흐익!"

그러나 찾는 이의 모습은 보이지 않고, 엄한 인간과 눈이 맞닥뜨렸다. 얼굴이 낯익었다. 공작저에 고용된 마법사였다.

"하! 여우 같은 늙은이, 쥐새끼를 잘도 붙여 놨네."

마부를 쉽게 따돌렸기에, 또 다른 추적이 붙어 있을 거란 건 미처 예상치 못했다.

건물 밖에 숨어서 그녀를 기다리고 있던 것처럼 보이는 마법사는 겁에 잔뜩 질린 채 벌벌 떨었다. 어쩌면 당연했다.

모시는 아가씨가 들어간 건물이 뜬금없이 무너져 내린 것도 모자라, 일반인들 눈에는 보이지 않는 엄청난 폭발에도 불구하고 흉측한 몰골로 살아남은 채 제게로 다가오고 있었으니.

"이리 오세요, 마법사님."

끔찍한 몰골의 여자가 천천히 건물 밖으로 걸어 나왔다. 반 줌 남은 사랑스러운 분홍빛 머리가 화마에 휘날렸다.

"흐, 흐으!"

마법사는 고개를 저으며 뒷걸음질 쳤다. 그러나 실제로는 꿈쩍도 할 수 없었다. 이본은 몸을 재생시키던 힘을 세뇌로 돌렸다.

"시, 신이시여……."

인간은 죽음을 목전에 두고 언제나 신을 찾았다. 이본은 그것이 너무나도 우스웠다. 빌어먹을 용이 근간인 제국에 신이 어디 있겠는가.

"이제부터 내가 너의 신이란다."

물기로 반질반질한 남자의 눈에, 검붉게 녹아내린 입술이 찬찬히 호선을 그리는 게 비쳤다.

공작저에 도착했을 땐 자정에 가까운 시간이었다. 다행히 빈 마차를 끌고 수도 외곽을 한 바퀴 돌게 한 후 시간 맞춰 돌아가게 한 것이 통했는지 저택은 불이 모조리 꺼져 있었다.

대문에서 꽤 떨어진 곳에 도착한 그녀는 천천히 발걸음을 죽여 현관을 향해 걸었다. 막 정원을 지나치던 때였다.

“늦었구나.”

불쑥 앞쪽에서 인기척이 느껴졌다.

“누, 누구…….”

당황한 이본은 걸음을 우뚝 멈추고 겁에 질린 채 물었다. 현관 앞 음영에 서 있던 사람이 천천히 걸어 나왔다. 달빛에 그의 얼굴이 드러났다.

“고, 공작님?”

이본은 깜짝 놀라 에카르트 공작을 불렀다. 문득, 그가 번뜩 손을 치켜들었다. 더는 다가오지 말란 신호 같아서, 이본은 눈을 커다랗게 뜬 채 고개를 갸웃거렸다. 하지만 착각이었다.

스스스스슷―. 공작이 손을 들기 무섭게 정원에서 시커먼 인영들이 천천히 몸을 드러내며 다가오기 시작했다.

하나, 둘 조명에 불이 들어오기 시작했다. 빠져나갈 틈 없이 이본을 감싼 기사들은 모조리 칼을 빼 들고 있었다.

“이, 이게 다…… 무슨 일이에요?”

주변을 둘러본 이본이 겁에 질린 얼굴로 공작을 돌아보며 물었다. 공작은 물론이고 그의 옆에 선 데릭, 레널드마저 서늘한 눈으로 자신을 응시하고 있었다. 그녀의 눈이 미약하게 흔들렸다.

“네게 몇 가지 질문을 하고자 한다, 이본. 신중하게 대답해 주었으면 하구나.”

“네? 어, 어떤…….”

하얗게 질린 그녀의 안색에도 공작은 차가운 눈빛을 풀지 않았다.

“지금까지 어디에 있다가 온 게냐.”

“외출에서 돌아온 후에 잠깐 산책을 하다가 숲에서 깜빡 잠이 들었어요. 그래서 허겁지겁 돌아오는 길인데…….”

“그럼 계속 저택 내에 있었단 말이냐?”

“네, 네. 그럼요.”

“거짓말을 하는군.”

공작이 싸늘하게 일갈했다.

“빈 마차가 돌아온 것을 내 눈으로 확인했다.”

“그, 그건…….”

공작의 지적에 이본은 눈에 띄게 난처한 표정을 지었다. 그녀는 이내 힘겹게 토로했다.

“사실은…… 잠깐 볼일을 보는 사이 마차가 절 두고 먼저 가 버렸어요. 그래서 간신히 다른 마차를 얻어 타 뒷문으로 돌아온 거예요, 공작님.”

“돌아온 마부는 미친 사람처럼 횡설수설하더구나. 꼭 정신계열 마법에 걸리기라도 한 듯이 말이다.”

이본의 변명에 공작이 뜬금없는 말을 했다. 공작저에 고용된 마법사는 마부를 고칠 방법이 없다며 낭패 어린 표정으로 고개를 저었다.

‘여우 같은 늙은이. 마법사까지 대동해서 확인하다니.’

이본은 뒤로 숨긴 주먹을 남모르게 꽉 쥐었다.

“저, 저는 모르는 일이에요! 정말이에요.”

"네 말이 사실이라면 왜 바로 내게 말하지 않았지?"

"바로 말씀드리지 않은 건……."

이본은 물기 가득한 눈으로 제게 몰린 사람들을 돌아보았다.

"공작님께서 저를 돌려보내신 걸까 싶어서……. 모른 척하면 여기 더 있을 수 있을 거란 생각에……."

그녀는 끝내 말을 잇지 못하고 고개를 떨구었다. 가녀린 눈물이 턱을 타고 뚝뚝 떨어지기 시작했다. 누가 보아도 안쓰러운 그 모습에 보다 못한 누군가 만류하고 나섰다.

"아버지, 밤이 늦었습니다. 멀쩡히 돌아왔으니 된 것 아닙니까. 혼을 내는 건 내일 하시지요."

며칠간 잠을 자지 못해 눈에 핏발이 잔뜩 선 데릭이었다. 사라진 이본을 찾기 위해 자신을 소환하고 기사들을 집합시킨 거라 여긴 그의 얼굴에 깊은 피로함이 떠올랐다.

"오늘, 상단 거리에는 왜 간 것이지?"

그러나 공작은 요지부동이었다. 이본이 기죽은 얼굴로 답했다.

"사, 상단 거리요? 저는 그곳이 어딘지도 잘 모르는……."

"페넬로페의 성인식 전에 네 하녀를 맡았던 베키라는 아이가 다른 이들에게 상단 거리의 위치를 묻고 다녔단 증언이 있더구나."

"아버지! 그건 이미 끝난 일이지 않습……!"

"입 다물어라, 데릭!"

데릭을 부리부리하게 노려본 공작은 다시 이본에게 시선을 돌려 말을 이었다.

"하녀장이 이유를 묻자 네가 시킨 물건을 사기 위함이었다고 답했다더군."

이본이 외출한 사이 공작은 급히 하녀장을 불러들여 심문했다. 죽은 하녀에게 시선이 집중된 데다가, 오래간 공작저에 충성을 바쳐 일한 탓에 하녀장은 일찍이 조사 대상에서 제외됐었다. 그런 그녀의 증언이 추가되자, 사건이 새롭게 재구성됐다.

이본에게 쏠린 시선이 부러워서 죽은 하녀를 통해 독을 구하여 자작극을 했다던 페넬로페.

그런데 아무리 생각해도 베르단디 후작의 말처럼 앞뒤가 맞지 않았다. 전담 하녀를 내버려 두고, 왜 하필 이본의 시중을 들던 이를 통해 독을 구한단 말인가.

게다가 그 하녀는 심문 도중 왜 갑자기 자살을 했고, 에밀리는 왜 페넬로페가 가출하자마자 자취를 감춘 건지.

"하녀장에게 성인식에 참여할 수도 있으니 미리 금배를 준비해 두라 했던 것도 너였더구나. 이게 어찌 된 일이지?"

공작은 의구심이 잔뜩 서린 눈으로 쐐기를 박았다. 처음 듣는 얘기에 레널드와 데릭의 얼굴이 놀라움으로 물들었다.

"……이본, 아버지의 말이 사실이냐?"

데릭이 멈칫 이본을 돌아보며 물었다.

"뭐야."

오만상을 찌푸린 채 곰곰이 공작의 말을 되뇌던 레널드가 불쑥 중얼거렸다.

"그럼 페넬로페 걔가 자작극 벌인 게 아니라 쟤가 독살하려고 그런 거…… 아니, 아니지, 해독제도 같이 구했으니까……."

그는 그때 조사했던 것들을 다시 떠올려 보았다. 그러다 아직 술기운이 남은 머리가 깨질 듯 아파 와 "아오, 씨발!" 하고 욕설을 내뱉으며 제 머리를 주먹으로 퍽퍽 내리쳤다. 효과가 있는지 시야가 한결 명료해졌다.

"아버지, 설마…… 재가 자작극 벌이려고 한 건데 잔이 바뀌었다는, 뭐…… 그런 병신 같은 일은 아니죠?"

그는 아까부터 굳은 표정을 풀지 않는 제 아버지를 슬쩍 올려다보며 물었다.

"진짜……?"

돌아오는 답이 없었다.

"와! 저거, 저거……!"

마침내 깨우침을 얻은 레널드는 입을 떡 벌린 채 말을 잇지 못했다.

페넬로페가 쓰러졌을 때, 이본은 정말로 영문을 모르는 사람처럼 막막한 얼굴로 울면서도 페넬로페의 안부를 물었다. 누가 봐도 무고한 사람 같은 그 천진한 모습.

때문에 레널드는 후에 가서 이본도 용의자일지 모르지 않냐, 말하면서도 내심 찝찝했다. 그런데 그 모든 게 연기에 불과했다니.

"섣불리 결론 내리지 마라."

기가 막혀 붕어처럼 입을 벙긋대는 레널드에게 핀잔을 준 데릭이 공작에 이어 물었다.

"이본, 네가 답해. 아버지의 말이 진정 사실이냐."

"전…… 저는, 모르는 일이에요! 정말이에요!"

이본은 고개를 저으며 필사적으로 부정했다.

"상단 거리가 어딘지도 모르는데 제가 거길 왜 가겠어요, 공작님……."

푸른 눈에 그렁그렁 차올랐던 눈물이 볼을 타고 뚝뚝 흘러내렸다. 억울함을 감추지 않고, 이본은 서럽게 울었다.

"집사."

그때 공작이 나지막이 집사를 불렀다. 그녀가 돌아왔으니 감시를 붙인 마법사도 돌아왔어야 했다.

"공작님, 잠시 귀를……."

뒤편에서 상황을 주시하며 대기하고 있던 집사가 황급히 다가와 작은 목소리로 소식을 전했다.

공작의 얼굴이 딱딱하게 굳었다. 30분마다 상황을 보고하던 마법사는 이본이 한 상단에 들어간 이후, 마물이 나타났다는 보고를 끝으로 연락이 두절됐다.

"이본."

조금 전 마법사의 생명 신호마저 끊겼다는 소식을 접한 공작의 눈이 어둡게 침잠했다.

"마지막으로 질문하마."

"흑, 흐으……."

이본은 어깨를 들썩이며 겁에 질린 얼굴로 공작을 올려다보았다.

죽은 아내를 닮은 사랑스러운 분홍색 머리칼, 에카르트를 상징하는 맑은 벽안. 영락없는 딸의 모습이 분명한데, 그런데…….

"……어째서 물에 네 얼굴이 비치지 않는 것이냐."

공작이 파르르 떨리는 입꼬리에 애써 힘을 주었다.

공작이란 지위에 있다 보면 종종 우연찮게 황궁에서 숨기는 기밀 사항들을 접할 때가 있다. 알려지지 않은 고대의 문서라든지, 설화 속에서나 등장하는 기이한 존재라든지…….

"아버지, 그게 무슨 말씀이십니까?"

심각한 상황 중 다소 황당한 질문에 데릭이 영문을 모르겠다는 듯 눈살을 좁히며 물었다. 레널드 또한 마찬가지였다.

"갑자기 물에 비치지 않는 건 또 뭡니까? 재가 뭐 귀신도 아니고……."

"대답하거라, 이본!"

아들들의 질문을 무시한 채 공작이 이본을 채근했다. 그는 내심 그녀가 잘못 본 것이라고, 지금이라도 물에 제 얼굴을 비춰 보겠다고 답하길 바랐다. 그러나 이본은 고개를 숙인 채 하염없이 울기만 했다.

"흑, 흐윽, 흣."

고요한 정적을 가르고 그녀의 서글픈 흐느낌만이 울려 퍼졌다. 그리고 어느 순간부터였다.

"흐, 흐으, 흐흐."

이본의 흐느낌이 점점 웃는 소리로 변하기 시작한 것은.

"흐흐, 흐흐흐흐…… 하흐흐, 하하하!"

"……."

"하…… 들켰네."

고개를 푹 숙이고 있던 이본이 천천히 고개를 들었다. 찰나, 저택 앞마당에 있는 모든 이들이 흠칫 몸을 굳혔다. 드러난 그녀의 얼굴은, 눈물로 흥건히 젖은 채 활짝 웃고 있었다. 재미있어 죽겠다는 듯.

"그냥 모른 척하시지 그러셨어요, 공작님."

"너……."

"그럼 그 알량한 목숨들, 좀 더 연명할 수 있었을 텐데."

삼부자를 번갈아 보며 하는 말에 레널드가 발끈해서 버럭 소리쳤다.

"저게 미쳤나. 야, 너 무슨 말을 그따위로……."

"드 옴메놈 하레흐."

그 순간이었다. 돌연, 그녀가 알 수 없는 말을 중얼거리며 땅을 향해 손을 뻗었다. 모두가 영문을 몰라 어리둥절해하는 사이.

두두두두두—. 불현듯 땅이 진동하기 시작했다. 발밑으로 느껴지던 미약한 진동이 점점 거세지더니, 하나둘 휘청거리는 이들이 속출했다.

"무슨……!"

당황한 기사들이 주변을 두리번거리며 경계 태세를 갖추었다. 그때였다. 콰앙—! 불현듯 정원 한쪽 땅 속에서 무언가 폭발하듯 튀어나왔다.

부연 먼지 사이에서 튀어나온 것은 거대한 괴생물체였다. 상반신은 사마귀, 하반신은 지렁이로 이루어진.

"케에에에엑—."

먹잇감을 발견한 사마귀의 입에서 침이 질질 흘렀다.

"집사, 내가 지금 술이 덜 깨서 그런데…… 저거, 마물 아니지?"

레널드의 현실 부정이 무색하게, 곧바로 누군가의 비명이 들려왔다.

"으아아악— 마물이다! 피해!"

그러나 마물 한 마리가 끝이 아니었다.

쾅, 쾅! 콰앙—! 처음 등장한 것을 시작으로 정원 곳곳이 폭발했다. 삼부자가 있는 저택의 현관 근처 화단 속에서도 한 마리가 튀어나왔다.

"저년 뭐예요, 아버지?"

레널드가 허겁지겁 검을 빼 들고 경악에 가득 차 소리쳤다. 나타난 여러 마리의 마물들 속에서 요요히 웃고 있는 이본이 보였다.

공작저에 오자마자 산책을 핑계로 온갖 곳을 돌아다니며 심어 둔 그녀의 씨앗들이었다.

"케에에에엑—!"

지렁이로 이루어진 하반신을 미친 듯이 꿈틀거리며 마물들이 사냥을 개시했다.

"전군! 마물을 막고 이본, 아니 저 아이를 포박하라!"

순식간에 저택을 점령한 마물들의 모습에 넋을 놓고 있던 공작이 뒤늦게 정신을 차리고 명령을 내렸다. 레널드는 이미 튀어 나간 후였다.

"집사, 당장 황궁에 전보를 보내게! 저택 안에 사람들도 어서 대피시……!"

"케에에에엑—!"

불현듯 집사에게 서둘러 대피 명령을 추가하던 공작의 머리 위를 거대한 그림자가 덮쳤다. 그가 간발의 차로 몸을 날려 피했을 때. 채앵—! 레널드가 쏜살같이 달려와 내리찍는 사마귀의 앞발을 쳐냈다.

"씨발! 형, 뭐 해! 정신 차리고 아버지 엄호해!"

그 위험천만한 순간에도 가만히 서 있기만 하는 데릭을 향해 레널드가 거칠게 외쳤다.

"형—!"

'오라버니.'

레널드의 목소리와 동시에, 데릭의 귓가에 누군가의 목소리가 겹쳐 울려 퍼졌다.

— 오라버니.

— 오빠, 우리 축제 가면 안 돼?

아비규환 속. 데릭의 눈과 귀를 가린 것은 어린 여동생의 모습이었다.

— 보고 싶었어요, 오라버니,

— 오빠.

그의 손을 꼭 붙잡은 어린 여동생은 너무 신난다며 예쁘게 웃었다.

"이본."

데릭이 손을 뻗으며 주춤주춤 앞으로 나아갔다. 레널드의 욕설 섞인 부름 따윈 전혀 들리지 않았다.

— 오빠—!

눈 깜짝할 새 퍼레이드 행렬에 휩쓸린 이본이 점점 멀어진다. 자신을 보며 울고 있는 동생.

"안 돼, 이본. 내가 지금 갈게. 조금만 기다……!"

불쑥, 뻗은 손에 누군가의 보드라운 피부가 닿았다.

"오라버니."

데릭이 눈을 떴다. 어느덧 훌쩍 큰 이본이 그를 꼭 붙들고 있었다.

"사냥이 끝날 때까지 제 인질이 좀 되어 주세요."

이본이 어여쁜 얼굴로 웃었다. 퍼뜩 눈앞이 갠 데릭은 천천히 주변을 둘러보았다.

"으악, 크아아악! 도와줘!"

"케에에에엑—!"

챙, 채에엥—! 고요한 공작저는 온통 아수라장이 되어 있었다.

"이게, 무슨……."

낫 같은 앞발을 사정없이 휘두르며 꿈틀꿈틀 빠르게 기어 다니는 마물. 비명을 지르며 죽어 가는 기사들과 그 사이로 마물을 피해 몸을 날리는 레널드. 그리고.

"아버지."

데릭의 눈이 부릅떠졌다. 집사의 부축을 받고 몸을 옮기는 공작의 뒤로 마물 한 마리가 바짝 따라붙은 상태였다.

그는 곧바로 칼을 빼 들고 그쪽으로 달려가려 했다. 그러나 몸이 꿈쩍도 하지 않았다. 아래를 내려다보니, 검은색의 아지랑이 같은 것으로 온몸이 꽁꽁 묶여 있는 게 아닌가.

"윽! 제기랄, 이게 무슨……!"

버둥거리는 것도 잠시, 데릭은 공작을 덮치는 마물의 모습에 호흡이 멎었다.

"아버지!"

사마귀의 앞발이 허공을 가르고, 공작을 내리찍으려던 그 순간이었다.

"데키나 레바티움—!"

콰아아앙—!

어디선가 거대한 빛 덩어리 하나가 쏜살같이 튀어나와 마물을 덮쳤다.

“꼭 가야겠어?”

황태자는 탐탁지 않은 얼굴로 세 번째 같은 질문을 했다.

늦은 밤, 마법사 한 명과 여섯 명의 호위를 대동한 채 수도 북문에 도착한 우리는 마차를 타고 공작저로 이동 중이었다. 장거리 이동 마법을 시전한 황궁 마법사가 기어이 탈진했기 때문이다.

나는 잔뜩 찌푸려진 수려한 얼굴을 흘끔 곁눈질하며 시큰둥하게 답했다.

“죽일 거라고 했잖아요.”

“내 말은, 꼭 도착하자마자 지금 바로 가야 하느냔 소리야. 날이 밝고 갈 수도 있잖아.”

“이제 괜찮아요.”

“소리 하나 없이 픽 쓰러졌으면서, 괜찮긴 뭐가…….”

버럭 소리를 지르려던 그는 이내 한숨을 내쉬며 입을 다물었다. 곧바로 공작저로 가서 이본을 해치우겠다는 내 계획이 황태자는 마음에 들지 않는 듯했다.

늪지대에서 이클리스와 마물들을 향해 마법을 쓰고 기절한 직후부터 칼리스토는 나를 꼭 불면 날아갈 깃털처럼 대했다.

어찌나 유난을 떨었는지, 제국군의 진영에서 다시 눈을 떴을 때 세드릭이 기가 질린다는 얼굴로 마법사를 냉큼 내주었다.

‘그 정돈 아니라니까…….’

민망하고 간지러운 기분이 들었다. 나는 남몰래 팔꿈치를 긁다가

물었다.
“전하께서야 말로 빨리 북방으로 돌아가 보셔야 하는 거 아니에요? 아직 전쟁 중이잖아요.”
“지금 그깟 전쟁이 문제야? 또 쓰러지면 그대는 누가 챙기나?”
마치 공작저에는 내가 죽어 나자빠져도 신경 쓸 이가 아무도 없다는 어투였다.
‘맞는 말이긴 한데…….’
그렇지만 아직 노멀 모드가 시작한 지 얼마 안 된 시점에다가, 세뇌에 필요한 조각을 내게 두 개나 빼앗겼기에 이본이 크게 활개 치고 다니진 않았으리라. 그러니 치려면 지금이 바로 시의적절했다.
문득 기절하기 직전의 일들을 떠올렸다.

〈SYSTEM〉 단, [고대 마법]은 많은 체력과 정신력을 요구합니다! 중요한 때에 신중히 사용하십시오!

그러려니 하고 대충 넘겼던 시스템의 경고는 과장이 아니었다. 마법을 쓴 직후 정말로 체력이 몽땅 사라진 것처럼 몸에서 힘이 쭉 빠지고 눈앞이 아찔해졌다. 꼬박 사흘을 죽은 듯이 내리 잤으니 황태자가 난리를 칠 만도 했다.
‘마법 쓸 때마다 매번 기절하면 곤란한데.’
이본을 죽일 때까지 얼마나 많은 공격이 필요할지 알 수 없는 노릇이지 않은가.
나는 주머니에 손을 집어넣었다. ‘달그락’ 하는 소리와 함께 차가운 유리병의 감촉이 손끝에 닿았다. 황궁 마법사에게 받은 체력 증진 물약은 총 다섯 개였다.

'부디 다 쓰기 전에 해치울 수 있을 만큼 X밥이길.'

가출 전에 이본과 직접 부딪쳐 본 바로는 고대 마법 한 방에도 나가떨어지긴 했다. 그러나 방심은 금물이었다. 이 미친 게임이 최종 보스를 그렇게 쉽게 처치할 수 있도록 해 줄 거란 생각은 조금도 들지 않았다.

그때였다. 마차가 속도를 줄이며 정차하는 것이 느껴졌다.

"전하, 공녀님, 마차가 에카르트 공작저 앞에 도달하였습니다."

"그래? 공작에게 제국의 황태자가 왔노라고 전하라."

외부 마차는 저택 주인의 허락이 있어야 대문을 통과할 수 있었다.

"친딸을 뚜드려 패고 집 나간 양딸의 금의환향이군. 안 그래?"

오만하게 명령을 내린 황태자는 이내 나를 돌아보며 눈을 찡긋했다. 황태자인 자신이 함께 와 준 것이 자랑스럽지 않느냐는 뜻 같았다. 나는 무시한 채 대문이 열리기를 기다렸다.

"하온데 전하, 잠시 나와 보셔야 할 것 같습니다."

그런데 육중한 철문이 열리는 소리 대신 호위의 목소리가 들렸다.

"뭐야."

황태자는 불쾌한 표정으로 자리를 박차고 나갔다.

"공작이 문 못 연다고 시위라도 하나?"

"그, 그게……."

열린 마차의 문틈으로 익숙한 공작저의 대문이 보였다. 그러나 어딘가 묘하게 이상함이 느껴졌다. 위화감의 정체는 마차에서 내려선 칼리스토의 중얼거림으로 바로 알 수 있었다.

"문지기들이 없군."

"게다가 확인해 본 결과 대문이 열려 있습니다, 전하."

사시사철 대문을 지키던 문지기들이 사라진 공작저는 무척이나 고요해 보였다. 나는 심상치 않은 저택의 분위기에, 개구멍으로 가자고 말을 할지 고민했다. 그 순간이었다.

쿠구구구구궁—. 불현듯 땅이 미약하게 진동했다.

"무슨……."

황태자와 호위들이 빠르게 칼을 뽑아 들었다.

케에에에엑……. 그와 동시에 기괴한 울음소리가 멀찍이서 울려 퍼졌다.

"마물 소리예요, 전하."

나는 그것의 정체를 곧장 알아차렸다. 칼리스토는 딱딱하게 굳은 얼굴로 다시 마차에 올라타며 소리쳤다.

"제기랄! 자리에 앉아, 공녀. 마차를 출발해라! 황궁으로 간다!"

나는 뜬금없는 명령에 어리둥절한 얼굴로 그를 돌아보았다.

"무슨 소리세요? 이본이 정체를 드러낸 거예요. 저택으로 가야 해요!"

"지금은 안 돼. 느껴지는 기척으론 한두 마리가 아니야."

"그럼 저 혼자 갈게요. 전하는 황궁으로 가시든지요."

"그 몸으로 가긴 어딜 가!"

마차가 출발하기 전에 서둘러 내려서려는 나를 칼리스토가 다급히 붙잡았다.

"몇 번을 말씀드려요? 저 이제 괜찮아요, 전하."

"지금 괜찮으면 뭐 해. 가서 또 그 빌어먹을 마법 쓸 거 아니야. 어서 마차 출발 안 하고 뭐 해!"

마차 안의 소란을 고스란히 듣고 있었는지 미적거리는 밖을 향해 황태자가 거칠게 윽박질렀다. 그제야 마차가 천천히 움직이기 시작했다. 나는 여전히 내 어깨를 꽉 붙든 칼리스토를 올려다보며 조용히 읊조렸다.

"……제가, 하고 싶은 대로 다 하게 해 준다고 하셨잖아요."

"그것도 몸이 멀쩡할 때 얘기지."

그는 절박한 얼굴로 응수했다.

"그리고 공작가 놈들이 그대를 어떤 꼴로 만들었는데."

"……."

"그놈들은 제 무덤을 판 거나 다름없다. 마물 밥이 되어 뒈지든 말든 신경 쓰지 마. 죄책감조차 아까운 놈들이니까."

솔직히 맞는 말이라 할 말이 없었다. 하지만 공작가 인간들이 죽어 나가는 것과 레일라를 처치하는 것은 엄연히 별개였다.

"……또 쓰러지면 전하께서 구해 주시면 되죠."

"그게 말이 되는 소리……!"

"저도 무서워요, 전하."

나는 점점 공작저에서 멀어지는 것을 느끼며 조심스럽게 내 속마음을 털어놓았다. 거대하고 기상천외한 괴물들을 보는 것도 모자라, 그것을 다루는 무시무시한 최종 보스를 직접 죽여야 하는데 어찌 무섭지 않을까.

하지만 그렇다고 피할 수도 없는 노릇이었다. 이 게임의 엔딩을 보고 원래 세계로 돌아가는 것을 떠나, 이대로 있다간 모두가 다 이본의 손에 개죽음행이었다.

나는 일그러진 채 나를 내려다보고 있는 황태자의 뺨에 천천히 한 손을 가져다 대었다.

"저도 무서워서 그냥 다 때려치우고 도망친 거나 다름없는데…… 그런데, 전하께서 절 붙잡으러 쫓아오셨잖아요."

기절해 있는 동안, 꿈을 꿨다. 오래전, 사냥 대회에서 동굴에 조난된 채 그의 이야기를 듣던 꿈을.

제국을 멸망시키기 위해 무결한 황제가 되고 싶다던 그의 말이, 정말로 진심이라 생각지 않았다. 내가 고고학을 꿈꿨던 것처럼, 어쩌면 그도 성군이 되어 나라를 어질게 다스리는 것을 꿈꿔 왔지 않을까.

어쩌면 이 모든 것이 내 욕심일지 모른다. 하지만 일러스트 속 성장한 채 웃고 있는 그의 모습은 너무나도 찬란해서…….

"전하가 제 편이 돼 준다고 하셨으니까…… 제가 위험할 때 지켜 주실 걸 아니까."

안전한 세상 속에서, 네가 무결한 황제가 되어 살아갔으면 좋겠다.

"그래서 저도 용기 내 보는 거예요. 공작가 사람들을 구해 주겠다는, 뭐 그런 거창한 게 아니라……."

칼리스토는 무표정한 얼굴로 말없이 나를 내려다보았다. 한참을 그러고만 있던 그는, 천천히 내 뺨에 고개를 기대었다. 그리고 눈을 감으며 작게 속삭였다.

"네가 눈을 감고 있을 때마다, 다시 눈을 뜨지 못할까 봐 겁나."

"……."

"단순히 기력이 달린 것뿐이란 걸 알면서도, 나도 모르는 사이 수십 번씩 호흡을 세고 입 안을 확인하고 있더군."

"……."

"자꾸 피를 줄줄 흘리며 쓰러져 있는 네 모습이 겹쳐 보여서……."
"아……."
무슨 소리를 하는지 알아듣지 못하던 나는, 작게 탄식했다. 그가 왜 이렇게 내가 쓰러진 것에 예민하게 반응했는지 깨달았기에. 칼리스토는 독주를 마시고 쓰러져 있을 때를 이야기하고 있었다.
다시 올려다보니 무표정한 가면 아래 필사적으로 두려움을 내리누르는 그의 얼굴이 보였다. 기분이 이상해졌다.
"이번엔…… 살살 쓸게요."
울렁거리는 속을 내리누르고, 나는 장담하지 못할 말로 그를 달랬다. 칼리스토는 그제야 굳은 얼굴을 풀고 피식 헛웃음을 터뜨렸다.
"조절도 못 하면서 어떻게 살살 쓰게."
"설령 세게 쓰더라도 안 쓰러지면 되죠. 마법사가 준 물약 있잖아요."
나는 입술을 삐죽이며 대꾸했다. 그러자 그가 혀를 차며 한탄했다.
"쯧, 벌써부터 이렇게 물러 터져서 큰일이군."
그리고 다시 명령했다.
"마차를 돌려라."
방향을 바꿔 다시 공작저에 도달한 마차는, 이내 대문을 뚫고 저택으로 질주했다.

"케에에엑!"
"으아아아악—! 끄윽!"
챙, 채앵—!
도착한 저택 앞마당은 그 짧은 새 아수라장이 되어 있었다.

"미친! 으으!"

다리가 있어야 할 부분에 꿈틀거리는 지렁이가 달린 사마귀 마물을 보며 나는 진저리를 쳤다.

'나는 꿈틀거리는 것들이 제일 싫다고요!'

마차에서 내려선 황태자는 빠르게 호위들에게 외쳤다.

"세 명은 마차를 호위하고, 나머진 나를 따르라!"

그는 서둘러 내게 몸을 돌려 신신당부했다.

"공녀, 벌써부터 마법 쓰지 말고 마차 안에만 있어. 에카르트 기사단도 있으니, 마물은 최대한 무력으로 해결해 볼 테니까. 알았어?!"

"네……."

하지만 나는 이본을 찾느라 그의 당부가 귀에 와 닿지 않았다.

'어디 있지?'

전쟁터를 방불케 할 만큼 피와 살점이 난무한 정원을 샅샅이 훑어보고 있을 즈음.

"공작님!"

귀에 익은 호칭에 불쑥 시선이 휙 돌아갔다. 정원 한쪽에 공작과 집사가 마물에게 쫓기고 있었다.

'그러니까 내가 조심하라고 했는데, 왜 말을 안 듣고…….'

세뇌의 영향도 있다는 것을 알지만, 기어이 이 사달을 만든 공작이 야속했다. 어차피 친부도 아닌데, 황태자의 말마따나 굳이 구해줄 필요가 있을까.

— 파양은 안 돼.

— 그렇지만…… 네가 원한다면, 공작저를 떠날 수 있게 조치해

주마.

그러나 그 순간, 공작의 따뜻한 음성이 귓가를 스쳤다.

— 늙은이랑 같이 입장할 바에야, 차라리 혼자 들어가겠다고 또 거절할 게야?
— 아가, 아비가 다 잘못했다. 울지 말아다오. 응?

나는 애써 귀를 틀어막으며 이를 악물었다. 그때였다. 뛰던 집사가 돌부리에 걸려 넘어졌다.
"펜넬!"
달리던 공작이 돌아와 그를 부축했다.
"케에에에엑—!"
그러나 바짝 쫓던 추격자에게 목을 내주는 꼴이었다. 침을 뚝뚝 흘리는 사마귀의 갈퀴가 사신의 낫처럼 그들의 정수리 위로 떨어지던 순간.
들고 있던 거울 봉의 상단에 하얀 글씨들이 나타나 뱅글뱅글 맴돌았다. 아는 주문에, 나는 앞뒤 가릴 것 없이 외쳤다.
"데키나 레바티움—!"
목 밑이 타들어 갈 듯 뜨겁다고 느낄 무렵. 쿠콰아아아앙—! 굉음과 함께, 어디서부턴가 거대한 빛 덩어리들이 쏟아져 나와 탱탱볼처럼 날뛰기 시작했다.
이 마법은 단시간 내에 많은 수의 마물을 쓸어버리면서, 같은 편은 죽이지 않는다는 장점이 있었다. 그러나 그 '같은 편'에 사물은 속하지 않는다는 단점이 너무 컸다.

쾅, 쾅! 쿠우우웅—!

미친 듯이 날뛴 빛 덩어리는 순식간에 여러 마리의 사마귀를 곤죽으로 만들었다. 알아챌 새도 없이, 저택에도 거대한 구멍이 뻥뻥 뚫렸다.

빛에 닿아 갈기갈기 찢긴 마물의 잔해와 그야말로 초토화된 주변. 공작, 집사, 펜넬, 그리고 앞마당에 있는 모든 이들이 찢어질 듯 커진 눈으로 나를 돌아보는 게 보였다.

"허억, 허억……."

거칠어진 숨을 몰아쉴 무렵. 투두둑— 비릿한 무언가가 코 속에서 주르륵 흘러내렸다.

"거참, 쓰지 말라니까 정말이지 말 더럽게 안 듣는군!"

억눌린 음성에 고갤 드니, 황태자가 이를 득득 갈며 달려오고 있었다.

나는 손을 들어 코를 더듬었다. 새빨간 피가 묻어났다.

'망할. 수능 전에 몇 날 밤새울 때도 안 난 코핀데…….'

나는 짜증스럽게 옷소매로 축축한 코와 입술을 문질러 닦았다.

"건드리지 마."

그사이 코앞까지 다가온 칼리스토가 내 손목을 억지로 떼어 냈다. 그리고 어디서 난 건지 모를 손수건으로 코를 꽉 막고, 내 턱 밑을 받치며 고개를 앞으로 숙이게 했다.

"이런 것도 가지고 다니세요?"

코맹맹이 소리로 묻자, 그가 분노를 참는 듯한 숨을 내쉬었다.

"그러게. 누구 뒤치다꺼리 때문에 내가 별걸 다 가지고 다니는군."

"저 괜찮아요."

나는 소심하게 대꾸했다. 고개를 숙인 상태라 그가 어떤 표정을 짓고 있는지 알 수 없었다. 그러나 내 입으로 괜찮을 거라 설득해서 와 놓고, 곧바로 코피나 줄줄 쏟았으니 여간 민망하지 않을 수 없었다.

"정말이에요. 물약 먹을 정도도 아니고……."

"알았으니까 눈치 보지 마."

칼리스토는 내 말을 막고 조용히 읊조렸다.

"그대 하고자 하는 일 하기로 했잖나. 변명할 것 없어. 내 애간장이나 좀 녹고 마는 거지 뭐."

분명 대수롭지 않다는 투였다. 그런데 왜 그렇게 이를 악문 것 같은 소리가 나는지 알 수 없었다.

"페넬로페!"

그때였다. 귀에 익은 목소리가 들렸다. 슬쩍 고개를 드니, 공작이 집사를 부축하며 얼떨떨한 얼굴로 나를 바라보고 서 있었다.

"……아버지."

다행히 그때쯤 코피도 멈췄다. 나는 내게 달라붙어 있다시피 한 황태자를 슬쩍 옆으로 밀었다.

"이게…… 대체 어찌 된 일이냐! 마법은 어떻게……."

다가온 기사 한 명에게 집사를 넘기고 한달음에 다가온 공작의 눈이 거울 봉에 닿았다.

나는 민망에서 슬쩍 그것을 내 뒤로 숨겼다.

"공작은 내가 눈에 보이지도 않나 보지?"

순식간에 투명 인간이 된 칼리스토가 삐딱하게 뇌까렸다. 정말이었는지, 그제야 황태자를 알아본 공작의 눈이 부릅떠졌다.

"저, 전하! 바, 반란군을 진압하기 위해 북방으로 가시지 않았습니까?"

"난 누구들과는 달리 가출한 공녀가 어디로 갔는지 신경도 쓰지 않을 만큼 냉혈한이 아니라서 말이야."

"전하!"

나는 화들짝 놀라 공작에게 날카롭게 쏘아붙이는 칼리스토의 입을 틀어막으려 했다. 그러나 이미 엎어진 물에 공작의 안색이 단숨에 어두워졌다.

따지고 보면 황태자의 말은 틀렸다. 저택을 나간다는 내 말에 공작은 오히려 도움을 주겠다 하였으니까. 그가 작정하고 나를 막으려 들었다면, 이본과 접전이 있던 그날 바로 탈출하기 힘들었을 것이다.

"그게…… 어쩌다 보니 마법을 쓰게 됐어요. 저택은 죄송해요. 제가 아직 마법을 잘 조절 못 해서……."

나는 죄책감에 공작에게 더듬더듬 말했다. 대충 상황을 보아 하니, 공작도 이제 이본의 정체를 알게 된 듯했다. 그렇지 않고서야 가문의 기사들까지 모두 소집할 리 없을 테니.

"그래도…… 늦지 않게 도착해서 다행이에요."

나는 아랫입술을 꽉 깨물며 천천히 진심을 토해 냈다. 공작이 무사한 모습이어서 안도했다면, 나는 정말 배알도 없는 호구인 걸까.

내 말에 정처 없이 흔들리는 눈으로 나를 바라보던 공작이, 불쑥 손을 들어 내 뺨을 쓰다듬었다.

"네가 무사해서, 나도 정말 다행이구나."

“…….”

“비록 다시 돌아왔지만, 오늘처럼 네가 저택에 있지 않은 게 다행스러웠던 적이 없었다.”

나는 그 말에 왈칵 흐려질 뻔한 얼굴을 가까스로 유지했다.

다시 돌아와 마주하게 될 공작 일가는 이본에게 완전히 세뇌되어, 그녀만을 위해 움직일 줄 알았다. 만약 이클리스처럼 그들마저 나를 공격하려 들면 어떻게 해야 할지, 오는 동안 수십 번 고민했다.

“야, 페넬로페!”

멀리서 레널드가 사랑스러운 분홍빛 머리칼을 휘날리며 허겁지겁 달려오는 모습이 보였다.

“야, 나 아직 술 덜 깼냐? 방금 네가 이상한 마법 봉 휘두르면서 마물들 다 조지는 꿈을 꾼 것 같은데…….”

한달음에 달려온 레널드가 제 머리를 주먹으로 퍽퍽 내리치며 멍청한 소리를 했다.

“이런, 재회 인사를 하긴 아직 이른데.”

그때였다. 귀를 파고드는 목소리에 모두의 고개가 휙 돌아갔다. 소란이 일어난 정원에서 훌쩍 떨어진 곳에 가녀린 체구의 여자 한 명이 우뚝 서 있었다.

“이본.”

마물을 풀고 그대로 튀었을 줄 알았는데, 이본은 멀찍이 떨어진 곳에서 모든 것을 관망하고 있었다.

‘하긴. 조각 하나가 나한테 있으니까.’

곧바로 납득한 나는, 앞을 가로막고 있는 사람들을 밀치고 앞으로 나갔다. 피와 마물의 잔해들로 엉망이 된 정원을 사이에 두고,

우리는 비로소 마주 설 수 있었다.

"내가 무서워서 꽁지가 빠져라 도망간 줄 알았는데. 다시 돌아왔네, 페넬로페?"

이본이 천진하게 웃었다. 그 옆에 데릭이 검은색의 무언가에 묶인 채 눈을 부릅뜨고 나를 바라보고 있었다. 누가 봐도 자의가 아닌, 붙잡힌 모양새였다.

나는 그를 본체만체하며 다시 이본에게 시선을 돌렸다.

"너야말로 나한테 그렇게 얻어맞고도 정신을 못 차렸니?"

"……뭐?"

"나 같으면 쪽팔려서 벌써 도망갔겠다. 네가 쓰는 세뇌나 힘, 이젠 나한테 안 통하는 거 알잖니."

왜냐하면 나는 게임 속, 아니 과거의 페넬로페와 달리 많은 것을 가지고 있기 때문이다. 내 말에 이본의 입가에 맺힌 웃음이 사그라들었다.

"너한텐 안 통해도, 네 주변엔 통하겠지."

잠시 입가를 바르르 떨던 그녀는 잠시 후 평정을 찾고 대꾸했다. 그 순간이었다.

"으윽!"

그녀의 옆에 서 있던 데릭이 별안간 고통스러운 신음을 내뱉으며 털썩 무릎을 꿇었다.

"데릭!"

"형! 아오, 저 미친놈!"

공작과 레널드가 깜짝 놀라 외쳤다.

"과거에는 널 먼저 죽이는 바람에 미처 보여 주지 못했어. 네가 끔찍이도 사랑받길 원하던 네 가족들이, 내게 하나하나 잡아먹히는 모습 말이야."

"크윽! 이, 이거 놔!"

"젊고 강한 인간들은 생명력 또한 질기지. 네 오라비는 꽤 맛있는 먹잇감이었어."

이본이 천천히 몸을 숙여 두 손으로 데릭의 얼굴을 쓰다듬었다. 데릭은 거칠게 몸부림쳤다. 그러나 당연히 움직일 수 없었다.

"이번엔 똑똑히 보여 줄게. 네 가족들이 내게 어떻게 죽어 갔는……."

"죽여."

나는 이본의 말이 채 끝나기도 전에 답했다.

"죽든 말든 내 알 바 아니니까."

이본에게 말했지만, 내 시선은 데릭에게 꽂혀 있었다. 하염없이 흔들리던 푸른 동공이 우뚝 멈췄다. 데릭은 방금 전 들은 말이 믿기지 않는 사람처럼 나를 응시했다.

새하얗게 질려 가는 그의 입술이 달싹였다. 애석하게도 나는 그걸 알아듣기 전에 곧장 고개를 돌렸다. 왜냐하면, 내 알 바 아니라는 말은 거짓 한 점 없는 진심이었기에.

"뭐야, 하등 쓸모없는 패였잖아?"

이본은 흉흉하게 찌푸려진 얼굴로 중얼거리더니, 이내 붙들고 있던 데릭을 풀어 주었다.

"크윽!"

무언가에 거칠게 떠밀리듯 그가 흙바닥으로 내동댕이쳐졌다.

"이 정도론 어림없다 이거지."

그런 데릭에 눈길도 주지 않은 채 이본은 나를 노려보며 말했다.

"그럼, 다른 파티를 시작하자."

그와 동시였다. 스스스, 스스스슷—. 내가 쓴 마법으로 인해 끔찍하게 찢긴 사마귀 마물의 사체들이, 별안간 들썩거리기 시작했다. 마치 진동하는 휴대폰처럼.

"무, 무슨……!"

한시름 놓고 있던 기사들이 다시금 바짝 긴장했다. 그 순간, 들썩들썩 움직이던 사체를 퍽 뚫고 여러 줄기가 튀어 나왔다.

"키이이이익!"

"마, 마물이다! 새로운 마물이 나타났다!"

소름 끼치는 울음소리와 함께 누군가 외쳤다.

"미친……."

나는 사마귀 사체에서 솟아오른 채 꾸물꾸물 춤을 추는 기이한 마물을 보고 그야말로 질색을 했다. 그것은 바로.

'거대 연가시!'

"키이이이익!"

사체에서 몸을 빼낸 그것들이, 이내 일제히 기사들을 향해 달려들기 시작했다.

"아오 씨! 역겨워 죽겠네, 진짜! 공격!"

레널드가 칼을 빼 들고 선두로 달려나갔다.

나는 그저 얼어붙은 채 미친 듯이 꿈틀거리는 그것들을 바라보았다. 뭐가 기어 다니는 것처럼, 온몸이 간질거렸다. 이런 내 심정을 아는 건지, 때마침 거울 봉 위로 흰 글씨들이 떠올랐다.

꿈틀거리는 것들을 '극혐'하는 나를 배려해 황태자가 몸으로 앞을 가려 주었다.

"뒤로 물러나 있어, 공녀."

"파이어 피숀—!"

하지만 나는 미칠 듯한 징그러움의 향연에 이미 정신이 나간 후였다.

화르르륵—! 목청껏 외치자마자, 꿈틀거리며 기사들에게 달려들던 연가시들이 일제히 불에 타올랐다. 갑작스럽게 생긴 불길에 기사들이 멈칫했다.

"키이이이익!"

타닥타닥, 역겨운 냄새를 풍기며 타들어 가는 연가시들이 발광하듯 꿈틀거렸다. 그러나 얼마 후. 투둑, 투둑—. 불이 붙은 곳들이 툭툭 끊겼다.

마치 도마뱀의 꼬리처럼 까맣게 타들어 간 곳이 떨어져 나갔다. 몸의 절반이 떨어져 나갔음에도 연가시 마물은 여전히 길고, 여전히 살아 있었다.

"키이이이이익—!"

불길이 잦아들자 그것들이 다시 구물구물 달려들기 시작했다.

"뭐야, 왜 안 죽어? 윈드 피숀! 파이어 피숀! 윈드 피숀! 파이어 피숀!"

당황한 나는, 대왕 문어를 떠올리며 마구 주문을 남발했다. 그러나 소용없었다.

"마, 마법이 통하지 않는 것 같사옵니다, 황태자비 전하!"

황태자가 내 곁에 남겨 둔 황궁 마법사가 벌벌 떨며 외쳤다.

"황태자비……?"

공작이 생소한 얼굴로 나를 돌아보았지만, 망연자실한 나는 알아차리지 못했다.

"키이이익!"

"마차 안에 가만있어, 공녀!"

기다렸다는 듯 이쪽으로 달려드는 연가시 한 마리를 칼로 댕강 썰어 내며 황태자가 외쳤다. 이후 그의 전매특허인 칼춤이 시작됐다.

"전하의 말씀이 맞다, 페넬로페! 여기 안전히 있거라!"

"아, 아버지!"

손을 보태는 게 좋다고 생각했는지, 공작 또한 칼을 뽑아 들고 달려나갔다.

앞에서 날뛰는 황태자와 공작, 레널드의 활약으로 내 주변은 그야말로 안전지대였다. 연가시는 마법이 안 통하고, 여러 번 물리적으로 잘라야 해서 죽이기 번거롭긴 했지만, 사마귀 마물에 비하면 공격력이 매우 낮았다.

'뭐야. 별거 아니잖아? 파티라더니.'

썰려 나가는 마물들의 모습에 점점 마음의 안정이 찾아왔다. 나는 그래서 알지 못했다. 이본이 왜 연가시 파티를 열었는지.

썰려 나간 마물의 짧은 단면들이 페넬로페 주변에 하나, 둘 떨어져 쌓이기 시작했다. 아직 살아서 꿈틀거리긴 했지만, 너무 짧아서 곧 죽을 것들이었다. 인간들은 대수롭지 않게 생각했다.

눈치채지 못한 사이, 짤막한 마물 조각 하나가 꿈틀꿈틀 움직여 근처의 다른 조각에 닿았다. 단면끼리 붙은 그것은 얼마 안 가, 잘린 자국이 흔적도 없이 사라지고 좀 더 긴 새로운 조각이 되었다. 그리고 또 새로운 조각으로 굼질굼질 이동했다.

몇 번의 반복 끝에, 어느새 마물의 조각들은 인간의 절반 길이만큼 커졌다.

'멍청한 계집.'

이빨이 달린 머리의 단면까지 찾아 붙은 것을 확인한 이본이 입꼬리를 말아 올렸다.

서로 달라붙어 재탄생한 마물은 천천히 나무를 타고 올랐다. 아무도 신경 쓰지 않았다. 페넬로페의 머리 위에 기다란 나뭇가지가 드리워져 있는 것을.

마물이 막 목표한 가지에 닿은 것을 본 이본은 환희했다. 이제 이것으로 조각을 회수하면 모든 게 끝이었다. 페넬로페는 당장 죽이지 않을 것이다.

'그렇지만, 그 얄미운 얼굴을 갈기갈기 찢어 놓을 수는 있겠지.'

이본의 입이 헤벌쭉 벌어졌다.

"너는 가장 비참하고 고통스럽게 죽을 거야, 페넬로페."

그때였다. 푸욱—.

날카로운 것이 살 속을 파고드는 소리와 함께, 페넬로페를 바라보던 이본의 눈이 부릅떠졌다. 그녀는 천천히 고개를 내렸다. 검이 박힌 옆구리가 붉게 물들어 가고 있었다. 그녀는 다시 고개를 들어 옆을 확인했다.

"……이본."

하염없이 떨리는 푸른 눈. 그녀의 오라비, 데릭이 보였다. 칼에 찔린 이본이 비틀거렸다. 데릭을 마주한 그녀의 눈은, 믿을 수 없다는 듯 크게 확장되어 있었다.

"오…… 오라버니, 왜……."

이본이 입술을 달싹였다. 곧 사그라들 먼지처럼 작은 목소리였다. 칼에 찔린 것은 그녀인데, 그 순간 제가 찔린 듯한 선연한 고통이 느껴졌다.

데릭은 벌벌 떨리는 눈으로 제 손으로 찔러 넣은 검을 바라보았다. 간신히 되찾은 여동생을 제 손으로 찌르고 있다. 불쑥, 헛구역질이 치솟았다.

"……넌, 넌 내 동생이 아니야."

그는 이를 악물고 턱밑을 잠식하는 상념을 털어냈다.

"넌 대체 누구지?"

"저 이본이에요, 오라버니. 오라버니가 축제 날 잃어버린 동생이요."

이본은 웃는 건지 우는 건지 알 수 없는 표정으로 다시 한번 데릭의 죄책감을 일깨웠다.

"제가 이본이 아니면, 대체 누가 이본이겠어요?"

"닥쳐!"

그러나 데릭은 더 이상 속지 않았다.

"이본이, 이본이 너같이 사악한 것일 리가 없어! 이본은, 그 아이는!"

"……."

"정원에 꽃 한 송이 시든 것만 봐도 하루 종일 방에 박혀 우는 아이였다."

그는 황망한 눈으로 엉망진창이 된 정원을 바라보았다. 죽은 공작 부인이 손수 가꾼 것으로 유명한 에카르트 저택의 정원은 이본의 보물이었다. 꽃 한 송이라도 시든 것을 발견하면, 어린 여동생은 세상이 무너진 것처럼 서럽게 울었다.

그랬던 그녀가, 정원을 엉망으로 만들어 놓고 이토록 멀쩡할 리 없었다. 불현듯 안개가 낀 것처럼 혼몽했던 머릿속이 맑아졌다.

"그런데, 대체 넌 누구냐."

데릭은 낯선 눈으로 제가 찌른 여자를 바라보았다. 분명 틀림없는 이본의 외양이 맞는데…….

"하하…… 이제야 눈치챘어?"

악귀처럼 이를 드러내는 얼굴이, 전혀 모르는 사람처럼 느껴졌다.

"맞아. 네 동생은 이미 나한테 몸을 빼앗기고 죽은 지 오래인걸."

"……뭐?"

"불쌍한 이본, 이본, 이본 에카르트."

칼이 깊숙이 박힌 것이 아무렇지도 않은 사람처럼, 여자가 흥얼거리듯 말했다.

"저를 놓쳐 버린 오라비 때문에 사악한 것에게 몸을 빼앗긴 것도 모자라, 끝내 그 오라비의 칼에 맞고 죽겠네."

"무, 무슨……."

"왜, 거짓말 같아?"

여자가 조롱하듯 빙글거리며 한 발짝씩 데릭에게로 다가왔다. 둘의 거리가 가까워지는 만큼, 반쯤 박혔던 칼이 점점 이본의 몸속으로 사라졌다.

마침내 데릭이 잡고 있는 검의 손잡이만 남을 만큼 다가온 여자가, 아이를 놀리듯 그에게 얼굴을 불쑥 들이밀었다.

"이래도?"

인간이라면, 절대로 있을 수 없는 일이었다. 칼에 꿰뚫린 채 아무렇지 않게 걸을 수 있을 리가…….

데릭의 눈앞이 붉게 점멸됐다.

"크아악! 이본—!"

그는 울부짖듯 여동생의 이름을 외치며 박아 넣었던 검을 낯선 여자에게서 거칠게 뽑아냈다. 휘익—! 그리고 한껏 쳐든 그것을 그대로 여자의 목에 휘두르려던 그 순간.

콰득, 푸욱—. 뼈를 부수고 살을 파고드는 소리가 울려 퍼졌다. 방금 전과 비슷한 소리였다. 그러나.

"허, 허읏……."

데릭은 천천히 시선을 내려 아래를 내려다보았다. 왼쪽 가슴에 타인의 손이 박혀 있었다. 다시 시선을 들자, 무척 즐거워 보이는 여자의 얼굴이 보였다.

"역시, 조각이 없으면 세뇌를 조절하기가 어렵다니까……."

그와 동시에 가슴에 박힌 손이 안을 마구 파헤쳤다.

"커억—!"

데릭의 입 새로 붉은 핏물이 주르륵 새어 나왔다. 철그렁—! 높이 쳐올렸던 그의 손이 검을 놓치며 힘없이 낙하했다.

그는 살기가 가득 찬 눈으로 여동생을 노려보았다.

"크윽…… 이, 본……."

"이대로 네 심장을 터뜨리면 페넬로페가 무슨 반응을 보일까?"

이본은 그의 눈빛이 가소롭다는 듯 속삭였다. 그녀의 말에 데릭의 푸른 눈동자가 지진 일 듯 흔들렸다. 철옹성 같은 고지식한 사내가, 이름 하나에 속절없이 휩쓸리는 것을 볼 때마다 이율배반적인 감정이 들었다.

자신의 속살거림에 쉽게 속아 넘어가는 멍청한 모습이 썩 유쾌하면서도, 그 이유가 과거처럼 자신을 위함이 아닌 것이 때때로 불쾌했다. 지금이 그랬다.

"그래도 오라비랍시고, 구하는 시늉이라도 할까? 아니면 죽어 가는 널 동정할까? 그도 아니면……."

이본은 흔들리는 어리석은 사내를 보며, 짓씹듯 독을 내뱉었다.

"역겨워하려나?"

"그, 만."

데릭은 본능적으로 이본의 입을 막으려 했다. 그러나 그녀의 손에 가슴이 꿰뚫린 채로는 아무것도 할 수 없었다.

"성인식에 기어이 친동생을 데리고 가서 결국 자살까지 하게 만든 양오라비가."

"그만, 그만해……!"

"사실은 저를 사랑해서 세뇌까지 깼다는 사실을 알면, 얼마나 끔찍할까."

기어이 이본의 입을 타고, 그가 꽁꽁 숨겨 온 역린이 쏟아져 나왔다. 하염없이 흔들리던 데릭의 눈동자가 우뚝 멎었다.

"너, 너…… 그게……."

그의 낯빛이 질식할 사람처럼 새하얗게 질려 갔다.

"가엾은 오라버니."

"크으, 그만……!"

"페넬로페를 떠올릴 때마다 뭐 마려운 개새끼처럼 화를 내고 전전긍긍하던 게 사랑인 줄도 모르고."

이본이 멀쩡한 손으로 안쓰러울 만큼 창백해진 얼굴을 쓰다듬었다.

"이제 편히 쉬어요."

자장가처럼 속삭이며 그녀가 천천히 고개를 숙였다. 넋이 나간 듯한 데릭은 다가오는 여자를 피할 생각도 하지 못했다. 이윽고 보드라운 입술이 그의 입술과 맞닿으려던 찰나.

"윈드 피숀 프라숀!"

휘이이이익—! 섬뜩한 기운이 불쑥 그녀를 향해 날아왔다.

"으윽!"

공격을 기민하게 알아챈 이본은 데릭을 밀치며 가까스로 그것을 피했다. 동시에 주변에 있던 마물 하나로 방어했다.

"키익—!"

그러나 마법이 도통 먹히지 않던 좀 전과는 달리, 정면으로 공격을 받은 기생 마물 두 마리가 순식간에 사라졌다.

후두두둑—. 소용돌이치는 폭풍이 한차례 휩쓸고 지나간 자리엔, 재생조차 할 수 없을 만큼 미세하게 갈린 마물의 잔해가 비처럼 떨어졌다. 그 너머로 누군가 저벅저벅 걸어 나왔다.

"마법 업그레이드됐다."

넌 뒈졌어, 하고 덧붙이는 인영은 빌어먹을 페넬로페 에카르트였다.

잘라도, 잘라도 살아남는 연가시는 완전히 해치울 때까지 시간이 너무 많이 걸렸다.

'한 방에 자를 수 있으면 해결할 수 있을 텐데.'

후방으로 밀려난 채 끝없이 칼을 휘두르는 황태자와 공작을 바라보며 방법을 고민하던 때였다. 별안간 거울 봉 위에 떠오른 흰 글씨들이 바뀌었다. 더 환장할 주문으로.

'미친, 주문 합치면 더 강해지는 거냐고!'

너무나도 일차원적인 주문에 황당해하는 것도 잠시.

"윈드 피숀 프라숀!"

바뀐 주문은 확실한 효과를 보였다. 순식간에 생긴 여러 개의 소용돌이가 미친 듯이 정원을 휩쓸고 다니며 연가시들을 한 방에 조각냈다.

이렇게 될 줄은 몰랐는지, 당황한 이본의 얼굴이 눈에 박혔다. 그 옆에 데릭이 볼품없이 나동그라져 있는 것이 스치듯 보였지만, 알 바 아니었다.

'넌 이제 뒈졌다.'

이제 남은 건 최종 보스 하나였다.

"윈드……!"

그녀를 향해 성큼성큼 걸어가며, 막 주문 한 마디를 내뱉던 찰나였다.

"끼루루룩—!"

그 순간, 창공을 가르고 귀에 익은 새 마물의 울음소리가 날카롭게 울려 퍼졌다. 그와 동시에, 두두두두—! 땅이 마구 뒤흔들렸다. 한꺼번에 발생한 일이라 정신이 하나도 없었다.

장내의 모든 이들이 휘청이던 그 순간. 콰아앙—! 땅속에서 무언가 솟구치더니, 눈 깜짝할 새 공작을 집어삼켰다.

"아, 아버지!"

레널드가 외쳤다. 그것은 거대한 지렁이였다.

나는 다급히 주문을 외치려 했다. 그러나 공작을 집어삼킨 지렁이 마물은 미처 공격할 틈도 없이 튀어나온 땅속으로 도로 사라졌다.

"이본!"

나는 다급히 이본 쪽으로 몸을 돌렸다. 그사이 그녀는 새 마물에 올라탄 채 허공에서 나를 내려다보고 있었다.

"저건 실패했으니 네게 유의미한 인질로 바꾸는 게 좋겠지, 페넬로페."

쓰러진 데릭을 손가락질하며, 이본이 비열하게 조소했다.

"사랑하는 아버지를 구하고 싶으면 조각을 가지고 나를 찾아와."

순간, 가슴이 덜컥 내려앉았다. 그러나 나는 내색하지 않기 위해 갖은 애를 쓰며 태연히 대꾸했다.

"그냥 죽여. 어차피 난 너만 없애면 되니까."

"페넬로페, 너……!"

내 말에 레널드가 충격받은 얼굴로 나를 돌아보았다. 나는 그를 외면한 채 이본에게만 시선을 고정했다.

"그래?"

내 말에 이본이 고개를 기울이며 말했다.

"그런데, 인질이 과연 공작 하나뿐일까?"

"그게 무슨……."

"내게 죽을까 봐 뷘터 베르단디를 통해 빼돌린 하녀가 하필이면 미리 숨겨 놓은 아이들과 함께 있을 게 뭐람."

'에밀리!'

그 순간 번뜩 잊고 있던 에밀리의 얼굴이 스쳐 지나갔다. 잠깐 멈칫한 사이.

"결정은 빨리 내릴수록 좋을걸? 보름달이 뜨는 날, 그것들을 다 먹잇감으로 쓸 거거든!"

"끼루루루룩—!"

마물을 탄 이본은 빠르게 멀어져 갔다.

'안 돼.'

나는 주문을 마저 외치기 위해 입을 열었다.

"……!"

그러나 아무 소리도 나오지 않았다. 공작과 에밀리, 그리고 얼음에 갇힌 유물을 함께 발굴한 가면들이 차례대로 눈앞을 스쳐 지나갔다.

이본이 완전히 점이 되어 사라질 때까지, 나는 끝내 아무런 소리도 내지 못했다.

'……병신 같아.'

이 지긋지긋한 게임을 끝낼 기회를 내 손으로 놓쳐 버렸다. 무력감과 자괴감이 나를 덮쳤다.

'게임 속 인물들이 뭐라고. 그깟 인질들이, 뭔데……!'

불쑥 분노와 닮은 감정이 치솟았다. 그때 누군가 내 어깨에 툭 손을 올렸다.

"병신, 고개 숙이지 마라. 에카르트는 그 어떤 경우에도 무릎 꿇지 않는 거 몰라?"

고개를 드니 핑크빛 머리칼이 보였다. 레널드였다.

"네 잘못 아니야."

그 말에 나는 결국 얼굴을 왈칵 허물어뜨렸다.

'……아.'

지금 내가 느끼는 감정이 뭔지, 깨달았다. 그것은 이본을 죽이지 못했다는 분노가 아닌, 죄책감이었다.

아까 전 싸늘하게 뱉은 내 말에 분명 충격받은 표정을 지었으면서, 레널드는 마치 내 심정을 다 아는 것처럼 말했다.

"아직 아무도 안 죽었다. 구하면 돼. 그러니까 그렇게 죽을상 짓고 있지 말라고, 알았냐?"

제법 오라버니 같은 놈의 어투에, 나는 입만 벙긋댈 뿐 끝내 아무 말도 할 수 없었다. 한차례 격렬한 폭풍이 지나가고, 묘한 탈력감이 찾아왔다.

멍하니 있는 사이, 레널드는 제법 능숙하게 공작과 소공작의 빈자리를 채웠다. 황태자와 그의 지시 아래 부상자들이 옮겨지고 쑥대밭이 된 저택이 조금씩 정리되기 시작했다. 멍한 정신이 돌아온 것은 피를 질질 흘리는 데릭이 실려 가는 것을 보았을 때였다.

'아직 안 죽었나 보네.'

그렇게 생각하면서도, 창백한 그의 얼굴을 보자니 착잡한 기분이 들었다. 이본을 칼로 찌른 후 역공당한 데릭. 놈은 무슨 생각으로 그토록 끔찍이 여기던 여동생을 제 손으로 찔렀을까.

타악—. 그때였다. 들것이 내 앞을 막 지나칠 무렵, 기절한 줄 알았던 놈이 별안간 내 손목을 움켜쥐었다.

"무슨……."

나는 화들짝 놀라 잡힌 손목과 놈을 바라보았다. 힘겹게 눈을 뜬 놈이 반대편 손에 쥐고 있던 것을 내게 건넸다.

"……받아라."

낯익은 물건이었다. 그것은 바로, 어린 시절의 페넬로페가 훔쳤다고 누명을 쓴 이본의 것과 똑 닮은 목걸이였다.

나는 데릭이 내민 목걸이를 멀거니 바라보았다. 갑자기 이걸 왜 주는 건지, 전혀 예측할 수 없어서였다.

'그때 그 목걸이랑 완전히 똑같진 않은 것 같고…….'

페넬로페의 꿈을 통해 엿본 그 목걸이는, 어린아이에 걸맞게 장식에 박힌 다이아몬드가 작았다. 그러나 데릭이 건넨 목걸이는 비슷했지만, 엄지손톱만큼 큼지막했다.

"이동 마법을 새겼다."

선뜻 받아 들지 않는 나를 보며, 놈이 천천히 입을 열었다.

"다이아몬드를 세 번 문지르면 떠오르는 장소가 어디든 거리에 구애받지 않고 이동할 수 있다더군."

돌아오는 답이 황당하기 그지없었다. 내 입에서 물음이 튀어나오는 것은 당연한 수순이었다.

"왜요?"

"……."

"이걸 제게 왜 주시는데요."

그와 동시에 마지막으로 본 그의 절박한 외침이 떠올랐다.

— 화가 났어도 선물을 주면 다시 어여쁘게 웃어 주었잖아. 그렇게 앙숙처럼 싸워 대던 레널드 놈에게마저 오라버니라 불러 주었지 않아. 그런데 왜—!

놈이 선물을 주는 이유. 여동생의 자리를 빼앗은 밉살맞은 계집에게 품은 지저분한 감정들.

아픈 환자라는 것을 알면서도, 심사가 비틀렸다. 입술을 달싹일 뿐, 끝내 아무 말도 하지 못하는 그를 대신해서 말했다.

"이제 와서 이거라도 던져 주면, 뭐가 좀 바뀔 것 같아서요?"

한땐 나도 그가 내민 선물이 관계 개선을 뜻하는 것이라 생각했다. 현생에선 끝내 파국에 이른 첫째 개새끼와의 사이. 꼭 게임에서까지 답습할 필요는 없지 않은가.

"보석에, 사치에 환장하니까, 값비싼 선물을 주면 천치처럼 다 잊어버리지 않을까 싶어서?"

그러나 크나큰 착각이었다. 나는 그가 건넨 것을 받는 시늉조차 하지 않은 채 선고했다.

"그렇다면 단단히 착각하신 거예요, 소공작님."

"……."

"그때 느꼈던 그 비참함, 당신이 내게 줬던 수많은 치욕과 모욕들."

"……."

"그것들을 어떻게 잊어요. 이 목걸이가 바로, 보석에 미치게 된 계긴데."

나는 그의 손에서 흘러내린 목걸이를 성의 없이 툭 건드렸다. 값비싼 백금 줄이 허공에서 달랑달랑 흔들리고, 그에 맞춰 남자의 푸른 눈에도 지진이 일었다.

"전 이제, 당신이 내게 뭘 줄 때마다 무서워요. 매번 그 이후엔 더 어마어마한 엿을 먹여서 나를 나락까지 떨어뜨렸으니까."

"……."

"그러니 받지 않을 거예요, 소공작님. 그 이유가 뭐가 됐든."

"……."

"네가 주는 건 다 필요 없어."

마지막 말은 주변을 의식해서 몸을 숙인 채 작게 읊조렸다. 그나마 소공작임을 감안하여 내가 해 줄 수 있는 최대한의 배려였다.

끔찍하게 여기던 제 여동생에게 가슴이 꿰뚫린 놈에게 남은 감정은 아무것도 없었다. 매번 느껴 오던 분노, 혐오는 물론이고 하다못해 동정조차.

빠르게 속삭인 후 아무 일도 없던 것처럼 몸을 일으킬 무렵.

"……알아."

그가 마침내 내 말에 입을 열었다.

"아무것도 잊히지도, 사라지지도 않을 거란 것을."

이제라도 그걸 안다니 참으로 다행이지 않은가. 무감각한 눈으로 그를 내려다볼 무렵, 불현듯 창백한 그의 얼굴이 처참하게 일그러졌다.

"나는 그저…… 나는 그저 저택, 으윽."

말을 잇던 놈이 별안간 핏물을 쏟았다. 나는 조금 놀라서 허둥지둥 하인들에게 말했다.

"어서 저택으로 옮겨라. 이러다 위험……."

"저택 밖은 위험해."

그러나 데릭이 불쑥 내 말을 끊고 피와 함께 말을 쏟아 냈다. 내 손목을 붙든 손아귀에 힘이 들어갔다. 충분히 뿌리칠 수 있었지만, 어쩐지 그럴 수 없었다.

"내 눈과 검이 닿지 않은 곳까지 지키고 통제할 수는 없는 노릇이니까……."

"……."

"네가 가출해 있는 동안 네게 무슨 일이 생겼을 때, 에카르트의 위신을 떨어뜨리지 않고 그 자리를 회피할 수 있는 최적의 방법이 무엇일지."

"……."

"고민하고 그에 따른 결론을 내렸을 뿐이야."

몰랐는데, 다친 데릭 놈은 개소리를 참으로 간절하게도 하는 재주가 있었다.

"그러니까 제발……."

당황해서 굳어 있는 내게, 바들바들 떨리는 목걸이 쥔 손이 내밀어졌다. 곧 숨넘어갈 듯 껄떡이는 그가 끝내 애원하듯 말했다.

"그러니까 제발…… 받아 주면 안 되겠느냐."

"미안하지만 안 되겠는데, 소공작."

그때였다. 불쑥 단단한 것이 허리를 휘어 감았다. 데릭의 손이 미처 내게 닿기 전에 내 몸은 누군가에 의해 뒤로 확 끌어당겨졌다.

"그까짓 것 없어도 내 약혼녀는 내가 알아서 잘 모시고 다닐 거거든."

"전하?"

퍼뜩 고개를 드니, 인상을 잔뜩 찌푸린 황태자의 얼굴이 보였다.

"크윽!"

그와 동시에, 데릭이 또 한 번 피를 쏟아 내며 몸을 들썩였다. 텅 빈 허공에 떠 있던 목걸이 쥔 손이 툭 아래로 떨어졌다. 이후엔 미동이 없었다.

"뭐 하느냐, 어서 옮기지 않고. 공작도 부재 중인 마당에 이러다 후계마저 갈아치우겠군."

깜짝 놀라 말문이 막힌 나 대신 칼리스토가 하인들에게 턱짓했다.

"죄, 죄송합니다!"

들것 밖으로 삐져나온 손에 걸린 목걸이 줄이 하늘하늘 흔들리며 멀어졌다. 그것을 가만히 바라보자니, 기분이 이상해졌다.

"……설마 죽은 건 아니겠지?"

심란한 마음에 혼잣말을 중얼거리자, 황태자가 혀를 차며 말했다.

"죽으면 또 어때. 저놈이 그대에게 한 짓들을 생각해 봐."

"그래도…… 죽는 건 좀 그렇잖아요."

"쯧, 그댄 마음이 약해서 탈이야. 다른 사람 같았으면 아직도 안 뒈졌냐며 뚫린 곳을 한 번 더 칼로 찍었을 거다."

'너나 그러겠지.'

나는 황태자의 파탄 난 인성에 절레절레 고개를 저으며 그의 품에서 빠져나왔다.

"피는 멈췄나? 어디 봐."

그런 나를 다시 돌려세운 칼리스토는 내 양 뺨을 부여잡고 샅샅이 얼굴을 훑었다.

"멈췄어요. 민망하니까 좀 떨어지세요."

"물약 마셨어?"

"아뇨, 아직."

"지금 꺼내서 마셔."

"괜찮은데……."

아껴 마시려고 했는데, 부리부리하게 노려보는 시뻘건 눈 때문에 별수 없었다. 나는 주섬주섬 주머니에서 체력 물약을 하나 꺼냈다.

"놔줘야 마시죠, 전하."

그때까지 여전히 내 뺨을 붙들고 있는 황태자를 흘겨보며 불만스럽게 중얼거릴 때였다.

"지금 뭐 하는 짓입니까!"

어디서 벼락같은 괴성과 함께 누군가 쏜살같이 달려와 우리 둘을 떼어 놨다. 레널드였다.

"야, 괜찮아? 별일 없어?!"

허겁지겁 내 앞을 막아선 그는 이내 경계하는 고양이처럼 황태자를 쏘아보았다.

"무슨 짓을 하시는 겁니까, 전하? 제 동생 건드리지 마시죠!"

"허. 내가 내 약혼녀와 뭘 하든, 자네가 무슨 상관이지?"

"약혼녀라니요? 페넬로페에게 차이신 후에 다시 받아 달라고 쫓아갔다 또 차인 것으로 끝난 거 아닙니까?"

"그럼 지금이라도 알아 두지. 공녀와 나는 아주 각별한 사이다. 위기를 극복한 연인이 재회의 입맞춤 직전이었는데 눈치 없는 누가 훼방…… 공녀, 어디 가?"

"야, 페넬로페!"

나는 끔찍한 말다툼을 하는 놈들의 주둥이를 틀어막을 자신이 없었다. 도망치다시피 놈들에게서 훌쩍 멀어졌다.

얼마 후 황태자 놈에게서 무슨 소리를 들은 건지, 레널드가 씩씩대며 내게로 달려왔다.

"야, 너 저 새, 아니 저 전하랑 같이 움직이기로 한 거 사실이냐?"

반쯤은 사실이라 나는 묵묵히 고개를 끄덕였다.

"이본 걔 찾으러 다시 갈 거야. 아버지도 구해야 하고."

"나도 같이 가."

말 끝나기 무섭게 돌아오는 대꾸에, 나는 좀 생소한 얼굴로 레널드를 돌아보았다.

"넌 아무렇지도 않아?"

"뭐가?"

"방금 봤잖아. 네 친동생이, 사실 무시무시한 괴물인 거 말이야."

데릭 놈은 변모한 이본의 모습에 아주 사색이 돼서 벌벌 떨었는데, 레널드는 생각만큼 충격을 받은 사람처럼 보이지 않았다.

"난 처음부터 개 별로였어. 음침한 게, 전혀 이본 같지가 않았다고."

"허."

돌아온 대꾸에 나는 코웃음을 터뜨렸다.

'꿈이 어쩌니 하면서 쥐 잡듯이 날 잡을 땐 언제고…….'

그래도 단순한 레널드 놈이 데릭만큼 세뇌에 깊게 당하지 않았다는 사실이, 조금은 안도가 되었다.

"……감히 아버지를 납치해? 에카르트를 건드린 이상, 죽음뿐이다."

혼자 무어라 중얼거리던 레널드는, 별안간 낯빛을 굳히며 내게 물었다.

"……넌 언제부터 알았냐?"

"글쎄."

"처음부터 다 알고 있었어? 그런 거야?"

레널드가 연달아 따져 물었다. 물론 처음엔 나도 몰랐다. 아니, 믿지 않은 것에 가까웠다. 선량한 여주가 어떻게 저렇게 무서운 괴물일 수 있단 말인가. 미친 게임.

"……나도 처음부터 안 건 아니야. 몇 번 마주치면서, 거울이나 찻물에 비치지 않길래 알았어."

나는 적당히 사실을 섞어 얼버무렸다. 그러자 레널드가 와락 얼굴을 찌푸렸다.

"그래서 가출한 거냐? 쟤 무서워서, 대적할 수 있는 마법 봉 찾으려고?"

부끄럽게도 놈이 내 거울 봉을 손가락질했다.

"그건 아니……."

"너 진짜!"

아니라고 황급히 부정하기도 전에 말꼬리가 잘렸다.

"어떻게 언질조차 주지 않을 수가 있냐?"

"……."

"말을 했어야지! 독 처먹고 가출할 시간에 말부터 했어야지!"

레널드가 벌게진 눈으로 나를 노려보며 다그쳤다. 나는 이해가 안 가서 고개를 갸웃거렸다.

"말하면 뭐가 달라지는데?"

"아오, 뭐가 달라지긴! 말했으면 같이…… 같이 해결책을 찾았을 거 아니야, 이 둔탱아!"

"……."

"아무리 걔가 내 친동생이라도 네가 말했으면, 너 혼자만 다 떠안게 만들진 않았을 거다."

"……."

"너도 내 형제잖아."

레널드가 단호하게 말했다. 공작저의 그 누구도 믿지 않았던 내 입장으로선 믿기 어려운 소리였다. 하지만 레널드의 괴로운 표정이, 죄책감 담긴 눈빛이 거짓이라고 생각되진 않았다.

"……걔가 세뇌를 써서 어쩔 수 없었어. 누구한테 말하면 첫째 오라버니처럼 당할까 봐."

결국, 나는 조그맣게 진실을 털어놓았다.

"미친. 그럼 형이 병신같이 군 게 세뇌당해서 그런 거야? 그 미친놈! 뇌에 힘을 줬어야지!"

내 말에 레널드가 놀란 눈으로 가감 없이 데릭을 욕했다. 속이 좀 시원해져서, 나는 조금 웃으며 덧붙였다.

"그리고 줬어, 언질."

"뭐? 언제?"

"아버지한테, 조심하라고. 아버지가 이제야 알아차리신 것뿐이야."

내 대답에 레널드의 얼굴이 굳었다.

"아오 씨, 아버진 왜 그런 중요한 소릴 나한테 일언반구도 안 하는 거냐고……."

그가 퍽 불만스럽다는 듯 중얼거렸다. 아직도 술이 덜 깬 사람처럼 벌건 면상을 보자니, 나는 오히려 공작이 더 안쓰러워졌다. 그때였다.

"레널드! 페넬로페!"

불현듯 익숙한 음성이 우리를 불렀다. 나와 레널드의 고개가 동시에 돌아갔다. 연무장과 이어진 정원 너머 숲에, 흙투성이가 된 인영이 서 있었다.

"내가 돌아왔다!"

레널드가 입을 떡 벌렸다. 그것은 나 또한 마찬가지였다. 아무리 젊은 시절 검으로 한가락 했던 공작이라지만, 분명 방금 납치됐는데…….

'이렇게 빨리요?'

먼저 정신을 차린 것은 레널드였다.

"아버지!"

비척비척 걸어오는 공작을 향해 그가 달려갔다. 나 또한 얼떨떨한 얼굴로 그 뒤를 따랐다.

"아버지, 대체 어떻게 된 일입니까? 마물은 어쩌고요? 그 무서운 계집이 순순히 보내 주더랍니까?"

레널드는 숨 돌릴 틈도 없이 공작을 몰아붙였다.

"그게……."

숨을 헐떡이며 공작이 막 입을 열려던 찰나였다.

"이리 와, 공녀."

싸늘한 음성과 동시에 황태자가 나를 끌어당겨 제 뒤로 숨겼다. 스르렁—. 그리고 아차 할 틈도 없이 검을 뽑아 공작에게 겨눴다.

"이게 무슨 짓입니까!"

"저, 전하! 왜 그러세요!"

나는 경악했다. 레널드는 두말할 것도 없었다. 막 귀환한 공작의 얼굴이 흙빛이 되었다. 당장이라도 그를 베어 낼 것처럼 검을 높이 치켜든 황태자는, 이내 비스듬히 칼날을 기울였다. 그리고.

"공작이 맞군."

무언가를 확인한 듯한 칼리스토가 이내 깔끔하게 칼을 내렸다.

"……무슨 짓입니까, 전하. 아무리 황태자 전하시라지만, 매우 불쾌합니다만."

공작이 분노를 삭이며 황태자에게 물었다.

"물이나 거울에 안 비친다며? 혹시 레일라가 아닌지 확인한 것뿐이니 너무 화내지 말게, 공작."

방금 전 극악스러운 무례를 저지른 것이 무색하게, 황태자가 뻔뻔한 얼굴로 어깨를 으쓱였다. 그 말을 들으니 그가 왜 그렇게 행동했는지 납득이 갔다. 찰나, 그가 게임 설정처럼 순간 피에 눈이라도 돌았나 싶었다.

'무결한 황제 된다며, 이 미친놈아!'

다행히 공작도 대강 납득했는지, 떨떠름한 표정으로 말했다.

"그 애…… 아니, 레일라는 마주치지도 못했습니다. 아마 제가 마물의 배 속에서 사라진 것도 모를 겁니다."

"어떻게 돌아온 거지?"

황태자가 그제야 본론을 물었다. 공작은 대답 대신 내게로 몸을 돌렸다. 그리고 주섬주섬 겉옷 안쪽에서 무언가를 꺼내어 내게 건넸다.

"네 선견지명이 옳았구나, 페넬로페."

"이건……."

공작의 손바닥 위에 올려진 것을 알아보고 눈을 크게 떴다. 탄 것처럼 새까맣게 변색된 얇고 동그란 모양. 그것은 내가 사냥 대회 전, 공작에게 선물한 애뮬릿이었다.

"마물의 위산이 몸에 닿는 순간 발동되더구나. 눈을 뜨니, 저택 부지의 숲속이었다."

공작이 자초지종을 설명했다. 그러나 귀에 잘 와 닿지 않았다. 그것보단…….

"이걸…… 여태 가지고 계셨어요?"

"그럼, 누가 준 선물인데."

공작이 당연하다는 듯 대꾸했다. 그와 동시에, 내 얼굴이 이상하게 일그러지는 게 느껴졌다.

그 이후로 까맣게 잊고 있었다. 늘 암살에 시달리는 황태자와는 달리, 공작은 딱히 위험에 처할 일도 없었으니까.

'버리거나 어디 처박아 뒀을 줄 알았는데…….'

그런 내 예상은 보기 좋게 빗나갔다.

"네게서 받은 이후로 한시도 몸에서 뗀 적 없었는데, 그러길 아주 잘했다."

다 쓴 애뮬릿을 바라보는 공작의 얼굴에 흡족한 미소가 한가득 떠올랐다. 그 모습을 보니, 이상하게도 목이 메었다.

"뭐야. 그때는 어떤 주문이 새겨졌는지 말 안 해 주더니, 텔레포트였었나? 나보다 좋은 거였군."

황태자가 옆에서 불만스럽다는 투로 지껄였다. 그를 무시한 채, 나는 천천히 공작에게 다가가 말했다.

"……어디 다친 덴 없으세요?"

"난 괜찮다. 그보다 너야말로 다친 덴 없느냐? 코피를 흘리던데. 지혈은 했고?"

본인은 마물에게 삼켜지기까지 했으면서. 걱정스러운 얼굴로 나를 살피기 바쁜 공작을 보니, 형용할 수 없는 감정들이 치밀어 올랐다. 나는 바보처럼 고개만 주억거리다가, 간신히 입을 열었다.

"……죄송해요."

뜬금없는 사죄에 공작의 눈이 휘둥그레졌다.

"무엇이 죄송해."

"그냥…… 말없이 집 나간 것도 그렇고…… 들으셨는진 모르겠지만, 이본에게 죽여도 상관없다고 말한 것이요."

다시 만나면, 다른 건 몰라도 이건 꼭 말해 주고 싶었다. 말해야 했다. 나는 용기를 내어 더듬더듬 그것을 토해 냈다.

"진심은, 진심은 아니었어요, 아버지."

마물의 배 속에서 공작이 혹시 내 말을 듣고 체념했을지도 모른다는 생각을 하니, 가슴이 덜컥 내려앉았다. 이 집안 인간들이 어떻게 되든 상관없다고 생각했으면서도.

"……진심이 아니었어요."

그런데도 멀쩡한 공작을 보니 눈물이 날 만큼 안도가 되었다. 참으로 우스운 일이지 않은가. 친딸을 잃었다는 것에 충격을 받았을 공작에게 인정을 바라는 내 꼴이.

나는 차마 그를 마주하지 못하고 고개를 푹 숙였다. 그런데 그때였다. 툭, 머리 위로 무언가 얹어졌다.

"고개 들거라, 페넬로페."

내 머리 위에 손을 얹은 공작이 가라앉은 목소리로 말했다. 나는 천천히 고개를 들었다.

"에카르트는 그 어떤 경우라도 고개 숙이지 않는다. 넌 가문의 일원으로서 위급 상황에서도 당황하지 않고 훌륭하게 대처했지."

흙투성이가 된 지저분한 모습임에도, 공작은 대귀족의 위엄을 풍겼다.

"잘했다."

그 말과 함께 공작이 내 머리를 쓰다듬었다. 종종 '잘했다'는 칭찬은 했지만, 신체 접촉은 처음이었다.

"네게 이것을 받은 이후 마주치는 모든 이들에게 보여 주며 자랑

했었다. 이제 그치들에게 네 선견지명을 알릴 차례군."

"네? 뭐, 뭐라고요?"

그때까지만 해도, 내 평판은 최악을 달리고 있었다. 공작이 두 아들놈도 모자라 남들에게까지 그런 짓을 했다는 것에, 나는 경악했다. 내 반응에 공작이 웃었다.

"에카르트 공작은 사고뭉치 딸내미를 싸고도는 팔불출이란 소문이 나는 것은 금방이더구나."

방금 전까진 가문의 수장다운 묵직하기만 했던 음성에 점점 온기가 담겼다.

"멋모르는 치들이 뭐라 떠들어 대든 신경 쓴 적 없다. 어린애가 뭘 안다고, 사고 좀 칠 수도 있지. 내가 좀 더 노력해서 네 허물을 감싸는 아비가 되면 되는 거 아니냐."

"……."

"무슨 짓을 하든, 나는 네가 한 번도 자랑스럽지 않은 적이 없다, 우리 딸."

"흐, 흐으."

눈시울이 급격히 뜨거워졌다. 나는 더 참지 못하고 왈칵 무언가를 터뜨렸다. 나는 소리조차 내지 못하고 눈물을 뚝뚝 흘렸다. 그런 나를 공작이 조심스럽게 안아 주었다.

장내에 고요한 정적이 내려앉았다. 눈치가 아예 죽어 버린 것은 아닌지, 이 순간엔 두 파멸의 주둥아리들도 조용했다.

명확하게 명명할 수 없는 각종 감정들이 전신을 내리쳤다. 가엾은 페넬로페의 비명, 소리 없는 내 아우성은 그렇게 천천히 사그라들었다.

시간이 흐르고, 천천히 이성이 돌아왔다. 나는 공작에게 안겨 있는 상황이 너무나도 민망해지기 시작했다.

"이, 이제 괜찮……."

정신을 추스르자마자 황급히 몸을 물릴 때였다.

"전하! 전하!"

마침맞게 누군가 다급하게 황태자를 외쳤다. 고개를 돌리자, 멀리서 그의 친위대 중 한 명이 헐레벌떡 달려오고 있었다.

"긴급 상황입니다!"

"무슨 일이지?"

"크로니아 반란군들이 이틀 전 새벽, 황궁을 기습하여 태양궁을 점령했다고 합니다."

"뭐라! 그게 왜 지금에서야 전달된 거지?"

새파랗게 질린 기사의 전언에 황태자가 번뜩 눈을 치켜떴다. 그러나 기겁할 만한 보고는 그게 끝이 아니었다.

"그, 그게…… 놈들이 가장 먼저 태양궁을 암습하여…… 화, 황제 폐하께서 인질로 잡혀 계신 것으로 추정됩니다."

"허!"

황태자가 날카롭게 헛웃음을 터뜨렸다. 제국의 황제가 기거하는 궁이 가장 먼저 함락되었다니, 말도 안 되는 일이었다.

"근위대와 황궁에 남은 마법사 놈들은 그 시간에 처자빠져서 자고 있었나? 집 지키는 개만도 못한 것들 같으니라고."

제 잘못도 아닌데 기사가 면목 없다는 듯 고개를 조아렸다. 길 잃은 분노임을 알아차린 칼리스토는 곧바로 냉정하게 상황 파악을 시작했다.

"그 쓸모없는 놈들은 됐고, 황궁의 방어 결계는. 그것까지 뚫을 수는 없었을 텐데."

"반란군들과 내통해 결계를 파훼한 세력이 있는 것 같습니다."

"역모를 꾸민 자들이 있다는 건가?"

"기습 전, 엘렌 후작의 세력이 급히 황비 궁에 입궁한 것으로 확인……."

"됐다. 더 들을 것도 없군."

보고를 듣던 황태자가 신경질적으로 손을 휘저었다. 엘렌 후작은 황비의 외척이었다.

'뭐야. 그럼 2황자파가 반란군들이랑 손잡고 역모를?'

다급하게 돌아가는 상황에 곰곰이 인과를 떠올리고 있을 때였다.

"제기랄."

나와 같이 곰곰이 생각에 잠겼던 황태자가 불현듯 욕설을 내뱉었다.

"그때 그 델만 놈들의 기습은 눈속임이었군. 어쩐지 마물을 가지고 있는 것치곤 공격이 영 신통치 않다 했더니…… 이걸 위해 발을 묶으려 했던 건가."

그의 말에 불쑥 뇌리를 스쳐 지나가는 장면이 있었다.

— 왕자님!

— 생각보다 놈들의 전력이 강합니다! 이대로라면 마물들을 모조리 잃을 수도 있습니다! 그만 원래 작전대로 진행하시는 게…….

이클리스에게 납치당할 무렵, 당황한 델만 군인이 외친 말이었다. 그렇다면 결국, 지금의 사태는 레일라인 이본의 명령하에 벌어진 거란 소리였다.

'제국을 손에 쥐여 주겠다는 둥, 헛소리를 할 때부터 알아봤어야 했는데…….'

그 미친놈이 기어이 일을 터뜨려 버렸다.

'이클리스, 반란군, 엘렌 후작, 역모.'

천천히 생각을 정리하던 나는 문득 소름이 돋았다. 이본이 대체 어디까지 손을 뻗어 놓은 건지 알 수 없어 무서웠다.

"북방에도 알렸나?"

"포터 대위님께서 군사들을 이끌고 급히 수도로 회군 중이라 합니다."

그사이, 상황 보고가 끝이 났다. 칼리스토는 골이 아프다는 듯 험악하게 인상을 찌푸렸다.

세드릭이 휘하에 있는 군사들을 이끌고 오더라도, 이미 반란군이 황궁에 진을 친 상태였다. 견고한 방어 결계까지 갖춰진 공성전이 쉬울 리 없었다. 그때였다.

"에카르트에서 병력을 지원하겠습니다, 전하."

공작이 불쑥 결연한 얼굴로 폭탄선언을 했다.

"아버지."

나와 레널드는 깜짝 놀라 그를 돌아보았다. 황태자가 눈을 가느스름하게 뜨고 물었다.

"……진심인가?"

"나라가 곤궁에 처했는데, 가만히 앉아 있을 수만은 없지요."

"정말 의외로군. 전쟁할 땐 최소한의 병력도 지원하지 않던 그대가……."

공작의 대답에 황태자가 정말로 의외라는 듯이 중얼거렸다. 이번 정복 전쟁에 아예 참여조차 하지 않았던 에카르트이니 그럴 만도 했다. 황태자가 의구심 섞인 눈으로 다시 물었다.

"지금 공작의 발언, 날 지지한다는 것으로 봐도 되나?"

"물론, 그건 아닙니다."

그러나 그의 물음이 채 끝나기도 전에 단호한 부정이 돌아왔다.

"에카르트에서도 엘렌 후작에게 진 빚이 있어서 말입니다."

"빚?"

"그 작자가 사냥 대회에서 감히 제 딸을 모함해 놓고…… 쥐새끼처럼 쏙 빠져나갔지 않습니까."

"아."

"황비 때문에 코앞에서 그놈을 놓쳤던 걸 생각하면……!"

공작이 두 주먹을 꽉 쥔 채 부들부들 떨었다. 황태자가 알 만하다는 듯 고개를 끄덕였다.

"그때 그대가 가장 앞서서 후작을 파문하려 했었지. 실패하여 국고만 불렸지만 말이야."

"전하께서 적극적으로 나서 주신 덕분에 그래도 그놈의 영토를 절반이나 빼앗을 수 있었습니다. 뒤늦은 인사이지만, 감사했습니다."

사냥 대회 이후 그런 뒷얘기가 있었는지 전혀 몰랐던 나는, 그저 휘둥그레진 얼굴로 둘을 번갈아 바라보았다.

"나도 그 빚을 잊지 않았다. 그 쥐새끼를 잡고 나서 하고자 하는 일이 참 많은데…… 모처럼 반대하지 않을 가문이 있어 다행이군."

"반대라니요, 당치도 않습니다. 에카르트는 무조건 동참하겠습니다."

"그럼 잘 부탁하지, 공작."

황태자가 손을 내밀자, 공작이 덥석 그 손을 잡고 흔들었다. 순식간에 두 사람의 동맹이 이뤄졌다.

대충 공작과 대화를 마무리한 황태자는 곧바로 내게로 다가와 말했다.

"마법사와 호위를 남겨 둘 테니 여기 있어. 그대의 아비와 황궁을 정리한 후에 데리러 올 테니까."

나는 곧장 고개를 저었다.

"저도 같이 가요. 이본도 황궁으로 갔을 거예요."

"안 돼."

"왜요? 저 강해요. 물약도 마셨잖아요."

나는 반대하는 황태자를 이해할 수 없었다. 나만큼 범위 넓고 공격력이 강한 마법사는 없었다. 비록 주문을 외울 땐 미치도록 수치스럽지만……. 고대 마법으로 한 방에 정리할 수 있는 일 아닌가.

"그대가 약하단 뜻이 아니야."

억울하다는 내 표정에 황태자가 천천히 고개를 저었다.

"그대의 무식한 마법이 얼마나 강한지는 내가 가장 잘 알지."

"무식……?"

"그렇지만 반란군들이 날뛰는 이상 황궁은 전쟁터나 다름없을 거다. 게다가 2황자파 놈들이 숨겨 둔 병력이 어느 정도인지도 몰라."

"……."

"그 상황에서 레일라가 쉽게 잡혀 줄 리 없잖나. 그대를 노린 함정이라면 어떻게 할 거지?"

냉정하게 상황을 파악한 황태자의 말에 아무런 대답도 할 수 없었다. 확실히 나는 강력한 고대 마법만 믿고 의욕만 앞선 경향이 있었다.

"개싸움 도중엔 그대를 지키는 데 한계가 있어. 그러니 찌끄래기들이 다 정리됐을 때, 그대는 안전하게 대가리만 치라고. 응?"

시무룩해진 내 얼굴에 황태자가 위로하듯이 말했다. 전법에는 완전히 문외한이었지만, 그의 말은 일리가 있었다. 하지만.

"하지만…… 이본이 잡고 있는 인질들은요? 제겐 중요한 하녀랑 어린아이들이에요."

인질은 공작뿐이 아니었다. 영악하게도, 이본은 내가 차마 죽든 말든 신경 끄지 않을 범위를 잘 알고 있었다.

"반란군을 모두 진압하는 사이에, 인질들을 모조리 죽이기라도 하면……."

"레일라의 요구대로 움직인다고 인질들을 모두 살려 준다는 보장은 없어, 공녀."

황태자는 이번에도 단호하게 내 망설임을 잘라 냈다. 그를 바라보는 내 눈동자가 흔들리는 것이 느껴졌다. 칼리스토가 한숨을 쉬며 나를 끌어안았다.

"공작과 상의해서 인질 구출 작전부터 세울 테니까, 그런 얼굴 하지 마."

머리맡에 나를 달래는 말이 쏟아졌다. 단단한 그의 품처럼, 안심되는 음성이었다.

칼리스토는 한 번도 뱉은 말을 어긴 적이 없었다. 그는 언행이 좀 상스럽긴 해도 훌륭한 지휘관이었다. 그러니 인질도 구출하고 반란군도 금방 진압할 것이다.

'……그런데 왜 이렇게 불안하지?'

알 수 없는 위화감이 발목을 잠식했다. 나는 그의 품에 가만히 안긴 채 붉은 기운이 싹트고 있는 하늘을 멍하니 바라보았다.

"쯧, 벌써 동이 터 오르고 있군."

같은 것을 보고 있었는지, 문득 칼리스토가 혀를 찼다. 이본과 마물을 상대하며 밤을 꼬박 지새운 것이다.

"그대는 걱정이 너무 많아. 눈 좀 붙여."

커다랗고 따뜻한 손바닥이 눈 위로 내려앉았다. 곤두서 있던 신경 사이로 거짓말처럼 깊은 피로가 몰려들었다.

"일어나면, 모든 게 다 해결되어 있을 테니까."

나는 온기를 찾아 그의 품을 조금 더 파고들었다. 그의 말처럼, 눈을 떴을 때 모든 게 다 끝나 있었으면 좋겠다.

칼리스토는 급히 공작저를 떠났다. 호위들과 황궁 마법사 한 명을 남겨 둔 채.

오랜만에 내 방으로 돌아와 푹신한 침대에 벌러덩 드러누웠음에도 좀처럼 잠이 오지 않았다. 무언가 놓치고 있는 것 같다는 생각이 자꾸만 머릿속을 파고들었기 때문이다.

나는 불쑥 주머니 속에 손을 집어넣어 안에 있는 것을 꺼냈다. 이본에게서 빼앗은 거울 조각. 아직은 내 손 안에 고이 있었다.

'빈터는 잘 가지고 있겠지?'

수도로 돌아오면 그를 찾아갈 생각이었는데, 망할 이본이 갑자기 정체를 드러내서 그럴 틈도 없었다.

나는 빛이 바랜 허름한 조각을 멍하니 바라보며 생각에 잠겼다. 이건 원래 고대 마법사들이 만든 '진실의 거울'의 일부였다. 하지만 진실의 거울은 내게 진실을 보여 준 이후 바로 무너져 내려 가루가 되었다.

그런데 손에 든 것은 여전히 멀쩡했다. 이본이 가지고 있는 나머지 조각들도 멀쩡할 거란 소리다.

'그런데, 이본이 이걸로 뭘 했더라?'

나는 손에 든 조각을 이리저리 돌려 보았다. 그리고 황당해서 제대로 읽어 보지도 않았던 '히든 스토리'를 곰곰이 떠올렸다.

「강인한 생명력을 마음껏 갈취한 그녀는, 거울 조각을 이용하여 형제들의 봉인을 풀고 복수를 완성한다.」

그땐 너무 당황스러워서 깊게 생각하지 않은 문제였다. 확실히 레일라들을 다시 깨우면 큰일이었다.

'이본 같은 미친 괴물들이 몇 명이나 더 늘어난다는 거잖아.'

나는 갑자기 심각해져서 누운 몸을 일으켜 앉았다. 뭔가 놓치고 있다는 느낌은 괜한 위화감이 아니었다. 하마터면 큰일 날 뻔했다.

"봉인을 못 풀게 막아야 해."

나는 들고 있던 거울 조각을 힘껏 쥐었다.

"그런데, 그럼 나머지 조각은 어디에 있는 거지?"

곧바로 히든 스토리가 떠올랐다.

「레일라들은 후일을 도모하기 위해 조각의 일부를 황금룡의 무덤에 숨겼다.」

"공작저로 올 게 아니라 바로 황궁으로 갔어야 했는데."

그럼 이본이 황궁에 도착하기 전에 먼저 숨긴 조각들을 찾았을 수도 있지 않은가. 아쉽다는 생각이 들 무렵.

"아."

그와 동시에 번뜩 뇌리를 스쳐 지나가는 장면이 있었다. 나는 천천히 입을 벌렸다.

"그럼, 그때 동굴에서 본 시체가……."

사냥 대회 때, 황태자와 함께 암살자에게 쫓기다 조난당한 동굴에서 본 마법진. 칼리스토는 뒤늦게 그 유골이 고대 레일라로 확인됐다고 말했다.

'설마…… 그럼 그게 조각 옮겨 놓은 거였어?'

대체, 이 미친 게임은 돌발 퀘스트조차 허투루 나온 것이 하나도 없었다. 그때 무언가를 알아챘더라면 이본을 미리 막았을지도 모른다는 생각에 등골을 타고 오싹 소름이 돋았다.

"그럼…… 이제 남은 조각은 정말 뷘터가 가지고 있는 거랑, 내 것밖에 없잖아."

그간 너무 안일했다. 세뇌만 못 하게 하면 될 줄 알았는데, 더 큰 복병이 남아 있었다. 이미 돌발 퀘스트를 통해 주어졌던 한 번의 기회는 놓쳤고, 이본이 황궁을 점령했으니 이제 믿을 것은 이것뿐이었다.

"일단 뷘터에게 가 봐야겠어."

나는 침대에서 벌떡 내려왔다. 마음이 급해졌다. 내게도 조각을 빼앗으려고 온갖 비열한 짓을 다 하던 그 괴물이 뷘터라고 가만히 뒀을 리 없을 테니.

거울 봉을 단단히 쥔 채 나는 다급히 방문을 열었다.

"공녀님, 무슨 일이십니까?"

문을 열자마자, 황태자가 붙여 둔 호위 다섯 명이 복도를 에워싸고 있는 것이 보였다. 어디서 본 기시감에 말문이 막혔다.

'귀신같은 놈.'

알겠다고 했지만, 분명 내가 가만히 기다리고 있지만은 않을 거란 걸 알았을 것이다. 나는 칼리스토의 철저함에 혀를 내둘렀다.

"……물약이 좀 이상해서 그런데, 나랑 같이 온 황궁 마법사를 불러 줘."

결국 난 그렇게 말하고 다시 문을 닫을 수밖에 없었다. 모시는 주인 놈처럼 호락호락해 보이지 않는 기사들을 따돌릴 엄두조차 나지 않았기에.

얼마 후 노크 소리와 함께 황궁 마법사가 찾아왔다.

"화, 황태자비 전하, 찾으셨다고……."

그는 소름끼치는 호칭과 함께 공손히 인사했다. 늪지대에서도 함께한 이인지라 이제는 제법 낯이 익었다.

"이봐, 이름이 뭐지?"

"지, 진입니다, 전하."

"그래, 진. 이제 이동 마법 쓸 수 있지?"

단도직입적으로 말하자, 그가 눈을 휘둥그레 떴다.

"이, 이동 마법이요? 단거리는 할 수 있습니다만……."

"나랑 같이 갈 때가 있어. 물론 전하껜 비밀이야."

"예?! 하, 하지만 전하께서 비 전하를 아무 데도 가시지 못하게 꼭 지키라고 명하신지라……."

역시 내 예상이 맞았다.

"괜찮아. 내가 가자고 했으니, 그대에게 피해 갈 일은 없을 거야. 멀지 않은 곳이니까 그대는 잠깐 마법만 빌려주는 거라 생각해."

내 단호한 말에 진은 전혀 괜찮지 않은 표정으로 울먹였다.

"그래도…… 전하께서 아시면 경을 칠 것 같은데요……."

"내가 책임진다니까?"

"저, 저는 못 하겠습니다! 죄송해요!"

진은 절대로 말을 듣지 않겠다는 듯 마구 도리질을 쳤다. 상냥하게 회유하려 했는데, 이젠 별수 없었다.

"그 경, 지금 치고 싶어?"

들고 있던 거울 봉을 그에게 겨누며 음산하게 읊조리자, 진의 얼굴이 사색이 되었다.

"빨리 주문 외워."

순순히 주문을 외우는 그를 보며 나는 만족스럽게 생각했다.

'역시 협박이 최고야.'

이윽고 눈앞이 새하얗게 변했다.

동이 막 터 오른 이른 아침, 진을 끌고 온 골목은 무척이나 적막했다.

"비 전하, 여, 여기가 맞습니까?"

"응, 잘 왔네."

나는 멀쩡한 상단 건물의 모습에 안도했다. 뷘터에게 조각 하나를 빼돌린 것을 아직 들키지 않은 것 같아서.

"여기까지 오느라 고생했어. 난 볼일이 있으니까 그대는 그만 돌아가 보도록 해."

"예에?! 어, 어찌 저 혼자……! 기, 기다리겠습니다!"

"뭐, 그러든가."

그럼 나야 다행이었다. 수치스럽게 뷘터에게 데려다 달라고 부탁하지 않아도 되니.

흰 토끼 문양이 그려진 낡은 문을 두드리기 위해 막 계단 한 칸을 올랐을 때였다.

"그, 그런데 비 전하…… 건물이 좀 이상한데요?"

진이 소심하게 나를 붙들었다.

"뭐가?"

"마나가 폭발하기라고 한 것처럼 이 건물에서 강력한 마력이 느껴지는데…… 아, 안 느껴지십니까?"

"그래? 그러고 보니 뭐가 느껴지는 것 같기도."

물론 아무것도 안 느껴졌다. 하지만 석연치 않은 그의 말을 나는 대수롭지 않게 여겼다.

'마법사가 운영하는 상단이니까 마력이 느껴지는 건 당연한 거 아닌가?'

남은 계단을 오른 나는 이내 문을 '똑똑' 두드렸다.

"나야. 안에 있나?"

나는 잠시간의 틈을 두고 한 번 더 문을 두드렸다.

"나 돌아왔어. 급히 할 말이 있으니까 빨리 문 열……."

끼이익……. 그 순간이었다. 음산한 소리를 내며 문이 힘없이 열렸다. 그리고 그 틈새로 보이는 안은, 마지막으로 본 기억과 전혀 다른 모습이었다.

"……뭐야."

폭탄이라도 터진 것처럼 사무실 안이 온통 쑥대밭이었다. 무너져 내린 천장과 기둥, 벽들. 더는 건물이라 볼 수 없을 만큼 시커멓게 타들어 간 잔해들만 남은 터는 꼭 폐가나 다름없어 보였다.

'잘못 온 건가?'

순간적으로 멍해진 나는 주춤 물러서서, 계단을 한 칸 내려갔다. 그러나 밖에서 보는 건물은 똑같았다.

"대체 이게 무슨……."

얼떨떨한 얼굴로 연신 건물 외벽과 문 안쪽을 번갈아 바라보던 때였다.

"차, 착시 마법의 일종인 것 같습니다."

뒤에 있던 진이 더듬더듬 아는 체를 했다.

"착시 마법?"

"예, 예. 다른 사람들이 보기엔 멀쩡해 보이도록요."

그의 말에 불길한 예감이 섬뜩하게 목 끝을 잠식했다.

'설마, 이본이 벌써 여길 다녀간 건가?'

나는 다급하게 다시 문 안으로 뛰어 들어갔다. 뒤에서 진이 나를 불렀지만 개의치 않았다. 밖에서 보는 것과 극명하게 차이 나는 내부를 보자니 덜컥, 가슴이 내려앉았다.

"이봐!"

나는 무너져 내린 잔해를 겅중겅중 뛰어다니며 뷘터를 찾았다. 강한 마법사인 그가 이토록 허무하게 당할 리 없었다.

그러나 바꿔 말하면, 마법으로 운영되던 상단이 하루아침에 이렇게 폭삭 주저앉을 리도 없었다. 보통 일이 아니고서야.

'그러고 보니…… 이본은 에밀리와 아이들을 어떻게 인질로 잡은 거지?'

불현듯 정신이 없어서 놓치고 있던 위화감 하나가 뇌리를 파고들었다. 분명 뷘터만이 아는 안전가옥에 대피시킨 걸로 알고 있는데…….

"이봐! 후작님! 후작님, 어디 계세요!"

상단주를 부르던 호칭이 점점 무거워졌다.

"여긴 아, 아무도 없는 듯합니다!"

정신없이 잔해들 사이를 뛰어다니며 뷘터를 찾는 나를 보다 못한 진이 소리 죽여 외쳤다. 마법을 썼는지, 그의 손에 작은 빛덩이가 매달린 지팡이가 들려 있었다.

"……시체도?"

나는 거칠게 헐떡이며 그에게 물었다. 내 말에 다시 지팡이를 한 번 휘두른 그가 천천히 고개를 저었다.

"아무것도 없는 듯한데요."

"하아……."

그제야 안도의 한숨이 내쉬어졌다. 뷘터 놈이 기어이 조각을 빼앗겼다면 좀 빡치긴 하겠지만, 그렇다고 이본에게 당해서 시체로 발견되길 원하진 않았다.

'이제 어디 가서 뷘터를 찾지? 베르단디 후작저라도 가 봐야 하나?'

막막한 눈으로 무너져 내린 사무실 안을 다시 한번 둘러보며 고민할 때였다.

"그런데 비 전하, 이곳의 마기가 심상치가 않습니다."
진이 소심한 목소리로 읍소했다.
"너무 위험해 보이는데, 이만 돌아가시는 게 어떨지……."
마법사들이 느끼는 마력이나 마기가 뭔지는 모르겠지만, 어쨌든 뷘터가 없으니 허탕이었다.
"그래. 그만 돌아가는 게……."
고개를 끄덕이며 막 진의 뒤를 따라나서려던 찰나였다. 지이이이잉—. 문득 들고 온 거울 봉이 손안에서 무섭게 진동했다.
"무슨……."
무심코 시선을 들어 올리자, 봉의 상단에 있는 화려한 손거울이 흰빛을 쏟아 내며 무언가를 비추고 있었다. 무너진 내벽의 잔해 위였다. 거울에서 쏟아진 빛이 허공에 길쭉한 직사각형을 그렸다.
"저건……."
한눈에 봐도 '문' 모양이었다. 나는 본능적으로 그곳이 뷘터가 벽 뒤에 숨겨 둔 비밀 통로가 있던 자리임을 알아차렸다. 마치 이 안으로 들어오라는 듯 완전히 그려진 문틀에서 흰빛이 쏟아지기 시작했다.
"어서 나오지 않고 뭐 하십니까?"
이미 문밖으로 빠져나간 진은 나오지 않는 내게 물었다.
"그댄 공작저로 먼저 돌아가도록 해. 난 여기 좀 더 있어야겠어."
"예에? 여기 볼 게 더 뭐가 있다고 그러십니까……."
짧게 명령하자, 그가 해괴한 표정으로 내 주변을 돌아보았다. 그의 눈에는 이렇게 눈이 부시도록 빛이 쏟아지는 '문'이 보이지 않는 것 같았다.

"잠깐 확인만 하고 금방 돌아갈게."

진의 얼굴이 단번에 창백해졌다.

"제발, 비 전하……. 황태자 전하께서 아시기라도 하면 저는 엉덩이에 꼬리가 달린 험한 꼴로 살해당할 겁니다……."

무슨 소린지는 모르겠지만, 거의 울기 직전인 마법사를 위해 나는 선뜻 방법을 제시했다.

"그럼 내게 추적 마법이라도 걸어."

황태자 놈이 가진 복제 지도에서 착안한 것이었다.

"그럼 적어도 날 쫓아오기 전까지 전하가 그대를 죽일 일은 없을 테니까."

"저, 정말이십니까?"

"응. 시간 없으니까 빨리 새겨."

"소, 손등이 조금 따끔하실 겁니다."

다행히 내가 제시한 방법이 괜찮았는지, 진은 허겁지겁 고개를 끄덕이며 지팡이를 휘둘렀다. 잠시 후, 그의 말처럼 화끈한 감각과 함께 손등 위에 황금색의 작은 마법진 문양이 새겨졌다.

"끝났어? 이제 그만 가 봐."

"제발 전하께서 아시기 전에 돌아와 주세요……."

진은 마지막까지 훌쩍이며 사정하다가 이동 마법으로 돌아갔다. 나는 그가 완전히 사라진 것을 확인한 후, 뒤로 돌았다. 여전히 허공에 생긴 문이 환한 빛을 뿜어내며 나를 기다리고 있었다.

나는 들고 있던 거울 봉의 상단을 흘깃 곁눈질했다. 아까부터 빙글빙글 맴돌던 흰 글씨를 망연히 바라보다가, 이내 한숨처럼 조용히 읊조렸다.

"……뻬라띠오, 파씨 또르 에스뻬호."

미친 주문 같으니라고. 진을 보내서 다행이란 생각과 동시에 눈앞이 하얘졌다.

다시 눈을 떴을 때, 나는 높다란 계단 위에 우뚝 서 있었다.

멍한 눈을 끔뻑이며 주변을 둘러보았다. 낯설지 않은 곳이었다. 거대한 기둥이 세워진 광활한 공간.

"어……."

계단 아래 바닥을 가득 채우고 있는 것은 다름 아닌, 해골바가지들이었다.

'고대 레일라의 무덤.'

번뜩 장소에 대한 기억이 머릿속을 스쳐 지나갔다. 바로 얼마 전 '진실의 거울'을 찾아 칼리스토와 함께 왔었으니까.

'비밀 공간에 들어가는 줄 알았더니, 갑자기 왜 여기 온 거야.'

혼란스러운 눈으로 적막한 공간을 둘러볼 무렵이었다. 문득 저 멀리 눈에 띄는 것이 시선을 사로잡았다.

이 커다란 곳의 벽 한 면을 차지할 만큼 거대한 틀. 그곳에서 알 수 없는 빛이 간헐적으로 번쩍거렸다. 틀림없이 진실의 거울이었다.

"뭐지? 그때 분명 부서졌는데……."

혼잣말이 절로 새어 나왔다. 내게 수치스러운 봉 하나를 준 후 부서지다 못해 가루가 된 거울이 어떻게 다시 멀쩡해진 건가.

지이이잉, 지이이잉—. 그때 들고 있던 거울 봉이 또다시 진동했다. 빛이 나는 진실의 거울에 공명이라도 하듯이.

나는 그것에 이끌리듯 천천히 걸음을 옮겼다. 쩔그럭, 빠드득—.

유골들이 발에 차이고 짓밟히는 것도 개의치 않은 채 얼마나 걸었을까.

부쩍 가까워진 거울 앞에, 문득 이상한 것이 보였다. 유골 대신 바닥을 메운 채 붉게 일렁이는 무언가. 한 걸음, 한 걸음, 거리가 가까워질수록 그것은 점점 더 선명해졌다.

붉은빛이라 생각했던 것의 정체를 알게 된 나는 우뚝 걸음을 멈췄다. 그것은 붉게 타오르는 거대한 마법진이었다. 그리고 그 가운데, 끈 떨어진 인형처럼 힘없이 쓰러져 있는 누군가.

타닥, 타닥— 불꽃 튀는 소리가 나지막이 울려 퍼졌다. 나는 눈을 의심했다. 별 모양으로 솟아오른 불길. 그 아래 사지가 속박된 채 무력하게 타들어 가고 있는 이는 다름 아닌.

"……뷘터?"

Chapter 20

Chapter 20

내 부름에 남자는 천천히 내 쪽으로 고개를 돌렸다.

"……레이디."

익숙한 음성이 나를 불렀다. 격한 움직임이라도 있었는지, 토끼 가면이 반쯤 벗겨져 그의 맨얼굴이 얼핏 드러났다.

"그대…… 아니, 후작님. 이게 대체……."

나는 놀란 채 버벅이다가, 이내 거울 앞으로 뛰어갔다.

"후작님!"

왜 뷘터는 뜬금없이 진실의 거울 앞에서 타들어 가고 있는 건지, 그런 것들을 떠올릴 겨를이 없었다.

한달음에 마법진까지 도달한 나는 입고 있는 로브의 소매로 뷘터의 위를 마구 내리쳤다. 물이 없으니 그의 몸을 가르고 있는 불길을 꺼트리기 위해선 이 방법밖에 없었다. 퍽, 퍽—!

"윽, 으윽! 여, 영애, 잠시만!"

로브로 몸뚱이를 마구 내리치자, 그가 얼굴을 일그러뜨리며 신음했다. 그러나 안타깝게도 불길은 꺼질 기미를 보이지 않았다.

"조금만 참아요! 일단 불부터 끄고요!"

"아니, 윽! 잠시만! 저 환잡니다! 영애 때문에 다친 곳이……!"

그가 다급하게 소리쳤다. 나는 그제야 그를 내리치던 몸짓을 멈추었다. 난데없는 구타로 인해 안 그래도 덜렁거리던 토끼 가면이 완전히 벗겨졌다.

드러난 그의 이마가 온통 피로 물들어 있었다. 눈이 절로 휘둥그레졌다.

"……다치셨어요?"

"조금."

"이 불 때문에 그런 거……."

"이 마법진 때문이 아닙니다. 이본 영애, 아니……."

그가 아랫입술을 지그시 사리물며 정정했다.

"레일라를 상대하다가 그런 겁니다."

불길한 예감이 적중했다. 그 악귀가 기어이 내게 오기 전, 뷘터를 찾아갔던 것이다.

"조각은, 빼앗겼군요."

"……죄송합니다."

내 말에 뷘터의 낯빛이 급격히 어두워졌다.

"라온이 세뇌당한 상태였습니다."

"라온이요? 대체 언제……."

"아마도, 솔레일에서였겠지요."

그가 씁쓸한 어투로 중얼거렸다.

"저는 결국…… 그 무엇도 지키지 못했군요."

뷘터의 얼굴 위로 짙은 패색과 선연한 고통이 스쳐 지나갔다. 못 본 새 고생이 많았는지, 그의 얼굴이 눈에 띄게 초췌했다.

'라온이 세뇌당했다'는 말로, 조각을 빼앗긴 것과 아이들이 인질이 된 이유가 한 번에 이해됐다. 그에게 화가 나는 것과는 별개로 그의 심정은 이해가 갔다.

공작이 지렁이에게 삼켜졌을 때 내가 느꼈던 무력함과 까마득한 절망. 그것을 그는 더더욱 처절하게 느꼈을 것이다. 왜냐하면, 모든 게 다 그의 실책이었으니까.

"일단…… 이 불은 어떻게 끄는데요."

이미 엎질러진 물, 잘잘못을 따지기에 상황이 너무 좋지 않았다. 나는 여전히 그의 몸 위로 '타닥, 타닥' 타오르는 불길을 응시했다. 이렇게 불이 생생한데 아직도 살아 있는 게 신기했다. 마법사는 원래 명줄이 질긴 걸까.

"안 뜨거워요?"

"영애는 뜨거우십니까?"

그러고 보니, 놈을 구한답시고 나 또한 겁도 없이 타오르는 마법진 한가운데에 뛰어든 상태였다.

나는 천천히 주변을 둘러보았다. 마법진이 그려지지 않은 곳만 골라 밟았다 해도, 불길을 바로 옆에 두고 이토록이나 멀쩡할 리 없었다.

"……안 뜨겁네."

"저도 뜨겁진 않습니다. 아직은요."

멍하니 중얼거리자, 뷘터가 덤덤한 목소리로 답했다.

"그래도 돌아가야 하니까, 뭐 물 뿌리는 주문이라도 알려 줘요."

"소용없을 겁니다."

"왜요?"

"여긴 현실이 아니라, 일어나지 않은 미래이자 과거 속이니까요."

나는 알 듯 모를 듯한 그의 말에 미간을 좁혔다.

"그게 무슨……."

"이본을 마주쳤습니까?"

되묻는 말을 끊고 뵌터가 화제를 전환했다. 나는 선선히 고개를 끄덕였다.

"한바탕 붙고 오는 길이에요."

"조각을…… 빼앗겼습니까?"

검푸른 그의 동공이 일순 흔들렸다. 나는 대답 대신, 주머니에서 조각을 꺼내 보여 줬다. 그보다 확실한 안심을 줄 수 없을 테니.

그러나 뵌터는 예상처럼 안도하긴커녕, 불길로 결박된 팔을 힘겹게 뻗어 조각을 쥔 내 팔을 와락 붙들었다.

"이본이 절대로 유물을 완성하게 두어선 안 됩니다. 고대 레일라들이 진실의 거울의 일부를 미리 떼 놓은 것은 후일, 봉인을 풀기 위한 대비였습니다. 지금 이본이 하려는 짓이지요."

이미 진실의 거울이 보여 준 '히든 루트'를 통해 알고 있던 사실이었다. 뵌터 또한 알고 있어 다행이었다. 나는 다급히 물었다.

"어떻게 막죠? 방법을 알려 주세요."

"이본이 이미 황궁으로 갔다면, 막을 방법은……."

뵌터는 말하다 갑자기 입을 다물었다. 그러더니 얼마 후, 힘겹게 황당한 말을 내뱉었다.

"막을 방법은 없습니다."

"네……?"

"이것을 가지고, 숨으십시오."

이어진 말은 더욱 기가 막혔다.

"지금 저보고…… 도망치라는 말씀이세요?"

"필요하다면."

잘못 들은 게 아닐까 싶었으나, 그는 단호하게 답했다.

'얘가 불에 타들어 가기 직전이라 미쳤나?'

나는 생소한 눈으로 빈터를 보다가 말했다.

"차라리 저보고 이본을 죽이라고 하세요. 싸우다 다치더라도 후작님 탓하지 않을 테니까요."

"황금룡의 송곳니로 몸을 완전하게 만든 이상 마법으로 죽일 수 없습니다."

"뭐라고요!"

나는 눈을 부릅떴다. 처음 듣는 소리였다.

"그걸 왜 이제 말해!"

나도 모르게 반말로 닦달하자, 빈터의 얼굴이 떨떠름해졌다.

"저도 안 지 얼마 안 된 지라……."

"아까 그냥 죽여 버렸어야 했는데!"

내 험악한 말에 빈터가 누운 채로 몸을 움찔거렸다. 그러나 눈에 와 닿지 않았다.

공작이 거대 지렁이에게 잡혀 가든 말든, 그냥 있는 대로 마법을 쏴 젖혀야 했다. 한 끗 차이로 쉽게 죽일 기회가 멀어지자, 환장스러운 기분이 들었다. 연신 한탄하던 나는, 간신히 이성을 되찾고 물었다.

"몸을 완전하게 만들면…… 그럼 어떻게 되는데요?"

"진실의 거울이 있더라도 더는 봉인할 수 없을 만큼 강해지겠지요. 게다가 이 마지막 조각까지 손에 쥐어서 봉인된 레일라들까지 부활시킨다면."

"……."

"그러면 영애 혼자서는 상대할 수 없을 겁니다. 그러니…… 조각을 가지고 안전한 곳에 숨으십시오."

다시 이야기가 도피로 귀결되었다. 나는 고작 도망가란 소리나 듣고자 빈터를 찾아온 게 아니었다.

"그럼 아이들은요."

삭막한 음성이 흘러나왔다.

"당신은 그 애들 때문에 조각까지 내줬으면서, 저보곤 죽든 말든 외면하라고요?"

"그 아이들은……."

아니나 다를까, 역린을 건드리자 빈터의 얼굴이 일그러졌다. 이럴 거면서, 마음에도 없는 소리는 왜 자꾸 하냐며 따지고 들려던 찰나.

"그 애들을 사지로 몬 것은 접니다. 영애는 아무런 상관도, 잘못도 없습니다."

그가 지껄였다.

"레일라들이 부활한다면, 그 아이들은 아마 그들의 먹이로 쓰일 겁니다. 어리지만 어쨌든 마법사들이니까."

"……."

“그 전에 평온을 맞이하는 것이 아이들에게는 더…….”
“하. 네가 이렇게 개새낀 줄은 미처 몰랐네.”
차가운 조소가 입 밖을 비집고 튀어나왔다.
“영애.”
다소 험악한 내 말에 뷘터가 눈을 크게 떴다. 나는 서늘하게 그를 응시하며 고요하게 뇌까렸다.
“……그렇게 조각 가지고 살아남으면.”
“…….”
“이본이 언제 나타날까, 조각은 어디에 숨겨야 할까, 저 사람 세뇌당한 건 아닐까.”
이곳으로 끌려들어 와서 지겹도록 해 온 일이 아닌가. 이제야, 이제야 끝이 보이는데. 이 빌어먹을 게임을 끝낼 방법을 알아냈는데.
“나더러 평생 벌벌 떨면서 살라고?”
나는 이를 악물었다.
“차라리 네가 준 독을 마셨으면 마셨지, 난 그렇게 못해, 뷘터 베르단디.”
‘괜히 시간 낭비만 했어. 진을 따라 돌아가서 차라리 어떻게 이본을 죽일지 고민이나 더 할걸.’
조금씩 허물어지는 그의 표정을 잠시 내려다보던 나는, 이내 벌떡 자리에서 일어났다.
“꼴을 보아 하니 여기서 벗어나긴 요원해 보이네.”
“…….”
“넌 너 알아서 해. 레일라가 수십이 부활하든, 수백이 부활하든 내가 알아서 할 테니까.”

알 수 없는 불길이 놈의 몸을 태우든, 살라 먹든 더는 알 바 아니었다. 나는 찬바람을 일으키며 마법진의 정중앙에서 몸을 돌렸다. 막 한 발짝 떼려던 그 순간이었다.

"레일라에게 조각을 빼앗기기 직전, 금기된 마법을 행했습니다."

건조한 목소리가 울려 퍼졌다.

"시간을 건드려서 미래를 엿보려 했지요. 레일라를 막을 방법을 찾기 위해서……."

"……."

"하지만 제가 본 것은, 미래가 아니었습니다. 그것은 과거이자 미래, 이미 일어난 일이자 앞으로 일어날지도 모를 일이었지요."

무시한 채 걸음을 옮기려던 발이 우뚝 멈췄다. 어쩐지, 사지가 불길에 결박된 심각한 상황에서도 퍽 덤덤했던 얼굴이 좀 이상했다. 마치 이렇게 될 줄 알았던 사람처럼.

나는 천천히 뷘터를 향해 다시 몸을 돌렸다.

"다…… 알았어요?"

내 물음에 그가 장난스럽게 얼굴을 찌푸렸다.

"실은 여기 오기 직전에, 금기된 마법을 사용한 대가가 과연 무엇일지 참 두려웠습니다."

"……."

"다 부질없는 짓이었지요. 과거의 저는 아예 시간을 돌려 버리는 엄청난 짓까지 벌였는데 말입니다."

허공에 향해 있던 군청색 눈동자가 스르륵 움직여 내게로 향했다.

"영애의 말이 맞습니다. 시간을 건드린 대가로 전 이 마법진에서 벗어날 수 없습니다. 실은 단 한 번도 벗어난 적이 없지요."

"그럼 그 마법진이……."

나는 그를 에워싼 마법진의 정체를 알아차리자마자 입을 다물었다.

세상을 점령한 이본에게서 간신히 도망쳐 '진실의 거울' 앞에 선 그는, 생명을 바쳐 시간을 돌렸다. 마법진에 휩싸인 채 산 채로 타들어 가던 그의 환영이 눈앞을 스쳤다.

"당신에게 더는 희생을 강요하고 싶지 않았는데…… 왜 그렇게 사람이 착해 빠진 겁니까."

"……."

"당신을 죽게 만든 사람들이 다 뭐라고."

왜 그가 아이들까지 저버리며 내게 도망가라 했는지, 이제야 알 것 같았다. 과거를 모두 알게 된 뷘터는 나를 바라보며 우는 듯이 웃었다.

"……착각하지 마세요."

그러나 그는 이것까진 모르는 듯했다. 나는 더 이상 살기 위해서가 아니라, 이 지긋지긋한 것들을 끝내기 위해 움직이고 있다는 것을.

"모든 건 다 저 자신을 위해 움직이는 거니까."

"……그렇습니까."

다소 냉정한 말에도 그는 의외로 수긍했다. 과거를 향한 동정과 번민은 잠시였다. 아득했던 그의 눈동자가 찬찬히 현실로 돌아왔다.

"제가 일전에 드린 장미꽃, 아직 가지고 계십니까?"

불쑥 그가 뜬금없는 것을 물었다. 나는 조각과 함께 가지고 있던 그것 또한 꺼내어 보여 주었다.

꽃잎이 모두 진 채 시든 앙상한 줄기는, 꼭 막대기 같았다. 버릴 수도 있었지만, 어쩐지 조각을 숨기듯이 다닥다닥 감싸고 있던 뿌리가 잊히지 않아서 함께 가지고 다니곤 했다.

장미꽃을 본 그의 얼굴이 사뭇 달라졌다.

"그럼…… 이제부터 제 말 잘 들으십시오, 영애."

검푸른 빛이 넘실거리는 그것이 나를 똑바로 직시했다.

"이곳에 오기 전 상단 꼴을 봐서 아시겠지만, 조각을 빼앗기기 직전에 폭발을 일으켰습니다."

"……."

"조각을 없애지는 못했지만…… 미세한 균열이 생겼습니다."

"……."

"그녀는 유물을 품에서 놓지 않을 겁니다. 다른 이에게 빼앗기면 부활시킨 레일라들을 통솔할 수 없을 테니까요. 그러니까……."

그는 차분한 목소리로 내게 이 상황을 끝낼 방법을 일러 주었다. 그의 말이 끝난 후, 지진이 일 듯 시선이 흔들리는 것은 내 차례가 되었다.

"만약…… 제가 실패하면요?"

나는 자신 없는 목소리로 그에게 물었다.

"제가 조각도 빼앗기고, 이본의 손에 죽임당하면…… 그럼 그다음은 어떻게 되는데요?"

"걱정 마십시오, 영애."

그는 나를 안심시키듯 다정한 음성으로 말했다.

"다시 시간을 돌리기 위해 제가 여기 있는 게 아니겠습니까."

나는 그의 사지를 가로지른 불길들을 보며 끔찍한 가정을 했다.

"다시 시간을 돌린 후에 제가, 영원히 돌아오지 않으면요?"

"그럼 영원히 반복하겠지요."

말문이 막힌 내게, 그가 빙긋 웃으며 덧붙였다.

"당신을 아프게 한 사람들한테 벌은 주는 것이라 생각하십시오."

그때였다. 지이이이잉— 거울 봉이 진동했다. 그와 동시에 상단에 달린 손거울에서 흰빛이 쏟아졌다.

"거울이 준 시간이 다 됐습니다. 어서 가십시오."

뷘터는 다급히 말했다. 나는 선선히 고개를 끄덕이며 새로 생긴 문으로 다가갔다. 문 안으로 들어가기 직전, 나는 멈칫 뒤를 돌아보았다.

"성공하면, 후작님도 벗어날 수 있는 거예요?"

"글쎄요…… 저도 잘 모르겠습니다."

"노력할게요."

"너무 무리하지는 마십시오."

상투적인 인사치레가 오갔다. 마침내 나는 문 안에 들어섰다. 미친 것 같은 주문을 외우자, 다시금 눈앞이 하얗게 점멸했다. 그래서 뷘터의 마지막 중얼거림은 미처 듣지 못했다.

홀로 남은 그만의 공간에 보라색 장미 꽃잎이 하늘하늘 떨어지기 시작했다.

눈을 뜨니, 고대 레일라의 무덤은 거짓말처럼 사라져 있었다.

부서진 상단 내부를 확인한 나는 조금 허탈해졌다. 이본이 이토록이나 무시무시한 최종 보스인 것도 모자라, 그녀를 대적할 사람이 정말로 나라는 게 실감이 나서.

"그래도 아끼던 공간인데……."

이곳을 제 손으로 폭파해야 했던 뷘터는 무슨 심정이었을까.

'아오, 그러니까 내가 가지고 있겠다니까.'

이본에게 무력하게 당한 뷘터에게 불쑥 분노가 치솟다가도, 타오르는 불길에 결박당한 꼴이 떠오르자 화가 푸시시 식었다.

내가 조각을 두 개 다 가지고 있더라도 크게 달라질 일은 없었을 것이다. 이본의 말대로 내게 유의미한 인질들이 생각보다 많았다. 자그마한 균열조차 낼 새 없이 둘 다 빼앗겼더라면 정말로 답도 없었으리라.

"후……."

나는 몰려오는 막막함에 깊은 한숨을 내쉬었다. 뷘터가 타오르는 마법진에 묶인 것은 그가 자초한 일이었다.

과거, 이본을 사랑하여 레일라를 돕는 데 일조한 그는, 세계가 멸망하기 직전 자신의 죄를 뉘우치며 시간을 돌렸다.

그리고 기억을 잃은 채 회귀한 지금. 또다시 금기를 행해 모든 것을 알게 된 그는 제 발로 과거의 시간 속으로 향했다. 내가 이본을 죽이는 데 실패하고, 레일라가 세계를 집어삼키게 되면 다시 시간을 돌리기 위해서.

— 영원히 반복하겠지요.

덤덤하게 되뇌던 그의 목소리가 귓가에 맴돌았다. 어차피 내 목숨을 위해서라도 어떻게든 이본을 저지하고 이 빌어먹을 게임의 엔딩을 볼 생각이었지만…… 만일 실패했을 때 일어날 일들을 알게 되니 착잡해졌다.

나는 무거워지는 상념들을 애써 털어 내며 입구 쪽으로 걸음을 옮겼다. 돌아가서 황태자에게 내가 들은 것을 알리고 방안을 찾는 게 시급했기에.

끼이익—. 문을 열고 밖으로 나와 골목을 따라 걸었다. 대로로 나가서 마차를 잡아 타 공작저로 돌아갈 생각이었다.

이른 아침이라 그런지 거리는 한산하기 그지없었다.

'마차 잡으려면 꽤 기다려야겠는데…….'

드문드문 돌아다니는 사람 몇 명을 제외하고 텅 비어 있는 거리를 보며 나는 한숨을 삼켰다. 황궁이 반란군과 무시무시한 괴물에게 점령당한 것에 비해 퍽 평화로운 광경이었다.

얼마쯤 골목 어귀에 우두커니 서서 빈 마차를 기다렸을까. 멀리서 마차 한 대가 거리로 천천히 들어섰다.

반색하며 마차를 불러 세우려던 나는 가까워진 마차의 모습을 보고 실망했다. 여러 마리의 말들과 커다랗고 고급진 본체. 삯 마차가 아닌, 귀족들이 타고 다니는 종류였다.

'하녀가 아침 가져오기 전에는 돌아가야 하는데.'

어떻게 해야 더 빠르게 공작저로 돌아갈 수 있을지 시름에 잠기던 때였다. 그대로 나를 지나칠 줄 알았던 마차가 스르륵 내 앞에 멈춰 서는 게 아닌가.

'뭐지?'

나는 흠칫 물러서며 들고 있던 거울 봉부터 등 뒤로 숨겼다. 누가 봐도 마법사 같은 꼴이었기 때문이다. 그러나 호화스러운 마차 문을 열고 내려선 사람을 본 나는, 그대로 얼어붙었다.

"……주인님."

얼마 전 내가 후려친 이마가 아직도 벌겋게 흉진, 이클리스였다.

"너, 네가 여긴 어떻게……."

반사적으로 묻던 나는 곧 입을 다물었다. 내가 오기 전, 이미 빈터를 족쳤던 이본이었으니 안 봐도 뻔했다.

"타세요."

물끄러미 나를 바라보던 놈이 천천히 내게 손을 내밀었다. 그 말을 듣고 순순히 마차 위에 오를 리 없었다.

나는 다른 마물이 있는지 마차 주변을 둘러보았다. 다행히 대로변 한가운데에 기괴한 마물이 나타나는 일은 없었다.

대신 복면으로 얼굴을 가린 무장한 이들이 하나둘 튀어나와 마차를 감쌌다. 도망을 방지하고자 하는 움직임에 나는 봉을 꽉 움켜쥐었다.

"그때 후려 맞은 걸론 부족했니?"

놈을 노려보며 묻자, 잿빛을 담은 눈매가 일순 움찔거렸다.

"……그럴 리가요."

"……."

"아팠어요, 많이. 상처가 곪아서 심하게 앓았어요."

퍽 애처로운 답이 돌아왔다. 그의 말처럼 이마에 난 상처는 처음 생겼을 때에 비해 조금도 호전된 것 같지 않았다.

'머리를 그렇게 후려 맞았으면, 정신 좀 차릴 때도 됐지 않나?'

이클리스는 그때와 달라진 게 조금도 없어 보였다. 마음이 심란해졌다. 나는 한숨 쉬듯 읊조렸다.

"그런데 왜 또 미친개처럼 굴어."

"당신한테 미쳤으니까."

즉답하는 놈의 모습에 눈앞이 아연해졌다. 내 잘못된 선택으로 인해 비틀려 버린 관계는 조금도 끝날 기미가 보이지 않았다.

내가 마차에 탈 생각이 조금도 없어 보이자, 이클리스가 말했다.

"주인님의 하녀와 아이들은 제가 데리고 있어요."

무미건조한 음성이었지만, 협박이나 다름없었다. 나는 기가 막혀서 날카로운 웃음을 터뜨렸다.

"날 배신하고 이본을 섬기겠노라 포고라도 하는 거니?"

"배신이 아니라 보호지요."

놈이 내 말을 정정했다.

"이본이 제가 아닌 마물이나 군대를 보냈더라면, 이미 죽은 목숨들이었을 텐데요."

분하지만, 맞는 말이었다. 이본이라면 충분히 그랬을 것이다. 하지만 그렇다고 해서 이클리스를 덥석 믿을 수 없었다.

"널 뭘 믿고."

"……."

"레일라가 그간 마법사들만 골라 죽여 온 것을 내가 모를 것 같아? 이미 한번 고국인들까지 팔아먹은 네 말을 어떻게 신뢰하겠어."

가시 돋친 어투에 이클리스의 표정이 허물어졌다.

"……거래 조건이에요."

"거래?"

"거울 조각을 가지고 돌아오면, 당신과 주변인들은 건드리지 않기로."

"……."

"죽이면…… 슬퍼하실 거잖아요. 주인님은 상냥하시니까……."

찰나, 울 것처럼 잔뜩 일그러진 얼굴이 보였다. 놀란 것도 잠시, 방금 본 것은 착각이라 말하듯 놈은 곧장 무표정한 얼굴로 지껄였다.

"믿지 않으셔도 상관없어요. 어차피 그것들이 죽든 말든, 전 당신만 데리고 가면 되니까."

내게 못 박힌 잿빛 눈동자가 형형히 번뜩였다. 그 진득한 시선에서 무슨 일이 있어도 나를 끌고 가겠다는 집념이 엿보였다.

나는 잠시 마법으로 모두 조지고 도망칠까 고민했다. 하지만 체력 제약이 있는 고대 마법은 무한정 쓸 수 있는 게 아니었다. 아직 이본과 본격적으로 부딪치기도 전에 힘을 빼는 것은 어리석은 짓이었다.

"그거 주고 마차에 오르세요."

봉을 꽉 쥔 채 갈등하는 나를 기민하게 알아차렸는지, 놈이 내게 손을 내밀었다.

'……하기야, 납치하는 마당에 무기를 들고 가게 할 리 없지.'

나는 놈을 노려보다가, 이내 별수 없이 거울 봉을 건넸다. 놈은 내게서 받은 그것을 옆에 다가온 복면에게 집어 던지듯 건넸다.

노골적으로 나를 바라보는 눈빛 아래, 나는 내 발로 마차 위에 올라탈 수밖에 없었다. 뒤따라 올라탄 이클리스가 맞은편에 앉자, 곧장 마차가 출발했다.

이제 믿을 것은 진이 새겨 준 추적 마법뿐이었다. 나는 이클리스가 보지 못하도록 소매를 끌어 내려 손등을 덮었다.

'이런 걸 예상하고 걸어 달라고 한 건 전혀 아니었는데…….'

제발 빨리 돌아와 달라며 애원하던 청년의 안쓰러운 얼굴이 떠올랐다. 그리고 그를 닦달하며 나를 찾을 황금 머리도.

'없어진 걸 알면 분명 난리 치겠지.'

칼리스토는 내 안위에 무척이나 예민했다. 입에서 불을 뿜으며 나를 찾아 날뛸 그를 떠올리니 순식간에 마음이 무거워졌다. 그때였다.

"……곧 수도에 큰 파란이 불 거예요."

이클리스가 말을 건넸다. 나는 휙휙 스쳐 지나가는 창밖에 두었던 시선을 앞으로 돌렸다. 그는 나를 빤히 바라보며, 입술을 연신 달싹거렸다. 무언가 대화를 하고 싶어 안달이 난 사람처럼.

문득 생소한 기분이 들었다. 그 언젠가, 호감도 수치가 놈의 머리 위에 떠 있던 시절. 이렇게 단둘이 마차를 타고 외출할 때면, 과묵한 놈에게서 대답을 끌어내기 위해 갖은 용을 쓰던 것은 언제나 나였는데.

어쩐지, 지금은 위치가 완전히 뒤바뀐 것 같았다.

"그때까지 안전한 곳에 계세요. 그러면 인질들은 무사할 겁니다."

더럽게도 말주변 없는 놈이 기어이 할 말을 찾아 내게 건넸다.

"네 곁은 안전해?"

"네."

정말로 궁금해서 물은 것인데, 달리 받아들인 건지 놈의 낯이 굳었다.

"……제일 먼저 죽을 놈들의 곁보단 안전하겠죠."

"……뭐? 그게 무슨."

"말씀드렸잖아요. 당신을 힘들고 슬프게 만든 놈들, 다 죽여 버릴 거라고."

"너……."

"본격적으로 전투가 시작되면, 델만군은 가장 먼저 공작저부터 칠 계획이에요."

다짐처럼 내뱉는 놈의 말에, 일순 사고가 멈췄다. 그와 동시에, 일전에 소각장에서 그가 했던 말들이 또렷이 떠올랐다.

— ……주인님을 이렇게 만든 사람들에게, 복수하는 거요.

정신 나간 사람처럼 줄줄 사람들의 이름을 외우던 이클리스.

"마크 앨버트 같은 병신들은 이미 해치웠어요."

이어지는 그 말에 나는 경악했다. 세뇌당해서 횡설수설하는 것이라고 생각했던 그것들이, 허풍이 아니었다.

"이제, 공작과 그 아들놈들 같은 주요 인물들만 남았어요. 그 저택 구석구석, 쥐새끼 하나까지 깨끗하게 비워서 드릴 테니까……."

"……."

"이제 그만, 용서해 주시면 안 돼요?"

놈은 엉망진창이 된 얼굴로 내게 일그러진 애정을 갈구했다. 아득한 현기증이 머릿속을 파고들었다.

"너, 정말……."

나는 대체 무슨 말을 해야 할지 몰라서 한참을 버벅였다. 놈은 정말로 단단히 착각하고 있는 듯했다. 내가 그것을 원하고 있다고.

물론 지금껏 나는 엑스트라들이 어떻게 되든, 알 바 아니라 여겼다. '가짜 공녀'라 무시하며 조롱하던 것들이 벌을 받길 바라기도 했다. 그러나 그것이 꼭 죽음 같은 과격한 방법으로 연결되진 않았다.

"그 사람들이…… 죽으면 슬퍼할 내 주변인들에 속한다는 생각은 안 해 봤니?"

"그 인간들이 어떻게 주인님의 주변인이에요."

내 물음에 이클리스가 날카롭게 반응했다.

"벌써 다 잊으셨어요? 그놈들이 주인님께 주었던 수모와 수치들을?"

"그건 네가 상관할 바가 아니지. 복수를 해도 내가 하고, 용서를 해도 내가 해."

"제가 당신의 하나뿐인 기사인데 어떻게 상관을 안 해요."

벽을 두고 말하는 게 바로 이런 걸까. 되풀이되는 이클리스와의 대화에 조금씩 지쳐 갔다.

나는 그의 말을 부정하는 대신, 물끄러미 그의 얼굴을 바라보았다. 거즈조차 붙이지 않아, 고운 이마를 흉하게 장식한 찢어진 상처. 예전 같았으면 미안하고 안쓰러운 마음에 뭐든 해 주고 싶었을 것이다.

"너는, 왜…… 내가 널 안쓰럽게 여길 틈조차 주질 않아."

의외의 답변이었는지 이클리스의 눈이 천천히 커졌다. 이런 얼굴을 보아도 이젠 놀라울 만큼 아무런 감정도 들지 않았다.

"나를 위한다고? 나를 명목으로, 널 괴롭힌 공작저 사람들과 네 나라를 멸망시킨 제국을 향한 네 복수를 하는 게 아니라?"

"……주인님."

"네가 날 사랑한다는 이유로 내가 언제까지 네 폭력을 받아야 해."

마차 안에 차분한 내 목소리가 고요히 울려 퍼졌다.

"폭력……?"

찬물이라도 뒤집어쓴 것처럼 이클리스의 얼굴이 멍했다.

"그래, 폭력."

이클리스는 내가 원하지도 않은 복수와 마음과 용서를 끊임없이 강요했다. 이게 폭력이 아니면 대체 무엇일까.

단호한 내 답변에 그가 아득 이를 악물었다.

"그렇게 말씀하셔도…… 소용없어요."

잠시 혼이 나갔던 눈동자에 이채가 돌았다.

"어차피 무슨 짓을 하든 당신은 날 용서하지 않을 테니까. 그냥 제 마음대로 할래요."

너는 언제나 네 멋대로 행동했다고 받아칠 새도 없었다.

"내려요."

마차가 멈췄다. 아차 할 틈도 없이 놈이 벌떡 일어나 문을 열고 내렸다. 무언의 압박에 떠밀리듯 내려선 나는, 펼쳐진 광경에 놀랐다. 이클리스가 나를 납치해 데리고 온 곳은, 다름 아닌 황궁이었다.

마차는 처음 보는 아름다운 궁 앞에 멈춰 섰다. 사냥 대회 이후로 올 일이 없어서 황궁 지리는 거의 알지 못했다. 기껏해야 황태자 궁과 서고를 오가는 길을 아는 정도. 게다가 황궁 부지는 공작저의 몇 배에 달했다.

'어차피 쉽게 도망칠 수도 없건만…….'

이클리스 놈은 제 수하들을 동원하여 나를 샅샅이 둘러싼 채 궁 안으로 움직였다. 반란군이 황궁을 점령했다는 것이 거짓은 아닌지 낯선 궁 안은 텅 비어 있었다.

어디 지하 같은 데로 끌고 가서 가둬 둘 줄 알았는데, 긴 복도를 걸어 도달한 곳은 넓고 화려한 방이었다.

"주머니에 있는 것들도 모두 꺼내서 주세요."

방 한가운데에 있는 테이블에 도달한 그가 내게 몸을 돌리며 말했다. 고풍스러운 궁 안에 우뚝 서 있는 놈의 모습이 퍽 이질적이게 느껴졌다.

나는 생소한 눈으로 그를 바라보다 이내 주머니에 손을 넣어 조각을 꺼냈다. 그리고 그것을 테이블 위에 올려놨다.

'생각보다 이르게 진행됐네.'

게다가 인질을 가지고 협박하는 이본에게 억지로 빼앗기는 험한 꼴을 겪지 않아도 되었으니, 이걸 기뻐해야 하는지 알 수가 없었다.

순순히 조각을 내놓았음에도, 놈은 나를 빤히 바라보기만 했다.

"뭐."

나는 삐딱하게 대꾸했다. 놈이 입을 열었다.

"제가 직접 주머니를 뒤지길 원하세요?"

"조각 줬으면 됐잖아."

기어이 주머니를 모두 털어 내라는 놈에게 나는 반쯤 오기를 부렸다. 그러자 놈이 고개를 모로 기울이며 혼잣말처럼 중얼거렸다.

"……당신 몸에 손대기 시작하면 주머니만 뒤질 자신 없어요."

"미친 새끼."

나는 욕설을 내뱉으며, 거칠게 주머니에 손을 쑤셔 넣었다. 딸려 나온 것들은, 4개 남은 물약과 앙상하게 시든 장미꽃 하나가 전부였다. 그것들을 테이블 위에 던지듯 내려놓았다.

"이게 끝이야."

또 직접 뒤지느니 개소리를 할까 싶어, 나는 아예 로브의 주머니까지 뒤집어서 내보였다.

"이건……."

그것들을 가져가서 찬찬히 살펴보던 놈의 시선이 문득 시든 장미꽃에서 멈췄다. 무엇인지 묻는 듯한 눈초리에 나는 덜컹이는 가슴을 내색 않고 말했다.

"이본의 손에 죽은 마법사가 남긴 유품이야."

"유품…… 이요?"

"그래. 네가 인질로 잡고 있는 고아들의 보호자였어. 봉사 활동을 알선하는 선량한 이였지."

"……."

"네게 끌려 온 덕분에 슬픔을 느낄 새조차 없게 되었구나."

마법진에 묶여 있을 뿐, 아직 멀쩡히 살아 있는 사람을 한순간에 죽은 사람으로 만들어 버렸다.

'미안하다.'

미약한 죄책감에 뷘터에게 속으로 사과한 나는, 애써 무덤덤한 척 말을 이었다.

"앞으로 네가 공작저를 도륙 낼 동안 나는 몇 번 더 여기 갇힌 채 오늘 같은 참담함을 느끼겠지."

"……."

"이제 만족하니?"

이게 과연 먹힐까. 나는 이클리스를 흘끔거리며 숨을 죽였다.

— 이 장미꽃은 제 무의식의 반영으로 피었기 때문에, 제 마력의 결정체나 다름없습니다.

— 위급 시에 당신에게 도움이 되길 바라며 주었던 것인데…….

몸이 완전해진 레일라를 해치우기 위해선, 조각을 돌려주는 수밖에 없었다. 그러나 조각을 이본에게 돌려준다는 것은, 결국 내가 위험에 처하게 될지도 모른단 소리였다.

— 위급 시에 딱 한 번, 방어 마법이 발동될 겁니다. 그런데 시동어가 있습니다. 그것은…….

결과적으로 그가 옳았다. 나는 정말로 이클리스에게 거울 봉을 빼앗겼으니까. 칼이 없어졌으니, 탈출을 위해선 방패라도 사수해야 했다.

이클리스는 우두커니 선 채 무언가를 가늠하듯 하염없이 시든 장미꽃을 응시했다. 마차에서, 내 주변인을 건들지 않을 거라는 말이 떠올라 충동적으로 던진 말이었다.

솔직히 큰 기대는 없었다. 단단히 세뇌당해서 돌아 버린 놈이, 그만큼 감성적일 리 없으…….

"쉬세요. 얼굴이 창백해요."

그러나 내 예상은 보기 좋게 빗나갔다. 이클리스는 조각을 제외한 나머지는 아무것도 건드리지 않은 채 등을 돌렸다. 장미꽃은 물론이고, 마법 물약조차.

문을 향해 멀어지는 그의 뒷모습을 보자, 기분이 이상해졌다. 마치 세뇌당하기 전, 수줍게 볼을 붉힐 줄도 아는 그를 보고 놀랐을 때처럼.

"……이클리스."

나도 모르게 입을 벌려 그를 불렀다. 부르고 나서 곧바로 후회했다. 그가 내심 못 들었으면 했지만, 문고리로 향하던 움직임이 우뚝 멈췄다. 나는 망설이다 힘겹게 입을 열었다.

"너…… 이본한테 세뇌당하고 있어."

"……."

"내가 도와줄 수 있어. 지금이라도 늦지 않았어. 그러니까, 그만둬."

지금이라도 이클리스가 제정신을 차린다면, 일이 훨씬 수월해진다. 인질들도 구하고, 반란군과의 전투 때문에 죽거나 다치는 이도 없다.

힘을 합쳐 최종 보스인 이본을 제거하면, 뷘터가 또다시 시간을 돌려서 이 미친 게임이 반복되는 일 또한 벌어지지 않을 것이다. 이 얼마나 깔끔하고 아름다운 엔딩이란 말인가.

"……그만두면."

그러나 그건 나 혼자만의 생각인 듯했다. 다시 내게로 몸을 돌린 이클리스의 얼굴은 석상처럼 굳어져 있었다.

"이제 와서 그만두면 뭐가 남는데요."

따져 묻는 듯 놈의 말투엔 잔뜩 날이 서 있었다.

"적어도, 내가 널 증오하다 못해 죽이려 들진 않겠지."

"이건 죽이려 한 게 아니에요?"

내 대답에 놈이 손가락으로 제 이마를 툭툭 건드렸다.

"그때 마법 썼으면 너, 지금 이 자리에 없었어."

그렇게 말하다 보니까, 불쑥 억울함이 치솟았다.

'저게 살려 준 은혜도 모르고.'

맹그로브 줄기에 묶여 있는 동안 충분히 죽일 수도 있었지만, 그러지 않았다. 그가 이본에게 휘둘리게 된 것에 대한 일말의 책임과 동정 때문이었다. 그것은 그를 설득하는 지금에도 이어졌다.

"이젠 너도 알잖아. 설령 네가 반란에 성공해서 황태자를 죽이고 제국을 손에 넣더라도, 내가 널 사랑할 일은 없다는 걸."

"그러니까, 왜!"

그때였다. 물끄러미 날 바라보기만 하던 놈이 별안간 큰 소리로 외쳤다.

"왜 전 안 되는데요."

"그건."

"곁에 있으려고, 한주먹거리도 안 되는 놈들이 시비 거는 것도 다 참고 악착같이 기사단에 붙어 있었잖아요."

"……이클리스."

"당신에게 걸맞은 기사가 되려고, 밤낮없이 검을 휘두르고 또 휘둘렀어요. 손에 피가 나지 않는 날이 없었어."

"……."

"그렇게 해도 당신이 너무 멀어서, 좀처럼 닿을 수가 없어서! 그래서 매국노까지 돼 가면서 노예 신분에서 벗어났잖아!"

나는 격정을 쏟아내는 이클리스를 놀란 눈으로 바라보기만 했다. 그간 그의 새로운 일면을 모두 보았다고 생각했지만, 착각이었다.

"그런데 왜 넌 날 밀어내기만 하는데, 왜—!"

회갈빛 눈동자에서 굵직한 물방울들이 뚝뚝 떨어져 내렸다. 그는 손에 사탕을 쥐고도 어찌할 줄 모르는 어린아이처럼 울었다. 나는 망연히 그를 응시했다.

그가 말하는 그 시절엔, 그의 감정이 얼마나 깊은지 돌아볼 여유도 없었다. 하루하루 살아남기 급급했고, 그의 배신으로 치를 떨었다. 그리고 모든 것이 끝난 지금은.

"내가…… 네가 아닌, 다른 사람을 사랑하니까."

이유를 말하자면, 하나뿐이었다. 내 대답에 이클리스는 헐떡이며 소리쳤다.

"예전처럼 거짓말이라도 해 봐요. 너밖에 없다고, 황태자 따위 죽든 말든 네가 가장 소중하다고!"

"……."

"혹시 알아? 그 말에 깜빡 속아서 이 짓거리 다 때려치우고 기꺼이 당신 손에 죽을지도 모르잖아."

"널 죽이고 싶지 않아."

진심이었다. 나는 그만 이 지긋지긋한 모든 것을 끝내고, 앞으로 나아가고 싶었다. 그리고 이클리스 또한 그랬으면 했다. 분노와 좌절, 실연의 상처에 얽매여만 있기에, 그는 너무 젊고 어린 나이였다.

"그러니까…… 그만 날 용서해."

예전처럼 눈물을 닦아 줄 수는 없었다. 나는 그래서, 그에게 다가가 손을 내밀었다.

그러나. 타악—! 싸한 통증이 느껴졌다. 차갑게 내쳐진 손이 보였다.

"당신이 그러니까 내가 이 지경에 이른 거예요."

"……."

"나완 달리, 황태자에겐 조금도 꾸며 내질 않으니까……."

더듬더듬 시선을 들자, 그는 증오스럽다는 듯 나를 보며 한 자, 한 자 짓씹듯 뇌까렸다.

"사랑 따윈 필요 없어. 껍데기라도 내가 가질 거야."

"……."

"어차피 네가 날 이용한다는 걸 안 순간부터, 네게 사랑받는 것 따윈 기대도 안 했으니까."

그 말을 끝으로 놈은 벌컥 문을 열고 방 안을 빠져나갔다. 쾅―! 거칠게 문 닫히는 굉음을 끝으로, 나는 황량한 방에 홀로 남겨졌다.

나는 그대로 이름 모를 궁전 안에 감금됐다. 탈출로도 탐색할 겸 창문 밖을 바라보니, 일정한 간격으로 배치된 갑옷 입은 군인들이 궁 밖을 감싸고 있었다.

'망할 새끼. 아주 빽빽하게도 깔아 놨네.'

밥 때가 되니 이클리스도, 황궁 시녀도 아닌, 군인이 점심과 저녁을 가지고 왔다. 입맛이 없어서 먹는 둥 마는 둥 한 채, 나는 침대에 드러누웠다.

당장 기절해도 놀라지 않을 만큼 몸이 고단했다. 그러나 마법 물약의 효과가 좋은 건지, 아니면 막막한 상황 때문인지 도통 잠이 오지 않았다.

나는 연신 몸을 뒤척이다가, 한 손을 들어 바라보았다. 아침에 진이 걸어 준 추적 마법은 다행히 그대로 있었다.

'많이 걱정하고 있겠지.'

말도 없이 사라졌으니 얼마나 화가 났을까. 뒤늦게 칼리스토에 대한 미안함이 몰려왔다. 하지만 어쩔 수 없는 일이었다. 이렇게 된 이상 여기서 이본과 끝장을 봐야 했다.

'부디 구하러 올 생각 말고 황궁 탈환에만 신경 썼으면 좋겠는데…….'

이런저런 생각을 하는 동안 눈꺼풀이 천천히 무거워졌다. 낯선 곳에서 자기 싫었지만, 밀려오는 피로를 물리칠 수 없었다. 잠깐 눈만 붙일 요량으로 눈을 감았다.

쿠웅, 쿵—!

불현듯 묵직한 소음에 나는 화들짝 놀라 눈을 떴다. 시야가 어두컴컴했다. 잠깐 눈을 감았다고 생각했는데, 시간 가는지도 모르고 깜빡 잠이 든 것이었다.

놀란 가슴을 추스르며 주섬주섬 일어나 앉았다. 방금 들은 소리는 모두 꿈인 것처럼 방 안은 적막했다.

'……뭐지? 잘못 들었나?'

그때였다. 쿵, 쾅, 쿠웅—!

착각이 아니라는 듯 또다시 둔중한 소음이 울려 퍼졌다. 나는 눈을 부릅뜬 채 어두운 방 안을 샅샅이 훑어보았다.

쿵, 쿠웅—! 소리가 한층 더 크고 가까워졌다. 덕분에 쉽게 근원지를 찾아낼 수 있었다. 중앙에 있는 벽난로에서 나는 소리였다.

"무, 무슨……."

이본이 마물이라도 보낸 것일까. 나는 살며시 일어나 무기가 될 만한 것을 찾았다. 침대 옆 탁상 위에 놓여 있던 촛대가 손에 닿았다. 그것을 꽉 쥐고, 긴장한 눈으로 벽난로를 응시할 무렵이었다.

쾅, 콰앙—! 불현듯 벽난로 속에서 재 가루와 함께 누군가 구르듯이 쏟아져 나왔다.

"으윽, 제기랄."

검은 인영이 재 가루 섞인 기침과 함께 걸쭉한 욕설을 토해 냈다. 퍽 익숙한 음성이었다. 촛대를 휘두르기 위해 위로 힘껏 쳐들었던 손이 스르륵 내려갔다.

"전하……?"

얼떨떨한 내 목소리에 기침하던 칼리스토가 고개를 쳐들었다.

"잘 있었나, 공녀?"

"전하가 왜……."

거기서 나와?

고작 한나절 못 본 것뿐인데, 재투성이가 된 그 얼굴을 보니 오랜만에 다시 만난 사람처럼 울컥, 반가움이 치솟았다.

"이게, 어떻게 된 일이에요? 전투는요?"

"시간 없어. 일단 가면서 얘기하지."

그가 재촉했다. 나는 고개를 끄덕인 후 벗어 놓았던 로브를 허겁지겁 주워 입었다.

'이렇게 오자마자 나갈 줄은 몰랐는데…….'

탈출은 그의 군대와 반란군의 본격적인 전투가 시작된 후에야 이뤄질 줄 알았다. 혼란한 틈을 타 거울 봉을 찾고 이본을 치러 갈 생각이었는데, 지금 생각하면 참으로 답 없는 계획이었다.

"이리로 들어가, 공녀."

물약과 장미꽃까지 단단히 챙기고 다시 황태자에게로 돌아갔다. 그러자 그가 자신이 빠져나왔던 벽난로를 가리켰다.

"바짝 엎드려야 할 거야."

"여, 여기로요……?"

나는 좀 떨떠름한 얼굴로 비좁은 통로를 바라보았다. 당장 쥐 떼가 우르르 쏟아져도 이상할 게 없을 만큼 어둡고 음산했다. 물론 칼리스토가 그곳에서 기어 나왔으니, 탈출로가 거기뿐이라는 걸 알았지만 말 그대로 머리만 알았다.

"왜, 가기 싫나? 내가 기어 오면서 다 쓸어서 깨끗해. 간간이 쥐새끼랑 지네들도 죽였으니까 걱정 말라고."

"아니 뭐…… 그런 건 아니고요."

선뜻 갈 엄두를 못 내는 나를 보고, 칼리스토가 콧잔등을 찌푸리며 짓궂게 말했다. 가기 싫어서 까탈을 부린 건 아니었지만, 놀랍게도 그 말에 안심이 되었다.

'지네라니, 지네라니!'

나는 진저리쳐지는 몸을 간신히 억누르며 몸을 엎드려 그 안으로 기어들어 갔다. 얼마 안 가, 완전한 어둠이 '훅' 하고 찾아왔다. 칼리스토가 통로의 문을 닫은 탓이었다.

다행히 숨 막히는 포복 자세는 오래가지 않았다. 얼마 후 기어가야만 했던 통로가 점점 넓어지더니 어느 순간 널따란 공간이 나왔다.

"이쪽으로 와, 공녀."

황태자는 품에서 무언가를 꺼내 들며 숨 돌릴 틈도 없이 나를 이끌었다. 그가 꺼낸 것으로 인해 어두컴컴했던 주변이 밝아졌다. 야광석이었다.

나는 그제야 주변을 둘러보고 꽤 놀랐다. 수십 개의 갈림길이 복잡하게 뒤얽혀 있는, 미로 같은 곳이었다. 칼리스토는 거침없이 그중 한 곳으로 걸음을 옮겼다. 그 뒤를 따르며 나는 어리둥절한 얼굴로 물었다.

"전하, 여기 어디에요?"

"황족들만 아는 비밀 통로야."

"아."

어쩐지 비장했던 아침나절의 납치와는 달리, 허무한 탈출이었다.

"멍청한 놈들. 황궁 안에 비밀 통로가 있는 것은 당연한 거 아닌가? 뭐, 덕분에 나야 수월하게 그대를 찾을 수 있었지만 말이야."

그런 내 심정을 아는지, 황태자가 적나라하게 납치범을 욕했다. 한때 그가 말한 '멍청한 놈'의 주인이었던 나는, 괜히 머쓱해져서 화제를 돌렸다.

"황족들만 아는 거면…… 2황자도 알겠네요?"

"걱정 마. 그놈은 여기 모를걸."

그는 모퉁이를 돌며 심드렁하게 답했다.

"여긴 황후궁이거든. 후처의 자식은 발 한 번도 못 들이민 곳이니 알 리 없지."

"화…… 황후궁이요?"

내가 갇혀 있던 곳의 정체를 알게 된 나는 입을 떡 벌렸다. 어쩐지 감금해 두는 곳치곤 과하게 호화스럽다 했다.

'미친놈!'

이클리스 놈이 아무런 의미 없이 황후궁에 나를 가뒀다는 생각은 들지 않았다. 나도 모르게 황태자의 눈치를 보았다.

"비밀 통로 중에서도 갈림길이 가장 많은 곳이야. 어마마마가 돌아가신 후로는 나도 처음 온 거라 한참 헤맸어."

다행히 황태자는 내가 왜 황후궁에 갇혔는지 크게 생각하지 않는 눈치였다.

"그대야말로 어떻게 된 일이야? 사라졌다는 보고를 받고 내가 얼마나 놀랐는지 알아?"

그는 오히려 정황을 묻는 내 말에 떠올랐다는 듯 눈을 부라렸다.

"회의장에 있다가 공작저까지 미친놈처럼 뛰어갔어. 얌전히 있으랬더니, 더럽게도 말 안 듣는 망아지 같으니라고."

"……죄송해요."

저지른 잘못이 있기에 나는 순순히 잘못을 시인했다.

"빈수에게 갔다가……."

반사적으로 빈수라 부르려던 나는, 이내 칼리스토 또한 모든 것을 알고 있음을 상기하고 정정했다.

"아니, 베르단디 후작님을 찾아갔다가 그때 늪지대에서 본 델만 왕자에게 납치됐어요."

"황태자를 능멸하는 것도 유분수지, 아주 잘도 속여 먹었더군."

"……."

상황을 축약해 설명하던 나는 그의 말에 뜨끔해서 입을 다물었다. 그는 이어서 혼잣말처럼 말했다.

"그런데 그 빌어먹을 델만 놈은 왜 자꾸 성가시게 구는 거지?"

이번엔 이클리스에 대한 이야기였다. 아직까지 칼리스토는 나와 이클리스 사이에 얽인 지저분한 치정까진 알지 못했다.

"그때 늪지대에서 죽여 버렸어야 했는데……."

그의 음산한 중얼거림에 괜히 바람피우다 걸린 사람처럼 가슴이 벌렁거렸다.

"아, 아무튼 와 주셔서 감사해요, 전하."

나는 이번에도 서둘러 화제를 전환하는 것을 택했다. 칼리스토가 그런 나를 흘겨보며 불퉁하게 읊조렸다.

"추적 마법 없었으면, 그 마법사 항문 파열로 죽었어. 다행인 줄 알아."

"으…… 왜 하필 항문 파열이에요?"

"쓸모없는 지팡이 그런 데라도 써야지. 뭐 그런 게 있어. 깊이 알려 들지 마, 다쳐."

굳이 그런 말 안 해도 깊이 알고 싶은 생각 따위 조금도 없었다. 칼리스토는 대답 없는 나를 곁눈질하다, 우뚝 걸음을 멈추고 물었다.

"그런데 그대, 마법 봉은 어디 있어?"

"……뺏겼어요."

나는 민망해서 작은 소리로 답했다.

"이런."

그가 눈살을 찌푸리며 침음을 내뱉었다.

"이리로 와."

그러더니 갑자기 왔던 길을 되돌아가기 시작했다. 어리둥절했지만, 길을 잘못 들었나 싶어 나는 바로 그를 뒤따랐다.

"인질들은요?"

"태양궁에 있는 것 같아. 오기 전에 감옥을 대충 돌아보고 왔는데, 없었다."

"그럼 어서 가요."

물론 태양궁으로 가자는 뜻이었다.

"……공녀."

그가 무거운 음성으로 나를 부르며 다시금 걸음을 멈췄다.

"12시가 되는 정각에, 가장 방어 결계가 약한 서문을 뚫고 급습할 예정이야."

갑작스러운 작전 얘기에 나는 의아한 눈으로 그를 바라보았다.

"그 전에 여길 빠져나가야 해."

"서둘러야겠네요."

그의 말에 나는 마음이 다급해졌다.

'그 아수라장 속에서 이본을 상대할 수 있을까.'

솔직히 자신 없었다. 하지만 맨몸으로 돌진하려 했던 무계획보단 나았다. 적어도 칼질에 능한 칼리스토가 함께할 테니까.

"어서 가요. 아이들 먼저……."

"아직 말 다 안 끝났어."

그 순간, 황급히 걸음을 옮기려던 나를 황태자가 다시 멈춰 세웠다.

"그댈 밖까지 데려다준 후 다시 돌아와서 최대한 인질들을 구출하려 노력할 거야."

"네? 그게 무슨……."

"하지만 레일라나 엘렌 후작 같은 2황자파의 중축들이 있을 테니까 장담할 수는 없어."

나는 잠시 이해가 안 가서 멍한 얼굴로 그의 말을 되뇌었다. 그러니까, 그는 지금 모든 상황에서 나를 제외하고 있었다.

"……전하, 무슨 소리를 하시는 거예요? 저 조각도 빼앗겼어요."

자진해서 준 거나 다름없었지만, 지금 와서 그 이야기를 한다 한들 칼리스토가 귀담아들을 것 같지 않았다.

"지금 태양궁으로 가야 해요."

나는 단호하게 말했다.

"안 돼."

"왜요?"

"마법도 쓸 수 없는데 뭘 할 수 있다고."

나는 그제야 눈치챌 수 있었다. 거울 봉을 빼앗겼다는 내 말을 듣고 곧장 발걸음을 돌린 황태자. 나와 함께 빠르게 인질을 구출하려던 그의 계획이 방금 수정되었다는 것을.

'거울 봉 없으면 나는 아무것도 못한다는 거야 뭐야.'

그의 말을 곱씹을수록 화가 치밀었다.

"제 쓸모가 언제부터 거울 봉의 유무로 결정됐는지 모르겠는데요."

"비약하지 말고 내 말 들어, 공녀."

싸늘하게 쏘아붙이는 내 어투에 황태자가 한숨을 내쉬며 내 어깨를 붙들었다.

"황제는 생사도 모르는 상태고, 2황자파 놈들이 그간 숨겨 둔 병력이 예상을 훨씬 웃돌아."

"……."

"병사들을 급히 끌어모았지만, 솔직히 승산이 크지 않다. 반란군 사이엔 마물도 섞여 있을 테니까. 어쩌면."

"……."

"어쩌면 황궁과 수도를 포기하고 달아나야 할지도 몰라."

나는 그의 입에서 쏟아져 나온 말에 충격을 받았다.

"포기…… 요?"

그가 그런 말을 입에 담았다는 게 믿기지 않았다.

"그래."

하지만 황태자는 그런 내게 한 번 더 못을 박았다.

"아무것도 아니야. 내겐 황궁이나 이름 모를 애새끼들보단 그대의 안위가 더 중요하니까."

"……전하."

나는 숨이 막힌 사람처럼 힘겹게 그를 불렀다. 아무것도 아닐 리 없었다. 칼리스토가 얼마나 황제가 되고 싶어 했는지 잘 알고 있었다.

수도로, 황궁으로 돌아오기 위해 전쟁터를 구르며 악착같이 살아남은 그였다. 그런데 이젠 나를 위해 포기라는 단어를 쉽사리 입에 담았다. 정작 나는 엔딩도, 인질도, 그 어느 것도 포기하지 못한 채 속으로만 그의 안전을 빌 뿐이었는데…….

알 수 없는 감정에 속이 울렁거렸다. 나는 아랫입술을 꽉 깨물었다. 황궁으로 가 이본을 만나기만 하면 금방 해결될 거라 여겼는데, 상황은 생각보다 훨씬 더 복잡하게 돌아갔다.

"본격적으로 전투가 시작되면 발이 빠른 자들을 보내서 그대의 마법 봉을 찾지. 레일라를 죽이는 거고 뭐고, 그때 가서 해."

칼리스토가 그런 나를 달래듯이 말했다. 하지만 그때 가면 모든 게 늦을 것이다. 이본이 아이들을 제물 삼아 레일라를 모두 부활시킬 테니까.

'그의 말처럼 정말 이 상황을 회피하고 보는 것만이 답인 걸까.'

나는 한참을 망설이다, 이내 마음을 굳게 먹고 입을 열었다.

"……마법, 아예 못 쓰는 상태는 아니에요."

"뭐?"

"방어 마법은 쓸 수 있어요."

비록 일회성이긴 하지만. 알면 난리 칠 칼리스토가 무서워 그 말은 굳이 하지 않기로 했다.

"전하의 말처럼 당장 이본을 죽이지 못하더라도…… 아이들은, 아이들은 구할 수 있잖아요."

"……."

"어려도 마법사들이라, 풀어 주기만 하면 제 몸 하나는 마법으로 텔레포트할 수 있을 거예요."

라온이 이동 마법을 능숙히 쓰는 것을 이미 본 상태였다. 풀어 줄 수만 있다면, 어쩌면 생각보다 수월하게 구해 낼 수 있지 않을까.

나는 희박한 가능성에 기대를 걸고 칼리스토를 설득했다.

"우리 둘이 시간을 벌고 있으면, 전하의 군대가 승리해서 태양궁까지 쳐들어올지도 모르잖아요."

"공녀."

"시도라도…… 아니, 상황이라도 보고 가게 해 주세요."

뷘터는 이본을 죽일 방법을 일러 주면서, 끝끝내 내게 아이들을 잘 부탁한다는 말 같은 건 하지 않았다. 그러나 아무런 시도조차 안 하고 포기하는 건 너무 비겁하지 않은가.

"제 눈으로 보고 정말 안 되겠다 싶으면, 그때 가선 전하께서 하라는 대로 따를게요."

굳세게 말하는 나를, 칼리스토는 착잡한 눈으로 바라보았다. 하지만 나는 그가 결국 내 말대로 해 주리라는 것을 알았다.

얼마 안 가 나지막한 한숨 소리가 들렸다.

"그대에겐 너무 물러서 탈이라니까."

"……."

"겉으로만 보고 구할 상황 안 되면, 짐짝처럼 둘러메서라도 끌고 갈 거야. 이리 와."

그가 나를 이끌고 다시 방향을 틀었다. 우리는 침묵 속에서 빠르게 비밀 통로를 가로질렀다.

아이들, 그리고 이본이 있는 태양궁을 향해서.

"여신이시여!"

널따란 대전. 가장 높고 빛나는 자리에 앉은 이본은 무료한 눈으로 제 앞에 머리를 조아리는 인간들을 바라보았다.

제국인들이었다. 그리고 그들을 지키듯 대전 안을 둘러싼 것은 다름 아닌, 제국이 일으킨 정복 전쟁에서 패배한 나라의 사람들이었다. 세계 곳곳의 인간들이 이렇게 한자리에 모일 수 있다니, 참으로 아이러니한 일이다.

그때, 늙은 귀족 하나가 고급스러운 천에 감싼 무언가를 그녀의 앞에 바쳤다. 천을 풀자 눈을 부릅뜬 채 절명한 시체의 머리, 그리고 황제가 늘 들고 다니는 보주가 드러났다.

"황제의 목입니다, 여신이시여."

엘렌 후작이 읍소했다. 이본은 그 야비한 얼굴 너머 엎드린 인간들을 쭉 둘러보았다.

2황자란 놈부터 시작해서, 황비와 제국을 좌지우지한다는 고위 귀족들까지. '레일라의 힘'을 갖게 해 준다는 우습지도 않은 말에 속아 넘어간 인간들은 시키지도 않은 황제의 목까지 썰어다 바쳤다.

'참 쉽구나.'

달칵—. 이본은 제 무릎 위에 놓여 있던 상자를 살짝 열어 안을 보았다. 14개의 조각이 보였다. 그러나 이제 마지막 조각마저 제 손 안에 들어올 예정이었다.

그녀의 행동을 본 엘렌 후작이 탐욕스럽게 눈을 빛냈다.

“여신님, 그럼 의식을 지금 시작하는 것인지요……?”

“아직 때가 안 되었어요.”

이본은 싱긋 웃으며 답했다.

“아, 때. 그렇군요.”

늙은이는 실망과 흥분이 뒤섞인 표정으로 물러났다.

과거, 그녀는 이 자리에 오르기까지 무수히 많은 노력을 했다.

‘그땐 왜 이런 멍청한 놈들을 이용할 생각을 하지 못했을까.’

고대 마법사들에게 봉인당하기 직전, 미래를 예지한 형제들이 미리 황궁 깊숙이 숨겨 둔 여러 개의 진실의 거울 조각. 이것이 모두 있어야지만 레일라들의 봉인을 풀 수 있었다.

하지만 빼앗은 타인의 몸은 완전하지 못했다. ‘진짜 이본’의 영혼이 아직 살아 있었기 때문이다. 불완전한 몸으로는 힘을 사용하는 데 제약이 있었다.

하여 그녀는 흩어진 조각들을 찾고, 몸을 완전히 빼앗기 위해 직접 황궁에 입성했다. 의심 많은 마법사를 속이고, 공작저를 점령하고, 방해물이었던 계집을 죽이고, 황태자비가 되어 황궁에 입성하기까지.

지난한 날들이었다. 그리고 마침내, 황금룡의 송곳니로 몸을 완전하게 빼앗는 데 성공했다. 그녀는 곧장 조각들을 하나로 완성해 봉인을 풀었다.

탁—.

이본은 상자를 닫고 고개를 들었다. 그와 동시에 말간 눈동자와 눈이 마주쳤다.

“히익!”

왜소한 어깨가 펄떡이더니, 이내 훌쩍훌쩍 울기 시작했다. 세뇌 때문에 친구들을 사지로 몬 사자 가면이었다. 널브러져 있는 친구들과는 달리 혼자만 결박되어 있지 않은 아이는 구석에 선 채 하염없이 울었다. 그 우는 소리가 썩 듣기 좋았다.

'그러고 보니, 과거에는 저 자리에 뷘터 베르단디가 있었지…….'

제 손으로 동료 마법사들과 아끼던 아이들을 레일라의 제물로 바친 그는 결국 미쳐 버렸다. 감쪽같이 사라진 그로 인해 이번엔 그 재밌는 꼴을 볼 수 없었다. 아쉬움에 이본은 입맛을 다셨다.

"이본."

그때였다. 광활한 대전을 가르고 누군가 빠르게 걸어왔다.

"어서 와. 기다렸어."

이본이 다가온 그를 반갑게 맞이했다. 과거, 제국 멸망의 순간 그녀의 옆에 있던 황태자 대신 이번에 택한 사내였다.

이클리스는 묵묵히 그녀에게 무언가를 내밀었다. 잠시 커졌던 이본의 푸른 눈이 이내 반달로 활짝 휘어졌다.

"역시, 네가 해낼 줄 알았어."

이로써 15개의 조각이 모두 모였다. 이본은 방긋 웃으며 이클리스에게서 건네받은 마지막 조각을 상자 안에 넣었다. 그러다 문득 무언가가 눈에 띄었다.

"그건……."

"눈독 들이지 마."

이클리스는 흠칫 들고 있던 것을 제 뒤로 숨겼다. 페넬로페의 마법 봉이었다. 소중히 간직하고 있다가, 모든 일이 끝나고 나면 돌려줄 예정이었다.

"조각이 있는데 내가 왜 페넬로페의 것에 눈독을 들이겠어?"

이클리스의 그런 행동에 이본이 샐쭉 미소 지었다. 그러나 경계 어린 시선은 풀리지 않았다.

"약속 지켜, 이본."

"난 페넬로페와는 달리 네게 약속한 건 모두 지켰어, 이클리스."

그녀는 자리에서 일어났다. 황금룡이 화려하게 휘감고 있는 고귀한 황금 의자가 드러났다.

"앉아. 이제 여긴 네 자리야."

"그거 말고."

"그럼?"

"인질들."

이클리스가 몸을 돌리며 대전 한쪽에 결박된 채 무릎 꿇려져 있는 아이들 쪽을 턱짓했다.

"건드리지 않겠다는 뜻이 뭔지 알고 있겠지? 살아 있는 건 물론, 단 한 명도 털끝 하나 상해선 안 돼."

"페넬로페에게 미움받을까 봐 애를 쓰는구나?"

"대답해. 지금이라도 다 엎고 황태자에게 투항할 수도 있어."

"물론이야."

이클리스의 싸늘한 경고에 이본은 활짝 웃으며 확답했다. 과거라면, 마법사들이 꼭 필요했을 것이다. 그들이 가진 마력이 가득한 생명력은 레일라들에겐 풍족한 먹잇감이었다.

하지만.

"이번엔…… 정말로 필요 없는걸."

이본은 아득한 허공을 바라보며 중얼거렸다.

마법사들을 제물로 바쳐 부활시킨 레일라들은 오만하고 자기중심적이었다. 대적할 고대 마법사들마저 사라진 세상에서, 레일라들은 닥치는 대로 인간들을 죽이며 원래의 힘을 되찾았다.

그러고 나자 그들은 점점 이본의 자리를 위협하기 시작했다. 그들을 통제할 수 있는 하나뿐인 수단인 진실의 거울 조각을 빼앗아 우두머리가 되려는 이들이 속출했다.

처음 회귀했음을 알았을 때, 그녀는 절망했다.

'그토록 힘겹게 도달했는데, 드디어 형제들과 함께 세상을 지배할 수 있었는데, 왜! 왜 코앞에서……!'

하지만 다시 생각해 보니, 마냥 절망할 만한 일이 아니었다. 황금룡의 송곳니를 가진 자는 일생에서 단 한 번만 그것을 사용할 수 있다. 그런데 과거에 진짜 이본의 영혼을 죽이고 완전해진 몸과 힘은 회귀한 후에도 그대로였다.

그렇다면 황금룡의 송곳니를 또 한 번 사용할 수 있다는 소리가 아닌가.

'이건 기회야.'

왜 인생은 신뢰와 배신의 무한한 반복인 것일까.

가족과 형제를 죽인 인간들에 대한 복수심, 그런 건 시간이 흐를수록 점점 희미해졌다. 일련의 일을 겪은 그녀는 마침내 깨달았다.

자신이 원하는 세상은 레일라들이 지배하는 세상이 아니라—.

"그래, 다 필요 없어."

그녀가 지배하는 세상이라는 것을.

이본이 허공을 노려보며 다짐처럼 되뇌었다.

"왕자님!"

그때, 누군가 거칠게 알현실의 문을 열고 뛰어 들어왔다.

"큰일 났습니다! 제국군들이 황궁의 서쪽 문을 뚫고 들어오는 중입니다! 태양궁으로 곧장 진군하려는 듯합니다!"

병사의 말에 이클리스의 얼굴이 처참하게 일그러졌다. 그의 입에서 다급히 튀어나온 것은 방어에 관련된 물음이 아니었다.

"공녀님은?"

"예?"

"황후궁에 둔 에카르트 공녀님은 어찌 되었느냐고!"

"그, 그게, 아직 황후궁을 확인하지 못했……."

"제기랄!"

이클리스는 병사의 말이 채 끝나기도 전에 거칠게 몸을 돌려 달렸다. 그러다 퍼뜩 인질들 앞에서 급정거했다. 그가 들고 있던 마법 봉을 델만군 한 명에게 떠넘기며 짓씹듯이 말했다.

"너, 목숨 걸고 인질과 이 봉을 지켜. 누구한테도 빼앗기면 안 된다. 설령 에카르트 공녀일지라도. 알았어?"

"예, 예! 알겠습니다!

기절한 척 대화를 엿듣고 있던 에밀리의 눈이 반짝 떠졌다. 이본을 영 믿을 수 없던 이클리스는 제 수하 네 명을 인질들 주변에 세워 놓았다. 그리고 태양궁 안에 있는 나머지 군사들을 끌고 궁을 빠르게 빠져나갔다.

한바탕 소란이 휩쓸고 지나간 후, 무장한 군사들로 꽉 차 있던 대전 안이 텅 비었다. 돌아가는 상황에 눈알을 뒤룩뒤룩 굴리고 있던 엘렌 후작이 한 번 더 이본에게 다가갔다.

"여, 여신님, 기습이라니요. 그렇다면 레일라가 되는 의식은 대체 언제쯤…….”

덩그러니 서 있던 이본이 고개를 돌려 텅 빈 황좌를 바라보았다. 황금 의자의 등받이에는 특이한 모양새의 홈이 파여 있었다.

송곳니가 들어 있는 황제의 옥새를 넣고 돌리면 의자가 밀려나고 비밀스러운 공간이 드러난다. 과거, 홈의 쓰임새를 찾다 엉겁결에 알아낸, 몇천 년 제국 역사의 비밀이었다.

이본이 홈에서 눈을 떼고 몸을 숙였다. 시체의 목 옆에 있는 황제의 보주를 들어 올리며, 그녀가 환히 웃었다.

“이제 파티가 시작됐어요, 여러분.”

“미친년, 파티 시작은 얼어 죽을.”

커다란 기둥 뒤에 있는 비밀 통로 안. 대전 안을 엿보던 중, 나도 모르게 그녀가 일으킨 ‘연가시 파티’가 떠올라 진저리를 쳤다. 황태자가 그런 나를 보고 재밌다는 표정을 지었다.

“일이 생각보다 쉽게 풀리는데, 공녀.”

나는 그의 말에 눈을 크게 뜨고 뒤돌아보았다.

“쉽다뇨? 사람들이 아직 이렇게 많은데요.”

물론 이클리스 놈이 군사들을 대부분 데리고 나가 병력은 얼마 안 될지 모르나, 엘렌 후작과 2황자를 포함한 귀족 십여 명. 여전히 많은 수였다.

“저런 노인네들쯤이야 한주먹거리도 안 되지. 사실상 저 델만군 네 명만 상대하면 되겠군.”

“2황자는요? 그래도 칼은 쓸 줄 알 거 아니에요.”

“그 새낀 X밥이야.”

그의 상스럽고 단호한 대답에 놀랍게도 마음이 안정되었다.

“자, 이거 받아.”

그가 품에서 무언가를 꺼내 건넸다.

“이건…….”

황금색의 화려한 단검. 일전에 그의 생일 연회에서, 자신의 목을 치라고 그가 건넸던 것이었다.

“내가 먼저 나가서 저 네 마리부터 해치울 테니까, 그대는 시간 두고 나와서 이걸로 인질들을 풀어 줘.”

밧줄에 꽁꽁 묶여 있던 아이들을 떠올리며 나는 고개를 끄덕였다.

“그리고 마법 봉 주워서 저 레일라를 조지는 거야. 어때, 내 계획이.”

“허점투성인데 이상하게 완벽하게 들려요.”

정말이었다. 그가 말하는 계획은 어찌 보면 무모하기 그지없는 모험이었다. 이본이나 엘렌 후작으로 인해 일어날지 모를 돌발 상황들을 아예 배제한 것이나 다름없었기에.

그런데도 확신 어린 목소리에 마음이 놓였다. 생각해 보면, 칼리스토는 한 번도 자신이 말한 것을 지키지 않은 적이 없었다. 믿을 수 있었다.

“……고마워요, 같이 와 줘서.”

나는 작은 목소리로 속삭였다. 그가 없었더라면, 이 상황을 혼자서 도저히 헤쳐 나갈 수 없었으리라.

내 말에 그가 기쁜 사람처럼 씩 웃었다.

“하나, 둘, 셋 하면 튀어 나갈 거야.”

"저도 준비할게요."

나는 결연한 얼굴로 황태자가 준 단검을 단단히 잡았다. 그러자 그가 비밀 통로의 문고리를 잡고 말했다.

"하나, 둘."

쪽—.

'셋' 대신 입술 위에 물컹한 감촉이 닿았다 떨어졌다. 깜짝 놀라 굳은 내게, 그가 속삭였다.

"하여튼, 누구 애인인지 예뻐 죽겠다니까."

끼익—. 아차 할 새 없이, 통로 문이 열리고 칼리스토가 대전으로 뛰어나갔다. 바야흐로 그의 칼춤이 시작되었다.

"으아악!"

긴 다리로 대전을 성큼성큼 가로지른 황태자는 가장 가까이 서 있던 한 명을 거침없이 베었다. 나는 기습 뽀뽀에 화를 낼 새도 없이 날뛰는 칼리스토를 황망히 바라보았다.

"침입자다!"

"바, 방어하라!"

뒤늦게 그의 등장을 알아챈 델만군들이 서둘러 검을 뽑았다.

챙, 채앵—!

"억."

그러나 합이 세 번 오가기도 전에 또 한 명이 푹 고꾸라졌다. 분수처럼 튀는 피와 함께 처리해야 할 델만군이 눈 깜짝할 새 두 명으로 줄었다.

"헉! 화, 황태자!"

"기습, 기습이야!"

2황자와 황비, 엘렌 후작의 낯빛들이 사색이 되었다. 그러거나 말거나 황태자는 나머지 병사들을 재빠르게 상대했다.

"으윽!"

전광석화 같은 그의 몸놀림에 두 명이 동시에 허벅지를 베였다. 몸을 뒤로 꺾으며 제게로 휘둘러지는 두 개의 칼을 아슬아슬하게 피한 그는, 몸을 바로 하며 적의 상체를 검으로 주욱 올려쳤다. 그리고 그 반동으로 나머지 한 명의 목에도 검을 꽂았다.

캉, 떨그렁—! 놈이 들고 있던 내 거울 봉이 바닥에 떨어지며 둔탁한 소음을 내었다. 허무하리만치 쉽게 죽어 나자빠진 병사들을 보던 귀족들이 벌벌 떨었다.

"으, 으아악! 죽어라, 황태자—!"

그때였다. 그나마 젊은 편에 속하는 2황자파 귀족 세 명이 칼을 뽑아 들고 비장하게 달려갔다.

"쯧. 가만히 있어도 알아서 곱게 죽여 줄 텐데, 괜히 힘 빼는군."

칼리스토가 성가시다는 듯 혀를 차며 제게 달려오는 귀족들에 맞서 달려갔다.

'한 주먹거리도 안 된다'는 그의 말은 사실이었다. 그가 달려가며 휘두른 칼에 귀족들이 종잇장처럼 한 명, 한 명 썰려 나갔다. 구석에 몰린 황비와 엘렌 후작 앞에 도달하기까진 찰나의 시간이었다.

"잘 있었나, 엘렌 후작? 오랜만입니다, 어머니."

여유롭게 또 한 명을 베어 넘기고 다가온 황태자가 과장된 인사를 건넸다.

"화, 황태자! 체, 체통도 없이 대전에서 이게 뭐 하는 짓이오!"

드레스에 핏물이 튄 황비가 비명을 지르듯 소리쳤다.

"어머니!"

"화, 황비님! 물러나 계십시오!"

2황자와 엘렌 후작이 허옇게 뜬 얼굴로 뜯어말렸다. 칼리스토는 고개를 갸웃거렸다.

"그럼 내 하나뿐인 아우와 어머니는 여기서 뭘 하고 있었습니까?"

"황태자!"

"아, 우리 하늘 같으신 황제 폐하 목을 예쁘게도 잘라 놓고 있었던 거군."

"그, 그건……!"

그제야 황비의 입이 다물렸다. 그녀의 안색이 시퍼레졌다. 황제 시해, 역모의 현장. 그것들을 황태자에게 고스란히 들켰기 때문이다.

"저, 전하. 이, 일단 진정하시고 제 말을 먼저 들어주시옵소서. 전하께서도 듣는다면 생각이 바뀌실지도……."

엘렌 후작이 비굴한 얼굴로 그를 만류했다. 칼리스토는 곤란하다는 얼굴로 제 미간을 두드리며 말했다.

"방금 전까진 기분이 썩 괜찮아서 마지막 가는 말씀은 들어 주려 했는데 말이야."

"저, 전하!"

"내가 지금 저걸 보고 기분이 상당히 안 좋아졌어."

그가 흘긋 황좌 쪽을 눈짓했다. 그 끝에 아무렇게나 나동그라져 있는 황제의 머리가 있었다.

"어, 어차피 네놈에게도 나쁠 것 없는 일이잖느냐! 네놈이 살아 있다면 언젠가 행했을 일을 앞서 처리해 준 것뿐인데 무엇이……!"

"그러니까. 그게 문제라고."

뻔뻔스럽게 외치는 황비를 바라보던 황태자가 별안간 시뻘건 눈을 번뜩였다.

"내가 평생에 걸쳐 염원하던 것을 지금 네 아비와 자식새끼가 앗아갔잖나."

"화, 황태자……!"

피부가 따끔거릴 만큼 느껴지는 섬뜩한 살기에 황비가 주춤 물러섰다. 스르렁—. 황태자는 피가 뚝뚝 흐르는 칼을 쳐들고 한 발짝, 한 발짝 그들에게로 다가갔다.

"그러니 별수 없군. 네놈들의 사지로 대신할 수밖에."

그가 이를 드러내고 신이 난 듯 웃었다. 그야말로 게임 속 설정인 '철혈의 황태자'처럼.

'어휴, 난 저 미친놈 적이 아니어서 다행이다.'

나는 광기 어린 칼리스토를 보고 흠칫 몸을 떨었다. 제 말대로 충실히도 날뛰어 준 그 덕분에 인질들의 주변이 텅 비었다.

'지금이 기회야.'

비밀 통로에 숨어 상황을 엿보던 나는 지금이 적기라는 사실을 알았다.

지체할 틈 없이 곧장 비밀 통로 문을 열고 밖으로 뛰었다. 뛰면서 슬쩍 이본을 곁눈질했다. 그러나 그녀는 말릴 생각도 없는지 나를 빤히 보기만 했다.

'뭐야. 믿는 구석이라도 있다는 건가?'

나는 눈살을 찌푸렸다. 물론 조각을 다 모았으니 믿는 구석이야 있겠지만.

아무런 방해물도 없이 수월하게 인질들이 있는 반대편에 도달한 나는 곧바로 행동을 옮겼다. 동물 가면을 쓴 왜소한 아이들 사이에, 탈진해 있는 성인 여자는 단연 눈에 띄었다.

나는 품에서 단검을 뽑아 들고 제일 먼저 에밀리를 묶은 밧줄을 끊었다. 이어서 입을 틀어막은 천을 풀어 주자, 에밀리의 눈이 튀어나올 것처럼 휘둥그레졌다.

"아가씨! 여기, 여긴 어떻게……!"

"에밀리, 시간 없어. 어서 도와."

재회의 감동을 느낄 새 없이 나는 빠르게 다른 아이의 밧줄을 풀었다. 다행히 눈치가 빠른 내 전담 하녀는 곧바로 나를 도와 움직였다. 그러나 새어 나오는 훌쩍임을 멈추지 못했다.

"안 오실 줄 알았어요……."

"그러게. 나도 내가 여기까지 올 줄 몰랐는데."

"아가씨! 너무해요!"

복합적인 뜻에서 한 말인데, 에밀리가 서운하다는 투로 외쳤다. 나는 그녀를 흘끔 돌아보며 비식 웃었다.

"다시 만나서 반갑구나, 에밀리. 너도, 나도 아직 재 손에 죽진 않았네."

내 말에 그녀가 다시 눈물을 글썽거렸다.

"그럼요! 진짜 악당이 죽어야지 우리 같은 선량한 사람들이 죽긴 왜 죽겠어요!"

선량한 건 아니란 말이 혀끝에 아롱거렸지만 나는 그녀의 감격을 위해 모른 체했다.

에밀리의 도움으로 생각보다 빠르게 아이들을 다 풀어낼 수 있었다. 총 일곱 명이었다.

"에밀리, 애들 잘 챙기렴."

"네, 네!"

"너네 다들 어디 다친 곳 없니?"

"네, 네에……."

낯선 내 모습에 아이들이 쭈뼛거리며 답했다. 사자 가면을 제외한 아이들은 가면을 벗은 내 모습을 모르기 때문이다.

"그치만…… 흑, 라온이. 라온이……."

그때, 다람쥐 가면을 쓴 아이가 훌쩍이며 내 치맛자락을 잡았다.

'맞아, 라온.'

나는 허겁지겁 아이들을 돌아보았다. 정신 사나운 동물 가면 사이에 사자 가면은 없었다.

'그러고 보니, 내 거울 봉 어디 갔지?'

델만군 한 명이 칼리스토의 칼침을 맞고 쓰러지면서 떨어뜨리는 것을 분명 보았다. 그런데 아이들의 결박을 풀어 주는 사이 감쪽같이 사라져 있었다. 그 순간이었다.

"라온, 모두 다 죽이고 마법 봉 가지고 내게로 와."

머리맡에서 나지막한 음성이 울려 퍼졌다. 고개를 들자, 얼마 떨어지지 않은 거리에 우뚝 서 있는 사자 가면이 보였다. 손에 쥔 마법 지팡이를 겨누고, 또 다른 한 손엔 내 거울 봉을 쥔 채.

"이본!"

나는 퍼뜩 이본에게로 시선을 옮겼다. 그런데 놀랍게도, 그녀가 앉아 있던 황금 의자 앞에 생긴 구멍 속으로 쑥 들어가 버렸다.

"뭐야. 어딜 가는……!"

분명 황태자와 비밀 통로 안에서 엿볼 땐 보지 못했던 것이었다.

대체 저런 게 언제 생겼는지 알 수 없어 당황하던 때였다.

"제기랄! 황제의 보주를 가지고 있군. 지하에서 무슨 짓을 저지르려는 모양이야!"

엘렌 후작과 2황자의 목숨을 아직 붙여 놓은 채 무슨 짓을 하던 황태자가 갑자기 쏜살같이 단상 위로 뛰어갔다.

"저, 전하!"

"나 먼저 가서 막고 있을 테니까 애들 보내고 천천히 내려와, 공녀!"

"아니, 이대로 가면 저는 어떡해요!"

'지팡이 겨누고 있는 애가 여기 있다고!'

그러나 뭐라 외칠 새도 없이 칼리스토는 이본을 따라 구멍 속으로 들어가 버렸다. 도망가는 이본을 나 대신 쫓아가 주는 걸 기뻐해야 하는지, 슬퍼해야 하는지 알 수 없었다.

다시 고개를 돌리자, 사자 가면 사이로 텅 빈 아이의 눈동자가 보였다.

"……에밀리, 애들이랑 뒤로 천천히 물러서."

"그냥 달려가서 콱 쥐어박으면 안 될까요? 쟤 때문에 안전가옥이……!"

"스읍, 그런 소리 말고. 위험하니까, 어서."

나는 에밀리에게 주의를 주며 내 뒤로 그들을 떠밀었다.

"라온…… 흑흑."

아이들이 라온을 부르며 훌쩍였다. 그러자 반응하듯 라온이 공허한 목소리로 중얼거렸다.

"스승님, 스승님이 나 때문에……."

"라온, 일단 진정하렴."

나는 부드러운 목소리로 초점 없는 아이를 얼렀다.

— 라온은 레일라에게 세뇌를 당했습니다. 아마, 그 애를 구하다 죽은 제 모습을 보여 주며 죄책감을 들쑤신 것 같습니다.

아이들은 어른보다 세뇌가 쉬운 편이었다. 그러니 절대로 죄책감을 자극하면 안 된다고 뷘터는 여러 차례 당부했다. 나는 그것을 떠올리며 침착하게 입을 열었다.

"네 스승은 죽지 않았어. 일이 이렇게 된 것은 네 잘못이 아니야."

"아니야. 나 때문에 스승님이 폭발해서 죽었는데…… 말을 들어야 해. 그래야 친구들을 살릴 수 있어……."

"라온! 우리 여기 있어!"

"우리야, 우리! 네 친구!"

라온의 중얼거림을 듣다 못한 아이들이 말릴 틈도 없이 외쳤다.

"……내 친구들은 지금 안전가옥에 있는데? 안전한 곳에 있다고 했는데……."

"우리 맞아! 네가 우릴 여기 오게 만들었잖아!"

"정신 좀 차려!"

"얘들아, 그만해!"

나는 간신히 아이들을 막았다. 그러나 이미 늦은 후였다.

"아, 아, 아니야! 내가 아니야. 난 안 했어! 잘못했어요! 할게요! 으으, 시키는 대로 할게요!"

라온이 갑자기 양팔로 머리를 붙잡고 미친 듯이 고개를 휘저었다.

"다 죽일게요! 악령들을 다 죽일게요!"

그러다 갑자기 휙 제 마법 지팡이를 쳐올렸다. 그 끝에 흰 빛무리가 모이기 시작하더니, 눈덩이처럼 그 크기가 불어나기 시작했다.

"라온!"

나는 당황했다.

'어떡하지? 지금이라도 달려가서 거울 봉 빼앗아 올까?'

다행히 뷘터가 준 시든 장미꽃을 이클리스에게 빼앗기지 않았다. 하지만 지금 사용하면 영영 보험이 사라지는 것이다. 게다가 빼앗은 거울 봉으로 어쩔 수 없이 아이를 공격해야 했다.

그사이, 눈이 뒤집힌 라온이 생성한 빛 덩이가 야구공만 한 크기에서 점점 축구공만 해지고 있었다. 누가 봐도 맞으면 위험해 보였다. 나는 결단을 내렸다.

"애들아! 모두 내 뒤편에 서 있어. 내가 방어 마법을……!"

"찌리짜라쭈!"

그때였다. 누군가 마법 주문을 외쳤다.

"으으으!"

그 순간, 전기에 감전된 사람처럼 라온이 덜덜 떨더니 이내 '펑!' 하는 소리와 함께 쓰러졌다. 사자 가면 사이로 삐져나온 라온의 머리칼이 파마라도 한 것처럼 꼬불꼬불해진 채 연기를 뿜어 댔다.

"어? 지팡이 다 빼앗겼는데?"

누군가의 외침에 나는 얼떨떨한 얼굴로 고개를 돌렸다. 그러자 돼지 가면을 쓴 아이 한 명이 코를 훌쩍 들이마시며 내게 들고 있던 지팡이를 내밀었다.

"헤헤! 뺏기기 전에 빤쮸에 숨겼어요."

자랑하는 듯한 그 해맑은 얼굴에 나는 입을 떡 벌렸다. 잠시 후 정신을 차린 나는 주춤주춤 쓰러진 라온에게 다가갔다.

"죽은 건…… 아니지?"

"기절 마법이에요."

그 말에 한시름 놓았다.

"잘했어."

머리를 쓰다듬으며 칭찬하자, 돼지 가면이 코를 훌쩍 들이마셨다.

"스승님이 마물용이라고 서로에게 절대 쓰지 말랬는데……."

다른 아이가 떨떠름한 목소리로 덧붙였지만 애써 외면했다.

나는 라온의 손에서 거울 봉을 빼냈다. 반나절 만에 다시 조우한 빌어먹을 거울 봉의 모습에 그제야 마음이 놓였다. 에밀리가 쓰러진 라온을 둘러멨다. 나는 황태자를 쫓아가기 위해 서둘러 말했다.

"이제 어서 안전한 곳으로 떠나렴. 되도록 황궁에서 멀리 떨어진 곳으로. 이동 마법 할 줄 알지?"

돼지 가면을 바라보며 묻자, 아이가 붕붕 지팡이를 흔들었다.

"아가씨, 정말 괜찮겠어요? 같이 가요, 네?"

에밀리의 걱정 어린 음성에 나는 고개를 흔들었다.

"안 돼. 아직 할 일이 남아 있어."

내 단호한 거절에 에밀리가 훌쩍였다.

"우리 아가씨에게도…… 드디어 봄이 찾아온 거 맞죠?"

황태자 때문이냐는 물음이었지만, 나는 그저 웃을 뿐 답하지 않았다.

"어서 가. 아이들 잘 부탁해, 에밀리."

"우리 그럼 갈게요! 구해 주셔서 감사해요, 귀족 아줌마!"

이윽고 흰 마법진에 휩싸인 아이들이 명랑한 목소리로 인사했다. 어떻게 알았는지 알 수 없어 눈이 휘둥그레진 내게, 돼지 가면이 마지막으로 소리쳤다.

"우린 말투랑 목소리 다 기억하는걸요!"

라온과 똑같은 대답이었다. 나는 희미해지는 아이들의 잔상을 보며, 구하길 잘했다고 생각했다. 그리고 그 감상을 끝맺기 전에 단호하게 뒤로 돌았다.

거울 봉을 쥔 손에 '꾸욱' 힘이 들어갔다. 대단한 목적 때문에 이본을 상대하려는 게 아닌데, 참 이상하게도 가슴이 울렁거렸다.

'모든 게 다 잘될 거야.'

구멍 앞에 선 나는 주문처럼 여러 번 되뇌었다. 이제 아이들도 구했으니, 이본을 해치우고 이 빌어먹을 세상을 구할 때였다.

전과 미묘하게 달라진 마음으로 마침내 구멍 너머, 끝없이 펼쳐진 계단에 첫발을 들이밀던 그 순간이었다.

탁, 타닥, 타다닥—. 다급한 발소리가 들렸다.

'누구지?'

나는 바짝 긴장한 채 어둠 너머를 노려보았다. 하지만 그것이 무색하게도 계단을 타고 오르는 것은 땀을 뻘뻘 흘리는 칼리스토였다.

"전하? 왜 벌써……."

태양궁의 지하가 얼마나 깊은진 알 수 없지만, 그가 안으로 들어간 지 얼마 되지 않은 시간이었다.

'벌써 이본을 죽이고 돌아왔을 리는 없는데…….'

내 의아함을 방증하듯, 때마침 밖으로 튀어나온 황태자가 내 손목을 휙 잡아챘다.

"뛰어, 공녀!"
"네……?"
"어서!"
나는 어리둥절한 채 그에게 반쯤 끌려갔다. 그 순간이었다.
쿠구구구구구구궁—.
갑자기 땅이, 아니 궁 전체가 미친 듯이 진동하기 시작했다.
"무, 무슨 일……!"
"더 빨리!"
무슨 일이냐고 채 묻기도 전에 황태자가 재촉했다. 허겁지겁 달려서 막 광활한 대전 한가운데 도달했을 즈음이었다.
쿠와아아앙—!
천지가 개벽하는 소리와 함께 별안간 뒤편에서 어마어마한 돌풍이 불어닥쳤다. 달리던 우리는 그 여파에 휩쓸려 하릴없이 휘청거렸다.
이쯤 되니 도저히 뒤를 돌아보지 않을 수가 없었다. 나는 마구 휘날리는 머리칼을 쓸어내리며 고개를 돌렸다. 자욱하게 일어난 연기 사이로, 처참하게 무너져 내린 황궁 바닥이 보였다.
높은 곳에 있던 황좌는 물론이고 그 앞에 있던 구멍도, 근처에 있던 시체들도 보이지 않을 만큼 널따란 범위였다.
"이게 무슨……."
"크워어어어어—!"
그 순간, 끔찍한 짐승 울음소리가 울려 퍼졌다. 고막이 터질 것 같은 소음에 나는 반사적으로 두 손을 들어 귀를 막았다.
쿵, 쿠웅, 쿠우웅—.

다시 진동이 시작됨과 동시에, 무너진 바닥 끄트머리에 '터억―' 하고 거대한 무언가가 올라왔다. 발톱이 내 얼굴보다 커 보이는 엄청난 크기의 발 두 개였다.

끼이익, 끼이익, 턱―. 몇 번 미끄러지듯 하던 그것이 얼마 안 가 바닥을 움켜쥐었다. 곧이어 어마어마한 광풍이 몰아쳤다. 시린 눈이 절로 감겼다.

펄럭, 펄럭―. 날개 푸닥거리는 소리와 함께 다시 눈을 떴을 때, 머리 위로 거대한 그늘이 져 있었다.

"저게…… 저게 뭐야?"

무너진 잔해 사이에 떠오른 것은 난생처음 보는 생명체였다. 태양궁의 천장을 모조리 가릴 만큼 커다란 날개. 찬란한 황금빛과 누가 오염시키듯 군데군데가 거뭇거뭇한 비늘이 뒤섞여 있는 몸.

칼리스토를 연상케 하는 핏빛 눈, 기다란 수염이 달린 코에서 쉬익쉬익 콧김이 쏟아져 나왔다.

"빌어먹을, 용이야."

칼리스토가 뒤늦게 내 혼잣말에 답을 주었다. 나는 반쯤 혼이 나간 채 그를 돌아보았다.

"용……?"

"그래, 일전에 말한 적 있잖아. 황금룡이 황궁 아래 잠들어 있다고."

"하, 하지만 그건 분명 건국 설화라고……."

"나도 좀 전에 알았어. 태양궁 밑에 저런 게 있었는지."

그는 상황과 맞지 않게 어처구니가 없다는 표정을 짓고 덧붙였다.

"영혼이 사라진 빈 몸뚱이를 무언가로 채웠나 보군. 그대가 어디 있는지 물었던 황금룡의 송곳니야."

그의 손가락을 따라 고개를 돌린 나는 그제야 용의 가슴 한가운데 꽂힌 반짝이는 무언가를 발견했다. 그리고 마침맞게 용의 머리 위에서 주르륵 미끄러지듯 내려서는 작은 인영 또한.

어느새 하나의 거울처럼 완성된 조각을 품에 안고 있는, 이본이었다.

'……이 미친 게임아.'

나는 찰나 미친 듯이 진실의 거울 안에서의 기억을 되새겼다.

「[황금룡의 송곳니]를 찾아 완전한 불사가 된 이본.

강인한 생명력을 마음껏 갈취한 그녀는, 거울 조각을 이용하여 형제들의 봉인을 풀고 복수를 완성한다.」

'레일라를 부활시킨다고만 했지, 용 나온다고는 안 했잖아요!'

갑자기 튀어나온 용의 모습에 실감도 나지 않고, 어이도 없어서 연신 헛웃음을 터뜨리던 찰나였다.

"크워어어억—!"

짐승이 또 한 번 끔찍한 소리로 울었다. 그때, 내 눈에 이상한 것이 보였다. 황금빛 비늘 사이에 박혀 있던 검은색 비늘들이 점차 영역을 넓히는 것이 아닌가.

'괴로워하고 있어.'

용이 처절하게 몸부림치며 울부짖었다. 이지가 사라진 시뻘건 눈을 보자, 불현듯 섬뜩한 예감이 전신을 타고 올랐다.

'영면에 든 용을 어떻게 깨운 거지? 설마…… 레일라들의 영혼을 용 속에……?'

이 말도 안 되는 추측이 사실이라고 말하는 듯, 이본이 들고 있는 거울이 불길한 푸른빛을 내뿜고 있었다. 그때, 황태자가 다급히 나를 잡아당겼다.

"공녀! 시간 없어, 우선 피하고 보자고!"

"자, 잠깐만요! 저 거울만 부수면, 저것만 어떻게 하면 될 것 같아요!"

"아니야, 별로 좋지 않은 생각인 것 같아! 지금은 먼저 여길 나가는 게 좋을 것 같은……!"

칼리스토가 문득 말을 하다 말고 눈을 부릅떴다.

후우우우웅—. 그와 동시에 방금 전에는 눈을 뜰 수 없는 광풍이었다면, 이번에는 뜨거운 열기가 섞인 바람이 미약하게 불어왔다.

'설마요.'

나는 현실을 부정하며 삐걱이는 목을 돌렸다. 용의 입에서 벌건 불꽃이 일렁이고 있었다. 그 말로만 듣던, 영화로만 보던 드래곤 브레스. 그것이 폭발하듯 뿜어져 나오는 순간.

"아아아아악—!"

나와 황태자는 동시에 비명을 지르며 달렸다.

괴수의 입에서 터져 나온 불바다는 황궁 전체를 불 싸지르며 엄청난 속도로 다가왔다. 등 뒤로 피부가 타들어 갈 듯 뜨거운 열기가 느껴졌다. 당연하게도 달리는 것으론 브레스의 사정권에서 벗어날 수 없었다.

'물! 물! 얼음 마법 같은 거!'

나는 다급하게 들고 있던 거울 봉을 바라보았다. 그러나 상단에 어떤 마법 주문이 떠올랐더라도, 외치기엔 이미 늦은 시점이었다.

등 뒤까지 바짝 따라붙은 거대한 불길이 아가리를 쩍 벌리고 우리를 집어삼키기 직전.

"페넬로페!"

칼리스토가 나를 거칠게 끌어당겼다. 딱딱한 갑옷에 코가 부딪치는 것과 동시에. 화르르륵—! 화마가 우리를 덮쳤다.

나는 눈을 꾹 감은 채 무아지경으로 비명을 질렀다. 그런데 이상했다. 곧바로 느껴져야 할 뜨거움이나 고통이 느껴지지 않았다.

나는 조심스럽게 눈을 떴다. 망토로 나를 최대한 감싼 채 조금 전의 나처럼 눈을 꽉 감고 있는 칼리스토가 보였다.

콰르르르르—! 그런 그의 뒤로, 불길이 두 갈래로 쩍 갈라진 채 우리의 양옆으로 퍼져 나가고 있었다. 마치 모세의 기적이라도 된 것처럼.

'어떻게 된 일이지? 왜 불길이 두 갈래로…….'

혼란스럽게 주변을 둘러보던 내 눈에, 문득 무언가가 공중에서 빛을 내며 둥둥 떠 있는 게 보였다.

'저게 대체 언제……!'

그것은 내 주머니에 고이 들어 있던 뷘터의 시든 장미꽃이었다. 그제야 떠올랐다.

— 위급 시에 딱 한 번, 방어 마법이 발동될 겁니다. 시동어가 있습니다. 그것은……

— 당신의 비명.

내 가출 직후, 혹시 몰라 뷘터가 나를 위해 안배해 두었다는 방어 마법. 내가 미처 생각지도 못한 사이, 그것이 내 비명을 듣고 착실히 발동된 것이다.

끊임없이 뿜어져 나오는 불길에 맞서 꼿꼿이 떠 있는 앙상한 꽃줄기를 바라보자니 기분이 이상했다. 내 손에 닿자마자 화려하게 피었다가 곧바로 보라색 꽃잎을 흩뿌리며 시든 꽃. 의심 많은 뷘터의 사랑은, 방식 또한 참으로 그다웠다.

"전하, 눈 좀 떠보세요."

나는 여전히 숨 막히게 나를 끌어안고 있는 황태자를 일깨웠다. 그러자 그의 눈꺼풀이 움찔거리더니 새빨간 눈동자를 드러냈다.

"뭐야, 벌써 저승에서 다시 만난 건가?"

"아쉽게도 아직 안 죽었습니다."

내 말에 황태자가 얼떨떨한 표정으로 주변을 둘러보았다. 홍해 바다처럼 쫙 갈라진 불길이 발치에서 넘실거렸지만 뜨거움은 조금도 느껴지지 않았다.

"어떻게 된 일이지?"

"저기."

어리둥절한 그의 물음에 나는 공중에 떠 있는 꽃을 가리켰다. 퍼부어지다시피 하는 불 폭탄에 맞서기에 참으로 가녀려 보였지만, 장미꽃으로부터 뿜어져 나온 투명한 막이 우리를 완벽히 보호했다.

"아까 말했던 방어 마법이 이거였군."

"……빈수가 준 방어 마법 아티팩트예요."

망설이며 답하자 칼리스토가 잔뜩 인상을 썼다.

"쯧, 목걸이도 받더니…… 내 선물들은 매번 필요 없다고 내팽개쳤으면서 그놈한테선 이것저것 많이도 받아 챙겼어, 응?"

마음에 들지 않는다는 듯 삐딱한 그의 음성과 함께, 마침내 불길이 사그라들었다. 미친 용이 불을 뿜어 대는 것을 멈춘 것이다. 그와 동시에 허공에 떠 있던 장미꽃이 '파스스' 가루가 되어 사라졌다.

한바탕 폭풍이 휘몰아친 황궁 안은 시커멓게 타들어 간 채 엉망진창이 되어 있었다.

"크르르, 크워어어어—!"

불을 뿜어 대고도 힘이 남아도는 건지, 용은 거대한 몸체를 마구 뒤흔들며 날뛰었다. 어느새 검은 오염들은 찬란한 황금빛 비늘들을 집어삼킬 듯 군데군데 넓게 퍼져 있었다.

쿠르르르릉, 콰앙—!

날뛰는 용의 앞발에 맞은 기둥이 나무젓가락처럼 뚝 부러지면서 천장 한쪽이 우르르 무너져 내렸다. 나는 그 아수라장 사이에서 정신없이 이본을 찾았다.

"이본!"

그 순간 저 멀리, 새까만 배경 속에서 분홍빛이 휙 스쳐 지나갔다. 이본은 푸른빛이 새어 나오는 거울을 든 채 무너진 벽 틈새를 재빠르게 빠져나가고 있었다.

"저게 어딜 도망가? 데키나……!"

나는 곧바로 거울 봉을 쳐들고 이본을 뒤쫓으려 했다.

"공녀!"

그러나 덥석 나를 붙잡는 힘에 의해 멈춰 세워졌다.

"위험해. 저 미친 용 대가리 때문에 궁이 완전히 무너지겠어!"

"크워어어어억—!"

그때였다. 엎드린 채로 날뛰던 용이 갑자기 두 날개를 쫙 펼쳤다. 이윽고 광풍이 몰아치기 시작했다.

"으윽!"

속절없이 휘청거리는 나를 칼리스토가 붙잡는 사이, 엄청난 굉음과 함께 용이 천장을 뚫고 날아가 버렸다. 간신히 버티고 있던 건물이 모래성처럼 무너져 내리기 시작했다.

"미친……!"

"일단 여기서 빠져나가자고!"

나는 황태자와 허겁지겁 달렸다. 다행히 아직 멀쩡한 태양궁의 문을 열고 밖으로 튕기듯 빠져나옴과 동시에, 등 뒤로 기둥이 쓰러지며 입구를 막았다. 정말로 간발의 차인지라, 간담이 절로 서늘해졌다.

"허억, 헉……."

황태자와 나는 창백한 낯으로 서로를 마주 보며 거친 숨을 몰아쉬었다. 얼마나 긴장했는지 그에게 잡힌 손이 땀으로 흥건했다.

"……그대와 함께 있으면 참 별별 경험을 다 하는 것 같아. 그렇지 않나?"

문득 칼리스토가 헛웃음을 터뜨리며 나와 맞잡은 손을 흔들었다. 놀리는 어투에 나는 입술을 쭉 내밀며 불퉁하게 물었다.

"그래서, 싫으세요?"

"그럴 리가 있나. 삶이 참 재밌어졌다는 소리야."

그가 능청스럽게 대꾸했다. 그제야 천천히 호흡이 진정되면서, 밖의 상황이 눈에 담겼다.

챙, 카앙—! 태양궁 아래, 드넓은 황제의 정원에서는 제국군과 반란군 사이의 피 터지는 전투가 한창이었다.

후우우욱—. 문득 그 위를 시커먼 그림자가 휩쓸고 지나갔다. 전투 중인 병사들마저 순간 휘두르던 칼을 멈칫할 만큼 거대한 크기였다.

키에에에에엑—! 창공을 날아다니며 광룡이 포효했다. 언제 다시 내려올지 때를 재는 듯한 그 불길한 모습에, 나는 다급히 궁 주변을 살폈다.

"이본은 어디……."

"저기 있군."

어두컴컴한 사위 속에서도 칼리스토는 능히 분홍 머리를 찾았다. 이본은 칼과 창이 오가는 살벌한 전쟁터 한가운데를 차분히 걸어가고 있었다. 태양궁에서 좀 떨어진 곳에 있는 첨탑 쪽이었다.

"어서 가요!"

나와 칼리스토는 곧바로 계단을 내려섰다.

"조심해, 공녀."

"죽어라, 황태자!"

그는 한 손으론 나를 꼭 붙잡은 채, 그를 알아보고 달려드는 반란군 몇 명을 손쉽게 쳐 내며 길을 뚫었다. 그를 알아본 건 비단 반란군뿐만이 아니었다.

"전하? 아직 살아 계셨군요! 전하를, 황태자 전하를 보필하라!"

칼을 휘두르며 싸우던 기사 하나가 반색하며 다가오던 그 순간이었다.

"크헉!"

바로 앞에 당도한 기사가 불현듯 피를 뿜으며 쓰러졌다. 그리고 그 뒤에.

“……주인님.”

피가 뚝뚝 흐르는 검을 쥔 남자가 나타났다.

“뭐야, 저놈은.”

우리 앞을 우뚝 막아선 남자로 인해 황태자가 우뚝 걸음을 멈췄다.

“……이클리스.”

놈은 칼을 쥔 손으로 뺨에 튄 핏물을 묵묵히 닦은 후 나를 응시했다.

마치 노예 경매장에서 처음 만났을 때처럼 텅 빈 눈빛. 밀랍 인형 같은 무기질적인 표정으로 그가 입을 열었다.

“황후궁까지 미친놈처럼 뛰어갔어요.”

“…….”

“기습 때문에 위험에 처할까 염려되어, 주인님을 궁 밖으로 내보내려고 했는데…….”

“…….”

“위험하니까 황후궁에 안전하게 있어 달라는 말을 듣는 게…… 아니, 제 말을 믿는 게 그렇게 힘드세요?”

어둡게 침잠해 있는 놈의 눈동자가 진득하게 나를 훑어 내려가다, 어딘가에 고정되었다. 황태자와 맞잡고 있는 손이었다.

“……가만히 계셨으면 제가 다 알아서 이본도 죽이고 공작저든 제국이든 갖다 바친다잖아요…….”

혼잣말처럼 중얼거리던 이클리스의 무표정했던 얼굴이, 조금씩 조금씩 일그러지기 시작했다.

“그런데 왜 또 그 새끼 손을 잡아요.”

“저놈 저거 뭐라고 지껄이는 거야?”

칼리스토가 짜증스럽게 뇌까렸다.

"전하."

당장이라도 이클리스를 베어 넘기기 위해 움찔거리는 그의 앞을 막아서며, 나는 거울 봉을 겨눴다.

"네가 내 손을 쳐 내면서 우리 이야긴 다 끝난 걸로 알았는데."

"……주인님."

"마지막 기회야. 비켜, 너랑 이러고 있을 시간 같은 거 없으니까."

내 서늘한 말에 회갈빛 눈동자가 미약하게 흔들렸다.

"그놈이랑은 있고요?"

놈이 물기 어린 소리로 물었다.

"크워어어어억—!"

그와 동시에 머리 위로 휙 그림자가 스쳐 지나갔다. 꼭 나를 찾기라도 하듯, 용이 유유히 하늘을 맴돌며 울부짖었다.

'안 되겠다.'

이클리스를 상대할 시간 따위 없었다. 어느새 절반 가까이 검게 변해 있는 몸체를 불안한 눈으로 올려다보던 나는 기습적으로 외쳤다.

"썬더피룸!"

콰앙—! 번쩍, 마른하늘에 날벼락이 내려쳤다. 번개 한 방 맞고 죽진 않을 것이다. 일전에 레일라 신도들을 상대로 썼을 때도 한 방으론 기절만 할 뿐 죽지 않았기에.

'제발 기절이나 하고 있어, 이 자식아!'

차마 번개 맞은 이클리스를 돌아볼 자신이 없어, 황급히 칼리스토를 이끌었다.

"가요, 전하!"

그러나 나는 미처 생각지 못했다.

"……말했잖아, 페넬로페."

게임 속 남주는 번개를 직방으로 맞고도 멀쩡한 먼치킨이라는 것을.

이클리스는 몸에서 연기가 피어오르는 기괴한 모습으로 읊조렸다.

"저 새낄 죽이고 네 껍데기라도 가질 거라고."

이윽고 놈이 칼을 쳐든 채 튀어 오르듯 달려왔다. 눈 깜짝할 새 다가온 섬뜩한 얼굴에 숨을 들이마신 순간.

"물러서 있어, 공녀!"

챙—! 칼리스토가 엄청난 반응 속도로 놈의 칼을 받았다. 내게로 달려온다고 생각했지만, 이클리스의 목표는 황태자였던 것이다.

"전하!"

나는 기겁한 채 황태자를 불렀다.

챙, 챙, 카앙—! 그러나 대답할 틈도 없이 이클리스의 검이 몰아쳤다.

"제기랄, 인기 많은 애인 덕분에 별별 놈을 다 상대하는군!"

선공을 내준 탓에 방어하기 바쁜 황태자가 짓씹듯이 소리쳤다.

"신경 쓰지 말고 레일라에게 가, 공녀! 이 새끼 처리하고 뒤따라갈 테니까!"

"아, 알았어요!"

나는 망설였지만, 이내 고개를 끄덕였다. 지금은 그 수밖에 없었다. 쉴 새 없이 칼을 맞부딪치는 두 사람을 피해 막 걸음을 옮길 무렵이었다.

"페넬로페!"

불쑥 누군가 나를 불렀다. 휙 시선을 돌리자, 정원 끄트머리에서 반란군을 상대하고 있는 공작이 보였다.

"야! 괜찮냐?"

그 옆엔 레널드도 있었다.

"아, 아버지?"

막 적을 베어 넘긴 공작이 서둘러 내게로 달려오기 위해 몸을 돌렸을 때였다.

"크워어어어억!"

공작과 레널드의 뒤로 돌연 광풍과 함께 거대한 몸체가 날아 닥쳤다. 용이었다. 또다시 브레스를 내뿜으려는 듯 용의 주둥이에 불꽃이 넘실넘실 차오르고 있었다.

"아버지!"

나는 날카롭게 숨을 들이마셨다. 드래곤 브레스의 위력이 얼마나 강한지 방금 전 겪고 왔다.

'여길 그냥 다 쓸어버리려는 거야. 빌어먹을, 이본!'

다급히 거울 봉을 올려다보았지만, 익숙한 공격 마법 주문뿐. 뷘터가 준 장미꽃을 써 버린 지금 저 불 폭탄을 막을 방법이 없었다.

휘이이이이잉—. 그 와중에도 빌어먹을 용은 착실히 원기옥을 모았다. 열기 섞인 바람이 황제의 정원 위로 몰아치기 시작했다.

'이게 먹힐까?'

나는 막막한 눈으로 거울 봉을 올려다보다가, 이내 입을 벌렸다. 먹히든 안 먹히든, 살려면 일단 질러 봐야 했기에.

"디 하르크—!"

우두두두두—. 내 외침과 동시에 땅이 진동했다. 황궁의 화려한 정원에 피어 있던 수천 송이의 꽃들이 창공을 향해 무섭도록 자라나기 시작했다.

장미 넝쿨이었다. 빨간색, 분홍색, 검은색, 주황색, 보라색, 갖가지 색의 꽃줄기들은, 허공에 떠 있던 용을 맹렬히 휘감았다.

뿌드득, 뿌드득. 거대한 용의 몸이 수천 개의 꽃송이에 휩싸였다.

"크워어어…… 어?"

불을 뿜기 위해 반쯤 벌어졌던 주둥이마저 텁 닫혔다. 장미 넝쿨이 입마개처럼 주둥이를 둘둘 휘감았기 때문이다. 넘실넘실 밖으로 새어 나오던 불길이 사라졌다.

"하아……."

나는 안도하며 한숨처럼 중얼거렸다.

"……프레셔."

콰아아아앙—!

이윽고 꽃 뭉치 같은 용의 몸이 땅 위에 처박혔다.

"계속들 싸우세요."

나는 얼어붙어 있는 주변을 바라보며 어색하게 말했다.

"우와아아아!"

내 말을 기점으로 멈췄던 싸움이 재개됐다. 기분 탓인지 제국군들의 사기가 퍽 오른 것 같았다.

"크르르륵, 크르르르……."

몸을 휘감은 넝쿨을 끊기 위해 용이 끊임없이 몸부림쳤다. 지이이이잉— 거울 봉이 덜덜 진동했다. 용을 억제하느라 끊임없이 마법을 쓰는 모양인지, 명치에서 뜨끈한 고통이 샘솟았다.

"으윽."

천불 같은 뜨거움에 나는 작게 신음했다.

"페넬로페! 조금만 기다리거라! 마법사들이 용을 결박한 마법진을 준비 중이다!"

다시 시작된 싸움 때문에 공작이 정신없이 칼을 휘두르며 내게 절박하게 소리쳤다. 모처럼 안도되는 소리였다. 하지만 용의 힘이 너무 세서 오래 버틸 수 없었다.

'그런데 칼리스토는?'

나는 식은땀을 뚝뚝 흘리며 잠시 잊고 있던 황태자를 찾았다. 다행인지 불행인지, 얼마 떨어지지 않은 곳에 그는 아직 살아 있었다. 여전히 이클리스와 검을 맞부딪치며.

챙, 채앵―!

그 짧은 사이 수많은 합이 오간 건지, 그들의 얼굴과 몸에 자잘한 생채기가 나 있었다. 쉽게 황태자에게 질 줄 알았던 이클리스는 의외로 비등비등한 실력으로 능히 맞서고 있었다.

하지만 내가 놀란 것은 놈의 실력뿐만이 아니었다. 그가 쥐고 있는 검. 화려한 황태자의 것과는 달리 별다른 장식 없이 투박한 모양새의 그것은, 내가 그에게 선물해 준 고대 마검이었다.

'미친놈아, 제발 작작 해…….'

나는 끊임없이 마법을 쓰느라 정신이 없는 와중에도 진저리를 쳤다. 그때였다. 두 사람의 칼이 다시 한번 거세게 맞부딪치는 순간.

날카로운 쇳소리와 함께 칼리스토의 검이 부러졌다. 이클리스의 검이 곧장 날아들었다. 칼리스토가 남아 있는 부분으로 힘겹게 그것을 막았다.

맞부딪친 칼날이 무섭게 울었다. 그러나 한눈에 봐도 칼리스토가 밀렸다. 이클리스는 정말로 죽일 듯이 살기를 내뿜었다. 점점 뒤로 무너지는 황태자의 상체에 덜컥 가슴이 내려앉았다.

그때, 칼리스토가 꺾다시피 뒤로 몸을 훅 물렸다. 그러더니 이마로 이클리스의 얼굴을 퍽 들이박는 게 아닌가.

“으읏!”

일순 휘청이는 놈의 목으로 칼리스토가 남은 칼날을 쑤셔 넣었다. 같은 편이지만 정말 야비하기 그지없는 수법에 입을 떡 벌리고 있는 것도 잠시.

채앵—! 황태자의 일격은 실패했다. 곧바로 정신을 차린 이클리스가 거세게 칼을 쳐 냈기에.

충격을 막아 낼 날이 반쪽밖에 남지 않은 검은 버티지 못하고 산산조각이 나 버렸다.

“전하!”

칼리스토가 손잡이만 남은 제 검을 보고 낭패 어린 표정을 지었다.

적이 무기를 잃자 이클리스는 거칠 것이 없었다. 놈은 박치기가 각성제라도 된 양, 그야말로 미친 듯이 칼을 휘둘렀다. 칼리스토는 검집을 빼 들고 그것을 막으며 아슬아슬하게 피했다.

그러나 검집으로는 모든 공격을 완전히 방어할 수 없었다. 기어이 그의 몸에 한 줄기 피가 솟아올랐다.

“칼리스토!”

그가 휘청거리자, 나는 마법에 집중하는 것도 잊고 그에게 달려가기 위해 몸을 들썩였다.

이클리스는 빈틈을 놓치지 않았다. 놈의 검이 하늘 높이 쳐들렸다. 칼리스토의 가슴에 수직으로 내리꽂히는 그 영원 같은 찰나.

“프리즈숀!”

나는 망설임 없이 주문을 외쳤다. 쐐액―! 어디선가 나타난 날카로운 얼음 조각 세 개가 바람을 가르며 날아갔다.

이클리스는 제게로 날아오는 살기를 기민하게 알아차리고 검의 궤도를 바꾸어 막았다. 채앵―! 두 개의 얼음 조각이 두 동강 났다. 그러나.

"으윽!"

마지막 하나는 막지 못했다. 그의 가슴에 내가 쏜 얼음 조각이 꽂힘과 동시에.

"커흑!"

내 입에서 질척한 핏물이 터져 나왔다. 마법을 이미 쓰고 있는 동시에 다른 마법까지 써서 그런 걸까. 눈앞이 뱅글뱅글 돌았다. 내장이 휘저어지듯 속이 마구 뒤흔들렸다.

'아파…….'

명치가, 배가, 온몸이 아팠다. 나는 비틀거리며 몸을 웅크렸다. 머리끝까지 차오른 열 때문에 귀가 멍멍했다.

그 탓일까. 나는 용을 결박하고 있던 마법이 풀린 것도.

"공녀! 피해!"

그리고 광포해진 용이 네발로 기며 내게로 곧장 내달려 오는 것도 알지 못했다. 그저 고통에서 벗어나기 위해, 더듬더듬 주머니를 뒤적여 물약병을 꺼내는 것이 내 한계였다.

벌벌 떨리는 손으로 뚜껑을 열어 물약을 막 들이켰을 때였다. 호흡이 점점 편안해지면서, 거세게 진동하던 맥박도 차차 안정되었다.

끼이이익…….

그와 동시에 기이한 소음이 귓가를 울렸다. 그 소리에 빙글빙글 맴돌던 시야마저 돌아왔다. 그리고 나는 코앞에 쩍 벌어져 있는 괴물의 아가리와, 내 앞을 가로막고 있는 누군가의 익숙한 등을 보았다.

"크르르르르."

더운 열기가 뿜어져 나오는 거대한 주둥이가 움찔거렸다.

끼이이익……. 그러자 조금 전 울려 퍼졌던 기이한 소리가 또다시 들렸다. 그것은 용의 주둥이 사이에 박아 넣은 칼이 우는 소리였다.

"……이클리스."

나는 멍하니 눈을 깜빡이며, 입을 달싹였다. 내가 날린 얼음 조각은 괴수의 발에 가려져 더는 보이지 않았다.

투두두둑―. 이클리스의 발밑에 시뻘건 핏물이 흘러내려 고였다. 용의 발톱에 가슴을 꿰뚫린 채, 칼로 간신히 주둥이를 막고 있는 처참한 모습으로 이클리스가 내게 고개를 돌려 물었다.

"……주인님, 괜찮으세요?"

"이클리스. 너, 너…… 왜……."

"컥……."

내 물음과 동시에 그의 입에서 왈칵 핏물이 흘러나왔다. 나는 이 상황을 도무지 이해할 수 없었다. 그래서 바보처럼 그렇게 물을 수밖에 없었다. 언제나 그의 앞에서 그랬듯.

"왜, 왜……."

왜 널 죽이려 한 나를 지키느냐고.

말하지 않아도 내 말을 모두 이해한 것처럼, 놈이 희미하게 웃었다.

"……당신은 내게 폭력이라 했지만."

"……."

"나는 사랑이었어."

그가 작게 웅얼거렸다. 끼이이익……. 용의 주둥이에 꽂아 넣은 그의 칼이 어느새 부러질 듯 휘었다.

"네가 내게 이 검을 주었을 때부터, 윽."

또 한 번 이클리스의 입에서 뿜어지는 피에 나는 경기하듯 소리쳤다.

"말하지, 말하지 마. 마, 말하지 마."

"꽃같이 웃으며, 내가 널 지킬 하나뿐인 기사라고 속삭였던 그 모든 순간들이."

"……."

"처음부터 제가 갖고 싶었던 건 작위도, 탈출도 아닌……."

"……."

"당신이었던 거 같아요."

이클리스는 공허한 얼굴로 내게서 고개를 돌렸다.

사랑해, 페넬로페.

얼핏 속삭임 같은 것이 스치듯 들렸을 무렵. 카앙, 콰직—! 기어이 내가 준 검이 용의 주둥이 사이에서 부서졌다.

"크워어어어어—!"

나를 놓친 것을 안 광룡이 울부짖으며 다시 한번 발을 휘둘렀다. 발톱에 꿰뚫려 있던 이클리스의 몸이 부웅 허공을 날았다.

"이클리스!"

"공녀!"

그의 옷자락을 잡기 위해 손을 뻗을 때, 누군가 거칠게 나를 안고 뒹굴었다. 콰앙—! 근소한 차이로 용이 내가 있던 곳을 발로 짓밟았다. 먼지가 뿌옇게 피어오르고 땅이 움푹 파였다.

또 한 번 나를 놓친 용이 포효하며 몸을 들었을 때, 그 자리엔 아무것도 없었다.

아무것도.

'왜……?'

나는 용이 짓밟은 자리를 망연자실 바라보았다. 머릿속이 엉망진창이었다. 이클리스가 왜 그런 행동을 한 건지, 그와 같은 편인 줄 알았던 이본은 왜 이걸 두고만 본 건지.

물약으로 체력은 회복됐는데, 머릿속은 여전히 핑핑 돌았다.

'남주는 안 죽는 거 아닌가? 남주들은 뭘 해도 안 죽었잖아.'

이것이 현실임을 이미 수없이 자각했지만, 나는 이 모든 상황들이 낯설고 생소하게만 느껴졌다. 뒤늦은 두려움이 몰려왔다.

이클리스를 짓밟은 광룡이 커다랗게 포효하며 다시 날아올랐다. 확실한 것은 용과 이본을 죽이기 전까지 이 모든 것은 끝나지 않을 거란 사실이었다.

"데, 데키나……."

나는 벌벌 떨며 입을 열어, 의무처럼 거울 봉 주변에 뜬 주문을 읊조렸다. 목 밑에서 다시금 화끈함이 치밀어 올랐다.

"레바티…… 읍!"

그때였다. 막 주문을 끝맺던 찰나, 누군가 내 입을 틀어막았다.

"지금 써 봤자 소용없을 것 같으니까 아껴 둬!"

칼리스토였다.

"키에에에엑—!"

"제기랄!"

그는 방향을 꺾어 우리 쪽으로 다시 날아오기 시작하는 용을 보고 거칠게 욕설을 내뱉으며, 나를 번쩍 둘러멨다.

“저, 전하.”

“흔들려도 좀 참아!”

황태자가 나를 어깨에 짐짝처럼 얹은 채 거침없이 뛰기 시작했다. 누구한테서 빼앗은 건지, 그는 조악한 칼 하나를 쥐고 빽빽한 전쟁터를 가로질렀다.

한 손으로 적을 베고, 넘어진 시체를 짓밟고 뛰던 그가 마침내 첨탑 아래 도착했다. 그대로 나를 내려놓는 바람에 시야가 마구 뒤집혔다. 어지러운 시선 사이로, 용이 지상을 향해 이번엔 바위만 한 불덩이들을 쏘아 대는 게 보였다.

“으아아악!”

인간들이 고통에 울부짖고 신음하는 소리가 생생히 울려 퍼졌다. 숨이 거칠어졌다. 그런 내 얼굴을 황태자가 두 손으로 덥석 잡았다.

“나 봐, 공녀. 지금 정신 줄 놓으면 안 돼.”

그가 억지로 내 고개를 들어 올리며 눈을 마주쳤다. 새빨갛게 타오르는 눈동자 안에 허옇게 질린 내 얼굴이, 비쳤다.

“……전하.”

나는 새된 비명을 지르듯 속삭였다.

“저 무서워요.”

내가 실패하고, 너도 허무하게 죽어 버릴까 봐.

그런데 그때였다. 칼리스토에게서 당당한 대답이 돌아왔다.

“나도.”

“……예?”

"나도 무섭다고."

혼몽한 머릿속으로 한 줄기 황당함이 피어올랐다.

'아니, 보통 이럴 땐 용기를 북돋아 주는 말 하지 않나?'

"전하도…… 요?"

떨떠름한 목소리로 되묻자, 그가 콧잔등을 찌푸리며 답했다.

"나고 자란 곳 아래에 저딴 게 묻혀 있다는 걸 알았는데, 나라고 왜 안 무섭겠어? 그대 앞이니까 참고 있는 거지 속으론 덜덜 떨고 있다고."

"정말…… 놀랍네요."

진심이었다. 내 눈에 보이는 칼리스토는 정말로 이런 일에 이골이 난 사람처럼 아무렇지도 않아 보였기에.

"제가 정말 이본을 상대할 수나 있는 건지 모르겠어요."

이클리스에게 칼을 맞고도 태산처럼 서 있는 남자를 마주 보자, 나도 모르게 속마음이 튀어나왔다.

"이겨도…… 용이 과연 죽을까요?"

모든 것은 추측일 뿐 확실하지 않았다.

'만약 거울을 깨뜨리고 이본을 죽이더라도, 용이 죽지 않으면 그땐 어떡하지?'

빈터는 이런 상황까지 일러주지 않았다. 막막함이 끝도 없이 밀려왔다. 그때였다.

"쓸데없는 생각 말고, 그대가 왜 이 짓거릴 해야 하는지만 생각해."

황태자가 벌이라도 주듯 잡고 있는 내 양 뺨을 꼬집었다.

"아……."

"아르키나 제도에서 내게 말해 준 것들이 있잖나. 응?"

그의 말에 거짓말처럼 잊고 있었던 것들이 생생히 떠올랐다.

'내가 왜 이 짓거리를 하고 있는 걸까.'

악착같이 살아남아, 집으로 돌아가기 위해서였다. 대학을 마치고 고고학자의 꿈을 이루기 위해.

그리고 돌아가기 전에, 이왕이면 무결한 황제가 되고 싶다던 칼리스토에게 안전한 세상을 만들어 주고 싶었다.

"설령 그대가 모든 것을 실패하더라도 괜찮아. 내가 대신 해결하지 뭐."

칼리스토는 정말로 이 모든 게 별거 아니라는 투로 읊조렸다. 나는 울컥해서 반문했다.

"전하가, 전하가 어떻게요……."

"어떻게든."

아무런 근거도 없이 자신만만하게 대답하던 그를 볼 때였다.

"크워어어어억—!"

용이 울부짖는 소리가 부쩍 가까워지더니, 첨탑 주변에 검은 그림자가 휙 덮쳤다.

"잘 들어, 공녀. 그대는 거울을 없애면 용도 죽을 거라 했지만, 내가 볼 땐 둘 중 하나야."

뒤를 흘끔 바라본 칼리스토가 얼굴을 굳히며 말했다.

"거울을 없애거나, 용의 가슴에 박혀 있는 송곳니를 제거하거나."

"무슨……."

그의 말에 반사적으로 용을 향해 시선을 옮기던 나는, 번뜩 떠올렸다. 이본이 용의 가슴에 박아 넣어 되살린 것으로 추정되는 '황금룡의 송곳니'. 황태자는 그것을 빼내야 한다고 주장하고 있는 것이다.

"안 돼요, 너무 위험해요!"

나는 황급히 고개를 내저었다. 그러나 칼리스토가 단호하게 답했다.

"어차피 그대가 레일라를 해치울 때까지 시간을 벌어야 해. 이제 물약 몇 개 안 남았지 않나? 언제까지 용만 상대하고 있을 순 없어."

"하, 하지만……."

"어서 올라가. 금방 해치우고 따라갈 테니까."

"전하."

칼리스토가 탑의 입구로 내 등을 마구 떠밀었다. 그의 말이 모두 맞는다는 걸 알았지만, 발길이 쉽게 떨어지지 않았다. 처참한 몰골로 피를 흘리던 이클리스의 잔상이 자꾸만 눈앞에 아른거렸다.

"걱정 마."

그런 나를 모두 다 안다는 듯 칼리스토가 씩 웃었다.

"나한텐 그대가 준 이게 있잖나."

그가 툭툭, 제 오른쪽 귓가를 쳤다. 귓불에 달린 빨간 루비가 보였다. 내가 선물한 힐링 마법이 담긴 커프스였다. 그걸 보니, 놀랍게도 마음이 진정됐다.

"저 갈게요."

나는 결심한 듯 대꾸했다. 저게 있는 한 다치더라도 죽진 않을 것이다.

"몸조심해."

인사는 간결했다. 그 한 마디를 끝으로, 그는 내게서 휙 몸을 돌려 달려갔다. 마구 쏘아지는 불덩이를 피해 용의 발톱에 매달려 오른 그의 모습을 끝으로 나 또한 뒤로 돌았다.

빌어먹게도, 첨탑은 하필 끝도 없는 계단으로 이루어져 있었다.

나는 헉헉거리며 등산을 시작했다. 뚫린 창 너머로 황태자가 용에 위태롭게 매달린 채 흔들리는 것이 간간이 보였지만 애써 계단만 바라보고 달렸다.

제 등 위를 타고 오르는 인간을 떨쳐내기 위해 용이 마구 몸을 뒤틀었다. 콰앙, 쿵—! 놈의 거대한 발톱과 꼬리가 아슬아슬하게 첨탑을 스치고, 외벽이 부서지고, 마구 뒤흔들리는 계단 위를 오르고 또 오른 지 얼마나 지났을까.

마침내 끝이 보였다. 감시 초소로 사용된 건지, 첨탑의 꼭대기는 좁고 텅 빈 방 하나뿐이었다.

이본은 뻥 뚫려 있는 창문 위에 비스듬히 앉아 흥미로운 표정으로 밖을 구경하고 있었다. 푸른빛을 뿜는 거울을 소중히 끌어안은 채.

"왔어?"

흘끔 나를 돌아본 그녀가 산뜻한 인사를 건넸다. 남은 개고생하며 여기까지 올라왔는데, 그 유유자적한 모습에 부아가 치밀어 올랐다. 나는 거칠게 헐떡이며 입을 열었다.

"헉, 헉…… 숨바꼭질은 다 끝났니?"

"쥐 몰이를 말하는 거라면 아직 진행 중이지."

이본이 빙긋 웃으며 창틀 위에서 폴짝 뛰어내렸다.

"용케 죽지 않고 여기까지 왔네, 페넬로페. 난 이전처럼 네가 도망갈 줄 알았는데, 의외야."

나는 들썩이는 가슴을 진정시키기 위해 잠시 숨을 억누르다가, 이내 억누른 음성으로 물었다.

"이클리스는 왜 죽였어?"

이본을 만나면 가장 먼저 묻고 싶었다. 왜 남주를 죽였는지.

그래도 여주이지 않은가. 비록 히든 엔딩에서 세계를 멸망하게 만들었다 하더라도, 악역을 죽이고 모두의 사랑을 쟁취한 승리자였지 않은가. 그런데 왜…….

"내가, 이클리스를?"

그러나 내 물음에 이본은 과장되게 놀란 표정을 짓더니, 이내 크게 웃음을 터뜨렸다.

"아하하! 아니야, 페넬로페. 이클리스는 내가 아니라, 네가 죽인 거지."

이본이 웃느라 찔끔 새어 나온 눈물까지 닦으며 덧붙였다.

"너 때문에 용의 발톱에 꿰뚫려 죽은 거잖아."

"용은 네가 조종하고 있잖아. 중간에 멈췄으면 될 일인데, 왜……!"

"그러는 넌?"

불쑥 내 말을 끊고 이본이 되물었다.

"왜 그 애를 사랑해 주지 않아서 부나방처럼 사지로 뛰어들게 만들었어?"

"……뭐?"

"거짓으로라도 좋아한다고 말해 주면, 네가 원하는 대로 해 준다잖아. 그 쉬운 방법을 왜 따르지 않은 거지?"

정말로 모르겠다는 표정을 짓는 이본의 모습에 나는 이를 악물었다.

'이런 식이었구나.'

노멀 모드에서의 그녀의 행동들이 파노라마처럼 떠올랐다. 세뇌와 거짓된 사랑을 속삭이며 남주들을 이용하고, 그들의 행복이 절정에 이르렀을 때 모두를 다 죽여 버린 것이다.

"난 너와 다르니까."

답은 쉬웠다. 이클리스를 이용했을지언정, 원인도 목적도 모든 게 이본과는 달랐다.

"끝까지 거짓말로 이용해 먹다 죽여 버릴 생각이 없으니, 끊어 내는 게 당연한 거 아니야?"

"냉정하네."

이를 악물고 뇌까린 내 말에 이본이 어깨를 으쓱이며 장난처럼 대꾸했다.

"뭐, 그 덕에 재밌는 꼴 잘 구경했지 뭐야."

"넌 사람들이 죽고 다치는 게 재밌어? 네가 세뇌한 사람들이 네 손에 놀아나다 뒈지는 게 재밌느냐고!"

"그것도 물론 재밌지. 하지만……."

울컥한 내 외침에, 여자는 입꼬리가 귀에 닿을 듯 찢어져라 웃었다.

"과거엔 허무할 만큼 쉽게 죽어 버렸던 네가, 아직까지 살아남아서 헛된 희망을 품고 버러지처럼 발버둥 치는 게 너무 재밌어 죽을 거 같아."

"……."

"곧 죽을 제 주제도 모르고, 다른 인간들 목숨에나 연연하고 있다니. 안타까워라."

이본은 노랫말처럼 흥얼거렸다. 분명 나를 도발하기 위해서 하는 말임이 분명했다. 그런데 이상하게도 점점 머리가 차가워졌다.

"너…… 진짜 역겹다."

나는 그간 이본의 정체를 알면서도 그녀가 '여주'라는 것을 놓지 못했다. 내가 무슨 짓을 하더라도, 노멀 모드의 여주는 어차피 관심과 애정을 받을 테니까.

하지만 그 강박 같은 생각을 놓자, 모든 게 다 쉬워졌다.

"알겠어. 네가 보통 미친년이 아닌 거 알겠으니까……."

"……."

"이제 그만 끝내자."

이제야 비로소 이본이 다시 보였다. 여주가 아닌, 악역으로.

"라크라씨오."

나는 곧장 주문을 외쳤다. 휘익—! 어디선가 주먹만 한 빛 덩이 여러 개가 나타나 빠르게 이본에게로 쏘아졌다. 장소가 협소하고, 이전에 한 방 먹였던 기억 때문에 택한 마법이었다.

그런데 이본은 그때까지도 그저 나를 바라보며 묘한 미소를 지은 채 서 있을 뿐, 움직임을 취하지 않았다.

"무슨……!"

그 이유는 곧 알 수 있었다. 내가 쏜 빛 덩이들이 모조리 이본이 안고 있는 거울 속으로 빨려 들어간 것이다.

"어쩌지? 이제 그깟 고대 마법으론 날 어쩌진 못하게 됐는데?"

그녀가 고개를 모로 꺾으며 기괴하게 웃었다.

'뭐야. 왜 마법이…….'

나는 눈을 부릅뜬 채 얼어붙었다. 조각이 완성되면 죽이기 쉽지 않을 것이란 뷘터의 말을 듣긴 했지만, 이렇게까지 공격이 무용지물일 줄은 전혀 생각지 못했기에.

내가 쏜 고대 마법을 삼킨 이본의 거울은, 깊은 해수면처럼 강렬한 푸른빛을 뿜어내며 일렁였다. 이윽고 눈이 부실 만큼 빛이 정점에 이르렀을 때.

"……디크 프렉훔."

이본이 음산하게 무언가를 뇌까렸다. 본능적으로 위험하다는 경고음이 머릿속에 울려 퍼졌다. 불길한 예감에 나는 일단 옆으로 몸부터 날렸다.

"으읏!"

넘어지듯 바닥을 뒹구는 동시에 거울 속에서 푸른 레이저가 터져 나왔다. 지이이잉, 쿠콰아아아앙—!

'미친…….'

나는 방금 전까지 내 머리가 자리했던 곳을 보고 입을 떡 벌렸다. 레이저가 쏘아진 그 자리의 벽이 뻥 뚫린 채 밖을 내보이고 있었다.

'개사기 템이잖아!'

후드득 떨어지는 벽돌 가루를 멍하니 바라보고 있을 때였다. 휘익—. 불현듯 앞쪽에서 섬뜩한 예기가 느껴졌다. 나는 반사적으로 거울 봉을 들어 앞을 막았다.

채앵—!

"악!"

날카로운 쇳소리와 함께 저릿한 진동이 손을 타고 느껴졌다. 이본은 어느새 단검을 꺼내 들고 득달같이 달려와 내가 방패처럼 든 봉을 내리찍고 있었다. 코앞에 다가와 있는 여자에게서 첨예한 살기가 뿜어져 나왔다.

"아니, 이 비열한 년아! 마법 쓰다가 갑자기 칼을 꺼내?"

기가 막혀서 버럭 소리 지르자, 이본이 미소 지으며 끔찍한 소리를 지껄였다.

“마법으로 한 번에 죽이면 너무 시시하잖아? 기다려. 넌 사지만 예쁘게 자른 채 마지막까지 살려 둘 테니까.”

“으읏, 지랄 마.”

나는 진저리를 치다가 흘끔 가로로 누여진 거울 상단을 곁눈질했다.

“누가 쉽게 당해 준대? 파이어 피숀!”

화르르륵. 나와 이본 사이에 불길이 치솟았다.

“아악!”

이본이 날카로운 비명을 지르며 내게서 훌쩍 물러섰다. 사랑스러운 분홍빛 머리칼 한쪽에 시뻘건 불길이 치솟았다. 쉽게 꺼지지 않는 불꽃은 이본의 얼굴 한쪽을 살라 먹었다.

나는 거울 봉을 꼭 쥔 채 긴장한 눈으로 휘청이는 이본을 바라보았다.

“제기랄, 이 쥐새끼 같은 년!”

뜨겁지도 않은지 불이 붙은 얼굴을 감싸 쥔 그녀가 지옥에서 올라온 악귀 같은 모습으로 소리쳤다.

“다흐 티 뭄!”

이본의 몸을 중심으로 검은색의 아지랑이 같은 것들이 구불구불 피어올랐다. 불투명한 촉수 같은 그것들은 곧장 나를 향해 맹렬히 달려들었다. 아찔함에 눈이 질끈 감겼다.

“으, 프리즈숀! 프리즈숀!”

나는 거울 봉을 들어 앞을 막으며 다급히 주문을 외쳤다. ‘쩌저적’ 하는 소리와 함께 적막이 찾아왔다.

'막은 건가?'

나는 질끈 감았던 눈을 살며시 떴다. 내게서 거울 봉을 빼앗으려고 했던 듯 세 줄기의 검은 촉수들이 봉을 칭칭 감은 채 얼어붙어 있었다. 그러나 숨 돌릴 틈도 없었다.

"내가 말했지. 이따위 것으론 이제 날 막을 수 없다고!"

"악!"

얼음들 사이로 돌연 날카로운 칼날이 튀어나왔다. 캉―! 얼어붙은 촉수가 부서지고 봉과 단검이 다시 맞부딪쳤다.

불이 꺼진 듯, 한쪽 얼굴이 녹아내린 끔찍한 몰골의 여자가 내게 또다시 칼을 휘둘렀다.

"날 죽이면 뭔가 달라질 것 같아? 세상을 구하고, 사람들에게 칭송받고, 과거엔 받지 못한 가족들의 사랑을 받고? 하하하!"

나는 주춤주춤 뒤로 물러서며 봉으로 칼을 막았다.

챙, 채앵―!

대체 저 여린 몸뚱이 어디서 힘이 솟구치는 건지, 이본이 괴물 같은 힘으로 쉴 새 없이 칼을 내리쳤다.

"정신 차려. 넌 안 돼, 왜냐고? 넌 가짜고 진짜 공녀는 나니까!"

"흐읏!"

가까스로 그것을 막아 내며 뒷걸음질 치던 나는, 또다시 기회를 엿봤다.

"파이어……."

캉―! 그러나 이본의 내리찍는 속도가 더 빨랐다. 들고 있던 봉을 놓칠 만큼 엄청난 충격이 가해졌다. 그리고.

파각―! 불길한 파열음과 함께, 봉의 중간이 부러졌다. 내 손을 떠나 날아가는 거울 봉의 상단부를 보며 나는 숨을 멈췄다.

"무, 무슨……."

무슨 일이 벌어지는지 알아차릴 틈도 없었다. 다시 내게로 날아오는 칼날에, 남은 봉의 일부를 재빠르게 쳐드는 게 전부일 뿐.

"악!"

캉! 또 한 번의 거센 충격이 손목을 강타했다. 이본이 시커멓게 탄 얼굴을 내게 마구 들이밀며 소름 끼치게 웃었다.

"고대 마법 좀 쓰게 됐다고 뭐가 달라지기라도 할 것 같아?"

"흐, 흐윽."

내리찍는 힘이 어마어마했다. 얼마 버티지 못할 것 같았다. 끼이이익— 칼이 봉과 마찰하는 소리에 억눌린 신음이 새어 나왔다.

"가엾은 페넬로페. 제 목숨조차 구하지 못하면서 누굴 죽이겠다고."

그런 나를 조롱하듯 이본이 깔깔 조소하며 읊조렸다.

나는 등 뒤의 벽과 그녀의 몸에 짓눌린 채 필사적으로 눈을 굴렸다. 부서진 거울 봉의 상단을 찾기 위해서였다. 그러나 날아간 그것은 너무 멀리 떨어져 있었다.

'이렇게, 이렇게 어처구니없이 죽는다고? 쪽도 제대로 못 쓰고?'

절망이 눈앞에 드리웠다.

'죽기 싫어. 내가 왜 이 빌어먹을 곳에 끌려와서 죽어야 하는데!'

그때였다. 악착같이 버티던 내 눈에 반짝이는 무언가가 띈 것은.

'균열!'

이 와중에도 이본이 품에 꼭 안고 있는 거울이었다. 푸른빛이 뿜어져 나오는 그것에 미세한 틈이 보였다.

— 이제부터 제 말 잘 들으십시오, 영애.

그와 동시에 순순히 이클리스에게 조각을 넘겼던 이유가 생생히 되살아났다.

— 조각을 빼앗기기 직전에 폭발을 일으켰습니다. 없애지는 못했지만 조각에 미세한 균열이 생겼습니다.

— 완전해진 레일라의 몸은 마법으로 쉽게 죽일 수 없습니다. 하지만 조각을 완성하고, 봉인을 해제하기 위해 가진 힘의 대부분을 거울에 쏟아 놓을 겁니다.

— 그 상태에서 거울을 깨트리면 레일라는 일시적으로 항거 불능 상태에 빠지게 되고, 바로 그때…….

거울을 깨트리기 위해선, 이본이 거울을 완성하도록 내버려 둘 수밖에 없었다.

'기회는 단 한 번뿐.'

나는 찬찬히 동선을 되새겼다. 그러면서도 칼리스토나 할 법한 그런 과격한 행위를 내가 과연 잘할 수 있을지 자신이 없었다.

하지만 해야 했다.

"야, 너 뭔가 착각하나 본데."

목에 아슬아슬하게 근접한 칼날에도 개의치 않고 나는 입을 열었다. 잠시라도 이본을 방심하게 만들기 위해서.

"……뭐?"

뜬금없는 내 말에 이본이 의아하다는 듯 나를 응시했다.

"내가 널 죽이려는 이유는, 사랑받고 싶은 게 아니라!"

그 순간, 나는 이를 악물고 마지막 도약을 시도했다. 없는 힘을 끌어모아 봉으로 거세게 이본을 밀쳤다.

"으읏!"

"그냥 네가 싫어서!

갑작스럽게 퍼덕이는 나로 인해 방심한 이본이 주춤 물러섰다. 거리가 벌어졌다. 기회였다.

"이 게임이 X 같아서 그런 거라고!"

머리를 최대한 뒤로 뺀 나는, 이내 힘껏 이마를 앞으로 돌진시켰다. 퍼억—! 엄청난 충격이 머리를 강타했다. 눈앞에 별이 번쩍였다.

"아악!"

이본이 코를 붙들고 휘청였다. 손 틈새로 줄줄 흐르는 그녀의 피가 춤을 추듯 흘러내렸다.

하지만 계속 해롱거리고만 있을 수는 없었다. 나는 거칠게 머리를 털어 낸 뒤, 품에서 무언가를 꺼내 들었다.

'너만 칼 있는 줄 알아?!'

칼리스토가 준 단검.

"흐아아아악!"

나는 그것을 억세게 고쳐 쥔 채, 비명을 지르며 이본의 품으로 달려들었다. 거울 속, 균열이 있는 자리에 '콱!' 칼끝이 내리꽂혔다.

쩍, 쩌저적. 칼끝을 중심으로 거울에 금이 가기 시작했다.

"으흣!"

그곳을 정확히 내리찍은 후에도 나는 멈추지 않고 힘을 주었다. 기습 박치기를 당한 이본은 미쳐 날뛰는 나에게 속수무책으로 떠밀렸다.

계단이 있는 방 끄트머리에서 반대편 창문이 있는 곳까지, 내게 마구 밀리던 이본의 몸이 마침내 창틀에 걸려 덜컥 멈췄다.

"아흑!"

"허억, 헉."

나는 거친 숨을 토해 내며 시선을 내렸다. 금이 가던 거울은 어느새 조각조각 부서져 내리고 있었다. 파사삭. 그중 하나가 바닥으로 떨어져 산산조각 났다.

"흐으, 너, 너……"

나와 같이 그것을 바라보고 있었던 듯, 이본이 눈을 부릅떴다.

"너, 어떻게…… 커헉!"

불현듯 그녀가 발작처럼 몸을 들썩이더니, 왈칵 핏물을 토해 냈다. 뺨에 비릿한 것이 튀었다. 손을 타고 흘러내리는 뜨끈하고 질척한 감촉.

나는 다시 한번 천천히 시선을 내렸다.

"어……."

내가 꽂은 단검은, 부서진 거울 너머 이본의 왼쪽 가슴에 깊숙이 박혀 들어가 있었다.

"커흑!"

이본의 몸이 또 한 번 피를 뿜었다. 그녀의 몸이 무너지듯 창 너머로 넘어갔다.

"으읏!"

덩달아 나 또한 앞으로 고꾸라질 듯 넘어갈 뻔하다, 가까스로 창틀을 잡고 버텼다.

"왜, 왜……?"

눕듯이 뒤로 꺾여 있는 이본이, 떨리는 손으로 칼을 찍어 누르고 있는 내 한쪽 손을 와락 움켜쥐었다.

"……왜지?"

혹시 공격인가 싶어 도로 바짝 긴장하던 게 무색하게, 그녀는 피거품이 끓는 입을 벌려 물었다.

"난 그냥, 내가 사랑하는 사람들이랑 같이 살고 싶었을 뿐이야."

"……."

"과거엔 모두 다 내가, 내가 가졌어! 공작도 오라버니들도 모두!"

"……."

"그런데도 결국 실패했어. 그들을 짓밟고 내 손으로 부활시킨 친가족들이 날 죽이려 했거든!"

이본은 목에 핏대를 세운 채 마구 소리 질렀다.

"이번 생엔 뭔가 바뀌는 게 있을 줄 알았는데…… 왜 이번엔 네가 모두를 독차지한 거지?"

"……."

"날 죽이는 방법은 어떻게 알았어? 거울은 어떻게 깨트린 거야? 빈터 베르단디야? 칼리스토 레굴루스? 누구야, 어? 대답해—!"

마지막 발악처럼 두서없이 나오는 대로 지껄이는 그녀를 나는 물끄러미 바라보았다.

꼭 그녀의 말이 아니더라도 턱을 타고 줄줄 내리흐르는 피가 내가 성공했음을, 이본의 생명이 얼마 남지 않았음을 알려 주었다.

"말해, 페넬로페. 대체 무슨 짓을 했기에 다들 네게 그렇게 절절 목매게 된 건지!"

이본은 웃는지 우는지 알 수 없는 표정으로 흐느꼈다.

"나도 몰라."

나는 무미건조하게 답했다.

결국 모두를 죽였으면서, 언젠가부터 이본은 항상 내게 그런 것을 물어봤다. 어떻게 남주들을 휘어잡은 거냐고. 마치 그들의 애정이 사무치도록 그리워서 미치겠는 사람처럼.

그런데 나는 정말로 알 수 없었다. 어느 순간부터 그들이 날 사랑하기 시작한 건지.

"거짓말 마!"

내 대답이 마음이 들지 않은 건지, 이본은 얼굴을 사납게 구기며 비명처럼 외쳤다.

"왜? 내가 다시 살아 돌아올까 봐 무서워? 흐, 이제 다 끝난 마당에 좀 알려 줘 봐, 페넬로페. 응? 왜 그들이 결국 내 세뇌에 먹히지 않았는지! 어?!"

죽어 가는 게 억울한 것처럼 이본은 끊임없이 발버둥 쳤다. 문득 뜨거운 것이 복받쳐 올랐다.

"넌 뭐가 그렇게 억울한데."

페넬로페는 몇십 번, 몇백 번을 죽고 또 죽었는데. 영혼이 부스러지다 못해, 다른 세계로 튕겨 나가 잘 살고 있던 나까지 끌고 오게 만들었으면서.

"그냥 주는 애정 받아 처먹으면서 진짜 공녀로 살았으면 됐잖아! 남주들을 다 가져 놓고 다시 망쳐 놓은 건 너잖아! 난 한 번도 원한 적 없어, 그딴 놈들 애정 따위!"

내 말에 이본의 버둥거림이 우뚝 멈췄다. 조금 멍한 표정을 짓는 그녀를 똑똑히 바라보며, 나 또한 엉망진창인 얼굴로 웃었다.

"그렇지만, 너랑 나랑 한 가지 차이점은 분명한 것 같네."

나는 숨을 크게 들이마시며 짓씹듯 내뱉었다.

"이 세상에 신이 있다면, 모두의 사랑을 독차지하고도 제 발로 그걸 걷어찬 너와, 단 한 번도 가진 적 없이 죽어 간 나."

"……."

"둘 중 누구에게 기회를 주겠어?"

"아니, 아니야……."

이본의 얼굴이 충격으로 일그러졌다.

"이번 생은 내게, 내게 기회였다고!"

그녀가 고개를 내저으며 소리 질렀다.

"이게 끝일 거 같아? 난 다시 돌아갈 거야! 다시 시작해서 널! 모두를…… 커헉!"

그녀가 다시 피를 뿜으며 거칠게 몸을 펄떡였다. 나는 천천히 단검을 쥐고 있던 손을 놓았다. 이본이 나를 잡기 위해 허공에 손을 허우적거렸다.

"아, 안 돼, 안……!"

"잘 가, 이본."

만나서 더러웠고, 다신 보지 말자.

이미 창밖으로 반 이상 밀려난 그녀의 몸은, 손쓸 틈 없이 뒤로 넘어갔다. 이본은 탑 아래로 무섭도록 추락하기 시작했다.

휘익—!

찢어질 듯 확장된 푸른 동공, 거칠게 흩날리는 분홍빛 머리칼이 까마득해질 때까지 나는 묵묵히 아래를 내려다보았다.

그 순간엔, 아무 생각도 들지 않았다. 드디어 망할 괴물을 처치했다는 후련함도, 마지막 퀘스트를 성공했다는 뿌듯함도.

그저.

그저 끝이었다.

Chapter 종장

Chapter 종장

이본이 추락한 아득한 탑 아래를 망연히 내려다보다가, 막 뒤로 돌려던 찰나였다.

후욱—! 불현듯 창 너머로 거대한 무언가가 눈 깜짝할 새 추락했다. 그러나 나는 보았다. 찰나, 스쳐 지나간 찬란한 황금빛을.

"흐으!"

나는 다시금 창문에 달라붙었다. 쿠우웅, 쿠워어어—. 육중한 용의 몸뚱이가 탑 아래로 떨어지고 있었다. 그 순간 가슴이 덜컥 내려앉았다.

"칼리스토—!"

떨어질 듯 몸을 밖으로 내밀고 그의 이름을 외치던 나는, 번뜩 정신을 차리고 계단으로 달려갔다.

"안 돼, 안 돼, 제발!"

정신없이 탑 아래로 내려가는 동안 나는 누군가에게 쉴 새 없이 빌었다.

마침내 탑의 입구에 도달해서 튕기듯 빠져나왔을 때, 밖은 어느덧 지옥 같은 밤이 지나고 푸르스름한 여명이 내린 새벽녘이었다.

나는 떨리는 눈을 정처 없이 굴렸다. 얼마 안 가, 탑에서 얼마 떨어지지 않은 곳에 거대한 황금빛 덩어리가 처박혀 있는 게 보였다. 황금룡이었다.

"전하!"

나는 그곳으로 마구 달려갔다. 하지만 용이 너무 커서, 대체 어디서부터 손을 대야 할지 알 수가 없었다.

'칼리스토가 용 아래 깔려 있으면 어떡하지?'

그 생각을 하자, 온몸의 피가 발끝을 타고 빠져나가는 것 같았다.

"전하! 전하, 제 말 들리세요? 전하—!"

나는 단단한 용의 비늘을 두드리며 미친 사람처럼 소리쳤다. 그때였다.

"으읏, 제기랄! 더럽게 무겁군."

익숙한 음성과 함께 용의 날개 부분이 들썩였다. 나는 그쪽으로 구르듯 달려가, 마구 용의 날개 끄트머리를 끌어당겼다.

"전하! 으윽!"

젖 먹던 힘까지 끌어 올려 그것을 잡아당길 무렵, 칼리스토가 날개 아래에서 비척비척 기어 나왔다.

"잘 있었나, 공녀?"

마침내 몸을 모두 빼고 일어선 그가, 씩 웃으며 인사했다.

"전하!"

그 능글맞은 얼굴에 나는 잡고 있던 용의 날개를 놓고 그에게 달려갔다. 그리고 그의 허리를 와락 끌어안았다. 퍽—!

"으윽!"

"깜짝 놀랐잖아요!"

내 돌진에 짧은 신음을 내뱉으며 몇 걸음 밀려나던 칼리스토가, 이내 으스러지듯 나를 마주 껴안았다.

"……성공했어?"

내 머리맡에 얼굴을 묻은 채 몇 번 호흡하던 그가, 속삭이듯 물었다. 나는 고개를 마구 끄덕였다. 기쁜 일인데, 왜인지 목이 메었다.

"제가 죽였어요, 이본. 전하가 준 단검으로 심장을 찍었어요."

"잘했어."

숨을 헐떡이며 더듬더듬 내뱉는 나를 달래듯, 칼리스토가 등을 도닥여 주었다.

"내가 말했잖아. 그대는 할 수 있다고."

"전하는 어디 다친 데 없으세요?"

나는 그제야 그의 가슴에 처박고 있던 고개를 들고, 다급히 그를 살폈다. 내 손에 묻은 것들 때문일까. 문득 코끝에서 비릿한 냄새가 진동한다는 생각이 들었다.

기분 탓인지, 칼리스토의 낯빛이 창백했다. 하지만 기우였다. 그는 평소처럼 아무렇지 않게 대꾸했다.

"떨어져서 좀 욱신거리는 거 빼면 괜찮아."

"다행이에요, 정말……."

그제야 안도의 한숨이 새어 나왔다.

"자, 이거 받아."

문득 그가 나를 조심스럽게 밀어내며 무언가를 건넸다.

"이건……."

나는 눈을 크게 떴다. 날카롭고 두툼한 흰색의 물체. 용의 가슴에 박혀 있던 송곳니였다.

"이걸…… 빼낸 거예요?"

"찾았던 거잖아."

칼리스토가 고개를 끄덕였다. 그리고 어서 받지 않고 뭐 하냐며 재촉했다.

"……고마워요."

나는 천천히 그것을 받아 들었다. 게임의 최종 보상을 황태자에게서 받다니 기분이 이상했다.

이건 물론 내게 꼭 필요한 것이었다. 위암에 걸린 내 현실 몸뚱이를 살려야 하니까.

'이게 과연 먹힐까…….'

겉으로 보기엔 그냥 큰 짐승의 이빨 같기만 했다. 하지만 영면에 든 용까지 살릴 정도니, 더는 효능을 의심할 수도 없는 처지였다.

'이름만 들었을 땐, 뭐 이딴 보상이 다 있나 했는데…….'

묘한 감상에 멍하니 칼리스토가 준 송곳니를 매만지던 순간.

"으윽."

나지막한 신음과 함께 칼리스토의 몸이 갑자기 무너져 내렸다. 마치, 송곳니를 전해 준 것으로 임무를 마치기라도 한 것처럼.

"저, 전하!"

나는 깜짝 놀라 쓰러지는 그를 받쳤다. 그의 허리를 감고 있던 손을 쳐들고 그의 등을 짚은 순간, 찐득한 무언가가 손에 잔뜩 묻어났다. 나는 천천히 손을 들어 올려 확인했다.

"흐, 흐으……."

비릿한 냄새는 내 손에 묻은 이본의 피 때문이 아니었다. 잠깐 짚은 것만으로 내 손이 온통 피범벅이 될 정도로 흥건한 그의 피 때문이었다.

"이, 이게 무슨…… 저, 전하!"

칼리스토의 상체가 고꾸라졌다. 그는 힘없이 내 어깨에 얼굴을 기댔다. 그제야 나는 그의 등에 난 참혹한 상흔을 보았다.

괴수의 발톱이 사납게 할퀴고 간 곳은 갑옷으로도 소용없었다. 깊게 파인 채 쩍 벌어진 네 개의 상흔에서 벌건 물이 생명수처럼 줄줄 새어 나왔다.

무려 날뛰는 광룡을 상대했는데, 무슨 근거로 그가 멀쩡할 거라 믿었을까.

"흐, 흐윽."

나는 얼어붙은 채 숨을 제대로 쉬지 못했다. 벌벌 떨리는 내 몸을 느낀 건지, 칼리스토가 사그라드는 목소리로 웅얼거렸다.

"나 괜찮아. 그러니까, 으윽."

"말하지! 말하지 마세요. 아무 말도 하지 마세요."

자꾸만 이클리스의 잔상이 눈앞을 뿌옇게 흐렸다.

아니야, 아니야. 황태자는 죽지 않을 거야. 남주니까, 내가 선택한 남주니까…….

나는 미친 사람처럼 중얼거리면서 칼리스토를 등이 닿지 않도록 천천히 용의 사체에 기대게 했다. 다시 한번 자세히 본 그의 상처는 이루 말할 수 없을 만큼 참혹했다. 괜찮다고 했지만, 아무리 봐도 그는 정말로 위급해 보였다. 어쩌면 죽어 가고 있거나…….

"어떡, 어떡하지. 어떡……."

"보지 마."

바보처럼 혼비백산해 중얼거리고만 있을 때, 칼리스토가 설핏 웃으며 지껄였다.

"그댄 이런 거 끔찍하게 싫어하잖아."

"그딴 소리 할 거면, 그냥 입 다물고 계세요."

나는 주변을 둘러보며 도와줄 사람을 다급히 찾았다. 그러나 용의 커다란 몸뚱이에 가려 아무것도 보이지 않았다.

막막함에 아랫입술을 꽉 깨물던 그때, 번뜩 내 눈에 닿는 것이 있었다. 그의 귀에 달린 빨간 루비.

'힐링 커프스!'

무슨 정신으로 그것을 그의 귀에서 빼냈는지 모르겠다. 다시 이성이 돌아왔을 때, 나는 그것을 그의 상처에 가져다 댄 채 바들바들 떨고 있었다.

"왜, 왜 이게……."

피가 너무 많이 나서 그의 상처가 정말로 치료가 되는지 아닌지 좀처럼 알 수 없었다. 나는 아득한 눈으로 주변을 둘러보며 바락 소리쳤다.

"누구 없어요! 도와주세요! 황태자 전하가…… 흐으!"

"쉬, 공녀."

그때 황태자가 나지막이 나를 불렀다. 어느새 그는 내가 돌아눕힌 보람도 없이 나를 바라보고 있었다.

"전하, 잠깐만요. 저 사람들 좀 데리고 올 테니까, 이거 들고 잠시만……."

“이제 가야 할 시간이지 않나?”

“네? 무슨…….”

“돌아가고 싶어 했잖아, 집으로.”

뜬금없는 그의 말에 잠시 사고가 멈췄을 때였다. 그의 말이 기폭제라도 된 듯, 그 순간 눈앞이 환해지더니.

〈SYSTERM〉 ~메인 퀘스트 : 하드 모드 히든 루트~

[진짜 악역은 누구?] 퀘스트 성공!

〈SYSTERM〉 보상으로 [히든 엔딩]과 [황금룡의 송곳니]를 얻었습니다.

〈SYSTERM〉 보상을 사용하여 [히든 엔딩]을 확인하시겠습니까?

[수락 / 거절]

오랜만에 마주한 시스템 창은 눈이 부시도록 새하얗게 빛났다. 엔딩이었다. 하필, 지금 이 순간에.

부릅뜬 눈으로 흰 글씨를 읽던 나는, 떨리는 손으로 천천히 [수락]을 눌렀다. 그리고.

「~하드 모드 히든 엔딩!~

[악역의 엔딩은 죽음뿐]

악역을 물리치고 멸망으로부터 세상을 구한 당신이

바로 진정한 주인공!」

〈SYSTEM〉 드디어 엔딩을 본 당신은 원하는 것을 이룰 자격이 충분합니다.

〈SYSTEM〉 [보상]을 가지고 이곳을 떠나시겠습니까? (단, 이곳을 떠나더라도 [보상]은 사라지지 않습니다.)

[예. / 아니오.]

“으흐.”

나는 드디어 마주한 엔딩 앞에서 억눌린 울음을 터뜨렸다.

“왜, 왜 하필 지금…….”

“가야 할 시간, 맞지?”

마치 모든 걸 안다는 듯 칼리스토가 물었다. 나는 허공에서 시선을 떼고 그를 돌아보았다.

“……전하.”

“울지 마.”

황태자는 손을 뻗어 천천히 내 뺨을 어루만졌다.

“돌아가면, 여기서 있었던 일 다 잊어.”

“흐으.”

“내가 그대에게 초면에 했던 못돼 처먹은 언행들, 그댈 힘들게 했던 놈들, 싹 다…….”

마치 내가 돌아갈 거란 것을 이미 예견하고 있었다는 투였다. 그의 말에 숨이 막혔다. 내 뺨을 만져 주는 그의 손, 나를 바라보는 눈빛이 너무 따뜻해서. 가슴이 너무 아팠다.

나는 그의 손에 눈물 젖은 뺨을 비비며 목멘 음성으로 힘겹게 물었다.

“이걸, 이걸 어떻게 잊어요.”

"그렇게 해."

가지 말고 자기와 살자고 했던 게 아직도 생생한데, 그는 이미 오래전부터 나를 놓아줄 준비를 해 온 것 같았다.

"그댄 아무것도 기억하지 마. 그리고 고고학에만 전념해."

"그럼, 그럼 전하는요?"

"말했잖아. 그대가 어딜 가든 내가 알아서 쫓아가겠다고."

나는 그의 말에 왈칵 얼굴을 일그러뜨렸다.

넌, 넌 왜 이 순간에도. 이 순간에도 내게 져 주는 말만 해.

"그러니까…… 크흑."

그때, 칼리스토가 퍼드득 몸을 떨었다. 그의 입가를 타고 피가 줄줄 새었다.

"전하!"

나는 거의 경기하듯 그를 불렀다.

"가, 어서."

칼리스토는 힘이 하나도 들어가지 않은 손으로 나를 떠밀었다.

"마음 바뀌어서 그대 치맛자락 붙들고 늘어지기 전에, 어서."

"왜…… 왜 그렇게만 얘기해요. 가지 말라고 했잖아요! 왜…… 왜 이제 붙잡지도 않아요."

나는 어린아이처럼 흐느끼며 소리쳤다. 그가 당장이라도 죽을까 봐 무서웠다. 무서워 죽을 것 같은데…….

그러나 서럽게 우는 나와는 달리, 그는 희미하게 웃었다.

"원래 더 많이 좋아하는 사람이 지는 거야."

"전하."

"사랑해, 페넬로페."

그가 꺼져 가는 목소리로 내게 사랑을 속삭였다.

“이런 말 하는 것도 우스울 만큼 헤어지는 건 잠시뿐이야. 그대가 어디 있든 내가 지긋지긋하게 쫓아갈 테니까…….”

나는 그의 말에 눈을 세게 문지르며 고개를 들었다.

〈SYSTEM〉 [보상]을 가지고 이곳을 떠나시겠습니까? (단, 이곳을 떠나더라도 [보상]은 사라지지 않습니다.)

[예. / 아니오.]

여전히 공중에는 환히 빛나는 시스템 창이 떠 있었다. 나는 선택을 위해 천천히 손을 들었다. 허공에 우뚝 멈춘 내 손끝이 파르르 떨렸다.

그 순간, 무수히 많은 상념들이 나를 스쳐 지나갔다. 이곳에 처음 들어와 좌절하던 순간부터, 살아남기 위해 고군분투하던 그 지옥 같던 시간들.

어느 하나 쉬운 게 없었다. 모든 게 무섭고 힘들었다. 처음 미로 정원에서 망할 황태자를 만났을 땐, 정말이지 모든 걸 내팽개치고 싶을 만큼 절망스러웠다.

하지만 어느 순간부터 내 지옥을 파고들기 시작한 그 때문에 여기까지 올 수 있었던 것도 부정할 수 없었다.

여기서 [예.]를 선택하면, 드디어 이 빌어먹을 게임에서 벗어날 수 있지만…….

‘돌아가서, 돌아가서 정말 모든 걸 잊고 살 수 있을까?’

문득 밑도 끝도 없는 두려움이 전신을 엄습했다.

'그사이 칼리스토가 죽어 버리면?'

나는 피를 흘리며 나를 바라보는 남자를 내려다보았다.

내겐 다시없을 누군가의 애정을 사무치도록 그리워하고, 이곳의 기억을 악몽 같은 꿈으로 되새기고, 찾아오지 않는 남자를 하염없이 기다리며 정상적인 생활을 이어 갈 수 있을까?

나는 도무지 자신이 없었다. 왜냐하면, 이 지옥 속에서 아주 잠깐이나마 내게 주어졌던 애정이, 관심이, 행복이. 너무 달콤해서, 이제 놓을 수 없을 것 같아서.

'이제, 이제…… 나도 조금쯤 행복해져도 되지 않나?'

나는 시스템 창을 바라보며 울었다. 회한의 눈물인지, 아쉬움의 눈물인지는 알 수 없었다.

"흐으, 전하."

나는 굵은 눈물방울을 뚝뚝 흘리며, 칼리스토를 불렀다.

"아니, 칼리스토 레굴루스."

다시 정정한 호칭에, 루비처럼 그의 예쁜 적안이 서서히 커졌다.

"나도 당신 사랑해. 그러니까……."

나는 부서질 듯 쥐고 있던 것을 있는 힘껏 위로 치켜들었다. 날카로운 끝이 칼리스토를 향하도록.

"사랑하는 사람들끼리 한번 잘해 봐요."

휘익— 그와 동시에, 게임의 최종 보상이 아래로 하강했다. [황금룡의 송곳니]가 칼리스토의 가슴 위에 박히는 순간,

나는 선택했다.

〈SYSTEM〉 게임이 종료됩니다.

악역과 광룡이 휩쓸고 지나간 황궁은 그야말로 쑥대밭이었다.

이본의 시체는 용이 뱉었던 불덩이에 탄 채 발견됐다. 거울이 부서지면서, 용의 안에 들어 있던 레일라들의 영혼도 소멸되어 버렸다. 마침내 세상에 평화가 도래했다.

용의 사체를 수습하고, 남은 반란군들과 2황자파를 진압하고, 황궁을 복원하기 위해 연일 밖이 시끄러웠다. 그 속에서 황태자 궁만이 외딴 섬에 갇힌 것처럼 고요하고 적막했다.

에카르트 공작가는 황궁에 할 수 있는 지원을 아끼지 않았다. 세간에선 중립을 유지하던 공작가가 황태자파로 돌아선 게 아니냐는 말이 돌았다. 더불어 나에 관한 어마어마한 소문도…….

가끔 들러 소식을 전해 주는 세드릭의 말에 나는 기함하는 대신, 무언가를 물었다. 세드릭은 그때마다 고개를 저었다.

아수라장 속에서, 이클리스의 시신은 끝내 발견되지 않았다.

시간이 흐르고 반란군과 2황자파 소탕도 어느 정도 완료되었을 무렵, 공작이 황태자 궁을 찾아왔다. 황제의 옥새나 다름없는 황금룡의 송곳니를 내게서 수거하여 당분간 보관하기 위해서였다.

"페넬로페."

오랜만에 보는 공작의 얼굴은 부쩍 늙어 있었다.

“아버지.”

애써 아무렇지 않은 얼굴로 그의 앞에 다가가 앉았다. 악역을 물리치고 세상을 구했지만, 이후의 현실이 곧장 해피엔딩으로 이어지는 것은 아니었다.

친딸을 죽였다는 껄끄러운 일이 있어서일까. 우리 사이에 잠시 어색한 정적이 내려앉았다.

“잘…… 지냈느냐?”

먼저 입을 연 것은 공작이었다.

“네, 아버지는요?”

“나도 물론 잘 있었지.”

“다행이에요.”

“전하께서는…… 여전하시고?”

이어지는 질문엔 조금 전처럼 아무렇지 않게 대답할 수 없었다. 나는 가느다랗게 떨리는 손끝에 주먹을 말아 쥐며, 천천히 고개를 끄덕였다. 그리고 황급히 화제를 돌렸다.

“아, 여기요.”

달칵. 한 손에 들고 있던 것을 탁자 위에 올려 두었다. 황금룡의 송곳니를 담아 둔 상자였다. 시국이 시국인지라, 황궁에 둘 수 없었다. 황태자가 부재한 사이 그것을 노리는 자들이 너무 많았기에.

공작은 상자를 흔쾌히 받아 들었다.

“전하와는…… 언제부터 그런 사이였던 게냐.”

문득 상자의 뚜껑을 매만지던 공작이 망설이는 얼굴로 물었다.

“어, 어…….”

그가 바로 떠날 줄 알았던 나는 기습 같은 질문에 무척 당황했다. 내가 가출한 동안 황태자와 함께한 것을 모르는 공작에겐 이 상황이 퍽 황당하기 그지없겠단 생각이 들었다.

"……꽤 됐어요."

"꽤……?"

공작이 충격받은 얼굴로 내 말을 따라 중얼거렸다. 나는 민망함에 고개를 숙여 시선을 피했다.

"……죄송해요, 미리 말씀드리지 못해서."

"왜 하필 그런 인성 파탄 난, 아니, 아니다. 내가 실언을 했구나."

주변을 둘러보며 황급히 말을 정정하는 공작의 모습에 나는 짧게 웃었다. 부정할 수 없는 말이었기 때문에.

공작은 내 표정이 풀린 것을 보고 덩달아 굳은 얼굴을 풀며 물었다.

"……여기 계속 있을 게냐?"

나는 선선히 고개를 끄덕였다.

"전하께서 깨어나실 때까지는요."

계속 있을 건 아니란 내 말에 공작이 눈에 띄게 안심했다.

"그 후엔……."

"그 후엔, 수도를 떠나려고요."

나는 공작의 말을 막고 먼저 답했다. 다시 공작저로 돌아가진 않겠다는 뜻이었다. 그의 푸른 눈이 일순 커다래졌다.

"떠나다니. 어딜 가려는……!"

내 단호한 얼굴 때문일까. 공작이 다급하게 외치다가, 천천히 입을 다물었다.

"……그래. 네게 다 생각이 있겠지."

이제는 내가 하려는 행동들을 저지하지 않고 순순히 인정하는 그를 보자니, 문득 가슴이 울렁거렸다.

나는 사실, 그에게 미움받길 두려워했던가.

"……아버지."

조심스럽게 그를 불렀다.

"괜찮으세요?"

"무엇이?"

"제가……."

나는 크게 숨을 들이마시며 어렵사리 말을 꺼냈다.

"이본을 죽였잖아요."

내 말을 알아들은 공작의 얼굴이 석상처럼 굳어졌다. 이제 그는 악역이 빼앗은 딸의 몸뚱이마저 볼 수 없었다.

나는 그의 대답을 기다리며 숨을 죽였다. 이제야 조금쯤 친근감이 느껴지는 이들에게 다시 미움받는 것은 좀 두렵긴 하지만, 이곳에 남는 것을 선택한 이상 감수해야 할 일이었다. 지금까지 줄곧 겪어 온 것이니 새삼스러울 것 없기도 했고…….

"그 애는……."

꽤 오랜 시간이 지나서야, 공작이 입술을 달싹였다.

"그 애도, 편히 쉴 수 있을 테지."

나는 놀란 눈으로 그를 바라보았다. 이야기를 들어 공작도 이제 모든 것을 알겠지만, 사람의 심리란 게 그렇지 않은가. 쉽게 레일라와 딸을 분리할 수 있을 거라 생각지 않았다.

"이제 이본도 편히 쉴 수 있겠지."

그러나 그는 힘겹게 딸의 죽음을 받아들였다.

"고맙구나, 페넬로페."

공작은 고통스럽게 일그러진 얼굴로 내게 뜻 모를 감사를 건넸다. 그와의 대화는 그것으로 끝이었다.

황금룡의 송곳니로 찍어 살린 후, 황태자는 긴 잠에 빠졌다. 의원과 황궁 마법사의 말로는 광룡의 독기 때문이라 하였다. 황태자의 몸이 해독을 끝내면 알아서 눈을 뜰 거라 했지만, 조금도 귀에 와 닿지 않았다.

공작을 배웅하고 침실로 돌아온 나는, 침대 옆에 가만히 앉아 황태자의 창백한 낯을 바라보았다. 공작과 세드릭을 비롯한 남들 앞에선 아무렇지 않은 척했지만, 매초 매시간 초조함이 나를 좀먹어 갔다.

'내가 너무 늦은 거면 어떡하지?'

골든타임이라는 게 있지 않은가. 선택지를 앞두고 갈등하느라, 정작 칼리스토를 구명할 때를 이미 놓친 거라면…….

그런 생각이 들 때면 호흡이 턱턱 막히고, 눈앞이 아득해져서 도무지 가만있을 수가 없었다. 나는 벌떡 일어나 침대 곁에 바싹 다가갔다. 그리고 손을 뻗어 그의 코 밑에 가져다 댄 순간이었다.

움찔, 거짓말처럼 남자의 감긴 눈이 움직였다. 그리고 이내 눈꺼풀이 열리며 새빨간 적안이 드러나더니…….

"……내가 아직도 꿈을 꾸는 건가?"

오랜만에 듣는 그의 목소리는 잔뜩 쉬어 거칠었다. 혼몽한 눈빛으로 나를 살피던 그가, 문득 눈살을 찌푸리며 중얼거렸다.

"이것도 꿈이라면 좀 아플 것 같은데."

숨을 멈추고 있던 나는, 가까스로 입을 벌려 물었다.

"……꿈이었으면 좋겠어요?"

"아니."

탁— 그 순간, 그가 제 코 밑에 멈춰 있는 내 손을 잡아채 그대로 휙 끌어당겼다.

"그럴 리가 있나."

아차 할 틈도 없이 세상이 뒤집혔다. 풀썩—. 다시 정신을 차렸을 때, 나는 칼리스토의 위로 쓰러져 있었다.

"이, 이게 무슨……!"

"이제야 좀 살 것 같군."

으스러지듯 나를 끌어안은 그가, 내 머리칼에 얼굴을 묻고 여러 번 심호흡했다.

갑작스러운 그의 행동에 당황해 발버둥 치는 것도 잠시, 나는 그가 아직 환자라는 사실을 자각하고 버둥거림을 멈췄다.

그사이, 등허리를 감쌌던 손을 올려 머리칼을 마구 더듬던 그가 이내 얼굴을 찌부러뜨릴 듯 매만졌다.

"아직 다 안 나아서 이러면 안 된다고요. 놔요, 내려가게."

"괜찮아."

"괜찮긴 뭐가요!"

"괜찮대도."

그는 연신 내 얼굴을 쓸고, 냄새를 맡았다. 대체 뭐 하는 건지 알 수 없어 눈살을 잔뜩 찌푸리고 있던 나는 얼마 안 가 그가 왜 그러는지 깨닫고 기운이 빠졌다.

칼리스토는 내가 실제인지 확인하고 있는 것이다. 얼굴을 덧그리는 손이 벌벌 떨리는 게 느껴졌다. 나는 왈칵 메인 목을 잠잠히 내리눌렀다.

"……어떻게 된 거지?"

한참을 그러던 그가 마침내 내 얼굴을 놓아주었다. 나는 그의 몸 위에서 조심조심 내려와 그의 옆에 나란히 누웠다. 그런 내 행동 하나하나에 시선을 떼지 못하던 그가 또다시 혼잣말처럼 읊조렸다.

"분명 눈 뜨기 전에 단단히 대비를 하고 있었는데 말이야."

"……뭘요?"

"그대가 없는 지옥을 맞이하는 거."

그의 말에 말문이 턱 막혔다. 칼리스토는 콧잔등을 찌푸리며 이어서 말을 늘어놓았다.

"사실 좀 무서웠어. 눈뜨면 그대가 사라진 후일까 봐."

"……."

"그냥 이대로 죽어 버렸으면 좋겠다는 생각도 들었는데……."

혼잣말 같은 그의 독백에 갑자기 울컥함이 솟구쳤다.

'이 자식이, 내가 어떻게 살려 놨는데!'

나도 모르게 주먹을 들어 그의 가슴을 '퍽' 내리치며 소리쳤다.

"찾아온다면서요! 왜 말이 바뀝니까?"

"윽."

"그 말에 속아 넘어가서 기껏 살려 놨더니, 뭐가 어째?"

분기탱천한 내 모습에 그가 황급히 눈꼬리를 내렸다.

"잘못했어. 화내지 마, 공녀."

순한 강아지 같은 그 모습에 마음이 약해졌다.

'이렇게 물러 터져서야…….'

나는 한 번 더 때리려고 들었던 주먹을 내리며, 속으로 한탄했다. 내 눈치를 살살 보던 칼리스토는 이내 활짝 웃으며 물었다.

"왜 가지 않았지? 집으로 돌아가고 싶어 했잖아."

무슨 답을 듣고 싶어 하는지 뻔히 보이는 은근한 눈빛에, 불쑥 작은 심술이 돋았다.

"그냥, 돈이 좀 아까워서요."

"뭐? 돈?"

"네, 돈."

내 말에 벙찐 황태자의 얼굴을 보니 속이 좀 시원해졌다. 틀린 말도 아닌지라, 나는 태연하게 덧붙였다.

"전하가 주신 다이아몬드 광산 덕분에 저 엄청난 부자가 됐거든요. 그 돈 쓰지도 못하고 가려니까 아까워서 죽을 것 같지 뭡니까."

"허……."

기가 막힌다는 듯 황태자가 헛웃음을 흘렸다.

"예전부터 생각했지만…… 그대는 사람이 참 속물적이야."

"그래서, 싫다고요?"

"아니? 부자 애인 둬서 좋다는 뜻이지."

능청스럽게 말을 바꾸는 그에게 나는 삐죽 눈을 흘겼다. 그런 내 모습에도 황태자는 좋다고 히죽이다가, 손을 뻗었다.

"……고마워, 남아 줘서."

뺨에 따뜻한 그의 온기가 느껴졌다. 그런데 왜인지, 그의 얼굴은 썩 밝아 보이지 않았다. 나는 덩달아 손을 뻗어 그의 뺨을 어루만졌다.

"……고맙다는 사람의 표정이 왜 그래요."

"그대가 가지 않아서, 너무 기뻐. 눈물이 날 만큼 행복한데……."

그는 내 손을 끌어당겨 손등에 '쪽' 입을 맞췄다. 그리고 나를 피해 눈을 내리깔며, 작은 목소리로 읊조렸다.

"……내가 돌아가는 걸 포기하게 만들고 주저앉힌 게 아닐까, 겁이 나는군."

"……."

"나중에 네가 후회하며 돌아가고 싶다고 울면. 그땐 어떻게 해야 할까."

나는 예상치 못한 그의 속내에 눈을 크게 떴다. 단순히 내가 남았음을 좋아할 줄만 알았지, 그런 것을 걱정할 줄은 몰랐다.

이 와중에도 나를 걱정하는 그가 고마우면서도, 전혀 믿음을 주지 못했던 것 같아 마음이 아팠다.

"전하."

나는 그에게 잡힌 손을 부드럽게 빼내고, 다시 그의 뺨에 올렸다. 얼굴을 들고, 눈을 마주치기 위해서였다.

다시 들린 새빨간 동공을 바라보며 나는 한 자, 한 자 명확히 말했다.

"전 포기한 게 아니라, 뭐가 더 나은지 따져 보고 선택한 거예요."

"……선택?"

"네. 여기 있으면 어떤 게 더 이점이고, 어떤 게 나을지요."

칼리스토가 잠에 빠져 있는 동안, 나는 감성을 최대한 배제하고 이성적으로 생각해 보았다.

다른 것을 다 떠나, 솔직히 내 현실은 모든 게 각박했다. 꿈도 공부도 돈이 있어야 마음껏 할 수 있는 일인데, 알바를 세 탕씩이나 뛰어서 위암까지 걸린 내가 또 그 짓을 할 수 있을까.

그렇다고 내가 식물인간이 돼서야 후회하는 인간들과 화해한 후 아무렇지 않게 그들의 돈을 쓰고 싶진 않았다.

'평생 후회하며 살라지.'

그 망할 인간들에게 마지막으로 거하게 엿도 먹일 겸 잇속을 따지던 내 갈등은 생각보다 간단히 끝을 맺었다.

"아무리 생각해도, 씀씀이가 너무 커져서 거기 가선 감당이 안 될 것 같더라고요."

"씀씀이……?"

"네. 전 전하 말대로 계산적이고 아주 속물적인 여자라서 말이에요."

짓궂게 대답하자, 그가 기이한 것을 보는 듯한 눈으로 나를 바라보았다. 나는 여전히 석연치 않아 보이는 그에게 선심 쓰듯 덧붙였다.

"그리고 뭐, 돌아가면 전하가 언제 찾아올지 기약 없기도 하고요."

그제야 그의 얼굴에 안심이 떠올랐다.

"상관없어. 그대가 얼마나 돈을 쓰든, 보석을 밝히든."

예의 그 익살맞은 표정으로 돌아간 황태자가 장난스럽게 내 말을 받았다.

"아예 이 손에 국고 열쇠를 쥐여 줄까?"

"네? 국고 열쇠요?"

"그래. 레일라를 죽이고 옥새까지 손에 쥐었으니, 이제 그대가 황제지. 그럼 난 그대와 함께 국고를 탕진하는 희대의 악처가 되는 건가?"

"됐거든요. 하여튼, 무슨 농담을 못 해."

되로 주면 말로 받는 그의 언행에 나는 휙 그의 얼굴에서 손을 떼고 돌아누웠다.

잠시 잠잠하던 뒤가 이내 부스럭거리는 소리와 함께 분주해졌다. 얼마 안 가, 슬며시 허리를 끌어안는 온기가 느껴졌다.

"……사랑해, 페넬로페."

등 뒤에서 들려오는 안온한 속삭임을 들으며, 나는 눈을 감았다.

마침내 찾아온 휴식이었다.

-악역의 엔딩은 죽음뿐 完-

악역의 엔딩은 죽음뿐 4

1판 1쇄 발행 2020년 9월 18일
1판 5쇄 발행 2022년 4월 29일

지은이 권겨을
펴낸이 신현호
편집장 예숙영
편집 박상희
편집디자인 한방울
영업 김민원
물류 이순우 박찬수

펴낸곳 ㈜디앤씨미디어
출판등록 2002년 5월 1일 제117-90-51792호
주소 서울시 구로구 디지털로 26길 111 JnK디지털타워 503호
대표전화 (02)333-2513 팩스 (02)333-2514
전자우편 dncbooks@dncmedia.co.kr
디앤씨북스 블로그 http://blog.naver.com/dncbooks

ISBN 979-11-264-5224-8 04810
ISBN 979-11-264-5220-0 세트